Oliver G. Wachlin, Jahrgang 1966, schreibt vor allem für Film und Fernsehen und kennt beide Seiten der ehemaligen Mauerstadt. In der einen Hälfte saß er wegen eines Fluchtversuchs im Knast, in der anderen lebt er mit Familie an den Schauplätzen seines ersten, im Emons Verlag erschienenen Kriminalromans »Wunderland«.

Dieses Buch ist ein Roman. Handlungen und Personen sind frei erfunden. Ähnlichkeiten mit lebenden oder toten Personen sind rein zufällig.

OLIVER G. WACHLIN

WUNDER LAND

BERLIN KRIMI

Emons Verlag

© Hermann-Josef Emons Verlag
Alle Rechte vorbehalten
Umschlagzeichnung: Heribert Stragholz
Druck und Bindung: CPI – Clausen & Bosse, Leck
Printed in Germany 2008
ISBN 978-3-89705-588-9
Berlin Krimi 2
Originalausgabe

Unser Newsletter informiert Sie
regelmäßig über Neues von emons:
Kostenlos bestellen unter
www.emons-verlag.de

Meiner lieben Frau und meinen Kindern gewidmet

PROLOG

Dein Ziel ist das Licht.
 Es verheißt Wärme und Geborgenheit. – Ein Zuhause.
 Licht ist Leben, und deshalb kriechst du darauf zu, auf allen Vieren und mit letzter Kraft.
 Du bist klitschnass, dein langes Haar liegt feucht wie Tang, aus dem Anorak strömt schwer das Wasser, und die Jeans kleben an den kalten Beinen wie eine glitschige zweite Haut.
 Du spürst den Reif der Grashalme an deinen Händen und den frostigen Wind über dem Fluss. Kälte umschließt dich, greift nach dir mit tausend Nadelspitzen, ein dicker Eispanzer überzieht deinen schlotternden Leib und lässt dich erstarren.
 Du fühlst nichts mehr.
 Bist eingefroren wie Spinat in der Tiefkühltruhe.
 Und verwundert registrierst du die kleine Spinne, die dir über die klammen Finger läuft, denn Spinnen leben nicht im Eis.
 – Da ist auch kein Eis. Es ist nur entsetzlich kalt.
 Nicht einschlafen, hörst du? Du musst aus den nassen Sachen raus, aus der Kälte, also konzentriere dich auf das Licht! Durch große Terrassenfenster fließt es hinaus in den sanft zum Ufer hin abfallenden Garten.
 Gib nicht auf! Hol dir dein Leben zurück! Es sind nur noch ein paar Meter, dann bist du daheim. Denk an den Tee, den sie dir gleich machen werden, an ihre bestürzten Gesichter. Denk an deinen Triumph, denn sie haben es nicht geschafft, dich auszulöschen.
 Du bist nass, erschöpft und halberfroren, aber du lebst. Wie ein Zombie, der von den Toten zurückgekehrt ist.
 Sie werden schreien vor Entsetzen.
 »Julian?«
 Lautlos formen deine Lippen seinen Namen.
 Du bibberst. Dir ist furchtbar kalt, und natürlich wirst du ihm

verzeihen, wenn er dir nur ein warmes Handtuch bringt. – Du hast ihm immer verziehen.

»Julian!«

Er kann dich nicht hören. Du musst näher ran ans Haus, auf die Terrasse. Sie müssen direkt hinter den großen Fenstern sein, also steh auf und mach dich bemerkbar!

»Julian, ich bin hier! – Auf der Terrasse!«

Du willst dich erheben, aber deine Beine machen nicht mit: einfach kein Gefühl mehr drin, sie sind ganz steif gefroren.

»Bitte, lasst mich rein! Mir ist kalt!«

Niemand kommt. Keiner macht die Tür auf. Stattdessen geht überall im Haus das Licht aus.

Was soll das? Gehen die etwa schlafen? Das können die doch nicht machen. – Die müssen dich doch hören!

»Oh, Gott! Bitte, macht die Tür auf! – Ich erfriere!«

Nichts passiert. – Dunkelheit umgibt dich. – Angst und Stille. Finstere, eisige Nacht.

»Julian?«

Du ahnst, dass alles vergebens war.

1 KARL GUSTAV FIRNEISEN hatte den Ton des Fernsehers leise gestellt und die Pumpgun auf den Knien.

Er versuchte, die Waffe ruhig zu halten, hielt sie so fest umklammert, dass die Knöchel der Fingergelenke weiß hervortraten. Dennoch zitterte sie. Man sah es am Lauf. Als würde das Gewehr unablässig vibrieren.

Verlor er allmählich die Nerven? Oder wurde er tatterig wie ein Greis?

Für seine vierundachtzig Jahre war Firneisen doch gut in Schuss. Alle sagten das. Der Karl, der wird hundert. Mindestens hundert wird der. Hat sich doch immer fit gehalten, der Karl. Nie geraucht, gesund gegessen, wenig Alkohol und Kaffee. Ein Sportler. Ist jeden Tag seine fünf Kilometer an der Havel lang gejoggt. Bis die Kniegelenke nicht mehr mitmachten.

Trotzdem: Die Substanz ist gesund, Herr Firneisen, hatte der Doktor noch letzte Woche zu ihm gesagt.

Na also. Physis intakt. Und da zitterten jetzt die Hände?

Firneisen stellte das Gewehr auf den Boden und betrachtete den Lauf. »Ch. Boswell« war in den mattschwarzen Repetierschaft eingraviert. Beste englische Qualität. Kaliber 14/89, ein schweres Geschütz, jedenfalls recht ordentlich. Die Royal Air Force hatte es ihm zur Pensionierung geschenkt. Zwei Läufe, getrennt und gemeinsam abfeuerbar, Semiautomatik. So eine Waffe sollte man ruhig halten können. Besonders in diesen Zeiten, wo es darauf ankam.

Firneisen stemmte sich aus dem Sessel und sah vorsichtig über die Sandsackbarrikade, die er vor den Fenstern im Wintergarten aufgebaut hatte. Das war die größte Schwachstelle im ganzen Haus, dieser fast komplett verglaste Wintergarten. Schwer zu sichern.

Zwei Tage lang hatte er die Sandsäcke aus dem Keller geschleppt. Sie waren in den sechziger Jahren angeschafft worden, als Hamburg in der großen Flut versank. Zwar waren auf der Havel Sturmfluten eher selten, aber für den Fall, dass das Wasser doch mal über die Ufer trat, wollte Firneisen gewappnet sein. Er hat sie nie gebraucht, die Sandsäcke. Bis heute.

Firneisen beobachtete die Straße. Die Dämmerung warf lange Schatten, und es war niemand zu sehen. Auch keine Kinder. Dabei waren sonst immer Kinder auf der Straße. Zweimal schon hatten sie ihm mit einem Ball die Scheiben des Wintergartens zertrümmert, diese elenden Gören. Wenn nicht einmal mehr die Kinder da waren, wurde es verdammt ernst.

Firneisen lauschte, ob sich jemand dem Haus näherte. Aber es blieb ruhig. Lediglich das Laub der alten Platanen raschelte leise vor den Fenstern. Ab und zu hörte man von der Havel her das Tuckern eines Bootsmotors.

Erschöpft sank Firneisen wieder in seinen Sessel und schloss die Augen. Er war müde, und er bekam das verdammte Zittern nicht los.

Auf dem Bildschirm flimmerten die immergleichen Bilder einer Stadt, die zunehmend im Chaos versank. Brüllende Menschen rissen Barrieren nieder, brachen Tore und Absperrungen auf. Ein irrer, grölender Mob wälzte sich trunken durch die Straßen. Nirgendwo war mehr ein Durchkommen. Banken und Geschäfte wurden belagert. Menschen drängelten, schwenkten Fahnen, und der Verkehr auf den Straßen war völlig zum Stillstand gekommen.

»Wir beobachten die Lage«, hatte der Offizier der britischen Kommandantur noch am Morgen zu Firneisen gesagt und schien bemüht, trotz der unübersichtlichen Situation die Fassung zu wahren.

»Aber der Russe wird eingreifen«, redete Firneisen auf den Engländer ein. »Es wird Krieg geben. Die werden niemals zulassen, dass sich der Status quo verschiebt. Sie müssen doch irgendeinen Plan haben. Müssen Sie doch!«

Der Offizier hatte keinen Plan. Er wusste, dass seit sechsunddreißig Stunden die Telefonleitungen zwischen London, Washington und Paris heißliefen. Abwarten, hieß es. Die Lage beobachten. Und dafür sorgen, dass der alte, aufgeregte Mann endlich nach Hause ging.

Fast vierzig Jahre lang war Karl Gustav Firneisen im zivilen Dienst der Royal Air Force am Flughafen Gatow gewesen. Etliche Male war er vom Kommandanten ins Sommerhaus nach Yorkshire eingeladen worden und zur Entenjagd in die Hochmoore von Swandon. Und jetzt, wo es ernst wurde, schickten sie ihn einfach weg wie einen alten Hund.

Also beschloss er, sich, sein Heim und seine Frau selbst zu beschützen, wo es die Alliierten nicht mehr konnten. Er holte die alten Sandsäcke aus dem Keller, als ihm klar wurde, wie unzureichend das Haus gesichert war. Er besserte die morschen Fensterläden aus, vernagelte die Bleiglasscheiben in der Haustür mit Sperrholz, mauerte die Kellerluken zu. Doch es reichte nicht. Die marodierende Masse würde sich nicht davon abhalten lassen. Es waren einfach zu viele.

»Wir sollten aufs Boot gehen«, flüsterte der alte Mann und wartete. – Warum antwortete sie nicht?

»Hertha?«

Inzwischen war es im Haus so dunkel geworden, dass er sich vergewissern musste, ob er die Augen wieder geöffnet hatte. Und irgendwer hatte den Fernseher ausgeschaltet, warum lief denn der verdammte Fernseher nicht mehr?

»HERTHA!!!«

Es klang wie der Schrei eines Ertrinkenden. Firneisen sprang auf und erschrak, als krachend die Pumpgun zu Boden ging. Endlich spürte er die Hand seiner Frau.

»Beruhige dich, Karl«, sagte sie leise.

»Ist jemand an der Tür?«

Gegen seinen Willen wurde er von Hertha wieder in den Sessel gedrückt.

»Nein, beruhige dich, da ist niemand.«

»Ich habe etwas gehört«, beharrte der alte Mann, »da waren Stimmen.«

»Der Fernseher«, erwiderte Hertha, »Karl, das war nur der Fernseher.«

»Aber er ist aus«, schrie Firneisen genervt, »irgendwer hat das Gerät ausgeschaltet.«

»Ich dachte, du wolltest ein wenig ruhen.« Hertha nahm die

Fernbedienung. »Ich mache ihn wieder an, wenn du möchtest.«

»Das solltest du auch möchten, Hertha!« Firneisen war außer sich. Draußen ging die Welt unter, und seine Frau schaltete den Apparat einfach ab. »Wir müssen uns doch informieren!«

Im Fernsehen sah man Polizisten hektisch gestikulieren, eine Menschenmenge hatte einen Bulldozer geentert und rammte damit immer wieder gegen eine Wand aus dreißig Zentimeter dickem Stahlbeton.

»Sieh dir das an«, erregte sich Firneisen, »die haben vor nichts mehr Respekt! Die machen uns platt!«

Tatsächlich brachte der Bulldozer die Betonwand ins Wanken, und ein Kommentator sprach mit flammenden Worten von den unglaublichen Tatsachen, die in diesen Tagen minütlich neu geschaffen wurden, ohne dass darüber vorher ein Politiker …

»Jaja, das ist alles außer Kraft gesetzt«, murmelte Firneisen nervös und hob die Pumpgun vom Boden auf, »da wirken jetzt ganz andere Kräfte. – Wir sollten aufs Boot gehen, Hertha, es ist bestimmt sicherer, wenn wir aufs Boot gehen.«

»Du hast das Boot verkauft, Karl«, erwiderte Hertha ruhig, »schon vor zwei Jahren hast du es verkauft.«

»Aber er benutzt es doch nicht«, rief Firneisen, »ist er schon einmal damit auf dem Wasser gewesen? Nein! Er hat sich auf die Kanaren in Sicherheit gebracht, er wird es uns nicht übelnehmen, wenn wir …«

»Wir sind sicher hier im Haus«, unterbrach ihn Hertha mit Bestimmtheit, »die Türen sind abgeschlossen, und solange die Telefone funktionieren …«

»Glaubst du, uns hilft jemand?« Karl Gustav Firneisen deutete mit fahrigen Händen auf den Bildschirm: »Sieh doch, was passiert! Die Polizei ist völlig überfordert, die werden uns nicht zu Hilfe kommen, wenn hier geplündert wird. Niemals! Die haben in der Stadt genug zu tun.«

»Wenn wir mit dem Boot fliehen und das Haus allein lassen, wird erst recht geplündert.«

Die alte Frau sah zum Fernseher. Politiker riefen mit großen, hilflosen Gesten zur Ruhe auf und beschworen die Einheit des

Landes. Dabei hatten sie Angst. Man sah es an ihren Augen. Angst und Verwirrung. Das Gefühl, von den Ereignissen der Geschichte überrollt zu werden und nichts zu begreifen. Zwei Tage lang ging das jetzt schon so.

»Bislang hat es keine Plünderungen gegeben, Karl.«

»Noch nicht, Hertha.« Der alte Mann erhob sich, »noch nicht«, und stapfte schwankend aus dem Wintergarten.

Da saß sie nun, ratlos, und schenkte sich einen Sherry ein. Auf dem Kurfürstendamm tanzten die Menschen zu Schwarzrotgold. Sie fühlten sich wie Sieger. Aber Hertha Firneisen, geborene Radwainski, wusste, wie solche Ereignisse endeten: mit Mord und Totschlag. Das war schon so, als der Kaiser abdankte. Da war sie gerade acht Jahre alt geworden und ihr Vater bei irgendwelchen Schießereien am Lustgarten umgekommen. Sie war dreiundzwanzig, als die Nazis durchs Brandenburger Tor marschierten, und fünfunddreißig, als alles in Trümmern lag.

Nee, da brauchte man Hertha nix erzählen. Wenn der Mob erst mal auf der Straße war, da hatte ihr Karl sicher recht, dann ging das nie gut aus. Dann dauerte es nicht lange, bis wieder geplündert wurde und Geschäfte in Flammen aufgingen, und dieser kleine Offizier von der britischen Kommandantur würde weiter die Lage beobachten, bis sie ihm sein ahnungsloses Hirn wegschossen.

Plötzlich hörte sie Stimmen. Sie waren ganz deutlich vom Nachbargrundstück zu hören. Aber Brendlers konnten das nicht sein, die waren ja auf den Kanaren …

»Sie sind da!« Mit aufgerissenen Augen kam Karl aus dem Wohnzimmer gerannt. »Hörst du? Direkt nebenan!«

Seine Hände zitterten noch mehr als sonst, und so fielen ihm die Schrotladungen zu Boden, mit denen er die Pumpgun laden wollte.

»Hertha, hilf doch mal!«, schrie er fast panisch, und schließlich nahm ihm Hertha das Gewehr ab und lud es für ihn durch.

»Meinst du, das ist nötig?«

Karl antwortete nicht. Lauschend stand er am Fenster. Abwartend.

Hertha trat zu ihm: »Karl ...«

»Ruhig!« Er hielt ihr den Mund zu. »Hörst du?«

Hertha nickte. Männerstimmen. Weder sonderlich laut noch leise. Falls es Plünderer waren, hatten sie keine Angst, erwischt zu werden.

»Die werden sich wundern«, raunte Karl heiser und nahm ihr entschlossen die Flinte ab. Seine Augen glänzten wässrig und seine Unterlippe bebte.

»Karl ...« Hertha Firneisen versuchte, ihrer Stimme so viel Normalität wie möglich zu geben. Aber es ging nicht. Sie klang wie eine Hysterikerin. »Karl, sei vorsichtig um Gottes Willen!«

»Die werden sich wundern«, wiederholte der und ging festen Schrittes zur Haustür.

2   ES IST UNMÖGLICH. Man kann das »glücklichste Volk der Welt«, wie es der Regierende Bürgermeister Walter Momper nennt, nicht ignorieren. Keine Chance, den ganzen Tag schon nicht.

Ich stehe am Fenster meiner Wohnung und halte mich an einer Zigarette fest. Unten auf dem John-F.-Kennedy-Platz ist der Teufel los. Die übliche Berliner Demo-Melange aus linken Antifa-Gruppen, autonomen Kreuzberger Punks und Alt-Achtundsechzigern wird heute von zahllosen Ostdeutschen verstärkt. Sie schwenken schwarzrotgoldene Fahnen mit dem herausgeschnittenen DDR-Emblem und jubeln den Politikern zu, die sich auf dem Balkon des Schöneberger Rathauses versammelt haben. Außenminister Genscher verliest aktualisierte Listen mit neu geöffneten Grenzübergängen, und Willy Brandt haben die Ereignisse derart zu Tränen gerührt, dass ihm der Blick auf die vielen Plakate verwässert bleibt, die vor einem »Vierten Großdeutschen Reich« warnen. Und so raunzt er launig sein berühmtes »Jetzt wächst zusammen, was zusammen gehört« ins Mikrophon, bevor auch er von »Deutschland-verrecke«-Chören niedergebrüllt wird. Vollends kippt die Stimmung, als Bundeskanzler Helmut

Kohl das Wort ergreift. Der hat es schon immer schwer gehabt in Berlin, daher geht seine Rede in einem ohrenbetäubenden Pfeifkonzert unter.

Und ich mittendrin. Seit fast zehn Jahren bewohne ich die zwei Zimmer, Küche, Bad im zweiten Stock eines Nachkriegsbaues an der Dominicus-, Ecke Belziger Straße; direkt dem Schöneberger Rathaus gegenüber. Demonstrationen vor meiner Haustür sind also nichts Ungewöhnliches, und dennoch ist die Kundgebung heute da unten grotesker Höhepunkt dieses komplett misslungenen Tages, der eigentlich mein dienstfreies Wochenende einleiten sollte.

Dabei hätte ich, bei richtiger Interpretation der morgendlichen Schlagzeile in der BZ, »Berlin ist wieder Berlin«, gewarnt sein müssen. Aber ich habe die Anziehungskraft freier Marktwirtschaft auf unsere im dialektischen Materialismus geschulten Landsleute in der DDR unterschätzt, und so ist mein Versuch, an diesem zehnten November die normalen Wochenendeinkäufe zu tätigen, an den langen Schlangen aufgeregter Ossis vor Supermärkten und Banken gescheitert.

Unverrichteter Dinge trat ich den Rückzug nach Hause an.

Den Untergang Westberlins konnte ich auch vor dem Fernseher verfolgen. Das wenigstens war mein Plan.

Doch dann klingelte es an der Wohnungstür. Normalerweise bekomme ich nie Besuch, wenigstens nicht unangemeldet, und entsprechend arglos öffnete ich die Tür. Das war ein Fehler. Plötzlich war meine Bude voll mit lauten, begeisterten Menschen, die alle behaupteten, irgendwie mit mir verwandt zu sein. Dabei hätte ich schwören können, keinem von denen jemals begegnet zu sein. Bis auf die alte Tante Erna, Rentnerin aus Ostberlin. Sie ist die Nichte eines Urgroßvaters mütterlicherseits und schon früher mal zu Besuch bei mir gewesen. Ich hatte sie des Öfteren zum Aldi-Markt begleitet, wo sie sich eindeckte mit Kaffee, Tempotaschentüchern und anderen Dingen des täglichen Bedarfs, die im Osten wohl Mangelware waren.

Jetzt hatte diese Tante Erna ihre ganze Sippe mitgeschleppt. Der reine Horror. Ich wurde umarmt und geküsst wie ein verlorener Bruder. In kürzester Zeit waren meine Bier- und Weinvorräte leergetrunken, und im Kühlschrank hätte eine Fliege verhungern können.

Die letzten Jahre drüben müssen wirklich schlimm gewesen sein.

Man bombardierte mich mit Fragen, wo es eine bestimmte Sorte Dübel gebe und wo man diese tollen Bohrmaschinen bekomme, die aus der Werbung, ich wisse schon: Black & Decker, Black & Decker, Black & Decker ...

Das war das Signal: Ich beschloss, meine plötzliche Verwandtschaft zum Baumarkt zu führen. Auf dem Weg dorthin verloren sich einige der neuen Schwippschwäger in diversen Erotikshops, den Rest wurde ich spätestens zwischen Schrauben, Raufaserrollen und Klodeckeln los.

Und nun hocke ich in meiner Wohnung, mit knurrendem Magen und einer letzten Flasche Whisky, und hoffe, dass der Spuk draußen bald vorüber ist. Vor dem Rathaus rufen die Politiker zu Ruhe und Besonnenheit auf, um schließlich entrückt die Nationalhymne anzustimmen: »Einigkeit und Recht und Freiheit ...«

Vielleicht hätten sie vorher üben sollen. So misslingt die musikalische Einlage unserer Volksvertreter und wird vom Souverän auf der Straße völlig zu Recht ausgebuht.

Entnervt schließe ich das Fenster und will mir eine Pizza bestellen, aber das Telefon funktioniert nicht. Die Leitungen seien total überlastet, erfahre ich von meiner Nachbarin, die immer Bescheid weiß und sicher gern noch ein bisschen plaudern würde. Doch ich beschließe, den Tag zügig zu Ende zu bringen und lege mich ins Bett.

An Schlaf ist nicht zu denken. Der Magen knurrt, und genau vor meinem Schlafzimmerfenster explodieren in seltsamer Regelmäßigkeit immer wieder Silvesterkracher.

So stehe ich wieder auf, und mir graut bei dem Gedanken, erneut hinaus zu müssen. Da ist es kalt und laut, überall lauern Verrückte, und in den Straßen stinkt der Smog von zigtausenden Zweitaktern.

Es hilft nichts. Wenn ich schon nicht schlafen kann, will ich wenigstens was essen, und so ziehe ich mir die Lederjacke an, schlage den Kragen hoch und eile auf dem kürzesten Weg ins L'Emigrante.

Das L'Emigrante, Eisenacher Straße 179, ist eines der ältesten, italienischen Lokale in der Stadt. Es wird von Enzo D'Annunzio bewirtschaftet, einem gemütlichen, älteren Herren, dem man nicht nur gute Kontakte in die Politik, sondern auch enge Verbindungen zur 'Ndrangheta nachsagt, jener geheimnisvollen Mafia-Loge aus San Luca, die seit Generationen Kalabrien unsicher macht und seit Anfang des Jahrhunderts auch in Berlin tätig ist.

Entsprechend umfangreich sind D'Annunzios Geschäfte: Ihm gehören Spielhallen, Massagesalons und jede Menge Immobilien am Winterfeldtplatz, die er jahrelang verkommen ließ, um, wie er heute freimütig zugibt, etwas gegen die pervers niedrigen Mietpreise zu tun.

Vor acht Jahren hatten autonome, linke Gruppen einige von seinen Häusern besetzt, um gegen Leerstand und Mietwucher zu demonstrieren. Eine ideale Keimzelle für linksradikale Chaoten, wie der damalige Berliner Innensenator Heinrich Lummer befand. Eine extremistische Gefahr, mitten in Schöneberg, in unmittelbarer Nähe des Abgeordnetenhauses.

Ein erster Räumungsversuch durch die Berliner Polizei endete im Fiasko. Tagelange Straßenkämpfe waren die Folge, und die Situation eskalierte, als auf der Potsdamer Straße ein achtzehnjähriger Demonstrant zu Tode kam. Klaus Jürgen Rattay wurde als Opfer zum Symbol eines entfesselten Polizeistaates hochstilisiert, und selbst BILD und Morgenpost, denen man kaum eine besondere Affinität zur linken Protestbewegung nachsagen kann, schlugen sich damals auf die Seite der Hausbesetzer und machten Stimmung gegen jene, die nur die Ordnung wiederherzustellen hatten. Die Berliner Polizei hatte den Kampf auf der Straße verloren.

Ich war zu jener Zeit für die Ermittlungsgruppe Rauschgift als verdeckter Fahnder tätig und galt als Mann mit guten Kontakten zur Unterwelt. Doch ich kannte nur das Elend. Arme Straßendealer, die selbst an der Nadel hingen, fertige Nutten, minderjährige Stricher. An die großen Bosse kam ich nie heran.

Dennoch veranlasste ich eine Durchsuchung jener legendären Stadtvilla in Friedenau, die der sogenannte »Pate von Schöneberg« angeblich mit sechs Geliebten bewohnte. Natürlich war die Villa ein Bordell. Illustre Gäste aus Kunst, Politik und Wirtschaft entspannten hier bei Koks und minderjährigen Mädchen, und so brauchte es nur noch wenig Druck, um D'Annunzio zu einem Deal ganz besonderer Art zu überreden: Hausbesetzer und Mafiapate schlossen unbefristete Nutzungsverträge ab, mit denen beide Seiten das Gesicht wahren konnten. So wurden aus anarchistischen Punks knallharte Immobilienhaie, D'Annunzio ging weiter in Ruhe seinen dubiosen Geschäften nach, und Schöneberg hatte aus der linksextremen Ecke nichts mehr zu befürchten.

Auch ich machte meinen Schnitt und kam zum Lohn endlich dahin, wo ich immer hinwollte: als Hauptkommissar in die Inspektion M1, Keithstraße, Delikte am Menschen – die Mordkommission.

»Commissario, sage mir, was passiert mit der Stadt?«, begrüßt mich Enzo D'Annunzio im L'Emigrante und stellt mir unaufgefordert einen halben Liter Frascati auf den Tisch.

Was soll schon passiert sein? Schulterzuckend setze ich mich. Die Zeit wird entscheiden, ob das ein guter Tag für Berlin wird oder ein schlechter. D'Annunzio lacht sein gutturales Lachen und so, wie ich ihn kenne, steckt er längst die Claims in Ostberlin ab.

»Oder etwa nicht?«

»Nun«, der Italiener verzieht die Miene zu einem breiten Grinsen, »wir werden schauen, ob sich lässt etwas machen da drüben. Aber noch ist die Lage sehr, sehr frisch.« Er hebt die Hände. »Apropos frisch: Willst du etwas essen? Ich habe bekommen ganz frische Fisch. Direkt aus dem Mittelmeer …«

Am anderen Ende des Raumes hat sich ein Mann erhoben und tritt, ungläubiges Erstaunen im Gesicht, an meinen Tisch.

»Dieter? Bist du das? Das darf doch nicht wahr sein!«

Schon wieder ein Verwandter, denke ich, unwillkürlich in Deckung gehend, da ich eine heftige Umarmung erwarte.

Doch der Mann bleibt wie angewurzelt stehen und klopft mit den Fingern auf die Tischplatte.

»Unglaublich, Dieter. Wie lange ist das her?«

Woher soll ich das wissen? Den ganzen Tag schon bin ich mit derartigen Situationen konfrontiert und nie … – Moment mal!

Ich sehe mir den Mann genauer an. Dieses Gesicht habe ich schon mal gesehen. Vor allem, wenn es so fassungslos starrt. Ganz eindeutig war da mal was, und es liegt verdammt lange zurück.

»Fünfzehn Jahre?«

»Dreiundsiebzig, die Weltfestspiele«, präzisiert das nicht so unbekannte Gesicht.

Mein Gott, wie war nur sein Name? Siegmund, Sieghard, Siegfried …?

»Siggi«, entscheide ich mich schließlich. Da kann ich nix falsch machen.

»Du erinnerst dich«, freut sich Siggi und setzt sich zu mir. »Mensch, wie lange biste denn schon hier?«

»Gerade rein«, sage ich. Schließlich bin ich hungrig.

»Ich mache dir eine schöne Spaghetti di Mare.« Enzo D'Annunzio macht eine Handbewegung, die die versprochene Köstlichkeit nur andeuten kann, und verschwindet in der Küche.

Siggi lacht dröhnend und schlägt auf den Tisch.

»Na klar, unser Dieter ist richtig ausgehungert, was? Kein Wunder nach vierzig Jahren! Ich bin schon im September rüber«, setzt er triumphierend hinzu, »über Ungarn. Als sie den Zaun aufgeschnitten haben.«

»Glückwunsch«, murmele ich, »da war wohl wer zur richtigen Zeit am richtigen Ort.«

»Kann man so sagen«, nickt Siggi, »es gab da so Gerüchte. – Und?«, erkundigt er sich fürsorglich, »Wie gefällt dir der Westen?«

Also doch eine Verwechslung, denke ich. Aber dann fällt mir ein, dass ich mich damals bei den Weltfestspielen in Ostberlin als DDR-Bürger ausgegeben hatte. Ich war sozusagen undercover im Dienst der Freiheit. Getarnt als Jungfunktionär im blauen Hemd. Aber das kann dieser Siggi natürlich nicht wissen. Ich muss ihn besser einordnen, denn damals hatte ich mich mit vielen Ostdeutschen bekannt gemacht. – Siggi, Siggi, Siggi ...

»Bist du noch mit Monika zusammen?«

Zack! Der Name durchfährt mich wie ein eiskalter Schauer. Das war's: Monika. – Du lieber Himmel. Ich sehe auf die Spaghetti di Mare, die mir der »Pate von Schöneberg« wortlos hingestellt hat. Keine Ahnung, wie der das immer so schnell hinbekommt.

»Balla, Balla, Ballerina«, singt Lucio Dalla aus den Boxen.

Monika ...

»Ihr habt euch getrennt«, stellt Siggi fest und sieht zu, wie ich in meinen Spaghetti stochere. »Das war mir damals schon klar, dass das für dich nur 'ne Affäre war.«

Ich brauche einen Schnaps und winke Francesco, einem schmalen Jungen hinter der Bar. »Machste mir 'n Grappa?«

»Claro, Commissario, Grappa kommt sofort.«

»Mir auch«, ruft Siggi. Er lässt mich nicht aus den Augen, starrt mich an, als wollte er Gedanken lesen. »Was ist denn aus Moni geworden?«

»Woher soll ich das wissen? Ich bin gleich nach den Weltfestspielen zurück nach Westberlin.«

»Ehrlich? Dreiundsiebzig?« Siggi scheint verblüfft. »Mach kein Quatsch! Wie hast 'n das geschafft?«

Oh je, denke ich, da habe ich mich aber richtig in die Nesseln gesetzt. Gut, dass der Grappa kommt.

»Prost, Siggi«, sage ich.

»Prost!« Siggi hebt sein Glas: »Auf das unverhoffte Wiedersehen.«

Ja, das ist es wohl, ziemlich unverhofft, dieses Wiedersehen. Ich stürze den Grappa mit einem Zug runter.

Siggi tut es mir nach und schüttelt sich.

»Mensch, und ich wollte mich gerade wundern, wieso du hier so routiniert Grappa und Spaghetten bestellst.«

Das sagt er wirklich: Spaghetten.

»Aber wenn du schon dreiundsiebzig rübergemacht bist ...« Siggi nickt mir anerkennend zu. »Biste ja 'n eingefleischter Wessi geworden, was?«

Ich überlege, wie ich dem Gespräch eine andere Wendung geben kann, doch Siggi lässt mich nicht zu Wort kommen.

»Wenn man es recht bedenkt, war es ja 'ne gute Gelegenheit zur Flucht, damals. Die Stadt voll mit Ausländern, die Partei gab sich betont liberal, und wahrscheinlich hatten sie an den Grenzen bei all dem Trubel den Überblick verloren. – War doch so, was, Dieter? – Haste ausgenutzt, wie? Völlig überforderte Grenzer, hätte ich auch drauf kommen können.« Siggi ordert bei Francesco ein zweites Glas und bestellt noch einen halben Liter Wein.

»Aber ich war damals noch nicht soweit. Mir kam's erst letztes Jahr. Zu meinem Vierzigsten. Mann, Siggi, hab ich gedacht, jetzt biste vierzig, und was ist passiert in deinem Leben? Nüscht! Einfach noch mal neu anfangen, das wär's. Naja und dann bin ich zu Inneres und hab gesagt, so und so sieht's aus, Genossen, es gibt 'ne Schlussakte von Helsinki, also lasst den Siggi ziehen.« Er lacht bitter auf. »Ich kann nicht sagen, dass die mich ernst genommen haben. Im April haben sie meinen Ausreiseantrag für ungültig erklärt.« Er schüttelt den Kopf und sieht mich eindringlich an. »Gibt's das, Dieter? Kann man den Willen eines Menschen einfach so mir nix dir nix für ungültig erklären? Aber so ist das Regime, der freie Wille interessiert niemanden.« Mit einer heftigen Bewegung winkt er ab. »Und jetzt machen die einfach die Mauer auf! Unglaublich!«

»Die ist am Montag wieder zu«, sage ich, denn so viel ist klar: Die lassen da drüben einfach mal Dampf ab. Alles rauslassen, was raus will, bevor ihnen der Arbeiter-und-Bauernstaat um die Ohren fliegt, und anschließend wird die Klappe wieder dichtgemacht.

»Egal.« Siggi sieht zu, wie Francesco die zweite Karaffe Frascati bringt und ein zweites Glas. »Die können machen, was sie wollen. Mich sind die jedenfalls los. Prost!«

»Prost«, mache ich folgsam und denke an Monika. Obgleich der Alexanderplatz während der Weltfestspiele im August '73 voll von schönen, jungen Menschen war, Moni fiel auf. Eine Uschi Obermaier des Ostens, umworben von den Männern und für jedes Abenteuer gut. Dass Siggi mit ihr zusammen war, ist mir damals gar nicht aufgefallen.

»Es war mir aber ernst mit ihr.« Siggi trinkt seinen Wein wie Wasser, »sehr ernst«, und stellt das leere Glas dann ab. Vorsichtig, mit seltsam abgespreiztem Ringfinger.

Wenn er Monika damals auch so angefasst hat, kein Wunder, dass sie ihm weggerannt ist.

»Ich war ziemlich fertig danach.« Siggi sieht mich anklagend an.

»Komisch, dass sie nicht wieder zu dir zurück ist. Ich meine, nachdem ich dann weg war?«

Wenn man es recht bedenkt, müsste mir Siggi für den Spruch eins in die Fresse hauen. Aber er tut's nicht. Stattdessen:

»Ich wusste ja nicht mal, wo sie wohnt. Nur dass sie irgendwie aus der Lausitz kam und du ...«

Keine Ahnung.

»... aus Magdeburg.«

Ich pruste los, dass die Spaghetti di Mare über den Tisch fliegen. Magdeburg! Klar, jetzt erinnere ich mich, dass man sich beim Verfassungsschutz für Magdeburg entschieden hatte, weil es nahe an Niedersachsen liegt, und man daher annahm, dort würde hochdeutsch gesprochen. Weit gefehlt! In Ostberlin wunderten sich alle, dass Jugendfreund Dieter überhaupt nicht wie ein Magdeburger klang. Jeden Augenblick musste ich befürchten, dass meine Tarnung aufflog. Aber ich war jung, gerade sechsundzwanzig Jahre alt, und vermutlich genoss ich die romantische Vorstellung, wie in einem amerikanischen Agentenfilm im Morgengrauen auf der Glienicker Brücke gegen Sowjetspione ausgetauscht zu werden.

»Ich kannte Moni doch auch erst seit 'ner Woche.« Siggi schenkt uns versonnen Wein nach. »Auf dem Solibasar hab ich sie kennengelernt. Erinnerste dich? Batikhemden für ein antiimperialistisches Afrika. Ich hab ihr den ganzen Stand abgekauft, so verliebt war ich.«

Plötzlich stürmt eine Horde volltrunkener Moonwashed-Jeans-Träger ins L'Emigrante. Sie belagern die Bar, grölen »so ein Tag, so wunderschön wie heute« und machen jede weitere Unterhaltung unmöglich.

Wir sehen uns die Typen einen Moment lang an, dann macht Siggi einen Vorschlag.

»Was hälste davon, wenn wir die Lokalität wechseln?«

Natürlich könnte ich nein sagen.

Es wäre die Chance, das sonderbare Treffen zu beenden. Ich könnte mich entschuldigen, »sorry Siggi, bin total müde, ein andermal, okay?«, und mich mit ihm auf den Sanktnimmerleinstag verabreden.

Aber ich bin inzwischen zu betrunken. Ich habe mein dienstfreies Wochenende vor mir und will weitersaufen.

Und deshalb: »Okay, Siggi. Was hältste von der Turbine Rosenheim?«

3   TROTZ DES NEBELS, der die Autobahn nach knapp hundert Metern im Nichts verschwinden ließ, befahl Oberstleutnant Wolf-Ullrich Cardtsberg seinem Fahrer, Gas zu geben. Es war ohnehin kaum Verkehr in dieser Nacht, und der Offizier fragte sich, ob das eher ein gutes oder ein schlechtes Zeichen war. Fröstelnd saß er im Fond, unbeweglich in seinen Uniformmantel gehüllt, obwohl der Fahrer die Heizung voll aufgedreht hatte.

Im Radio lief Verdis »Rigoletto«, eine Aufzeichnung aus der Komischen Oper Berlin, so als wäre nichts geschehen. Keine Nachrichten, seit einer Stunde nicht.

Cardtsberg hätte den Fahrer bitten können, einen anderen Sender zu suchen, doch was nutzte das? In letzter Zeit machten die Journalisten ohnehin, was sie wollten, und ihre Berichte verwirrten Cardtsberg eher, als dass sie ihm die tatsächliche Sachlage näher brachten. Die einzige Klarheit bestand darin, dass seit Schabowskis fatalem Stotterer vor der Presse gestern Abend alles den Bach runterging. Alles, was man in den vergangenen vierzig Jahren aufgebaut hatte – mit einem einzigen, unüberlegten Satz zerstört.

Cardtsberg schüttelte unwillkürlich den Kopf. Was hatten die sich nur dabei gedacht? Statt das Land zu schützen, warfen sie der Konterrevolution so einen fetten Happen vor die Füße. Unglaublich.

Müde schob er sich eine Zigarette in den Mund, ließ das Feuerzeug aufschnappen und inhalierte tief. Er fühlte sich ausgebrannt. Er hatte keine Ahnung, wie es weitergehen sollte, und das machte ihm Angst.

Nie war der erste Arbeiter-und-Bauernstaat auf deutschem Boden so in Gefahr wie heute. Täglich gab es Demonstrationen mit immer unverschämteren Forderungen, Protestkundgebungen, auf denen die Existenzfrage gestellt wurde. Hunderttausende verließen das Land. Statt angemessen zu reagieren, agierte die Partei- und Staatsführung zunehmend kopflos und konfus. Die Dinge liefen aus dem Ruder, seit Monaten schon.

Inzwischen waren einhundertdreiundachtzig Hundertschaften der Nationalen Volksarmee mobilisiert worden. Allein fünfundzwanzigtausend Mann bildeten die sogenannte »schnelle Eingreiftruppe« für Berlin. Bereit, innerhalb von vierundzwanzig Stunden für Ruhe und Ordnung in der Hauptstadt zu sorgen.

Doch in der Truppe rumorte es. Aufgabe der NVA war, so die Ansicht vieler Offiziere, die Verteidigung nach außen. Da man es aber mit inneren Unruhen zu tun hatte, sollten das auch die dafür zuständigen Organe erledigen: also Volkspolizei und Kampfgruppen sowie die Truppen von Innenministerium und Staatssicherheit. Doch ein entsprechender Befehl blieb aus.

Stattdessen war seit den Mittagsstunden erneut das Militär gefordert. Und das, obwohl sich Egon Krenz, seit knapp drei Wochen neuer Generalsekretär der Partei, noch am Morgen offen zur Grenzöffnung bekannt hatte. Diese sei ein wichtiger Schritt zur Stabilisierung der politischen Lage gewesen, hieß es, notwendig, um das Vertrauen der Bevölkerung wiederherzustellen.

Doch fast gleichzeitig wurden für das Grenzkommando Mitte, die Erste Motorisierte Schützendivision in Potsdam und das vierzigste Luftsturmregiment erhöhte Gefechtsbereitschaft angeordnet. – Warum? Mit welchem Ziel?

Wer spielte hier mit falschen Karten?

Sicherheitshalber hatte Cardtsberg in seinem Regiment die gesamte Kampftechnik aufmunitionieren und einsatzbereit machen lassen. Während der Fuhrpark durchgestartet wurde, hatte eine Gruppe von Unteroffizieren und Soldaten das Offizierskasino gestürmt und lautstark eine allgemeine Stellungnahme zu den aktuellen politischen Ereignissen gefordert. Aber was sollte man denen erzählen?

Dass die Parteiführung überfordert war? Dass man es im Politbüro seit der Absetzung Honeckers mit einer Laienspielschar zu tun hatte? Dass Staatssicherheit und Grenztruppen komplett versagt hatten und sich die sowjetischen Waffenbrüder trotz allem in ihren Kasernen vergruben?

Kurz: Die Lage war unübersichtlich. Und um sie wieder unter Kontrolle zu bekommen, galt es, die Befehle auszuführen und gefechtsklar auf den Stationen zu bleiben. Ende der Durchsage.

Am Nachmittag dann der Anruf von Gotenbach aus dem Hauptstab in Strausberg. Alle Kommandeure der »Berliner Gruppierung« hatten sich Punkt zweiundzwanzig Uhr dreißig im Gästehaus der Luftstreitkräfte einzufinden. Das Treffen unterliege strengster Geheimhaltung, entsprechende Maßnahmen seien zu treffen.

Das klang nicht gut.

Wenn nicht einmal mehr Verteidigungsrat und Regierung eingeweiht wurden, war die Lage ernst. Sehr ernst. Das roch nach Putsch.

»Biegen Sie am Dreieck Pankow ab.« Cardtsberg drückte die Zigarette im Ascher aus.

»Pankow?« Der Fahrer setzte den Blinker. »Ich denke, es geht nach Strausberg?«

»Wir machen einen kleinen Abstecher«, erwiderte der Oberstleutnant, »es wird nicht lange dauern.«

Kurz darauf hielt der Wagen vor einem alten Mietshaus in der Stargarder Straße im Berliner Stadtteil Prenzlauer Berg.

Cardtsberg stieg die knarzenden Stufen im Treppenhaus hoch, wo es nach Kohl und Leberknödeln roch. Im dritten Stock blieb er vor einer Wohnungstür stehen. »Cardtsberg / Muran« stand drauf.

Er drückte kurz die Klingel und wartete.

Nach einer Weile öffnete ein junger Mann mit langen, ungewaschenen Haaren und wich etwas zurück, als er den Oberstleutnant sah.

»Was willst du denn hier?«

»'n Abend, Felix!« Cardtsberg trat in die Wohnung. Er nahm die Mütze ab und sah sich kurz um. »Ist Anke nicht da?«

»Die ist letzte Nacht rüber.« Der junge Mann schloss die Tür.

»Zu ihrer Schwester, nehme ich an. Hat die Gelegenheit genutzt.«

Cardtsberg öffnete seinen Uniformmantel und ließ sich auf den Küchenstuhl sinken. »Und du? Warum bist du noch hier?«

»Was soll ich im Westen?«, erwiderte der junge Mann. Er nahm einen Wasserkessel vom Herd. »Willst du 'n Tee?«

»Kaffee wär mir lieber.« Der Oberstleutnant bemühte sich um ein Lächeln, doch Felix achtete nicht darauf.

»Ich hab nur Tee«, sagte er und goss zwei Tassen voll.

Auf dem Küchentisch stand eine alte Schreibmaschine zwischen mehreren Aktenstapeln, Zeitungen und Büchern. Eine zerfledderte Ausgabe von Kants »Kritik der reinen Vernunft« war darunter, Gorbatschows »Perestroika« und eine »Einführung in die Philosophie« von Karl Jaspers.

»Entschuldige«, Felix machte etwas Platz auf dem Tisch, damit er die Teetassen abstellen konnte, »aber ich war gerade ...« Er sagte nicht, was er gerade war, und rieb sich die Augen. Seine Jeans wirkten speckig, der alte Wollpullover war an den Ellenbogen fast durchgewetzt, und offenbar hatte Felix seit Tagen nicht geschlafen. Er zog ein Schreiben aus der Schreibmaschine und reichte es Cardtsberg. »Wo du schon mal hier bist!«

»Was ist das?«

»Eine Petition des ›Neuen Forum‹«, antwortete Felix, »es soll alle Seiten zur Gewaltfreiheit verpflichten. Es ist noch nicht ganz ausformuliert, aber du kannst ja schon mal unterschreiben.«

»Ich unterschreibe keine Blankoschecks.« Cardtsberg gab das Schreiben ungelesen zurück und sah auf die Uhr. »Hat Anke gesagt, wann sie zurückkommt?«

Felix schüttelte unmerklich den Kopf. »Glaubst du, dass sie zurückkommt?«

Cardtsberg zuckte die Schultern: Seine beiden Töchter. Vergebens hatte er versucht, sie zu halten. Aber es war ihnen zu eng in der DDR, sie waren wie fixiert auf alles, was westlich war, kapitalistisch und bunt. Anke hatte nie überwunden, dass ihre Schwester es zuerst nach drüben schaffte. Wochenlang blieb sie nur noch im Bett. Depression, sagten die Ärzte und schlugen eine stationäre Behandlung vor. Aber Anke war so paranoid, dass sie fürchtete, im Krankenhaus würde man sie von Staats wegen umpolen.

Cardtsberg seufzte. Wie kam sie nur auf so einen Unsinn? Später stellte Anke einen Ausreiseantrag und hoffte, von der Schwester nachgeholt zu werden. Aber die meldete sich nicht mehr. Anke begriff es nicht. Mehrmals hatte ihr Cardtsberg zu verstehen gegeben, dass es seinetwegen sein könnte. Als Offizier der Nationalen Volksarmee war ihm jeglicher Kontakt ins westliche Ausland untersagt, und die Kapriolen seiner Kinder hatten ihn längst in der Dienststelle eingeholt. Ständig wurde er in die Abteilung Zweitausend zitiert, die militärische Innenaufklärung, zu stundenlangen Befragungen über sein Verhältnis zum Staat und warum seine Töchter so missraten waren.

Aber waren sie missraten? Die Mädchen ließen sich halt ungern was erzählen. Sie wollten die Welt mit eigenen Augen sehen. Was war daran falsch?

Falsch war, dass man ihn im Verteidigungsministerium wegen der Kinder nicht mehr für tragbar hielt. Oder wie es General Hendrik Wienand, stellvertretender Chef des militärischen Stabes, ausdrückte: »Genosse Oberstleutnant, ich kann vor dem Minister nicht verantworten, dass im Stab jemand Dienst tut, dessen Töchter die Seite gewechselt haben oder noch wechseln wollen.«

»Mit Verlaub, Genosse Generalmajor«, hatte Cardtsberg erwidert, »ich kann nicht verstehen, wie Sie es verantworten, Soldaten an ihren Töchtern zu messen. Vielleicht sollten Sie eine Mädchenschule aufmachen.«

Der Spruch saß, und Wienand hatte sich auf seine Art gerächt. Er verhinderte Cardtsbergs Beförderung zum Oberst und betrieb seine Versetzung an den Arsch der Welt: Panzerregiment Hirschfelde, tief in der mecklenburgischen Einöde. Weit weg von der Hauptstadt.

Insofern war es erstaunlich, dass Cardtsberg heute zum Treffen der Berliner Gruppierung nach Strausberg gerufen wurde. Wenigstens das. Eine kleine Genugtuung. Jetzt, wo das Kind in den Brunnen gefallen war, brauchten sie ihn wieder.

»Warum willst du nicht unterschreiben?«

»Felix«, Cardtsberg nippte am Tee, »du weißt, was ich vom ›Neuen Forum‹ halte.« Er stellte die Tasse wieder ab. »Und genauso wenig halte ich von unausgereiften Petitionen …«

»Ich sage doch, ich formuliere das noch aus«, unterbrach ihn Felix, »es geht doch nur um den Gewaltverzicht!«

»Gewaltverzicht? Gegen wen?« Cardtsberg beugte sich vor. »Ich bin Soldat, Felix. Ich habe einen Eid auf diese Republik geschworen. Und ich werde nicht tatenlos zusehen, wie alles zugrunde geht.«

»Bist du deswegen hier?« Felix sprang auf und lief nervös in der Küche auf und ab. »Gibt es die chinesische Lösung? Rollen bald die Panzer, oder was?«

»Gewaltverzicht kann es nur geben«, Cardtsberg deutete auf das Papier, »wenn die Gegenseite auch unterschreibt.«

»Welche Gegenseite?« Felix verstand nicht. »Meinst du mich? Ich unterschreibe, hier«, er griff sich einen Stift und unterzeichnete das Papier, »bitte sehr!«

»Das ist doch alles unausgegoren.« Cardtsberg machte eine wegwerfende Handbewegung. »Eure ganze Politik. Was für eine Alternative habt ihr denn? Warum seid ihr überhaupt noch hier?« Ohne es zu wollen, regte er sich auf. »Die Grenze ist offen, ihr könnt gehen! Was wollt ihr denn noch?«

»Es geht doch gar nicht um die Grenze«, erwiderte Felix.

»Ach, hab ich mich verhört? Was war denn das für 'n Geschrei auf euren Montagsdemonstrationen? Die Mauer muss weg! Also tschüß! Ich werde niemanden aufhalten.«

»Genau so habt ihr euch das gedacht, was?« Felix stützte sich schwer auf den Tisch und beugte sich zu Cardtsberg vor. »Aber das fällt euch auf die Füße, glaub mir, denn ihr werdet die Grenze nicht mehr dichtbekommen.«

»Abwarten«, knurrte Cardtsberg und stand auf.

Felix stellte sich ihm in den Weg.

»Nicht wir machen alles kaputt, sondern ihr«, sagte er leise, »ihr habt doch nie einen Dialog zugelassen. Für euch war jeder, der nur reden will, ein Feind. Wir wollten nur Reformen.«

»Ja.« Cardtsberg klang bitter. »Wir sehen ja gerade, wohin das führt. – Hier!« Er legte einen Schlüssel auf den Tisch und ging zur Küchentür. »Falls die Mädchen zurückkommen …«

»Was soll das?« Felix sah irritiert auf. »Das ist doch der Schlüssel zur Datscha?«

»Vielleicht ist es besser, ihr macht euch ein paar schöne Tage auf dem Land.« Er setzte seine Mütze auf. »Also, ich muss.«

»Schöne Tage auf dem Land?« Felix hielt Cardtsberg zurück. »Was, verdammt, habt ihr vor?«

»Was willst du denn hören, Felix!«

Er wartete die Antwort nicht ab, machte sich mit einem Ruck los und ging zügig die Treppe hinunter.

Auf dem Absatz drehte er sich noch mal um.

»Verlass die Stadt, bevor es zu spät ist«, sagte er leise, bevor er in den unteren Etagen des alten Hauses verschwand.

4   DIE TURBINE ROSENHEIM ist zwar kaum der rechte Club für saufende Mittvierziger, aber ich mag den Laden. Zwar ist mir der Motown-Sound der frühen Jahre lieber, doch die schönen Leiber der Mädchen, die sich zu den schnellen, elektronischen Beats auf der Tanzfläche wiegen, entschädigen mich sogar für das unablässige Gefasel, mit denen mir Siggi alkoholselig das Ohr abzukauen droht.

Und ich stelle mir Monika vor: in engen Jeans und über dem Bauch zusammengeknoteten Blauhemd tanzt sie zu Dr. Mottes House Music.

»Na Mensch, inzwischen muss sie ja auch bald vierzig sein«, vermutet Siggi und nickt mit dem Kopf im Rhythmus der wummernden Bässe.

Wie ein Huhn, denke ich, fehlt nur noch, dass er gackert.

»Verstehste, ich habe sie geliebt«, fängt Siggi wieder an, »nie wieder habe ich jemanden so geliebt. Klar, ich kannte sie erst 'ne Woche, aber das war egal, verstehste? Völlig egal. Vom Fleck weg geheiratet hätte ich die. Sofort, ohne Diskussion.«

Ich beobachte ein junges Mädel. Es schüttelt das lange, dunkle Haar und bewegt sich seltsam retardierend zur Musik. Wie in Zeitlupe. Wahrscheinlich steht die Kleine unter irgendwelchen Drogen. Und sie trägt ein nettes, enges T-Shirt, das sich über den Brustwarzen faszinierend spannt.

»Moni war für mich sozusagen the one and only«, greint Siggi, »die oder keine. Das wär's gewesen, ehrlich. Ich bin bis heute nicht verheiratet, weil ich jede Frau, der ich begegnet bin, mit uns'rer Moni verglichen habe.«

Bei »uns'rer Moni« stößt er mir kumpelig in die Seite, dass ich beinah vom Barhocker falle, aber ich halte mich am Tresen fest.

»Keine konnte ihr das Wasser reichen, keine.« Siggi nuckelt an seinem Gin Tonic wie ein Baby. »Es hat mir echt das Herz zerrissen damals. Als ihr einfach so abgeschoben seid. Das ging mittendurch, sage ich dir, das war so ein Schmerz ganz tief in mir drin ...«

»Mensch, krieg dich wieder ein, Siggi!«

Was nervt der Kerl jetzt rum? Wenn's wirklich so ernst mit der Liebe gewesen wär, hätte er doch Moni wieder ausfindig gemacht.

»Hab ich ja versucht.« Siggi wedelt mit den Armen, als wollte er fliegen lernen. »Aber sie war verschwunden. Plötzlich weg, genau wie du. Überall bin ich rumgerannt, war beim Organisationskomitee und so ... Du, das war komisch«, wechselt er plötzlich den Ton ins Vertrauliche, »sagt schließlich der Long Tom zu mir – kannste dich noch an den Long Tom erinnern?«

Null. Wer zum Teufel war Long Tom?

»Na, der Typ vom Organisationskomitee, dieser Hundertfuffzichprozentige, der wusste doch immer ganz genau wo's langgeht – jedenfalls sagt der plötzlich zu mir: ›Siggi, ganz im Vertrauen, aber es ist besser, du fragst nicht mehr nach denen, klar? Vergisses einfach, okay?‹ Und sein Ton hatte plötzlich so 'ne Schärfe, richtig aggressiv, sage ich dir.« Siggi schüttelt den Kopf.

»Verstehste das? Wieso wird der aggressiv, wenn man ihn nach Moni fragt?«

Naja, denke ich, immerhin war sie mit einem Staatsfeind zusammen. Wenn auch nur drei Tage.

Und Nächte, vor allem die Nächte, sommerlich warm auf dem Friedrichshainer Trümmerberg. Über uns funkelten die Sterne, und meine Unterwäsche fiel auf. Schiesser. Moni kicherte. Von der Oma im Westen, oder was? Sie schmiegte sich an mich, knabberte an meinen Ohren und sprach von dialektischen Widersprüchen. Das Problem war nicht, dass ein FDJler Schiesser trug. Das Problem war, dass man sich in der DDR nicht in der Lage sah, so sexy Unterhosen für die Jugendfreunde herzustellen. Stattdessen gab es Feinripp aus China. Wieso eigentlich?

Ich dachte daran, mich bei meinem nächsten Einsatz im Osten mit chinesischen Unterhosen einzudecken. Vorerst aber galt es zu verschwinden. Die Sache hier wurde allmählich zu heiß.

Es war der letzte Tag der Weltfestspiele. Die Nacht hatte man unter dem Ostberliner Fernsehturm verbracht. Es war schön. Viele Leute waren da, hatten Gitarren dabei, man trank und sang gemeinsam »Sag mir, wo die Blumen sind« und »Venceremos«, wir werden siegen.

Für den Vormittag war eine große Abschlusskundgebung auf dem Marx-Engels-Platz geplant. Tausende Leute formierten sich, penibel organisiert in Marschblöcken, und Moni wollte unbedingt wissen, wo ich hingehörte, damit sie mich später wiederfand. Aber für einen Dieter Knoop gab es keinen Marschblock. Ich war nirgendwo registriert im Lande der Registrierten, und bevor das auffiel, musste ich weg sein. Unter dem Vorwand, mal kurz aufs Klo zu müssen, verabschiedete ich mich und verschwand im allgemeinen Trubel in einer Nebenstraße, die hinter der Universität zum Bahnhof Friedrichstraße führte. Dort hatte ich in einem Schließfach meine Reisetasche deponiert. Mir ging mächtig die Muffe. Permanent hatte ich das Gefühl, beobachtet zu werden. Selbst der Klomann auf der Bahnhofstoilette machte mir Sorgen. Aber wenn er wirklich von der DDR-Staatssicherheit bezahlt wurde, machte er seinen Job schlecht, denn er bemerkte nicht, dass aus dem Magdeburger Jugendfreund Dieter, als der ich das Klo betreten hatte, beim Hinausgehen der Westberliner Tourist Hans Dieter Knoop geworden war.

Eilig ging ich an wartenden Wolga-Taxen vorbei auf die Ausreisehalle zu. Moni hatte mir erzählt, dass der Volksmund das Ding Tränenpalast getauft hatte. Wegen der Tränen, die da flossen, wenn sich die Liebenden aus Ost und West voneinander verabschiedeten.

Und plötzlich stand sie vor mir. Als hätte sie es geahnt. Sie starrte mich an, und ich kam nicht an ihr vorbei. Nicht an diesen schönen, dunklen Augen. An diesem Blick. Nicht an ihrer Ratlosigkeit. Ich nahm sie in den Arm, versuchte mich in den wenigen Augenblicken, die uns noch blieben, zu erklären, doch Moni fing plötzlich an, verzweifelt auf mich einzuschlagen.

»Das kannst du nicht machen«, rief sie immer wieder, »du verdammter Mistkerl, das kannst du nicht mit uns machen!«

Bis zur Passkontrolle rannte sie mir nach. Dann wurde sie von zwei Vopos gepackt und fortgezerrt. Ich habe Monikas Schreie heute noch im Ohr. »Lasst mich los! Das kann er nicht ... das kann er doch nicht einfach machen ...«

Nie wieder im Leben hab ich mich so schlecht gefühlt. Und mir wird heute noch übel, wenn ich daran denke.

Siggi starrt mich an. »Da warste aber eiskalt, was?«

Was heißt eiskalt? Ich hatte keine andere Wahl.

»Das hätte ich nicht gebracht.« Siggi rutscht fassungslos vom Barhocker. »Nie im Leben hätte ich das gebracht.«

»Natürlich hätteste das gebracht«, widerspreche ich, »Mann, ich hatte Schiss! Wenn die spitzgekriegt hätten, dass mich der Verfassungsschutz eingeschleust hat, wär Schluss gewesen!«

»Verfassungswas?« Siggi reißt die Augen auf: »Hör mal, was für einen Mist erzählst du hier eigentlich?«

Hat es dieser Blödmann noch immer nicht geschnallt? Wozu noch leugnen? Sechzehn Jahre sind seitdem vergangen, und wir befinden uns auf sicherem Terrain. Das hier ist Schöneberg, klar? Freies Westberlin, zumindest bis gestern.

»Ich tauge nicht zum Agenten«, erkläre ich Siggi, »das ist mir damals klargeworden. Dann lieber normal als Bulle Streife schieben in Neukölln. Das ist zwar weniger spektakulär, aber das Gewissen schlägt nicht so auf den Magen durch.«

»Gewissen?« Siggi ist außer sich. »Was für'n Gewissen? Ausgehorcht haste uns«, spult er sich auf, »'n Westspitzel, ich glaub's nicht.«

»Mann, so waren halt die Zeiten, Vietnamkrieg, Münchner Olympia-Attentat, und ihr macht kommunistische Weltfestspiele! Ist doch klar, dass wir wissen wollten, was da läuft bei euch.«

»Na sicher, ist ja ganz normal.« Siggi fällt das Gin-Tonic-Glas zu Boden, aber er achtet nicht drauf, und seine Stimme kriegt einen seltsamen Unterton. »Alles völlig normal. Merkt ja keiner, wie normal das alles ist, – oder?«

Das »Oder« kommt merkwürdig laut und aggressiv, und innerlich spüre ich, dass dieser Siggi der falsche Mann für das Gespräch ist und die Turbine Rosenheim der falsche Ort. Wie gern hätte ich Moni das alles erklärt und ihre Wut ertragen, aber nicht diesen Typen. Was spielt der sich auf?

»Scheiße«, brüllt Siggi, »ist dir eigentlich klar, was du Moni angetan hast? Ist dir das eigentlich klar?!«

»Ach, leck mich doch am Arsch!«

Völlig unvermittelt bekomme ich jetzt wirklich eins auf die Nase. Siggis rechte Gerade trifft mich mitten ins Gesicht, dass es kracht. Im Fallen reiße ich ein paar Gläser mit, und der Barkeeper flitzt erschrocken um den Tresen herum.

»Hey, relax, ihr zwei, okay? Ich will hier keinen Ärger!«

Er hilft mir hoch, doch Siggi stößt den Barmann achtlos beiseite und drischt weiter auf mich ein. Wieder gehe ich zu Boden, doch diesmal bin ich vorbereitet und leite den Gegenangriff mit einem gezielten Fußtritt ein, der Siggi aus dem Gleichgewicht bringt. Ein paar Mädels schreien auf. Wir wälzen uns herum, und ich bekomme ein paar Schläge in den Magen, die mir für Minuten die Luft rauben. Dennoch versuche ich, noch ein paar Treffer zu landen, doch plötzlich sind lauter Typen da, die an uns herumzerren, um uns zu trennen.

»Holt doch mal einer die Bullen«, keucht jemand, »los! Ruft die Bullen!«

»Nicht nötig«, röchle ich mühsam und halte meinen Kripoausweis hoch. Doch der interessiert keinen mehr, und deshalb lande ich draußen vor der Tür auf der Kühlerhaube eines parkenden Autos.

»Du hast ab sofort Hausverbot«, ruft irgendwer, und eine Tür fliegt etwas zu laut ins Schloss.

Frische, eiskalte Luft. Im Wetterbericht hatten sie Nachtfrost angesagt. Er kühlt meine Wunden. Ich drehe mich auf den Rücken und bleibe auf der Motorhaube liegen. Es ist ganz angenehm so. Ich höre das Wummern der Bässe aus der Turbine: boum-boum-boum – boum-boum-boum ... Am Himmel ein paar explodierende Feuerwerkskörper und das Sternbild, das man immer sieht, wenn in Berlin der Himmel klar ist. Der »Große Bär« oder »Große Wagen«. Wenn man dessen Achse um das Fünffache verlängert, könnte man den Polarstern sehen. Wenn er nicht gerade von einem Haus verdeckt wird.

»Hier! Rauch erst mal eine!«

Irgendwer hält mir eine glimmende Zigarette hin. Erst jetzt bemerke ich, dass überall debattierende Grüppchen auf der Straße stehen. Die gesellschaftliche Situation in Ost und West wird klassenübergreifend diskutiert. »Bei euch ist och nich allet Jold, wat jlänzt, oda?« – »Ganz im Gegenteil, wir sind bis über beide Ohren korrumpiert.« – »Lieba korrumpiert vom Wohlstand, als revolutioniert vonne Russen!«

Ich inhaliere gierig, muss husten und spucke Blut.

Und einen Zahn. Shit, ausgerechnet ein Schneidezahn. Ich werde mir das Grinsen abgewöhnen müssen.

Aber im Augenblick habe ich ohnehin nicht viel zu lachen, denn eben geht die Tür zur Turbine erneut auf, und ein sich heftig wehrender Siggi landet ebenfalls auf der Straße.

»Ihr verdammten Schweine«, brüllt er.

Ich rapple mich auf und sehe zu, dass ich wegkomme.

»Warte, Dieter«, schreit Siggi, »du Arsch, wir sind noch nicht fertig miteinander!«

Aber ich habe genug. Siggi hat einen zu harten Schlag. Ich fliehe. Ich renne, so schnell ich kann. Ich habe Glück. Und entkomme.

5   DAS GÄSTEHAUS des Oberkommandierenden der Luftstreitkräfte und der Luftverteidigung am Ufer des Strausberger Sees war in dieser Nacht ungewöhnlich scharf bewacht. Zwei mit Maschinenpistolen bewaffnete Posten mussten passiert werden, bevor der Wagen von Oberstleutnant Cardtsberg die geschwungene Zufahrt hinunterfahren durfte. Auf dem geteerten Platz vor dem Verwaltungsgebäude standen die Dienstwagen der anderen Regimentskommandeure. Die Fahrer rauchten und unterhielten sich leise. Besonders der dunkle Volvo des militärischen Stabes fiel auf.

Was auch immer hier besprochen werden sollte, es schien bitter ernst zu sein.

Im Kriegsfall hatte die Berliner Gruppierung die Aufgabe, innerhalb von vierundzwanzig Stunden Westberlin einzunehmen und vom Imperialismus zu befreien. Unterstützt von einer Division der Westgruppe der Sowjetarmee und des Luftsturms, so die operative Planung, sollte die Stadt mit dem Ziel Kaiserdammbrücke – Stadtzentrum im schnellen Vorstoß angegriffen werden, um eine Vereinigung der westalliierten Kräfte zu vermeiden. Gleichzeitig sollten durch Luftlandeoperationen die Flugplätze Tegel, Tempelhof und Gatow besetzt und besondere Vorrangobjekte in der gesamten Stadt im Handstreich übernommen werden. Noch im Frühjahr war das Szenario in der Stadtkampfanlage Scholzenlust bei Lehnin im Manöver geprobt worden.

Cardtsberg zuckte zusammen, als Stabsfeldwebel Karstensen, ein sehr schneidiger, junger Mann in tadelloser Uniform, den Wagenschlag aufriss und stramm salutierte. »Guten Abend, Genosse Oberstleutnant!«

»'n Abend«, erwiderte Cardtsberg knapp und stieg aus dem Auto.

»Hier entlang, Genosse Oberstleutnant!«

Der Stabsfeldwebel wies zackig den Weg.

Seltsamerweise ging es nicht durch den Haupteingang ins Gästehaus, sondern hintenrum, durch die Versorgung in die Küche, wo Oberst Horst Gotenbach zwischen gewienerten Herdplatten und blitzblanken Töpfen mit angespannter Miene wartete.

Cardtsberg hob verblüfft die Hand an die Mütze. »Was ist denn hier los? Küchensitzung?«

»So kann man's auch sehen.« Gotenbach goss ein Wasserglas mit Cognac voll und kam auf Cardtsberg zu. »Die Küche ist wahrscheinlich der einzige Raum, der nicht abgehört wird.« Er lächelte bitter. »Offenbar trauen die Genossen der militärischen Innenaufklärung den eigenen Leuten weniger als dem Feind.«

»Das ist ja nichts Neues.« Cardtsberg nahm seine Mütze ab. »Wo sind die anderen?«

»Die diskutieren im Salon. Ohne Ergebnis vermutlich.« Der Obrist reichte Cardtsberg den Cognac. »Trink erst mal was, das wirste brauchen.«

»Sollten wir nicht besser einen klaren Kopf behalten?«

»Ich will ja nicht, dass du dich betrinkst.« Gotenbach goss sich ebenfalls einen Cognac ein. »Aber angesichts der Tatsache, dass wir vermutlich demnächst nur noch die Wahl haben, erschossen zu werden oder uns selbst zu richten, würde ich den guten Tropfen nicht ablehnen.« Er hob sein Glas. »In diesen Zeiten, Ullrich, können wir nur noch Fehler machen.«

Beide tranken, und Cardtsberg fiel auf, wie elend der Oberst aussah. Um Jahrzehnte gealtert schien er, was sicher nicht nur an der unvorteilhaften Neonbeleuchtung in der Küche lag.

»Also was ist los? Weshalb das geheime Treffen hier?«

»Wienand will dich sprechen.«

»Was? Generalmajor Wienand? Hier?«

»Ja, und ich bitte dich, das Persönliche zwischen euch mal außer Acht zu lassen. Dafür ist die Sache zu wichtig.«

Cardtsberg nestelte nervös sein Päckchen Zigaretten hervor und steckte sich eine an. Die Sache wurde immer sonderbarer. Da fand eine heimliche Zusammenkunft der Berliner Gruppierung statt, und er wurde eingeladen, obwohl sein Regiment nicht dazugehörte. Und dann fing ihn Gotenbach hier zwischen Töpfen und Pfannen ab. Warum?

Weil er nicht tragbar war? Wegen der Mädchen? So untragbar, dass der General es nur noch wagte, ihn in der vermeintlich nicht abgehörten Küche zu treffen?

»Was will er von mir?«

Gotenbach zuckte mit den Schultern. »Loyalität, nehm ich an.«

Cardtsberg lachte auf und wandte sich kopfschüttelnd ab.

»Du hast einen Eid geschworen«, mahnte Gotenbach.

»Nicht auf Wienand.«

»Auf die Deutsche Demokratische Republik.«

»Dazu stehe ich.«

»Das will ich auch hoffen«, knurrte der Oberst, »sonst würde ich dir die Uniform eigenhändig vom Leibe reißen.«

»Mensch, Horst!« Cardtsberg fuhr herum. »Wie lange kennen wir uns? Vielleicht setzt du mich mal ins Bild! Wieso werden Mot.-Schützen und Luftsturm mobilisiert? Wollt ihr Westberlin übernehmen? Das ist doch lächerlich!«

»Sollen wir tatenlos zusehen, wie alles den Bach runtergeht?«

»Damit wird die Lage doch nur verschärft«, regte sich Cardtsberg auf, »mit solchen Maßnahmen riskieren wir einen Krieg. Das kriegt keiner mehr unter Kontrolle!«

»Wahrscheinlich nicht.« Gotenbach biss sich auf die Lippen. »Dass wir jetzt den Ausputzer spielen müssen, ist nicht meine Idee. Im Gegenteil.«

Noch bevor Cardtsberg die Frage stellen konnte, wer hinter diesem Wahnsinn steckte, wurde die Tür aufgerissen, und Stabsfeldwebel Karstensen federte salutierend herein. »Achtung!«, schnarrte er und knallte die Hacken zusammen, »der Genosse Generalmajor Wienand!«

Cardtsberg und Gotenbach standen stramm.

»Rühren, Genossen.« Wienand kam in die Küche, etwas tapsig und milde lächelnd wie ein gutmütiger Großvater. »Ach, das ist schön, Sie haben etwas zu trinken da. Krieg ich auch einen? – Danke.« Er stützte sich schwer an einer Anrichte ab und seufzte. »Schön, Sie mal wiederzusehen, Cardtsberg. Wie geht's denn den Kindern? Gut angekommen im Westen?«

»Das will ich hoffen.« Cardtsberg hielt dem Blick des Generals stand. »Wir haben keinen Kontakt.«

»Ja«, Wienand nickte bekümmert, »verstehe, das ist schlimm. Tut mir leid.«

»Ich gehe davon aus, dass ich nicht herbestellt wurde, um mit

Ihnen über meine Töchter zu reden.« Es klang schärfer, als Cardtsberg wollte, doch Wienand schien das nicht zu bemerken.

»Hat der Genosse Gotenbach Sie schon über den Stand der Dinge aufgeklärt?«

Gotenbach und Cardtsberg wechselten einen kurzen Blick.

»Wir waren gerade bei der Frage, was die Mobilmachung zentraler Truppenteile zu bedeuten hat.«

»Sehnse, da liegt genau das Problem, Cardtsberg.« Der General nahm dankend den Cognac aus Gotenbachs Hand entgegen. »Das wissen wir nämlich auch nicht.«

Verblüfft drückte Cardtsberg die Zigarette mangels Aschenbecher in einer Spüle aus und ließ kurz Wasser nachlaufen.

»Es mag Sie verwundern«, der Generalmajor betrachtete den Cognac im Glas, »aber der Befehl, Luftsturm und Mot.-Schützen zu mobilisieren, kam nicht von uns.«

»Sondern?« Cardtsberg starrte den General an.

»Über das Diensthabenden-System der Landstreitkräfte. Das wenigstens ist eine Tatsache.«

Und die war ein Hammer, denn normalerweise konnte erhöhte Gefechtsbereitschaft nur über das operative Führungszentrum der NVA ausgelöst werden. In Absprache mit dem Ministerium und dem Verteidigungsrat.

»Was hat zu bedeuten?«

»Größtmögliche Geheimhaltung«, mutmaßte Gotenbach.

»Streletz soll das so veranlasst haben.«

Generaloberst Fritz Streletz war als Stabschef der Armee Stellvertreter des Verteidigungsministers und galt als enger Vertrauter Honeckers. Stand also der gestürzte Generalsekretär hinter dem Befehl? Plante die oberste Armeeführung eine Palastrevolte? Ging es darum, die Krise zuzuspitzen, um die selbsternannten Reformer Krenz und Schabowski aus ihren Ämtern zu jagen?

»Ist Snetkow informiert?«

Wienand nickte: »Davon gehen wir aus.«

Streletz würde nie handeln, ohne sich vorher beim Chef der Sowjetischen Streitkräfte in Deutschland rückversichert zu haben. Jede Maßnahme wurde abgesprochen; ohne das »Karascho« der russischen Waffenbrüder gab es keine Option.

»Wir müssen uns wohl auf das Schlimmste gefasst machen, Genossen. Ob wir wollen oder nicht.« Wienand trank seinen Cognac und schnalzte genießerisch mit der Zunge. »Mhm. Ausgezeichnet. Was ist das? Chantré?«

»Frapin«, antwortete Gotenbach und reichte dem General die Flasche. »Ein Präsent des sowjetischen Militärattachés zum Nationalfeiertag.«

»Anständig«, fand Wienand, »sehr anständig.«

»Wann soll die Operation stattfinden?«, fragte Cardtsberg.

Gotenbach zuckte mit den Schultern. »Es gibt Probleme in der Befehlskette heißt es. Wir wissen nicht, inwieweit das Ministerium für Staatssicherheit eingeweiht ist und …«

»Wir wissen eigentlich überhaupt nichts«, unterbrach ihn der General und klang plötzlich sehr missmutig, »wir kennen weder den Zweck des Ganzen, noch die Details. Wir haben keinerlei Kenntnisse einer wie auch immer gearteten Einsatzplanung. Fakt ist aber, dass das GKM Order hat, die Innenstadtgrenzen abzuriegeln. Und seit dreizehn Uhr dreißig werden bei Artillerie und Luftsturm die Zyklogramme abgearbeitet. – Sie wissen, was das bedeutet!«

Kampfeinsatz, dachte Cardtsberg. Gegen wen auch immer.

»Es geht das Gerücht um, dass es gegen bestimmte Kräfte im Partei- und Staatsapparat gehen könnte«, der General senkte die Stimme, »und wenn das zutrifft, sitzen wir ganz schön in der Patsche.«

Eine Angestellte des Gästehauses kam in die Küche, und die Offiziere drehten sich hastig zu ihr um. So, als wären sie bei etwas Unerlaubtem erwischt worden.

Der General fuhr das Mädchen an: »Was ist denn, Herrgottnochmal!«

»Ich … ich …«, stammelte die Angestellte erschrocken, und Cardtsberg bemerkte, dass sie zwar mädchenhaft wirkte, das Mädchenalter aber bereits weit hinter sich gelassen hatte.

»Der Genosse Stabsfeldwebel lässt fragen, ob die Herren noch etwas wünschen«, sagte sie schließlich.

»Danke, wir haben hier alles«, erwiderte der General und schob die Angestellte hinaus. »Und jetzt machen Sie sich nicht unglücklich und gehen Sie schlafen!« Wienand schloss die Tür und goss sich Cognac nach. »Noch jemand?«

Bevor Cardtsberg antworten konnte, wurde ihm nachgeschenkt.

»Gotenbach sagte mir, Sie kennen den Proschke vom Wachregiment.«

Ach, dachte Cardtsberg, daher weht der Wind. »Flüchtig«, antwortete er knapp.

»Wie flüchtig?« Wienand lauerte.

Statt Cardtsberg übernahm Gotenbach das Wort. »Die Genossen kennen sich vom Skat. Haben ein paar Turniere gewonnen.«

»Insofern sind wir Rivalen«, setzte Cardtsberg trocken hinzu. »Wir saßen uns mehrmals im Finale gegenüber.«

»Und der Dritte?« Wienand nahm sich eine Zigarette. »Zum Skat gehören drei.«

»Oberst Achmed Bagajew«, beeilte sich Gotenbach, »Gruppe der sowjetischen Streitkräfte in Deutschland. War eine Zeitlang nach Afghanistan abkommandiert. Leitet jetzt die Fürstenberger Division.«

»Wir haben vorrangig um Treibstoff gespielt.« Cardtsberg reichte dem General Feuer. »Treibstoff für die Truppe. Damit wir einsatzfähig bleiben.«

Wienand sog an der Zigarette und nickte dankend. »Und was war Ihr Einsatz?«

»Kaffee, Tabak, diverse Konsumgüter.« Cardtsberg steckte das Feuerzeug wieder ein. »Was den Russen gerade so fehlt.«

»Verstehe.« Der General sah seinem Zigarettenrauch nach. »Sie vertiefen so die deutsch-sowjetische Freundschaft.«

»In gegenseitigem Interesse. Und wir haben dabei durchaus den Weltfrieden im Blick.«

»Gut.« Wienand schien zufrieden und nippte am Cognac. »Folgendes, Cardtsberg: Sie werden Ihren Skatbruder mal besuchen. Den Proschke, meine ich. Ganz privat und unverbindlich. Wir müssen wissen, wie sich das Wachregiment im Falle einer militärischen Operation in der Hauptstadt verhält, Sie verstehen schon.«

Cardtsberg lief es eiskalt über den Rücken. Offenbar fürchtete der General, dass Streletz einen Alleingang riskieren wollte. Einen Putsch gegen die derzeitige Parteiführung. Aber was, wenn sich das Wachregiment widersetzte? Die Truppen des Innenministeriums, Volkspolizei, Kampfgruppen …

Das gibt Bürgerkrieg, durchfuhr es ihn, dann fließt Blut. Unser eigenes Blut!

»Lass gut sein, Ullrich.« Gotenbach sagte es sehr leise. »Meine Kinder sind auch da draußen.«

Wienand straffte sich. »Befehl verstanden, Genosse Oberstleutnant?«

Cardtsberg trank seinen Cognac mit einem Zug aus und schüttelte sich. Jetzt hing alles an ihm. Ausgerechnet. Weil er Skatspieler war. Großartig.

»Sie können sich auf mich verlassen!« Er salutierte und wollte wegtreten, doch der General hielt ihn zurück.

»Eins noch, Cardtsberg: Ich habe Sie immer für einen guten Soldaten gehalten. Trotz oder gerade wegen Ihrer Haltung zu Ihren … na, sagen wir, etwas aufmüpfigen Töchtern. – Wir sollten unsere Kinder nie im Stich lassen. Was auch immer geschehen mag.«

Cardtsberg drehte sich langsam um. »Das Problem, Genosse Generalmajor, ist: Die Kinder lassen uns im Stich. Irgendwann, wenn sie uns nicht mehr brauchen, gehen sie ihren eigenen Weg. Und dann liegt es an uns, damit klarzukommen. Weil keine Armee sie zurückhalten kann.«

Wienand nickte großväterlich und lächelte schwach. »Normalerweise haben Armeen andere Aufgaben, wie?«

Was sollte Cardtsberg darauf antworten? Seine Aufgabe war, das Land zu schützen. Das war der Eid. Die Deutsche Demokratische Republik allzeit zu verteidigen.

Auch wenn es hier durchaus Kinder gab, die nicht verteidigt werden wollten.

6 DIE GLOCKE IM RATHAUSTURM schlägt zwölf Uhr. Mittagszeit.

Trotzdem bleibe ich im Bett. Ich habe mir die Decke über die Ohren gezogen und bin fest entschlossen, das hartnäckige Klopfen und Klingeln an der Wohnungstür zu ignorieren. Weder will ich neue Verwandte kennenlernen, noch die Sache mit Siggi weiter ausdiskutieren. Fängt der einfach an, drauflos zu prügeln, der Idiot! Den Kerl sollte man anzeigen. Von wegen friedlicher Mauerfall! Vermutlich ist das Ganze nur ein Trick des Warschauer Paktes. Eine neue Form von Kalter-Kriegs-Führung, ein genialer, politischer Coup: Die machen die Mauer auf und Westberlin fällt. Ohne einen einzigen Schuss. Erobert von Zonensiggis, die einem sofort die Faust ins Gesicht schlagen, wenn man das Falsche sagt.

Ein plötzliches Krachen im Flur lässt mich aufschrecken. Hastig greife ich nach der Dienstwaffe im Nachtschrank und springe aus dem Bett. Ist dieser Siggi wirklich so dreist, mir die Tür einzutreten?

Ist er nicht. In der zertrümmerten Wohnungstür steht mein übergewichtiger Kollege Harald Hünerbein und reißt erschrocken die dicken Arme hoch. »Bist du wahnsinnig, Sardsch, nimm die Waffe runter!«

»Was soll das, Harry?« Ich stecke, zugegeben erleichtert, die Waffe weg und deute vorwurfsvoll auf die aufgebrochene Wohnungstür. »Was kann so wichtig sein, dass du einen derartigen Sachschaden verursachst?«

»Die ganze Stadt ist in Aufruhr«, schnauft Hünerbein kurzatmig.

»Ist das ein Grund, mir die Tür einzutreten?«

»Seit heute früh um acht versuchen wir, dich zu erreichen. Wir haben uns Sorgen gemacht. Offenbar nicht ohne Grund. Du siehst furchterregend aus.«

Weshalb es sicher besser ist, nicht in den Spiegel zu schauen, denke ich und konzentriere mich auf den Kollegen: Auch der sieht derangiert aus, schwitzend und erschöpft, sein Trenchcoat ist feucht und riecht säuerlich nach Alkohol.

»Was ist los, Harry? In eine mauerfallbedingte Schaumweinorgie geraten, oder was?«

»So kann man's auch nennen.« Hünerbein kommt langsam näher und besieht sich besorgt mein Gesicht. »Mensch, das muss genäht werden. Das gibt sonst 'ne ganz fiese Narbe.«

»Seit gestern sind lauter Zonis hinter mir her«, erkläre ich, »die machen uns platt, sage ich dir.«

»Ja, bei mir sind sie auch. Ganz hübsche Cousine dabei, aber sonst?« Hünerbein verzieht den Mund und klopft mir auf die Schulter. »Los, zieh dich an, ich bring dich in die Unfallklinik.«

Ist das nötig? Irritiert über die Fürsorge des Kollegen riskiere ich jetzt doch einen Blick in den Badezimmerspiegel. Auwei! Das sieht wirklich nicht gut aus. Das linke Auge ziert ein untertellergroßer Bluterguss, und es ist halb zugeschwollen. Die Unterlippe erinnert an eine geplatzte Blutwurst, und der fehlende Schneidezahn hinterlässt eine hässliche Lücke. – Shit!

»Ich hab doch geahnt, dass was nicht stimmt.« Hünerbein gibt mir einen Waschlappen. »Du bist einfach nicht geschaffen für so geschichtliche Umbrüche. Das verkraftet unser Sardsch nicht, hab ich zum Chef gesagt. Ohne Weltbild ist er verloren.«

»Und deshalb machst du meine Tür kaputt?« Vorsichtig betupfe ich mein Gesicht mit dem Waschlappen.

»Hätte ich dich verbluten lassen sollen? Was ist überhaupt passiert?«

»Ich hab unsere westlichen Werte verteidigt.« Ich beginne, mich anzuziehen. »Schätze, die Brüder und Schwestern im Osten haben da Nachholbedarf. Zumindest was freie Meinungsäußerung und Menschenwürde angeht.«

»Menschenwürde?« Hünerbein lässt seine drei Zentner schwere Körpermasse in einen Sessel im Wohnzimmer fallen. »Dafür prügelst du dich?«

Das kann er nicht verstehen, denn er hält die Menschheit ohnehin für Ungeziefer. Parasitäres Gewürm am Apfel Erde und kein Schädlingsbekämpfungsmittel in Sicht.

»Was liegt denn an?«, will ich wissen. Immerhin habe ich meinen freien Tag und wenig Lust, den mit Hünerbein zu verbringen. Da geh ich lieber in den Waschsalon, zumal mein Kleiderschrank kein sauberes Hemd mehr hergibt.

»Vergiss den Waschsalon«, sagt Hünerbein, »wir haben eine leblose Person am Wannsee.«

»Eine leblose Person?«

»Eine Leiche«, nickt Hünerbein.

»Am Wannsee?«

»Westliche Havelseite, Schwemmhorn.« Hünerbein sieht auf die Uhr. »Nun mach hin, wir wollen vorher noch in die Unfallklinik.«

Ratlos stehe ich vor meinem Kleiderschrank. Glaubt der Kollege im Ernst, dass es dort draußen für uns etwas zu tun gibt? Schwemmhorn, westliche Havelseite? Ausgeschlossen, das ist total tricky, das Kladower Ende der Welt!

»Die wollen uns raushaben aus der Stadt, Harry.«

»Sardsch, es tut mir herzlich leid, aber ich kann dir nicht folgen.« Hünerbein erhebt sich wieder und stapft in die Küche.

»Wer will uns raushaben?«

»Die Russen«, antworte ich. Seit heute Nacht ist mir das klar. Der ganze Mauerfall ist ein Fake. »Wir werden okkupiert, Harry.«

»Sag mal, hast du nichts zu beißen da?« Hünerbein stöbert in den Küchenschränken herum.

»Das freie Berlin war den Sowjets doch schon immer ein Dorn im Auge ...« Ich entscheide mich für einen Rollkragenpullover. Der ist zwar auch nicht mehr ganz frisch, aber immerhin auf dem Balkon gelüftet worden. »... und ich nehme an, sie haben begriffen, dass das Zeitalter der nuklearen Hochrüstung im Prinzip den Einsatz von Truppen und Kriegsgerät unmöglich gemacht hat.«

Hünerbein hat eine einsame Büchse mit geschälten Pfirsichen gefunden und sucht nun nach einem Öffner.

»Sie wollen keinen Atomschlag riskieren ...« Ich drücke Hünerbein einen Dosenöffner in die Hand, »... und inszenieren den Mauerfall. Leichter können sie uns nicht kriegen.«

»Weißt du, was mich aufregt?« Hünerbein schraubt an seiner Dose herum. »Dass meine Frau einen herrlichen Tafelspitz mit Meerrettichsauce gemacht hat und ich jetzt mit deinen ollen Konserven vorliebnehmen muss.« Er angelt sich einen Pfirsich aus der Dose und kaut. »Entschuldige, ich wollte dich nicht unterbrechen.«

»Wirst schon sehen, wer am Ende als Verlierer der Geschichte an die Wand gestellt wird.«

»Unsinn.« Gierig verschlingt Hünerbein den Doseninhalt. »Qualifizierte Beamte werden immer gebraucht.«

Wo er recht hat, hat er recht, denke ich und setze mir die Ray-Ban-Sonnenbrille auf. Die verdeckt wenigstens ansatzweise das Veilchen in meinem Gesicht. Jetzt brauche ich nur noch Schuhe und dann …

»Das nennst du Schuhe?« Hünerbein sieht mich missbilligend an.

Was hat er denn jetzt wieder? Gefallen ihm meine Cowboystiefel nicht? Die sind nagelneu. Erst vorgestern habe ich sie im Grand Store der US-Army an der Clay-Allee erworben. Handgefertigt, echte Alligatorenhaut, Büffelledersohle und sauteuer.

»Umso schlimmer!« Hünerbein scheint ehrlich entsetzt.

Aber glücklicherweise sind Geschmäcker verschieden. Mir gefällt Hünerbeins spießiger Trenchcoat auch nicht.

»Außerdem habe ich amerikanische Wurzeln.«

»Und dann wachsen einem solche Zuhälterstiefel?« Kopfschüttelnd deutet Hünerbein hinaus in den Hausflur. »Nach Ihnen, Sir!«

Aber ich zögere, schaue bekümmert auf die eingetretene Wohnungstür.

»Schon gut, Cowboy, ich ersetz dir den Schaden«, verspricht Hünerbein und drängt mich aus der Wohnung.

Obwohl wir uns auf Nebenstraßen und Schleichwege konzentrieren, ist es nicht einfach. In Hünerbeins neun Jahre altem 250iger Mercedes kämpfen wir uns durch die völlig zugestaute, im Smog versinkende Martin-Luther-Straße, eingekeilt zwischen knatternden Trabis, scheppernden Wartburgs und anderen sonderbaren Mobilen der sozialistischen Autoindustrie. Andererseits erstaunen auch die vielen Golfs, Volvos und Fiats mit ostdeutschem Kennzeichen. Die gehören wahrscheinlich irgendwelchen Bonzen, Militärs und Staatssicherheitsagenten, die den Westen jetzt unterwandern.

»Unterwandern ist Blödsinn.« Hünerbein drückt die Hupe, um ein paar steppjackenbewehrte Schnurrbartträger aus ihren Träumen zu wecken. Sie sind aus einem Sexshop gekommen, stehen, in ihre Pornoheftchen vertieft, mitten auf der Hauptstraße und rühren sich erst mit Verzögerung.

»Unterwanderung bemerkt man nicht«, doziert Hünerbein, »das passiert heimlich, sozusagen im Verborgenen. Und selbst wenn Unterwanderung stattfände, sie würde nichts nützen, denn das, was wir im Augenblick erleben, ist das Ergebnis des Volksaufstands im Osten – der völlige Zusammenbruch eines Regimes. Exodus, verstehste? Die Leute retten sich auf die freie Seite der Welt.«

Na denn: Willkommen, Exoden! Ich sehe die Menschenschlangen vor den Bankfilialen am Innsbrucker Platz und erinnere mich, dass sie im Fernsehen gesagt hatten, ab sofort würden die Banken auch samstags und sonntags öffnen, um den Massenansturm zu bewältigen. Jeder Ostdeutsche hat Anspruch auf einhundert Deutsche Mark Begrüßungsgeld, trotz horrender Staatsverschuldung und Milliardendefiziten im Bundeshaushalt.

Keine Ahnung, wie viele DDR-Bürger es gibt, vielleicht zehn oder zwanzig Millionen? Auf jeden Fall steuern wir dem Bankrott entgegen. Dem Ausverkauf des Landes, und kein Bund der Steuerzahler protestiert.

»Du lieber Himmel, wir erleben hier gerade ein Wunder!« Hünerbein lässt die Kupplung schleifen. »Gott höchstpersönlich hat eingegriffen in den Lauf der Geschichte. Da fragt man nicht, was es kostet.«

Dieser religiöse Aspekt am Wesen Hünerbeins ist mir neu. Andererseits hat er nicht ganz unrecht, denn das, was seit zwei Tagen mit uns geschieht, ist alles andere als normal. Noch am Donnerstag hätte jeder seriöse politische Kommentator ein derartiges Szenario als komplett unsinnig verworfen. Der eiserne Vorhang und die Berliner Mauer sind Realitäten, deren Bestand seit Jahren niemand mehr anzweifelt – denn alles andere bedeutet Atomkrieg. Und plötzlich …

»Als hätte jemand der Welt einen Tritt gegeben.« Ergriffen wischt sich Hünerbein eine Träne aus dem Gesicht und stoppt seinen Mercedes vor der Notaufnahme des Friedenauer Auguste-Viktoria-Krankenhauses.

Auch hier herrscht Hochbetrieb. Permanent stoppen blaulichternde Ambulanzen mit Alkoholvergiftungen, Beinbrüchen, Quetschungen und Verbrennungen durch Feuerwerkskörper.

»Hünerbein, Kripo Berlin.« Der Kollege wedelt geschäftsmäßig mit seinem Dienstausweis herum und führt mich vor, wie eine Jahrmarktsattraktion. »Das ist Hauptkommissar Knoop, er muss dringend genäht werden, wir müssen gleich wieder raus.« Er schnappt sich einen gestressten Arzt. »Doktor, können Sie das bitte zügig erledigen? Wir haben wirklich zu tun!«

»Wir auch, das sehnse ja«, erwidert der Arzt genervt und will sich losmachen, doch Hünerbein hält ihn einfach fest.

»Na, na, wir wollen uns doch nicht den Kittel zerreißen, oder?«

Wenn die Blicke des Arztes töten könnten, würde Hünerbein sicher leblos zu Boden sinken. So aber bleibt es beim Blick, und der Doktor gibt klein bei.

Ich bekomme eine kühlende Kompresse aufs Auge, die Lippe wird fixiert und mit ein paar Stichen genäht. Das Ganze dauert keine zehn Minuten.

»Mittwoch in zwei Wochen kommen Sie wieder«, sagt der Arzt, »dann werden die Fäden gezogen. – Und tschüß die Herren, der Nächste bitte!«

»Weißt du, was mich an diesen Ärzten so ankotzt?«, fragt Hünerbein, als er mich wieder zurück zum Auto bringt, »diese Arroganz! Die halten sich doch tatsächlich für Götter in Weiß.«

Kurz darauf hängen wir wieder im Stau. Wir stehen auf der Saarstraße Richtung Stadtautobahn, und nichts bewegt sich mehr. Wohin das Auge sieht: Autos, Autos, Autos …

»Hier ist alles dicht«, stellt Hünerbein fest und schaltet das Radio ein, um die ohnehin aussichtslose Verkehrslage abzuhören. Sämtliche Hauptstraßen sind blockiert, und die Ansagen der Reporter erschöpfen sich in Aufrufen, den Wagen stehenzulassen und die öffentlichen Verkehrsmittel zu benutzen.

Ich wundere mich einmal mehr darüber, woher die ganzen Fahrzeuge kommen. Bei meinen zugegeben seltenen Besuchen in Ostberlin war mir immer aufgefallen, dass es dort kaum Autos gab. Und jetzt bringen sie den Verkehr fast völlig zum Erliegen? Das kann nicht mit rechten Dingen zugehen.

»Ich sag's dir, Hünerbein. Der ganze Mauerfall ist eine Verschwörung der Russen.«

»Wann warst du denn in Ostberlin?« Hünerbein hupt und versucht vergeblich, die Spur zu wechseln.

»Dreiundsiebzig«, antworte ich und denke an Siggi. Obgleich ich lieber von Moni träumen würde.

»Das ist ja mindestens fünfzehn Jahre her«, stellt Hünerbein fest.

»Sechzehn.«

»Naja, inzwischen hat sich der Osten halt auch motorisiert.« Hünerbein hupt erneut und flucht. »Mensch, siehste denn nicht, dass ich hier rüber will? Junge, Junge, die fahren ja wie die Bekloppten. Warte mal, das machen wir anders!« Er greift ins Handschuhfach, holt ein Blaulicht heraus und knallt es aufs Dach. »Woll'n wir doch mal sehen!«

Blaulichternd und mit eingeschaltetem Martinshorn orgelt er rechts über den Radweg an den sich stauenden Fahrzeugen vorbei. Aber wir müssen auf die Spandauer Seite der Havel, und bei dem Verkehr kann das selbst mit Blaulicht eine Tagesreise werden. Schneller ginge es mit der Wannsee-Fähre. Aber wie dorthin kommen? Die AVUS meldet Stillstand, und auf der Königsstraße soll, laut Verkehrsfunk, seit Öffnung der Glienicker Brücke nach Potsdam die Hölle los sein.

Per Funk rufe ich die Zentrale, denn auf der Wannseeinsel Schwanenwerder gibt's eine Station der Wasserschutzpolizei, und wenn die uns mit einem ihrer Boote nach Kladow rüberschippern könnten …

»Sardsch, du bist ein verdammt cleverer Beamter«, lobt Hünerbein meinen Vorstoß und biegt mit quietschenden Reifen in eine Seitenstraße ab.

7 DAS WACHREGIMENT »Feliks Dzierzynski« war in der Bevölkerung vor allem als »Ballettkommando« bekannt, da es für die Ehrenwache am Mahnmal für die Opfer des Faschismus Unter den Linden verantwortlich war und dort mehrmals täglich bei den Wachwechseln preußische Disziplin in geschliffenem Stechschritt darbot.

Tatsächlich aber war das Regiment der bewaffnete Arm des Ministeriums für Staatssicherheit. Eine Elitetruppe nach dem Vorbild der sowjetischen Tscheka, die sich durch bedingungslose Loyalität gegenüber der Partei- und Staatsführung auszeichnete.

»Ganz scharfe Hunde«, wie es Gotenbach ausdrückte.

Da nicht genau klar war, welche Rolle die Tschekisten bei einer militärischen Operation im Stadtgebiet spielen würden, hatte sich Cardtsberg von seinem Fahrer nach Adlershof chauffieren lassen, um die Lage zu sondieren. Es galt, das Wachregiment einzubinden, bevor es sich gegen die Strausberger Militärführung stellte. Eine heikle Aufgabe, bei der man nicht gleich mit der Tür ins Haus fallen konnte.

»Vielleicht planen sie ja eigene Maßnahmen«, hatte Gotenbach gemutmaßt, »sei also diplomatisch.«

Großartig. Gehörte Diplomatie zu Cardtsbergs Talenten, wäre er nicht Soldat geworden. Er war ein Mann der klaren Worte. Und so würde er auch vor diesen »scharfen Hunden« kein Blatt vor den Mund nehmen.

Das schien auch dringend nötig, denn die normalerweise strengstens bewachten Pforten der Adlershofer »Feliks-Dzierzynski«-Kaserne waren nicht einmal mehr besetzt. Die Schranken standen weit offen, und ein paar Dutzend bürgerbewegte, junge Leute forderten auf Transparenten die Abschaffung der Wehrpflicht und »Keine Gewalt!«

Als der Wagen von Cardtsberg das Tor langsam und ohne Sichtprüfung passierte, klemmten zwei Mädchen in Latzhosen und Schlabberpullovern friedlich Nelken unter die Scheibenwischer. In der Nähe begannen ein paar Langmähnige, Bob Dylans »Blowin' in the Wind« zu klampfen.

Erstaunt registrierte der Oberstleutnant ungelenk bemalte

Bettlaken, die auf dem Kasernengelände vor die Fenster der Mannschaftsunterkünfte gehängt worden waren. »Aufklärung« forderten sie und »Wir lassen uns hier nicht verarschen!«

Vor dem Kulturhaus wurde der Wagen schließlich von einer Horde völlig betrunkener Soldaten gestoppt. Sie zerrten Cardtsberg aus dem Auto und schrien ihn aufgeregt an. Vorsichtshalber tastete er nach seiner Dienstwaffe. Was, verdammt, war hier los?

Doch die Soldaten blieben friedlich. Sie hakten Cardtsberg unter und schleppten ihn johlend in den großen Saal des Kulturhauses.

Dort war erst recht der Teufel los: Im Parkett und auf den Rängen hockten Hunderte von Elitesoldaten und schrien durcheinander. Rote Gesichter, aufgeregt und teilweise arg alkoholisiert. Was viel schlimmer war: Die Männer wirkten verzweifelt. Sie hatten die Kommandeure des Wachregimentes auf die Bühne zitiert und verlangten Erklärungen. Was passierte da draußen? Wieso war plötzlich die Grenze auf? Warum sagte ihnen niemand, was zu tun war?

Cardtsberg konnte die Angst der Truppe förmlich spüren. Er wurde zu den übrigen Offizieren auf die Bühne gebracht und erkannte dort den diensthabenden Oberstleutnant Gerhardt Proschke, der sich mit hochrotem Kopf die Kehle heiser schrie.

»Genossen, ich fühle mich doch genauso verarscht, wie ihr! Auch für mich gilt, was für alle gilt. Ich weiß doch selber nicht, was mit uns wird ... Wir haben keine Befehle, was soll ich sagen?«

»Die Wahrheit«, skandierte es aus dem Parkett, »Wahrheit! Wahrheit! Wahrheit!«

Ein junger Unteroffizier griff sich das Mikrophon: »Seit zwei Tagen werden wir hier festgehalten, ohne dass uns jemand auch nur annähernd erklären kann, wie wir mit der politischen Lage umgehen sollen. Noch am Mittwoch wurde uns erklärt, dass die Existenz des antifaschistischen Schutzwalls unverrückbarer Bestandteil unseres sozialistischen Staates ist, und plötzlich soll das alles nicht mehr gelten? Was passiert mit uns, verdammt?«

»Wo sind die Verantwortlichen?«, brüllte es aus dem Parkett und »Verarsche! Verarsche! Verarsche!«

Cardtsberg starrte verwirrt auf die aufgeheizten Soldaten.
Um Gottes Willen! Wenn hier nicht jemand sofort Ruhe in die Truppe brachte, war die Situation nicht mehr zu halten.

»Mensch, tun Sie was, Proschke!«, herrschte er den Kommandanten an. »Bringen Sie Ihre Leute zur Räson, aber 'n bisschen plötzlich!«

Proschke grinste bescheuert und Cardtsberg merkte, dass der Mann auch nicht mehr nüchtern war.

»Bitte, Genosse, die Bühne überlass ich dir freiwillig.« Proschke wollte sich erheben und gehen, wurde aber unter dem Gejohle seiner Soldaten wieder aufs Podium gezerrt.

»Genossen«, nuschelte Proschke schließlich ins Mikrophon, »Ruhe, bitte.«

Das »bitte« kam fast flehend. Dann deutete Proschke auf Cardtsberg und setzte hinzu: »Dieser Genosse Oberstleutnant hat jetzt das Wort!«

»Was? Ich?« Cardtsberg spürte, wie ihm das Mikro plötzlich ins Gesicht sprang. Was sollte das jetzt?

In aller Eile ging er die möglichen Optionen durch. Die Truppe war verunsichert und fühlte sich über's Ohr gehauen. Das war die Lage. Sie hatten Angst. Um ihren Staat und somit auch um sich. Bemüht, die Soldaten nicht weiter aufzuwiegeln, griff Cardtsberg zum Mikrophon und begann, mit ruhiger Stimme zu sprechen.

»Genossen! Wir alle sind aufgeregt. Aber wir werden nichts ändern, wenn wir uns hier anschreien. Ich bin bereit für ein paar klärende Worte, aber dafür brauche ich etwas mehr Ruhe.«

Augenblicklich wurde es still im Saal. So still, dass man die Straßenbahn die nahe Dörpfeldstraße hinunterrauschen hörte und die Gesänge der Demonstranten vor dem Tor.

Irgendwer hustete.

»Der Genosse Schabowski sprach von Reiseerleichterungen.« Cardtsberg kämpfte mit seiner Anspannung. »Von einem Rückbau der Grenzanlagen und dem Ausverkauf des Staates, da kann ich Sie beruhigen, war nie die Rede.«

»Aber genau das passiert!«, schrie irgendwer aus dem Publikum. »Alles löst sich auf!«, rief ein anderer, »haben Sie mal ferngesehen?«

»Natürlich sehe ich, was passiert«, sagte Cardtsberg, »und wir versuchen, mit geeigneten Maßnahmen die Lage wieder unter Kontrolle zu bekommen.«

»Also geben Sie zu, dass die Lage außer Kontrolle ist?« Der junge Unteroffizier kam auf Cardtsberg zu. »Das haben Sie gerade gesagt!«

»Sie ist unübersichtlich, ja«, erwiderte Cardtsberg, »aber es sind einige Dinge ins Rollen gekommen. Und ich versichere Ihnen, wir werden das alles wieder in den Griff bekommen, wenn wir ...«

Er stockte, da er eben ein Team des DDR-Fernsehens in den Saal kommen sah.

Sofort brach wieder Unruhe aus.

Mit wildem Jubel und Geklatsche wurde der Reporter einer Jugendsendung begrüßt, die in letzter Zeit wild auf Perestroika machte. Scheinwerfer gingen an, und Cardtsberg blinzelte verwirrt in die Kamera. Dem Fernsehen würde er ganz sicher nicht erzählen, wie das Militär die Lage wieder in den Griff bekommen wollte.

»Nehmen Sie die Kamera weg«, herrschte er den Reporter an, »das ist hier eine interne Sache.«

»Tut mir leid, Genosse ...« Der Journalist schielte auf Cardtsbergs Schulterstücke und konnte offensichtlich nicht allzu viel damit anfangen. Das war typisch für diese Fernsehtypen, kannten sich mit Rangabzeichen nicht aus, weil nie gedient.

»Ihre eigenen Leute haben uns aus dem Studio geholt, weil sie nicht mehr weiter wissen«, sagte der Reporter nervös. »Wir sind nur hier, um zu helfen.«

»Sie können hier nicht helfen«, sagte Cardtsberg und schob den Mann beiseite.

Doch er konnte nicht verhindern, dass andere Soldaten das Fernsehteam auf die Bühne bugsierten. Unter großem Getöse wurde Proschke wieder ans Mikrophon geholt.

»Ich habe doch alles gesagt, Genossen«, rief der mit weinerlicher Stimme und sah hilflos in die Kamera. »Ich weiß nicht, was die von mir wollen.«

»Wichtig ist, dass sich Ihre Leute jetzt nicht allein gelassen fühlen.« Behutsam schob der Fernsehjournalist den Oberstleutnant zurück ans Mikrophon. »Erzählen Sie einfach, was Sie fühlen.«

»Was ich fühle?« Proschke flackerte nervös mit den Augenlidern. »Beschissen fühle ich mich, verdammt noch mal, wie soll ich mich sonst fühlen? Das alles ist doch Mist«, schrie er ins Mikrophon. »Genossen, wir wurden nach Strich und Faden belogen, das ist nun mal eine Tatsache, und wir können zusehen, wie wir damit klarkommen. Ich weiß doch auch nichts weiter.«

Cardtsberg wandte sich erschüttert ab. Er konnte nicht weiter zusehen. Es ging einfach nicht. Es war deprimierend, wie sich diese einstige Elitetruppe selbst demontierte. Und es tat weh. Wenn es nach ihm ginge, müsste man diesen desolaten Haufen schnellstens entwaffnen. Die waren hier nicht mehr zurechnungsfähig.

Eilig und froh, dem allgemeinen Interesse entkommen zu sein, verließ er den Saal und lief auf seinen Dienstwagen zu, der mit weit geöffneten Türen vor dem Kasino stand. Aus dem Autoradio dröhnte die Bruce-Springsteen-Hymne »Born in the U.S.A.«, und ein paar Demonstranten, die sich auf das Kasernengelände gewagt hatten, sangen rhythmisch klatschend mit.

Als besonders textsicherer Interpret aber erwies sich Cardtsbergs Fahrer. Mit weit geöffnetem Uniformhemd und eine fiktive Gitarre in den Händen rockte der Gefreite Gullnick selbstvergessen vor sich hin und bemerkte seinen Vorgesetzten erst, als der ihn anbrüllte.

»Haben Sie den Verstand verloren, Gefreiter?!«

Der Fahrer kam verwirrt zu sich und stammelte eine Entschuldigung. Aber Cardtsberg wollte nichts hören.

»Achten Sie gefälligst auf Ihre Kleiderordnung, Gullnick!«

Hastig knöpfte der Fahrer das Uniformhemd wieder zu und zog sich die Jacke an.

Aus dem Radio hörte man jetzt die Stimme von Rik De Lisle, dem »alten Ami« vom RIAS Berlin. Cardtsberg konnte es nicht fassen. Nicht nur, dass sich hier ein Angehöriger der Nationalen Volksarmee in aller Öffentlichkeit zum Affen machte, nein, der Kerl musste auch noch Westradio hören. Normalerweise gehörte man dafür in den Arrest.

»Radio aus, aber zack zack!«

Cardtsberg ließ sich auf die Rücksitzbank fallen. Wie kaputt er sich plötzlich fühlte. Wie ohnmächtig.

Gullnick würgte den Sender ab. »Es tut mir leid, Genosse Oberstleutnant, aber ich dachte ...«

»Überlassen Sie das Denken den Pferden, die haben 'nen größeren Kopp«, erwiderte Cardtsberg und setzte ruhiger hinzu: »Wir fahren in die Normannenstraße. Nun machense schon, Sie Minnesänger!«

Der Fahrer klemmte sich hinters Steuer, nicht ohne einem der demonstrierenden Mädels verstohlen einen Handkuss zuzuwerfen, und startete den Wagen. Mit aufheulendem Motor wendete er und verließ das Gelände der Kaserne.

8 SAMSTÄGLICHE RUHE beherrscht den Schwanenwerder. Ein paar schläfrige Enten hocken auf der Straße und weichen Hünerbeins Mercedes nur unwillig aus. Langsam gleitet er an stillen, schattigen Anwesen vorbei, die links und rechts die Ufer säumen, und stoppt unter hohen Kastanienbäumen vor der Tuleriensäule.

Die Kollegen von der Wasserschutzpolizei erwarten uns bereits mit Kaffee und selbstgebackenem Kuchen auf ihrem Boot, und so haben wir eine ziemlich entspannte Fahrt über die Havel.

Im Norden ragt der Grunewaldturm aus dem herbstgelben Blätterdach des Karlsberges, rötlich angestrahlt von der Nachmittagssonne, die alles in ein unwirkliches Licht taucht. Das spiegelglatte Wasser reflektiert den Himmel mit seinen rosavioletten Wölkchen, ein Segler zieht lautlos vorbei und vom Großen Tiefehorn grüßt ein einsamer Fischer aus seinem Kahn herüber.

In dieser Idylle habe ich plötzlich das Gefühl, aus einem verrückten Traum erwacht zu sein: Der Mauerfall bleibt absurde Utopie, alles ist normal und ruhig, nichts deutet auf etwas Außergewöhnliches hin. Okay, da gibt es eine Leiche am Kladower Ufer, vielleicht Mord oder Selbstmord, vielleicht auch nur

Herzversagen. Wir werden unseren Job machen, anschließend zurück in die Keithstraße fahren und einen Bericht schreiben. Alles wird sein wie immer. Vielleicht taucht Tante Erna auf mit ihren Alditüten voller Tempotaschentücher, um von alten Zeiten zu erzählen. »Friedenszeiten« wie sie sagt, als Berlin noch eins war und sich der Kanzler Führer nannte. Und wie immer werde ich froh sein, dass es nun statt einem Führer die Mauer gibt und ich in jenem Teil Berlins leben darf, wo es genug Papiertaschentücher gibt und jeden Sonntag um zwölf die Freiheitsglocke auf dem Rathaus Schöneberg ertönt. In einer Stadt, die ihr Selbstbewusstsein daraus bezieht, Bollwerk zu sein im kalten Krieg, frei und amerikanisch, ein fest ummauerter, glitzernder Leuchtturm des Westens inmitten der Tristesse des Honeckerstaates ...

»Amen«, macht Hünerbein, und ich ahne, dass es kein Erwachen mehr gibt.

Denn am Anlegesteg des kleinen Kladower Yachthafens erwartet uns ein uniformierter Polizist mit einem ostdeutschen Grenzerkäppi auf dem Kopf.

»Na? Schon Mützentausch gemacht?«, gifte ich und klettere vom Boot.

»Oh, das hab ich ja immer noch.« Der Beamte zieht sich erschrocken das Käppi vom Kopf und riecht mächtig nach Schnaps. Er grinst. »Naja, angesichts der veränderten politischen Lage. Übrigens, ich bin Hauptwachtmeister Michalke, der zuständige Kontaktbereichsbeamte hier.«

»Und?« Ich stelle mir die alkoholisierten Verbrüderungsorgien am Todesstreifen vor. »Hat der KGB 'ne Kiste Wodka spendiert?«

»Quatsch KGB«, winkt der Polizist ab, »das war das Volk! Sie hätten die Grenzer mal sehen sollen. Total verwirrt. Aber ganz nette Kerle dabei, ehrlich, die können ja auch nichts dafür.«

»Eben«, erwidere ich und erkundige mich nach der Leiche.

»Da drüben.« Der KoBB stiefelt über die Stege voran. »Der Yachtwart hat sie gefunden.«

Ein Yachtwart, denke ich, was es so alles gibt. Erstaunlich.

»Ist die Spurensicherung schon vor Ort?«

»Fehlanzeige«, winkt Michalke ab, »die stecken auf der Heerstraße im Stau. Das kann noch dauern.«

Links und rechts dümpeln Segelboote. Einige sind mit gelegten Masten bereits winterfest gemacht und stehen unter Planen aufgebockt auf dem Gelände herum.

Michalke führt uns zu einem kleinen, verwegen wirkenden Mittfünfziger im blauen Drillich. Offenbar der Yachtwart.

»Eine Art Hausmeister«, erklärt Michalke, »so was wie die gute Seele der Marina hier.«

»Uschkureit«, krächzt die gute Seele, und ich fühle mich sofort mit ihr verbunden, als ich sehe, dass ihr ein paar Zähne fehlen. »Herbert Uschkureit.« Der Yachtwart wirkt sichtlich ergriffen. »Jut, dasse endlich da sind. Ein Drama, det.«

»Hauptkommissar Knoop«, stelle ich mich vor und deute auf den Dicken neben mir. »Mein Kollege Hünerbein.«

»Wat?« Uschkureit sieht Hünerbein verständnislos an.

»Das haben Sie schon richtig verstanden.« Hünerbein grinst. »Und ich kenne auch alle Witze zu dem Thema.«

»Außer den mit der Adlerkralle«, feixe ich.

»Wat?« Uschkureit wirkt ratlos.

»Schon gut, vergessen Sie's.« Hünerbein sieht sich um. »Wo ist denn nun die Leiche?«

»Ah ja, det arme Mädel. Kommense.« Uschkureit führt uns zwischen frisch gestrichenen Bootsrümpfen und verwitterten Lagerschuppen hindurch. »Ick wollte ja nur 't Wasser abstellen. Von wejen Nachtfrost und so.« Er bleibt vor einem mit wildem Wein bewachsenen Zaun stehen, der den Yachthafen nach Norden hin begrenzt. »Normalerweise sieht man ja durch die Hecke nüscht. Aber jetzt im Herbst, wenn det Laub fällt …«

Hinter dem Zaun erstreckt sich ein weitläufiges, mit alten Platanen bestandenes Grundstück, in dessen Zentrum ein reetgedeckter, an holsteinische Landhäuser erinnernder Bungalow thront. Auf der zum Havelufer gerichteten Terrasse hockt eine kleine, in sich zusammengesunkene Gestalt am Boden. Reglos an die Scheiben der großen Fenster gelehnt, die Kapuze des gefütterten Anoraks tief im Gesicht.

»Ein Kind?« Hünerbein sieht den Yachtwart fragend an.

»Naja, fast«, erwidert Uschkureit, »erst denk ick noch, die Kleene sonnt sich. War ja 'n schöner Morgen, wa? Aber als die sich so janich bewegt ...«

»Haben Sie mal geschaut?«

»Naja«, Uschkureit lächelt schuldbewusst, »erst bin ick auf die Straße und hab mal vorne jeklingelt, wa? Macht aba keener uff.« Er deutet auf ein Loch im Zaun. »Also bin ick da durch ... – Is schon janz steif, die Kleene.« Der Yachtwart schüttelt sich. »Ick versteh's nich, ehrlich. Wie sowat passieren kann?«

Hünerbein sieht mich bedauernd an. Mit seinem barocken Körperumfang passt er unmöglich durch das Loch im Zaun. Ich gebe ihm meine Lederjacke und zwänge mich aufs Nachbargrundstück.

Es ist parkähnlich angelegt, sorgsam arrangierte Ensembles aus hohen Säulenwachholdern, Essig- und Buchsbäumen wechseln mit Rhododendronbüschen und welken Rosenstöcken. Auf dem kurzgeschorenen Rasen sammelt sich das herbstbraune Laub der Bäume ringsum. Lediglich die Platanen stehen noch in unwirklichem Grün. Auf der Havel verglühen die letzten Sonnenstrahlen, und mit der aufziehenden Dämmerung legt sich unangenehme Kühle über das Land.

Fröstelnd beuge ich mich über die Leiche. Kein Kind, Gott sei Dank, eine junge Frau, vielleicht Anfang zwanzig. Das Gesicht halb vom langen Haar unter der Kapuze verborgen. Die Augen geschlossen, als ob sie schläft. Fein geschwungene Lippen, blutleer und grau, zwischen denen eine schwarze Nacktschnecke klebt. Es gibt noch mehr von diesen ekelhaften Schnecken hier, überall glitschen sie in den feuchten Falten des Nylonanoraks herum, als hätten sie an der starren Leiche das ideale Winterquartier gefunden.

Ich habe plötzlich ein flaues Gefühl im Magen.

Seltsam sind die Schlittschuhe, die die Tote trägt, weiße, halbhohe Stiefel mit polierten Kufen dran ...

»Sieht aus, als wäre sie im Eis eingebrochen, was?«

Weiß der Teufel, wie Hünerbein durch das Loch im Zaun gekommen ist. Jedenfalls steht er plötzlich neben mir, schnaufend, meine Jacke über den Arm gelegt.

»Eis?« Ich nehme ihm die Jacke ab und ziehe sie mir über die Schultern. »Siehst du hier irgendwo Eis?«

Die Havel jedenfalls ist nicht zugefroren. Nicht mal ansatzweise. Zwar haben wir seit ein paar Nächten den ersten Frost in diesem Herbst, doch der reicht offenbar nicht, um auch nur irgendeinen Tümpel gefrieren zu lassen.

»Eislaufen war sie jedenfalls«, beharrt Hünerbein mit Blick auf die Tote, »ansonsten machen Schlittschuhe ja keinen Sinn.«

Er zieht sich Gummihandschuhe über, bückt sich schnaufend und schiebt vorsichtig der Toten die Kapuze vom Kopf. Seine dicken Wurstfinger tasten sich durch das feuchte, volle Haar und befühlen die Schädeldecke.

»Scheint intakt zu sein«, knurrt er nachdenklich und öffnet behutsam den Reißverschluss des Anoraks. Auch der Wollpullover darunter ist feucht, die Jeans, das Unterhemd. Hünerbeins fleischige Hände gleiten über Brust und Bauch der Toten, schieben sich an den Beinen entlang, und irgendwie ist es mir unangenehm, wie er die Leiche betatscht.

»Wollen wir das nicht lieber der Gerichtsmedizin ...?«

»Gleich«, unterbricht mich der Kollege, schnürt einen Schlittschuh auf und zieht ihn der Toten vom Fuß. Bräunliches Wasser fließt heraus.

»Tja«, macht Hünerbein gedehnt und entledigt sich der Gummihandschuhe. »Haste 'ne Zigarette?«

Natürlich habe ich und reiche ihm auch Feuer dazu. Hünerbein inhaliert und sieht sich um.

Ein Terrassenfenster ist gesprungen, und davor liegt ein Ziegelstein, der offenbar aus der Brüstung herausgebrochen wurde. Hünerbein nimmt ihn nachdenklich abwägend in die Hand, läuft ein paar Schritte über den Rasen und stutzt. Vornübergebeugt wie ein dicker, schnuppernder Mops geht er weiter in Richtung Havelufer.

»Sieh mal«, keucht er. »Hier! – Und hier!« Tatsächlich sind im Rasen die Spuren der Schlittschuhkufen zu sehen.

Hünerbein starrt aufs Schilf. Auch das ist teilweise geknickt, und mein Kollege wagt einen ersten Befund. »Sie muss da aus dem Wasser gekommen sein. Dann ist sie hier über die Wiese zum Haus und hat versucht, mit dem Stein die Scheibe einzuschlagen ...« Interessiert kommt er wieder zurück und untersucht das Terrassenfenster. »Einbruchsicher. Scheint Panzerglas zu sein.«

Ich sehe auf das Mädchen. »Du meinst, sie ist erfroren?«

»So sieht's aus. Die Nächte sind ja schon ziemlich kalt jetzt.« Hünerbein schüttelt sich. »Und wenn man dann noch im Wasser war ... Furchtbar.«

Das ist es sicher, logisch erscheint es mir trotzdem nicht. Das hier ist nicht Alaska, sondern bewohntes Gebiet. Anstatt die Scheibe einzuschlagen, hätte das Mädchen zu den Nachbarn laufen können. Irgendwo hätte man ihr sicher aufgemacht.

»Vielleicht hatte sie keine Kraft mehr zum Laufen.«

»Sie hätte um Hilfe rufen können«, entgegne ich. Wer mit einem Ziegel die Scheibe einschlagen will, kann auch schreien.

»Aber das hilft nichts, wenn man nicht gehört wird.« Hünerbein hüllt sich in seinen Trenchcoat. »Na Mensch, langsam wird mir hier aber auch kalt.«

»Jedenfalls kann sie nicht im Eis eingebrochen sein«, stelle ich fest, »nicht hier auf der Havel.«

»Dann ist sie eben so ins Wasser gefallen.« Hünerbein kramt einen Notizblock aus den Tiefen seines Trenchcoats. »Von einem Boot oder so ...«

»Mit Schlittschuhen?«

»Sardsch, was soll das?« Hünerbein hebt genervt die Arme.

»Du musst doch zugeben, dass diese Schlittschuhe seltsam sind.«

»Sicher. Aber wir checken das.« Hünerbein macht eine zuversichtliche Miene. »Vielleicht gibt's ja in der Nähe eine Kunsteisbahn.«

Plötzlich werden wir unter Beschuss genommen. Mindestens zweimal kracht es heftig, und wir zucken erschrocken zusammen. Von Schrot zerfetztes Platanenlaub segelt um uns herab. Noch bevor wir begreifen, was geschieht, hören wir einen scharfen Ruf:

»Halt! Keine Bewegung! Es wird geschossen!«

Instinktiv heben wir die Hände. Russen, denke ich. Jetzt sind sie da.

»Du hast eine Russophobie«, flüstert Hünerbein, »der Kalte Krieg ist seit zwei Tagen vorbei, haste das noch nicht gemerkt?«
Sicher habe ich das. Nur weiß ich nicht, was danach kommt.

9   ZUNÄCHST NÄHERT SICH ein distinguiert wirkender Herr im Lodenmantel. Er mag gut an die achtzig Jahre alt sein, und das einzig Unseriöse an ihm ist die monströse Pumpgun, mit der er uns bedroht.

»Hertha«, ruft er aufgeregt zum Nachbargrundstück hinüber, »ich hab sie. Ruf die Polizei!« Er sieht uns finster an. »Keine Tricks, sonst mach ich von meinem Recht auf Notwehr Gebrauch!«

»Nun, beruhigen Sie sich mal«, erkläre ich mit rasendem Herzschlag, »wir sind die Polizei.« Vorsichtig will ich die Arme herunternehmen, doch der Alte hält mir umgehend die Pumpgun an die Brust.

»Keine Bewegung, sage ich! Ihr glaubt, ihr könnt uns jetzt ausplündern, was? Da habt ihr euch geschnitten, hier gibt es nichts zu holen!«

»Hören Sie«, versuche ich es erneut, doch der Mann lässt mich nicht reden und drückt mir den Lauf der Waffe fester zwischen die Rippen.

»Zonenbrut! Kommunistenpack! Das hier ist nicht die Karl-Marx-Allee. Hier lassen wir uns nicht einschüchtern von Gleichschritt-Trara und Stasidiktatur. Rot Front, Genossen! Zurück hinter Euren Antifa-Schutzwall!«

Die Sache ist klar: Wir haben es mit einem Irren zu tun.

»Waffe weg!«, hört man plötzlich Michalke brüllen.

Auch das noch. Hoffentlich hat der KoBB wenigstens sein Ostgrenzerkäppi abgenommen, sonst kommt es hier wirklich noch zum Bürgerkrieg.

Geistesgegenwärtig nutzt Hünerbein die Verwirrung des alten Herrn, stürzt sich auf ihn und reißt ihn kraft seines erdrückenden Körpergewichts zu Boden. Gleichzeitig blendet der Suchscheinwerfer des Polizeibootes auf. Die Pumpgun schliddert über das Gras, der alte Mann schreit: »Hertha, alarmiere unsere britische Schutzmacht! Wir werden überrollt!«

Doch schon entern die Männer vom Wasserschutz das Grundstück. Mit gezückten Waffen rennen sie heran.

»Alles in Ordnung, Kollegen?«

»Alles unter Kontrolle«, knurrt Hünerbein keuchend und hält dem unter ihm liegenden Verteidiger der westlichen Freiheit seinen Dienstausweis unter die Nase. »Hör mal zu, du Saftsack: Wir sind von der Berliner Kripo, Inspektion M1, und wenn du weiter Schwierigkeiten machst, dann ...« Wütend nimmt Hünerbein die Schrotflinte und rappelt sich keuchend auf. »Junge, Junge, was für 'ne Kanone ...«

»Entschuldigung, aber ...« Der Saftsack flackert mit den Augen. »In diesen Zeiten weiß man ja nie ...«

»Haben Sie für die Pumpgun einen Waffenschein?«

»Natürlich«, beteuert der Mann, »für wen halten Sie mich?«

»Der wird Ihnen vorsorglich entzogen.«

Hünerbein hat Probleme, Waffe, Notizblock und Kugelschreiber gleichzeitig in den Händen zu halten, folglich nehme ich ihm die Schrotflinte ab.

»Name, Adresse?«

»Firneisen, Karl Gustav«, der alte Herr blinzelt im Licht des Polizeibootscheinwerfers und kommt umständlich wieder auf die Beine, »es tut mir leid, wenn ich ...«

»Mir auch«, sagt Hünerbein und schreibt sich den Namen auf. »Sie wohnen nebenan?«

»Jaja, seit über dreißig Jahren«, beeilt sich Firneisen mit der Antwort, »das ist ein Erbpachtgrundstück.« Jetzt erst bemerkt er die Tote auf der Terrasse. »Du lieber Gott! – Was ist das?!«

»Eine Leiche.« Ich schaue mir die Schrotflinte genauer an. Eine englische Boswell-Pumpgun. Damit schießt der alte Herr ganz sicher keine Enten mehr.

»Ist sie tot?«

»Das haben Leichen so an sich. Kennen Sie die Tote?«

»Ich weiß nicht«, stammelt Firneisen, »dazu müsste ich sie mir mal genauer ... – Was ist passiert?«

»Genau das versuchen wir, herauszufinden.« Ich führe den Mann behutsam näher an die Tote heran. »Und?«

»Aber das kann nicht sein«, haucht Firneisen entsetzt, »das ist unmöglich.«

»Der Tod, Herr Firneisen, ist nie unmöglich.« Hünerbein seufzt. »Also was ist? Kennen Sie die Frau?«

»Ich bin nicht sicher.« Firneisen beugt sich über die Leiche und wackelt mit dem Kopf. Vorsorglich halten wir den Mann davon ab, die Tote anzufassen, »Sie sieht aus wie die Silke ...«

»Silke.« Hünerbein schreibt. »Und wie weiter?«

»Brendler«, antwortete der alte Mann, »wir sind Nachbarn.«

»Nachbarn?« Das irritiert mich. »Sagten Sie nicht, Sie wohnen nebenan?«

»Na, ja doch.« Firneisen sieht hilflos zu Hünerbein hin.

Der zeigt auf den reetgedeckten Bungalow. »Wollen Sie damit sagen, die Tote lebte in diesem schönen Haus?«

»Hertha«, brüllt Firneisen verzweifelt, »sprech ich spanisch?«

»Nein«, kommt es aus dem Dunkel des Nachbargartens.

»Da hören Sie's«, konstatiert Firneisen, »wenn Sie mich nicht verstehen, liegt es an Ihnen.«

»Wir verstehen Sie, Herr Firneisen, wir verstehen Sie.« Hünerbein schreibt, ohne aufzusehen.

»Mein Gott, die arme Silke«, seufzt der alte Mann betroffen, »und Sie sind sicher, dass sie es wirklich ist?«

»Wir?« Allmählich kommt mir dieser Firneisen ziemlich senil vor. »Wieso wir? Sie haben doch gerade behauptet, dass das Ihre Nachbarin Silke Brendler ist.«

»Ja, ja ...« Firneisen nickt verzagt. »Aber eigentlich ...«, er wirkt plötzlich sehr alt und grau, was sicher auch am gleißenden Licht des Suchscheinwerfers liegt, den das Polizeiboot noch immer auf den Tatort gerichtet hält, »... eigentlich wollte sie doch auf Gran Canaria sein.«

Schlittschuhlaufen kann man da auch nicht, denke ich, und Hünerbein reckt erstaunt den Hals.

»Seit wann?«

»Seit einer Woche«, antwortet Firneisen, »ich hab die beiden noch verabschiedet.«

»Die beiden?« Hünerbein tackert ungeduldig mit seinem Kugelschreiber. »Welche beiden?«

»Na, die Silke und den Brendler.« Firneisen sieht wieder auf die Leiche und kann es nicht fassen. »Das gibt's doch nicht. Wie ist so was möglich?«

»Wo Sie doch«, den Spott kann ich mir nicht verkneifen, »so ein wachsames Auge auf dieses Grundstück geworfen hatten. Nicht wahr?«

»Naja«, regt sich Firneisen auf, »muss man doch, jetzt wo die Mauer auf ist! – Sehen Sie sich diese Leute doch nur mal an«, er zeigt auf Michalke mit seinem Grenzerkäppi, »vierzig Jahre lang nichts als Entbehrungen. Und dann dieser Wohlstand bei uns. Kein Wunder, wenn es da zu Plünderungen kommt.«

»Herrgott, das ist Ihr Kontaktbereichsbeamter!«, rufe ich zunehmend genervt, »Sie erzählen, dass Sie seit dreißig Jahren hier sind, und kennen noch nicht mal ihren KoBB?«

»Ja, woher denn«, schreit Firneisen zurück, »ich bin ein ehrbarer Mann. Ich hatte noch nie Schwierigkeiten mit der Polizei.«

»Ick bin ja auch noch nicht so lange im Bereich hier«, pflichtet Michalke bei und knautscht das Grenzerkäppi, »so drei Jahre etwa.«

»Noch mal«, Hünerbein wendet sich Firneisen zu, »wen haben Sie letzte Woche verabschiedet?«

»Na ...« Firneisen deutet auf die Tote, »... und ihren Mann.«

»Ihren Mann«, wiederholt Hünerbein und schreibt. »Name?«

»Brendler«, antwortet Firneisen, »Julian Brendler.«

»Ju-li-an«, echot Hünerbein schreibend, »Brend-ler.«

Ich frage, wieso dem aufmerksamen Herrn Firneisen die Tote bislang entgangen ist, wenn sie schon seit heute früh hier auf der Terrasse liegt.

»Die kann ich von unserem Grundstück aus nicht einsehen«, versichert Firneisen und zeigt mir eine hohe, ungepflegte Tannenhecke, die das Grundstück zur anderen Seite hin begrenzt und obendrein von dickem Efeu überwuchert ist. »Ich wollte das schon längst in Ordnung bringen lassen, aber ...«

»... uns haben Sie gesehen«, stellt Hünerbein lauernd fest.

»Gehört«, verbessert Firneisen, »ich habe Ihre Stimmen gehört, und da dachte ich …«

»Ostdeutsche Plünderer fallen übers schöne Kladow her.« Ich muss unwillkürlich den Kopf schütteln. »In Berlin hat der Wahnsinn viele Gesichter.«

»Und eines sieht aus wie das der Toten«, Hünerbein sieht mich nachdenklich an, »denn warum erfriert eine Frau vor ihrem eigenen Haus?«

Gute Frage. »Vielleicht hat sie ihren Schlüssel verloren?«

»Aber nein«, sagt Firneisen, »den Schlüssel hab ich.«

»Sie?« Hünerbein fährt herum. »Wieso Sie?«

»Na, sie hat ihn mir gegeben«, Firneisen hebt unschuldig die Hände, »bevor sie losgefahren sind. Irgendwer muss doch nach dem Rechten sehen. Falls mal was ist.«

Hünerbein gerät allmählich aus der Routine. »Verstehe«, sagt er nur und sinkt schwerfällig auf die Terrassenbrüstung.

Und in der Tat bekommt die Sache allmählich eine komische Dimension. Wieso versucht eine Frau, statt auf Gran Canaria zu urlauben, auf der Havel Schlittschuh zu laufen? Vor allem, wenn es dort kein Eis, aber sehr kaltes Wasser gibt? Und dann erfriert sie vor ihrem eigenen Haus, obwohl sie weiß, dass der Nachbar den Schlüssel hat? Nee. Normal ist das nicht. Eher tragisch.

Ich sehe Firneisen an. »Darf ich mal Ihr Telefon benutzen?«

10 »PAROLE?«

Die alte Havelvilla wirkt wie eine uneinnehmbare Festung. Der Wintergarten ist mit Sandsäcken verbarrikadiert, die Haustür verrammelt, sämtliche Fensterläden sind geschlossen.

»Ech been ain Bear-leener«, meldet sich Firneisen im John-F.-Kennedy-Sprech, und langsam öffnet sich die schwere Pforte.

»Gott sei Dank, Karl!« Eine alte, hochgewachsene Dame lässt uns ein, nicht ohne mich skeptisch gemustert zu haben. »Ich hatte mir schon Sorgen gemacht.«

»Musst du nicht, Hertha.« Sorgsam verriegelt Firneisen wieder die Tür. »Der Herr ist von den Unsrigen. Kripo.«

»Ach«, macht die Dame, die auch im hohen Alter noch eine Schönheit ist. Sie mag mindestens Mitte siebzig sein und ist dennoch nachhaltig beeindruckend. Nicht das, was man gemeinhin sexy oder so was nennt, nein, hier steht ein Leben vor mir. Eine Grande Dame mit grauem Dutt und unglaublich schönen Gesichtszügen. Kein Zweifel. Diese Frau ist gereift wie ein guter, alter Wein.

Ich verbeuge mich achtungsvoll und nenne meinen Namen: »Knoop, Hans Dieter, Hauptkommissar der Mordkommission.«

»Treten Sie nur herein, Herr Hauptkommissar.« Sie betrachtet mitfühlend mein zerschundenes Gesicht, spart sich aber eine Bemerkung dazu und nimmt mich behutsam am Ellenbogen, um mich in einen Salon zu führen, der aus längst vergangenen Zeiten zu sein scheint: riesige Kristall-Leuchter an der stuckverzierten Decke, opulente Gemälde zieren dunkle, mahagonivertäfelte Wände; es gibt edle Gründerzeitkommoden und Chaiselongues sowie einen prächtigen offenen Kamin aus weißem Carrara-Marmor – und wenn Einstein mit einem Glas Sancerre durch die weit offenstehenden Flügeltüren geschlendert käme, Magnus Hirschfeld oder Kurt Tucholsky – es würde mich kaum verwundern.

»Was ist denn passiert nebenan?«, erkundigt sich die alte Dame würdevoll, »da waren doch nicht etwa wirklich Plünderer?«

»Schlimmer!« Firneisen reckt dramatisch die Hände. »Die haben die Silke Brendler ermordet!«

»Tatsächlich?« Hertha Firneisen wirkt zwar erstaunt, doch nicht sonderlich betroffen. Eher so, als hätte sie einen derartigen Vorfall schon länger erwartet. »Bitte, setzen Sie sich, Kommissar. Darf ich Ihnen etwas zu trinken anbieten?«

»Der Kommissar wollte, glaube ich, telefonieren«, sagt Firneisen, noch bevor ich antworten kann, und deutet auf ein hochbeiniges Tischchen mit einem altmodischen Telefon aus schwarzem Bakelit. »Bitte sehr!«

Dankend greife ich zum Hörer und wähle die Zentrale an, um herauszufinden, wo die Kollegen von der Spurensicherung bleiben. Doch in der Zentrale kann man mir nicht weiterhelfen. Im

Gegenteil, man nimmt dort an, dass wir hier schon fertig und auf dem Rückweg sind.

»Nee, sind wir leider nicht«, erwidere ich und lege auf, um Jürgen Damaschke, unseren Spurensicherer, über seine C-Netz-Nummer direkt zu erreichen. Damaschke ist ungeheuer stolz auf sein Autotelefon. Erst kürzlich hat er sich eine derartige Anlage für Unsummen in seinen Privatwagen einbauen lassen und dann versucht, das Geld von der Dienststelle erstattet zu bekommen. Natürlich ohne Erfolg. Seither ist Damaschke sauer und trägt sich mit dem Gedanken, in die Privatwirtschaft zu gehen. Bankiers haben schon lange Autotelefone, auch in den Privatwagen. Doch wozu brauchen Banken einen Spurensicherer?

Offensichtlich befindet sich Damaschke mit seinem Wagen mitten im Chaos der Stadt, denn im Hintergrund hört man das Krachen von Chinaböllern und Silvesterkrachern sowie pathetischen Gesang. Entsprechend genervt klingt der Spurensicherer.

»Wir stecken fest«, brüllt er durchs Telefon, »die Wasserpumpe ist hinüber. Jetzt warten wir auf den Abschleppwagen, aber der steckt eben auch irgendwo im Stau.«

»Mann, dann nehmt halt die U-Bahn«, schlage ich vor und lege auf. Das kann noch dauern. Ich entschuldige mich bei den Firneisens, denn C-Gespräche sind teuer. »Aber wir werden das selbstverständlich erstatten.«

Hertha Firneisen sieht mich gespannt an. »Gehen Sie mit mir konform«, erkundigt sie sich schließlich, »dass die Politiker unseres Landes mit der gegenwärtigen Lage überfordert sind?«

»Das sind sie ganz sicher«, pflichte ich bei, denn es ist klar, dass Leute, die seit Jahrzehnten die Staatsverschuldung nicht in den Griff bekommen, mit dem Mauerfall an die Grenzen ihrer Handlungsfähigkeit stoßen müssen.

Hertha Firneisen sinkt seufzend in einen der Sessel. »Ich habe schon mehrmals die Britische Kommandantur angerufen. Aber auch dort ist man – um es gelinde zu sagen – von den Ereignissen überrascht.«

»Der Witz ist doch«, meldet sich ihr Mann zu Wort, »dass die ihre Mauer selbst zum Einsturz gebracht haben. Das können die doch unmöglich so gewollt haben.«

Das ist die Frage, und sie hat etwas Bedrohliches. Zwar forderte vor zwei Jahren der amerikanische Präsident Ronald Reagan vor dem Brandenburger Tor: »Mr. Gorbatshov! Tear down this wall!« Aber dass das wirklich passieren würde.

»War es das Volk?«, erkundigte sich die alte Dame, als müsste ein Kriminalbeamter so etwas wissen, »waren es die entrechteten Massen der Sowjetzone, die sich erhoben haben?«

Keine Ahnung. Wann hat je eine Revolution in Deutschland ihr Ziel erreicht? Wir sind ein Volk von Scheiternden. Warum sollte uns so was gelingen?

»Die Russen«, wundert sich Hertha Firneisen, »warum greifen die Russen nicht ein? Es kann doch unmöglich in ihrem Sinne sein, was geschieht.«

»Das ist ja das Unheimliche«, erwidere ich, verschweige ihr aber meine eigene Theorie zum so genannten Mauerfall. Dabei bin ich überzeugt, dass ein Großteil der Menschen in der Stadt von den Sowjets gesteuerte Militärs sind. Getarnt als jubelnde Ostbesucher. Noch verhalten sie sich friedlich, bislang ist kein einziger Schuss gefallen. Außer dem von Firneisen vorhin.

»Immerhin wurde die Silke umgebracht«, regt sich Firneisen auf, als könnte er so die Ballerei mit der Schrotflinte entschuldigen, »direkt nebenan, Hertha. Quasi vor unserer Haustür! Und wir haben nichts mitbekommen. Nichts!«

»Wirklich nicht?« Ich schaue mir Hertha Firneisen genauer an und versuche, mir vorzustellen, wie sie früher aussah. Wahrscheinlich war sie schon als junges Mädchen überirdisch schön, aber niemals so ein wunderbares Wesen wie heute.

»Wurde Frau Brendler wirklich umgebracht?« Die alte Frau beugt sich fragend zu mir vor, und ich reagiere mit einer scheinbar beiläufigen Gegenfrage:

»Wer sollte sowas tun?«

»Nun, vielleicht Agenten aus dem Osten.« Hertha Firneisen reicht mir ein edles Holzkistchen mit feinen Zigarillos drin. »Rauchen Sie?«

»Vielen Dank.« Ich nehme mir eins von den Zigarillos und zücke, da ich sehe, dass sich auch Frau Firneisen eins nimmt, mein Feuerzeug. »Darf ich?«

»Gern.« Sie raucht ihr Zigarillo an, lehnt sich nachdenklich zurück, und für einen Moment scheint es, als wolle Hertha Firneisen noch etwas sagen. Doch es kommt nichts mehr.

»Agenten aus dem Osten?«, greife ich den Faden wieder auf und stecke mein Zigarillo in Brand. »Wie meinen Sie das?«

»Hier wurde noch nie jemand umgebracht!« Firneisen kommt mit einer Flasche Bourbon heran und füllt drei Gläser. »Seit wir hier sind, nicht. Und kaum ist die Grenze auf, stirbt die Silke. Vielleicht waren es keine Agenten, aber aus dem Osten waren sie bestimmt!« Er drückt jedem ein Glas Bourbon in die Hand und setzt sich. »Oh ja, in Zukunft werden wir uns warm anziehen müssen, verdammt warm! Das ist vergleichbar mit dem Einzug der Vandalen im alten Rom. Wohl bekomm's, Hauptkommissar!«

Er hebt sein Glas, trinkt, und ich will es ihm nachtun, als es an der Haustür plötzlich klopft. Karl und Hertha Firneisen schrecken auf. Sofort ist wieder Krisenstimmung.

»Licht aus!«, ruft Firneisen scharf.

Alles versinkt im Dunkeln. Wieder klopft es, mehrmals.

»Keine Panik«, höre ich Firneisen flüstern, »wo ist meine Desert Eagle?«

»Herr Firneisen«, versuche ich ihn zurückzuhalten, »Ihre Desert Eagle lassen Sie besser stecken.«

»Wieso?«, widerspricht Firneisen, »die ist registriert …«

Irgendetwas fällt scheppernd zu Boden. Glas klirrt. Vermutlich hat Firneisen im Dunkeln das Tischchen mit der Bourbon-Flasche umgeworfen, denn er flucht laut, bevor er über die knarrende Treppe ins Obergeschoss stolpert.

»Firneisen!«, zische ich, »Hiergeblieben!« Ich will ihm nach, finde ihn aber nicht und stehe ratlos im stockfinsteren Flur.

»Kommissar Knoop? Alles in Ordnung?«, höre ich Michalke draußen rufen, bevor er noch mal gegen die Haustür hämmert und energisch »Aufmachen! Polizei!« brüllt.

Ich taste mich in die Richtung, in der ich die Haustür vermute, und verheddere mich prompt in einem alten Schirmständer. Dann endlich erreiche ich die Tür und öffne sie.

»Sind Sie verrückt, hier einfach anzuklopfen? Die alten Leute haben sich vielleicht erschreckt!«

»Tut mir leid, Kommissar«, antwortet Michalke hektisch, »aber bei den Brendlers ist plötzlich Licht.«
»Was?«
»Da muss jemand im Haus sein. Nun kommense endlich.«
»Was ist denn los?« Hertha Firneisen macht wieder Licht und kommt in den Flur.
»Verzeihen Sie!« Ich nehme ihre Hand und deute einen Handkuss an. Den ersten meines Lebens. »Die Pflicht ruft.«
Dennoch zögere ich. Ich will die Firneisens nicht allein lassen. Die politische Lage verwirrt sie zu sehr, und der Alte ist allem Anschein nach ein Waffennarr.
»Michalke«, wende ich mich an den Kontaktbereichsbeamten, »Sie bleiben hier und kümmern sich um Herrn und Frau Firneisen.«
Der KoBB wirkt wenig begeistert, zumal ich ihm zuraune: »Seien Sie nett zu ihnen und passen Sie auf, dass keiner durchdreht. Firneisen hat noch eine Waffe im Haus. Ich schicke Ihnen, sobald möglich, Verstärkung, klar?«
»Klar.« Michalke tastet nervös nach seiner Dienstpistole.
»Keine Panik«, beruhige ich ihn, »alles wird gut.«

»Achtung! Eigensicherung!«
Die Wasserschutzpolizisten haben den Brendlerschen Bungalow umstellt und sehen ziemlich angespannt aus.
Vorsichtshalber gehe ich etwas in Deckung. »Wo ist Hünerbein?«
»Sichert die Terrasse«, meldet ein Wasserschutzmann und deutet mit seiner Waffe nach hinten. »Irgendwer hat sich im Haus verschanzt.«
Ich drücke mich unterhalb der mit Rollläden verschlossenen Fenster an der Hauswand entlang.
»Hünerbein?«
»Hier!«
Er hockt mit gezogener Waffe hinter der Terrassenbrüstung und späht vorsichtig zum erleuchteten Wohnzimmer hinüber.
»Ist jemand zu sehen?« Geduckt schiebe ich mich heran.
Hünerbein schüttelt den Kopf.

»Hab schon mehrmals gerufen«, knurrt er, »reagiert aber keiner.«

Vorsichtig riskiere ich einen Blick über die Brüstung ins Wohnzimmer. Es ist maritim eingerichtet, dezent beleuchtet und sehr edel. Vor allem der Couchtisch fällt auf. Eine runde Rauchglasplatte auf einem alten Schiffssteuerrad.

»Hallo?«, rufe ich, ohne aus der Deckung zu kommen. »Ist da wer?«

Als nichts passiert, schleiche ich, an die Hauswand gelehnt, bis zur Terrassentür vor und klopfe laut gegen die Scheibe.

»Kriminalpolizei! Machen Sie auf!«

Keine Reaktion.

Wer immer da im Haus sein mag, er muss uns hier draußen bemerkt haben. Und warum macht er plötzlich Licht im Wohnzimmer?

»Um auf sich aufmerksam zu machen«, vermutet Hünerbein. Für ihn ist die Sache einigermaßen klar. Da schafft es jemand nicht zur Tür. Vielleicht weil er verletzt ist, gefesselt oder sonst was. Wahrscheinlich der Herr Brendler. Irgendwo muss der Mann ja sein, wenn seine Frau hier tot auf der Terrasse liegt.

»Was ist?« Hünerbein sieht mich mit zusammengekniffenen Augen an. »Gehen wir rein?«

Ich hasse es, in unbekannte Wohnungen einzudringen. Jedes Haus, jede Wohnung ist anders, und man weiß nie, was einen da drin erwartet. Zudem habe ich meine Dienstwaffe zu Hause gelassen.

»Okay«, sage ich schließlich, »wir gehen rein.«

»Gut.« Hünerbein atmet geräuschvoll aus und deutet auf die Terrassentür. »Dann wäre nur noch die Frage zu klären, wie wir durch das blöde Panzerglas kommen?«

»Gar nicht«, antworte ich.

Wozu auch? Wenn Firneisen doch einen Schlüssel hat ...

11 GULLNICK HATTE DEN WEG von Adlershof zur Lichtenberger Normannenstraße in Rekordzeit geschafft. Nach weniger als fünfzehn Minuten stoppte er den Wagen von Oberstleutnant Cardtsberg vor einer Schranke des riesigen Gebäudekomplexes, der das Ministerium für Staatssicherheit beherbergte.

Dennoch war Cardtsberg die Fahrt wie eine Ewigkeit vorgekommen. Während sein Fahrer darüber schwadronierte, dass Springsteens »Born in the U.S.A.« von den Amerikanern falsch interpretiert wurde und es sich bei dem Lied in Wahrheit um eine Anklage gegen den US-Imperialismus handelt, sah Cardtsberg wie in Zeitlupe menschenleere Straßen an sich vorübergleiten.

Trotz der heraufziehenden Dämmerung war nirgendwo Licht in den Häusern. Niemand war in der Stadt unterwegs, man stand an völlig autofreien Kreuzungen und wartete auf das Grün sinnlos gewordener Ampelanlagen.

Es war gespenstisch. Es schien, als sei die DDR-Hauptstadt von ihren Bewohnern komplett verlassen worden.

Im Ministerium für Staatssicherheit dagegen herrschte Hochbetrieb. Permanent befuhren zivile Robur- und W-50-Laster sowie die schweren Kamas-Lkws irgendwelcher Sondereinsatzkräfte die videoüberwachten und von schwer bewaffneten Soldaten gesicherten Auffahrten.

Lediglich Cardtsberg stand buchstäblich vor verschlossenen Türen.

»Tut mir leid, Genosse Oberstleutnant«, hatte der wachhabende Offizier bedauert, »aber mein Auftrag ist klar. Ich darf niemanden hinaus- oder hereinlassen.«

»Und was ist das hier?« Cardtsberg verwies empört auf die brüllenden Lastwagen, die das Ministerium schwerbeladen verließen. »Die werden nicht mal kontrolliert!«

»Außerordentliche Maßnahmen«, erwiderte der Wachhabende. »Darauf haben wir keinen Einfluss.«

»Ich bin auch 'ne außerordentliche Maßnahme, und nun lassense mich gefälligst durch!« Cardtsberg machte eine entsprechende Handbewegung. »Na los! Hoch mit der Schranke!«

Der wachhabende Offizier schüttelte etwas verunsichert den

Kopf. »Das kann ich nicht machen, Genosse Oberstleutnant. Da muss ich erst nachfragen.«

»Fragen Sie, nur zu!« Cardtsberg lehnte sich im Fond zurück und sah den Posten herausfordernd an. »Melden Sie: Cardtsberg, Ministerium für Verteidigung, bittet um Sondierungsgespräche. Und jetzt machense mal 'n bisschen hin, ich bin inzwischen seit fast achtundvierzig Stunden auf den Beinen.«

»Das geht mir ganz genauso, Genosse Oberstleutnant«, gab der Wachhabende spitz zurück und lief in sein Pförtnerhäuschen, um zu telefonieren.

Dennoch dauerte es noch gut zwanzig Minuten, bis sich im Ministerium endlich jemand für ein Gespräch mit dem Oberstleutnant zuständig fühlte und Cardtsberg die Einfahrt passieren durfte.

Auf dem vom Flutlicht gleißend erhellten Hof wurden hastig Lastwagen beladen. Gabelstapler karrten schwere Paletten mit Kisten heran und eine Kompanie von jungen Männern in Arbeitsoveralls warf teure Computerausrüstungen und Anlagen auf bereitstehende Hänger.

Gullnick riss die Wagentür auf und ließ Cardtsberg aussteigen. »Genosse Oberstleutnant, was läuft hier eigentlich?«

»Wenn ich's weiß, sag ich's Ihnen, Gullnick«, erwiderte Cardtsberg und sah ratlos auf einen am Boden liegenden und zu Bruch gegangenen Computermonitor der westdeutschen Marke »Nixdorf«.

»Entschuldigen Sie, dass Sie so lange warten mussten, aber so hohen Besuch haben wir nicht erwartet.« Der Mitarbeiter des Ministeriums lächelte freundlich durch seine Goldrandbrille und stellte sich als Meyer vor. »Hier geht's lang, Genosse Oberstleutnant.« Meyer öffnete zuvorkommend eine Glastür. Er war auffallend gut gekleidet, trug Jeans, westliches Fabrikat, dazu ein offenes altrosa Hemd und ein Tweedsakko. Äußerlich ähnelte er ein wenig dem Schauspieler Ekkehard Schall vom Berliner Ensemble. Den hatte Cardtsberg mal auf einer Brecht-Lesung kennen- und schätzengelernt. Ein guter Mann mit anständigen Überzeugungen.

In den grauweiß getünchten Gängen des Ministeriums sah es aus wie auf einem Schlachtfeld: Überall flog Papier herum, zerfledderte Aktenordner lagen auf dem Boden, alte Karteikartensätze und zerknitterte Lochstreifen. Mitarbeiter des Ministeriums rannten durcheinander, schoben überladene Aktenwagen umher und warfen stapelweise Videobänder auf ungeordnete Haufen.

Cardtsberg fühlte sich unbehaglich. Das, was er sah, gefiel ihm nicht. Das roch zu sehr nach Aufbruch, oder besser nach Abbruch. Hier hatte bereits das Großreinemachen begonnen.

Meyer blieb vor einer Fahrstuhlbatterie stehen und drückte auf einen Knopf. Er lächelte unentwegt, und Cardtsberg überlegte, welche Funktion dieser Meyer wohl haben mochte. Einen Dienstgrad hatte er nicht genannt, und so wie Cardtsberg das MfS einschätzte, war es hier wohl Usus, sich Fremden gegenüber mit unauffälligen Allerweltsnamen wie Meyer, Müller oder Lehmann vorzustellen.

Der Fahrstuhl öffnete sich, und zwei Männer traten heraus. Ihre Aktentaschen waren so prall gefüllt, dass sie sich nicht mehr schließen ließen, und Meyer wechselte ein paar Worte auf Russisch, bevor er in den Fahrstuhl stieg.

KGB, dachte Cardtsberg, die holen sich alles Brauchbare raus.

Dann ging es hoch in den zehnten Stock, und auch hier herrschte totales Durcheinander. Unentwirrbare Knäuel von zerknüllten Tonbändern bedeckten den Boden. Irgendwer brüllte etwas von einem Faxcode, der nicht mehr zu dechiffrieren war, und in einer Ecke liefen die Dokumentenschredder bei der Aktenvernichtung heiß.

Vor einer schmalen Tür am Ende eines Flures blieb Meyer stehen.

»Da sind wir«, sagte er und schloss auf, »hier haben wir etwas Ruhe. Nur herein in die gute Stube.«

Cardtsberg trat ein und nahm die Mütze ab.

Um einen Tisch mit Blümchendecke und Bleiglasaschenbecher standen vier grüne Kunstlederstühle. An der Wand befand sich ein schmuckloses Sideboard mit einem grauen Telefon. Daneben war eine Liste mit internen Rufnummern an die Wand gepinnt. Ansonsten gab es noch einen Gummibaum am Fenster und einen Topf mit halbvertrockneten Alpenveilchen.

»So«, sagte Meyer gedehnt und stellte eine Schreibmaschine auf den Tisch. Konzentriert legte er Kohlepapier zwischen die Seiten und zog sie in die Schreibmaschine ein. »Dann wollen wir mal.« Gespannt sah er Cardtsberg an. »Name?«

»Cardtsberg, Wolf-Ullrich«, antwortete der Oberstleutnant.

Die Schreibmaschine klackerte.

»Dienststelle?«

»Hören Sie, Genosse, ich wollte eigentlich keine protokollierte Aussage machen, sondern ...«

»Gut«, sagte Meyer mit unverhohlenem Sarkasmus, »dann kann ich das gleich verbrennen.« Er zog die Seiten aus der Maschine, ließ sein Feuerzeug aufschnappen und steckte das Papier in Brand. »Wird neuerdings alles verbrannt bei uns, wissen Sie? Der Heizwert allerdings ist minimal.« Meyer versenkte die brennenden Seiten in einen Mülleimer und lächelte spöttisch.

Nette Vorstellung, dachte Cardtsberg. Soll ich jetzt klatschen?

»Wie bereiten Sie sich denn auf die neuen Herren vor«, Meyer schob die Schreibmaschine beiseite und glättete die Blumentischdecke, »wenn Sie nicht wissen, wer die neuen Herren sind?«

»Gar nicht«, antwortete Cardtsberg ruhig. In der Deutschen Demokratischen Republik gab es weder alte noch neue Herren. Dafür Arbeiter und Bauern. Das einfache Volk.

»Das einfache Volk«, echote Meyer grinsend, »leider hat es keine Lust mehr, das einfache Volk. Es hat die Schnauze voll vom Arbeiter-und-Bauern-Staat.«

»Das mag Ihre persönliche Meinung sein.« Cardtsberg fragte sich allmählich, was er hier wollte: Dieser Meyer hatte die Sache aufgegeben, so viel stand fest. »Ich bin sicher, dass es weitergehen wird.«

»Natürlich. Es geht immer weiter. Die Frage ist nur, wie?« Meyer seufzte und erhob sich. »Von Sonnenblumen werden wir jedenfalls nicht so bald regiert.«

Cardtsberg verstand nicht gleich. Aber dann bemerkte er die

Reproduktion von van Goghs »Sonnenblumen« an der Wand. Sie hing exakt an jener Stelle, wo man das noch vor vier Wochen obligatorische Honeckerbild vermutet hätte.

Cardtsberg zog seine Zigaretten hervor. »Was dagegen, wenn ich rauche?«

»Bitte!« Sofort war Meyer mit dem Feuerzeug zur Stelle.

»Vielen Dank«, sagte Cardtsberg und inhalierte tief.

Meyer setzte sich wieder hin und sah ihn prüfend an. »Was glauben Sie, was draußen passiert?«

»Das Schlimmste«, erwiderte Cardtsberg, »wenn nichts passiert.«

Meyer seufzte erneut. »Wissen Sie was? Ich lass uns Kaffee bringen.« Er sprang wieder auf und griff zum Telefon. »Zwei Tassen Kaffee auf die Tausendsiebzehn.« Er wandte sich Cardtsberg fragend zu. »Oder wollen Sie lieber was anderes?«

Cardtsberg winkte ab. Kaffee war völlig in Ordnung.

Meyer setzte sich wieder hin. »Das dauert jetzt ein bisschen. Wir haben hier oben keine Küche.«

Cardtsberg schwieg. Ihm fiel auf, dass man vom Fenster aus einen tollen Blick auf die Stadt hatte. Man konnte die Frankfurter Allee hinunter bis zum Alexanderplatz sehen, auf den hell erleuchteten Fernsehturm, das Interhotel »Stadt Berlin« und das Hochhaus des »Berliner Verlages«.

»Tja. Das war mal alles unsers«, Meyer hatte seinen Blick bemerkt, »aber es zerrinnt uns zwischen den Fingern. Schade, schade, schade ... Was haben wir nur falsch gemacht?«

»Das wissen Sie sicher besser als ich.« Die demonstrativ zur Schau gestellte Resignation des Stasi-Mannes ging Cardtsberg allmählich auf die Nerven. »Genosse Meyer, ich bin nicht hergekommen, um mit Ihnen Abschied von der DDR zu feiern. Es gibt genug anständige Leute, die genau wissen, was sie an unserem Staat haben. Allein für die lohnt es sich, zu kämpfen.«

Meyer sah ihn aufmerksam an. »Reden Sie weiter.«

»Was gibt's da noch zu reden.« Cardtsberg hob die Schultern. Es war doch alles gesagt. Vielleicht eines noch: »Wenn Sie einen weiteren Fehler vermeiden wollen, sollten Sie sich mal um Ihr Wachregiment kümmern. Bei den Dzierzynskis ist, mal ganz unter uns und auf deutsch gesagt, die Kacke mächtig am dampfen, Herr Genosse Meyer, das ist Ihre Zuständigkeit.«

»Eben!« Meyers Stimme bekam plötzlich einen schärferen Klang. »Die Frage ist, was ein Offizier der Panzertruppe dort zu suchen hat.«

»Was glauben Sie denn?« Cardtsberg lachte bitter auf. »Kaffee hab ich da keinen bekommen.«

»Genosse Oberstleutnant, reden wir doch mal Klartext.« Meyer erhob sich und lief im Raum auf und ab. Vier Schritte bis zur Tür, vier Schritte zum Fenster. Dort blieb er stehen. »Was soll denn Ihrer Meinung nach passieren? Sie besetzen mit Panzern die Hauptstadt und riegeln die Grenzen wieder ab. Und dann? Übernehmen Sie dann auch die politische Verantwortung?«

»Notfalls ja.« Cardtsberg straffte sich. »Natürlich.«

Meyer klatschte in die Hände. »Was für ein Erfolg! Sie sind der Retter der Deutschen Demokratischen Republik. Aber wurde auch der Arbeiter-und-Bauernstaat gerettet? Wohl kaum. Denn Sie haben daraus eine Militärdiktatur gemacht. Glückwunsch, Genosse Oberstleutnant!« Meyer ging zur Tür, da es geklopft hatte. »Sie stehen jetzt international in einer Reihe mit den Pinochets und Stroessners dieser Welt.« Er öffnete die Tür und nahm ein Tablett mit Kaffee entgegen. »Na, das ging ja flugs. Vielen Dank, meine Liebe.« Er schloss die Tür, ohne dass Cardtsberg sehen konnte, wer den Kaffee gebracht hatte. »Sie sehen, die wirklich wichtigen Abläufe in unserem Ministerium funktionieren einwandfrei. Milch? Zucker?«

»Danke, aber ich trinke den Kaffee schwarz.« Cardtsberg nahm eine Tasse zur Hand und nippte daran. »Wir wollen lediglich die Sicherheit im Staate wiederherstellen.«

»Das ist aber nicht Ihre Aufgabe«, erwiderte Meyer, »für die Staatssicherheit sind immer noch wir zuständig.«

»Und warum unternehmen Sie dann nichts?« Cardtsberg stellte die Tasse wieder ab. »Sie verlassen das Schiff, bevor es gesunken ist!«

»Solange Gelegenheit ist, die Rettungsboote klarzumachen«, präzisierte Meyer, »denn das Schiff wird sinken, daran würde auch Ihre kleine Militärdiktatur nichts ändern. Sie werden international isoliert sein, Verträge werden aufgekündigt, Devisenreserven eingefroren. Zwölf Monate, maximal, und Sie können Ihre Bevölkerung nicht mal mehr ernähren.« Meyer atmete tief durch. »Wollen Sie das den anständigen Genossen da draußen zumuten?«

Cardtsberg verstand die Welt nicht mehr. So was von einem Mann des Ministeriums für Staatssicherheit. Unglaublich. »Was sagt denn Ihr Minister dazu?«

»Mielke?« Meyer griff nach dem Telefonhörer und hielt ihn Cardtsberg hin. »Wollen Sie ihn sprechen? Sie werden ihn nicht erreichen, denn seit zwei Tagen sind alle Leitungen zu ihm besetzt.« Meyer legte den Hörer wieder auf die Gabel. »Nicht, weil der alte Mann so viel zu tun hat, nein! Mielke hat sich in seinem Büro eingeschlossen und sämtliche Telefonhörer daneben gelegt, damit er mit niemandem reden muss. Wahrscheinlich denkt er nach.«

»Worüber?« Cardtsberg steckte sich nervös die zweite Zigarette an.

»Wahrscheinlich darüber, dass nun genau das passiert, was wir seit gut zehn Jahren erwarten.« Meyer lächelte abgeklärt. »Das ist nicht schön, aber im Prinzip läuft es genau nach Plan. Und Mielke ist schlau genug. Er weiß, dass es zu Ende ist.«

»Meyer, Sie deprimieren mich!« Cardtsberg hielt es nicht mehr auf seinem Stuhl. Er ging zum Fenster und sah hinaus.

»Das tut mir aufrichtig leid, Genosse Oberstleutnant.« Meyer trat hinter ihn. »Aber so ist es nun mal: Die DDR war immer ein Säugling am Busen der sowjetischen Mutter. Unfähig, allein zu überleben. Leider ist die Sowjetunion im Laufe der Jahre selbst so schwachbrüstig geworden, dass sie ökonomisch den Wettlauf der Systeme längst verloren hat. Ob wir wollen oder nicht, wir werden abgenabelt. Das war's, Genosse. – Noch 'n Kaffee?«

Cardtsberg schüttelte den Kopf. »Danke.« Er wandte sich vom Fenster ab und sah auf die Uhr. »Ich muss!«

»Ich bin froh, dass Sie gekommen sind«, sagte Meyer, »und ich hoffe, dass Sie die richtigen Rückschlüsse aus unserem Gespräch ziehen.«

Cardtsberg nahm seine Mütze und ging zur Tür. Dort drehte er sich noch mal um. »Falls es eine militärische Operation gibt: Wie wird sich das MfS verhalten?«

»Das kann ich nicht beurteilen«, antwortete Meyer. »Aber ich bin mir ziemlich sicher, dass eine militärische Operation eine Kettenreaktion in Gang setzen würde, die keiner mehr kontrollieren kann.« Er nahm den Oberstleutnant am Arm und setzte eindringlich hinzu: »Vergessen Sie nie, Cardtsberg, weswegen wir einmal alle angetreten sind: Nie wieder Krieg!«

Cardtsberg machte sich langsam los und hob die Hand an die Mütze. »Leben Sie wohl, Meyer. Ich finde allein raus.«

Meyer sah dem Oberstleutnant nach, bis dieser hinter überquellenden Aktenstapeln, Müllsäcken und zu entsorgender Technik verschwunden war.

Dann griff er zum Telefon und wählte eine Nummer. »Hat sich Klementine schon gemeldet?«

»Nein«, wurde ihm geantwortet, »Klementine hält sich immer noch in Spanien auf. Kanarische Inseln.«

»Dann hol sie zurück, verdammt noch mal«, regte sich Meyer auf, »ich will sie spätestens bis Anfang der Woche in Berlin sehen.«

Er legte auf und bemerkte plötzlich, dass seine Hände zitterten.

12   DIE KOLLEGEN VOM WASSERSCHUTZ sichern den Bungalow, die Terrasse und die Garageneinfahrt. Hünerbein und ich kleben zu beiden Seiten der Eingangstür an der Hauswand.

Das Procedere ist immer dasselbe: Man stößt die Tür weit auf, wartet einen Moment und schiebt sich dann mit gezogenen Waffen ins Haus. Dennoch kommt nie Routine auf. Eigensicherung hat oberste Priorität, denn der erste Schuss bleibt immer dem Verbrecher vorbehalten.

Das ist das Gefährliche an unserem Beruf. Polizisten dürfen nur zurückschießen, und ich habe nicht mal eine Waffe dabei.

Das hängt mit meinem großspurigen Pazifismus zusammen: Wie oft habe ich schon verkündet, ein zivilisierter Beamter brauche keine Dienstpistole, sondern Instinkt und Intelligenz. Und in der Tat ist es mir bislang immer gelungen, mutmaßliche Täter ohne Waffengewalt festzunehmen. – Na prima! Jetzt bin ich gezwungen, mich auf den fetten Hünerbein zu verlassen.

»Nun mach endlich hin«, schnaubt der hinter seiner erhobenen Dienstwaffe ungeduldig, »mir schläft gleich der Arm ein.«

Vorsichtig schiebe ich den Schlüssel ins Schloss der Haustür, während ich mir vor Angst fast in die Hosen mache. Wenigstens bleiben meine Hände ruhig und es gelingt mir, die Haustür lautlos zu entriegeln. Ich sehe Hünerbein an, »fertig?«, warte auf sein Nicken. Dann stoße ich die Tür weit auf und nehme wieder hinter der Hauswand Deckung.

Nichts passiert.

Die Tür schlägt irgendwo gegen und droht, mit leicht knarrendem Geräusch wieder ins Schloss zu fallen. Hünerbein stellt seinen Fuß in die Schwelle, linst vorsichtig in den dunklen Flur und schiebt sich dann mit gestreckter Waffe hinein. Ich folge dicht hinter ihm in eine sechseckige Diele, von der offenbar mehrere Türen abgehen. Ich spüre, wie mir der Schweiß auf die Stirn tritt, taste nach dem Lichtschalter: Gottverdammt! Gleich vier Türen für nur zwei unzureichend bewaffnete Beamte.

Wir sehen uns an. Zunächst gilt es, die uns am nächsten liegende Tür aufzutreten.

»Die Linke« flüstere ich kaum hörbar.

Hünerbein nickt. »Jetzt!«

Krachend fliegt die linke Tür auf, und Hünerbein zielt mit seiner Dienstpistole in einen stockfinsteren Schlund. Wieder suche ich einen Lichtschalter, finde ihn nach scheinbar endlosen Sekunden: Eine kleine Treppe führt ins Untergeschoss, und mein Herz rast.

»Keller absichern!«, zische ich den nachfolgenden Wasserschutzmännern zu und sehe unruhig hinunter. Viel kann man da unten nicht erkennen, dafür müsste man die Treppe runter und einen weiteren Lichtschalter suchen. Also konzentrieren wir uns zunächst auf das Erdgeschoss. Als Nächstes fliegt die rechte Tür auf und wir stolpern in ein kleines Büro oder Arbeitszimmer. Neben einem Faxgerät gibt es hier einen Schreibtisch mit Telefon, einen Atari-Computer sowie mehrere Aktenschränke und Regale.

Menschen sind keine zu sehen, und so gehen wir zurück in die Diele und nehmen uns die nächsten Türen vor.

Die erste führt in einen kleinen Flur. Und wieder kein Licht. Meine Hände irren an der Wand entlang, aber dort, wo üblicherweise immer ein Schalter ist, ertaste ich hier auf einem kleinen Tischchen eine Stehlampe, die mir fast hinunterfällt. Ich kann sie zwar noch rechtzeitig auffangen, trotzdem klappert es ziemlich laut. Mit angehaltenem Atem warte ich ab, ob sich im Haus etwas rührt, und versuche dabei, den Schalter an der Lampe zu finden. Vergebens.

Hünerbein indes hat mehr Glück. Im Badezimmer sind die Lichtschalter da, wo sie hingehören. Zwischen der großen Eckwanne mit Whirlpool und einer edlen Dampfdusche führt eine schmale Tür in die Ankleide, wo Hünerbein jeden der großen Schränke aufstößt, bis er schließlich das fürstliche Schlafzimmer der Brendlers erreicht. Hier wie auch sonst ist niemand.

Durch eine weitere Tür kommt der Kollege zurück in den Flur, wo ich noch immer verzweifelt mit der Tischlampe kämpfe, bis sie von Hünerbein per Wandschalter betätigt wird.

Ich bin klitschnass vor Anspannung, und der Schweiß brennt auf meiner frisch genähten Unterlippe.

Vorsichtig öffnet Hünerbein die blankpolierte Flügeltür zum Wohnzimmer. Es hat eine offene, durch einen hölzernen Tresen vom übrigen Raum abgeteilte Küche und nimmt fast die Hälfte der Grundfläche des Bungalows ein. Die Wände sind mit dunkel lackiertem Teakholz vertäfelt, und das Parkett ist mit den Intarsien einer Kompassrose verziert. Auf dem gemauerten Kaminsims befindet sich ein dekorativer, kunstvoll verzierter Sextant, und zwischen den Yuccapalmen am Fenster steht ein edles, altes Messingfernrohr auf einem Stativ. Ansonsten gibt es einen großen Jugendstil-Esstisch mit sechs passenden Stühlen drum herum, und vor den Fenstern zur Terrasse eine moderne Sitzgruppe aus weißem Leder. Dazu eben jenes als Couchtisch umfunktionierte Schiffssteuerrad, das mir schon von draußen aufgefallen war.

»Hier ist niemand«, stellt Hünerbein fest, »bleibt nur noch der Keller.« Also zurück.

»Hallo? Ist hier wer?«

Die Wasserschutzpolizisten, die den Aufgang zum Keller gesichert haben, während wir den Rest des Hauses durchsuchten, sehen gespannt zu, wie wir uns die schmale Treppe hinterherschieben.

In der Garage steht ein weißes Golf-Cabriolet, und es ist noch Platz für einen zweiten Wagen. Daneben befindet sich der Heizungsraum mit einem großen Öltank.

Auf der anderen Seite und abgeteilt durch einen schmalen Gang führen drei Türen in einen Vorrats- und Abstellraum mit surrenden Kühltruhen und Weinregalen in ein Gästezimmer und ein kleines Duschbad. Von einem verletzten oder gefesselten Julian Brendler auch hier keine Spur.

Dennoch gehen wir noch einmal systematisch alle Räume durch und schauen auch auf dem Dachboden nach. Aber es ist niemand im Haus. Auch sonst wirkt der Bungalow, als wären die Bewohner für einige Wochen in Urlaub gefahren. Sogar das Wasser ist abgestellt.

»Sag ich doch«, murmelt Firneisen trotzig, der uns trotz Bewachung durch den KoBB unerlaubterweise und neugierig ins Haus gefolgt ist, »die sind auf den Kanaren.«

»Aber wer hat dann das Licht im Haus angemacht?«

»Das ist 'ne Zeitschaltuhr«, weiß Firneisen, »die geht abends um halb sechs an und nachts um zwölfe wieder aus. Hier …« Er zeigt uns die Zeitschaltuhr in einer Wohnzimmersteckdose. »Das isse.«

Ich fasse es nicht! Hätte dieser dämliche Kerl uns das nicht früher sagen können? »Das hätte uns den ganzen Stress hier erspart.«

»Na, Sie sind mir vielleicht einer.« Firneisen wedelt mit dem Zeigefinger. »Die ganze Zeit sage ich, die sind auf den Kanaren, Kanaren, Kanaren …«

»Frau Brendler ist nicht auf den Kanaren!«, brülle ich entnervt und deute wütend auf ihre Leiche vor der Terrassentür.

»Das versteh ich ja auch nicht«, schreit Firneisen zurück, »ich hab sie zusammen wegfahren sehen, und plötzlich liegt sie hier mausetot. Da wird man doch verrückt!«

Wie auch immer, Hünerbein kann seine Waffe wieder wegstecken.

»Sind Sie sicher, dass Sie beide haben wegfahren sehen?«, erkundigt er sich. »Wirklich beide?«

Firneisen guckt ratlos. »Geht gar nicht, wie?«

Das geht schon, denke ich. Die können sogar zusammen auf die Kanarischen Inseln geflogen sein. Doch wenigstens die Ehefrau muss bis gestern Abend nach Berlin zurückgekehrt sein, denn sonst könnte sie jetzt nicht tot dort draußen auf der Terrasse liegen.

Hünerbein hockt vor dem Kamin. »Weiß jemand, wie man so 'n Ding in Gang setzt?«

Keine Ahnung. Wahrscheinlich mit einem Streichholz.

Und schon verbrennt er sich die Finger daran. »Ah!« Schließlich entdeckt er eine Packung Kaminhölzer und etwas Feueranzünder.

»Gut«, sage ich überflüssigerweise und ziehe mir Gummihandschuhe an. »Ich sehe mich mal ein bisschen um.«

Im Arbeitszimmer schaue ich mir Brendlers Schriftverkehr an. Offensichtlich ist der Gatte der Toten in der Werbung tätig und besitzt eine Firma. Die Julian-Brendler-Marketing GmbH mit Sitz in der Charlottenburger Mommsenstraße. Interessant ist, das geht aus einigen Briefwechseln hervor, dass Brendler offenbar einen Großteil seiner Geschäfte mit Ostberlin macht. Werbung für die Museumsinsel, organisierte Sightseeingtouren und Theaterbesuche im Berliner Ensemble und im Friedrichstadtpalast.

Ich beschließe, mir Brendlers Firma am Montag einmal genauer anzusehen, und gehe ins Schlafzimmer. Dort hängen ein paar Fotos, die einen durchtrainierten, gutaussehenden Mittvierziger, vermutlich Julian Brendler, in südlichen Gestaden an der Seite der Toten zeigen. Ähnliche Bilder gibt es auch in den anderen Räumen, Brendler auf Safari in Kenia und beim Segeln in der Karibik. Mit seiner Frau beim Reiten in Irland und vor dem Taj Mahal in Indien. Souvenirs dieser Reisen finden sich überall im Haus, afrikanische Büsten, indische Gottheiten, griechische Amphoren, und auf das zum Couchtisch umfunktionierte Steuerrad ist »FOFTEIN« eingraviert, offensichtlich der Name eines Schiffes.

»Foftein ist plattdeutsch«, sagt Hünerbein, »und heißt Pause.« Als Niedersachse muss er's wissen. Er steht an der Bar, begutachtet das Sortiment. »Will jemand was trinken?«

»Wir sind im Dienst«, maule ich.

»Na und?« Hünerbein mixt sich eine Bloody Mary und sieht Firneisen an. »Was ist mit Ihnen?«

»Ich weiß nicht«, zögert der alte Mann, »ich meine, wenn der Herr Brendler nichts dagegen hat …«

»Warum sollte er? Immerhin klären wir den Tod seiner Frau auf.«

»… ein Cognac wäre nicht schlecht«, überlegt Firneisen. »Nach der ganzen Aufregung …«

»Kommt sofort!« Hünerbein ist in seinem Element. Sein Studium hat er sich in der Gastronomie als Barkeeper finanziert, und er ist mächtig stolz darauf. Angeblich beherrscht er vierzig verschiedene Cocktails und kann keiner Bar widerstehen.

»Michalke? Was darf's für Sie sein?«

Der KoBB nimmt ein Bier und bekommt den Auftrag, die draußen in der Kälte bibbernden Wasserschutzpolizisten mit Grog zu versorgen. Dann stellt mir Hünerbein unaufgefordert ein Glas hin.

»Nun komm schon, Sardsch, das ist zwölf Jahre alter Scotch. Der wärmt die Seele.«

Na denn: »Prost!«

Im Kamin prasselt ein hübsches Feuer, und Hünerbein fläzt sich, da alle versorgt sind, in einen der Sessel.

»Jetzt wird's gemütlich«, freut er sich. »Jetzt können die Spurensicherer kommen, wann sie wollen. Zum Wohle! Auf die gefallenen Mauern.«

»Und auf die gefallenen Engel«, setze ich mit Blick auf die Tote hinter den Terrassenfenstern hinzu. »Sie kann nicht gewusst haben, dass es Panzerglas ist.«

»Aber das wusste sie«, widerspricht Firneisen. »Wir haben ein paar Mal darüber gesprochen.«

»Ach ja?« Hünerbein hebt die Augenbrauen. »Wann?«

»Vor einem halben Jahr vielleicht«, antwortet Firneisen. »Die großen Fenster waren immer ein Problem. Hier wurde mehrmals eingebrochen, weil man das ja von der Straße nicht einsehen kann. Und weil so große Kästen für Rollläden das Haus verschandeln und sie Gitter nicht mag, hat sie sich für einbruchsicheres Glas entschieden.«

»Das war ihre Idee?«

Firneisen nickt. »Silkes Idee, ja. Es gab noch Diskussionen mit ihrem Mann wegen der hohen Kosten. Das hat sie mir jedenfalls so erzählt.«

»Na, dann waren Sie ja doch recht gut miteinander bekannt«, stelle ich fest und spüre, wie der Whisky wohltuend die Speiseröhre hinunterrinnt. Mhm, das schmeckt nach mehr.

»Wie man unter Nachbarn eben bekannt ist.« Firneisen nippt am Cognac. »Da redet man halt so über 'n Gartenzaun.«

»Haben hier alle Fenster Panzerglas?«, erkundigt sich Hünerbein.

»Nein, die übrigen sind mit Roll-Läden gesichert, schon seit Jahren«, antwortet Firneisen.

Der KoBB setzt hinzu, dass sie alle heruntergelassen und von innen verschlossen sind.

Hünerbein richtet sich etwas auf und sieht Firneisen an. »Und Sie haben nichts gehört? Keine Hilferufe oder ähnliches?«

Firneisen schüttelt den Kopf.

»Und Sie waren die ganze Zeit zu Hause?«

Firneisen nickt. »Wenn jemand gerufen hätte, hätte ich es gehört. Meine Ohren sind noch tipp topp.«

»Der Yachtwart hätte es auch hören müssen«, gibt Michalke zu bedenken.

Ich öffne die Terrassentür, da einer der Wasserschutzpolizisten gegen die Scheibe geklopft hat. »Noch 'n Grog, Kollege?«

»Nee, leider, wir müssen hoch nach Tegelort«, bedauert der Mann vom Wasserschutz und reicht mir die leeren Gläser. »Braucht ihr uns noch?«

»Brauchen wir die Kollegen noch?«, reiche ich die Frage an Hünerbein weiter.

Der winkt ab. »Vielen Dank.«

»Keine Ursache«, sagt der Mann vom Wasserschutz. »Vielen Dank für den Grog!«

Ich nicke dem Mann zu und will die Terrassentür wieder schließen. Erneut bleibt mein Blick an der toten Frau hängen. »Wollen wir sie nicht wenigstens ein bisschen abdecken?«

»Wieso?« Hünerbein liegt träge in seinem Sessel. »Meinste, sie friert?«

So ein Blödmann. Mir geht's um Pietät, die Achtung der Toten, was weiß ich. Jedenfalls macht mich der Anblick der Leiche melancholisch, und sie tut mir leid. Was immer dem Mädchen passiert ist, es muss schrecklich gewesen sein.

Ich gehe zurück ins Schlafzimmer. In den Wäscheschränken habe ich Bettlaken gesehen. Alle aus Seide und sicher furchtbar teuer. Egal! Die Besitzerin ist tot, und ich decke ihre Leiche vorsichtig mit einem der Seidenlaken ab.

»Noch 'n Scotch, Sardsch?« Hünerbein hievt sich aus dem Sessel. »Du siehst blass aus.«

»Geht dir das nicht an die Nieren?«, frage ich ihn. »So 'n junges Mädchen. So 'n schönes Haus. Hier hat sie ihre Tage verbracht. Und ihr ganzes Leben noch vor sich ...«

»Ehrlich gesagt: Der Tod meiner Oma ging mir mehr an die Nieren.« Hünerbein hat mein Glas neu gefüllt und hält es mir hin. Ich nehme es ihm aus der Hand, betrachte mir den Whisky. Er hat eine schöne goldgelbe Farbe, vor allem, wenn man ihn gegen das Kaminfeuer hält. Vor den dunklen Teakvertäfelungen an den Wänden dagegen sieht er dunkel aus, fast schwarz.

Ich stutze. An einer Stelle scheint die Wandvertäfelung unsauber ausgearbeitet zu sein. Nicht, dass ich mich in solchen Dingen sonderlich auskenne. Aber hier braucht es keinen passionierten Heimwerker: Die Sache ist eindeutig, die Fugen breiter – wie bei einer Schranktür, und tatsächlich lässt sich die Vertäfelung an der Stelle öffnen. Dahinter ist ein Wandsafe mit Zahlenschloss.

»Oho«, macht Hünerbein, »ich wette, der verbirgt pikante Geheimnisse.«

»Oder Wertpapiere.« Ich gehe ins Arbeitszimmer, um eine Akte zu holen, die mir vorhin schon aufgefallen war. Sie enthält mehrere Policen, die mir merkwürdig vorkommen, darunter eine Risikokapital-Lebensversicherung für Julian Brendler, geboren am vierten April 1944 in Goslar, Harz. Ich tippe ins Zahlenschloss ein: 04 04 1944, falsch – noch mal 04 04 44, auch falsch, Mist! 4 04 44, auch das geht nicht. 4 4 1944 und viermal die vier – alles vergebens.

»Was machst du da eigentlich?«, erkundigt sich Hünerbein über seiner zweiten Bloody Mary. »Lotto spielen?«

»Die meisten Leute geben als Zahlenkombination besondere Daten ein. Geburtsdaten zum Beispiel.« Ich wende mich an Firneisen. »Wann hat denn die Silke Brendler Geburtstag?«

»Das dürfen Sie mich nicht fragen«, wehrt Firneisen ab, bevor er doch nachdenkt: »Oder warten Sie mal: Im Sommer! Natürlich im Sommer, da haben sie uns eingeladen, aber wir sind ja nicht mehr für so langes Feiern.«

»Wann genau im Sommer?« Ich blättere die Akten durch. Vielleicht gibt es ja auch eine Versicherungspolice für Silke Brendler.

»Tja, wann war das?« Firneisen überlegt. »Im Juli glaube ich. Ähm … der Vierundzwanzigste. Oder war es der Neunundzwanzigste?«

Ich tippe: 24 07 66, nichts. 29 07 66 – auch falsch. Vielleicht liegt's am Geburtsjahr: 65 – 64 – Verdammt! Die Brendler war höchstens fünfundzwanzig.

»Vergiss es!« Hünerbein zieht mich vom Wandsafe weg. »Das kriegste nicht raus. Und was soll es uns bringen? Nee, ich hab eine andere Idee.« Er setzt sich und schaut gespannt in die Runde: »Soll ich euch sagen, was ich denke?«

Nur zu, Hünerbein, nur zu! Ich schenke mir Whisky nach und lehne mich erwartungsfroh zurück.

»Eigentlich ist es doch ganz logisch«, beginnt Hünerbein seinen Vortrag, »niemand hat die arme Frau schreien hören, und dass sie versuchte, die Scheibe einzuschlagen, obwohl es Panzerglas war, glaube ich auch nicht. Ich denke«, Hünerbein beugt sich vor und legt die Stirn in bedeutungsvolle Falten,

»dass das Opfer längst tot war, als es auf der Terrasse abgelegt wurde.«

»Einspruch, Euer Ehren! Wer soll sie da hingelegt haben?«

»Julian Brendler«, sagt Hünerbein, »nehme ich an.«

»Der eigene Mann?« Firneisen ist entsetzt. »Wie kommen Sie denn darauf?«

»Ehen sind Mordgruben.« Hünerbein weiß, wovon er redet. Im Gegensatz zu mir ist er das Wagnis der Ehe bereits mehrmals eingegangen. Dauernd schlägt er sich mit Unterhalts- und Sorgerechtsstreitigkeiten herum, obwohl seine Kinder inzwischen alle volljährig sind. Trotzdem kann er nicht aufhören. Seit August ist er wieder verheiratet. Mit Ursula. Glücklich, wie er behauptet. »Mhm, kochen kann die Uschi, kochen …« Das ist wichtig für Hünerbein. Eine Frau, die nicht ordentlich kocht, kommt ihm nicht ins Haus, und insgeheim beneide ich diesen dicken Sack dafür, dass er es trotz seiner Ähnlichkeit mit einem übergewichtigen Walross immer wieder schafft, durchaus attraktive Frauen dauerhaft in seiner Küche anzustellen.

Ich dagegen bin Junggeselle, seit Jahren frei, wie Hünerbein zu betonen pflegt, und leide seit meinem Vierzigsten immer mehr darunter. Aber warum müssen Frauen auch immer an einem herumerziehen? Spätestens nach vier Wochen verlangen sie, dass man das Rauchen aufgeben, weniger trinken und überhaupt mehr Zeit für sportliche Aktivitäten haben sollte. Unglücklicherweise liegt nahe bei meiner Wohnung der Schöneberger Volkspark, und alle Mädels, mit denen ich je zu tun hatte, haben mich irgendwann gefragt, warum ich dort nicht joggen gehe. – Super! Zwar bin ich seltsamen Ideen nicht grundsätzlich abgeneigt, aber allein die Vorstellung, im Trainingsanzug durch einen Park zu rennen, – wo man doch dort viel besser ein Bier trinken kann –, erscheint mir absurd. Mal ganz abgesehen davon, dass ich gegenüber auch eine Kneipe habe. Und keine einzige meiner Freundinnen bislang auf die Idee kam, dass man da unten unbedingt einen heben müsse.

»Du rennst halt den falschen Frauen hinterher«, meint Hünerbein gähnend und hat vermutlich recht, doch im Gegensatz zu ihm habe ich das wenigstens immer früh genug erkannt.

»Hatten die Brendlers ein Boot? Wissen Sie das?«

Firneisen will antworten, doch Michalke kommt ihm zuvor: »Der Yachtwart müsste das wissen. Warum fragen Sie?«

»Nun, sieht es hier nicht aus wie bei jemandem, der viel herumgekommen ist? Die afrikanischen Masken, das Steuerrad als Couchtisch? Foftein? Nicht zuletzt dieses herrliche Grundstück, direkt am Wasser?«

Ich habe keine Ahnung, worauf Hünerbein hinauswill.

»Irgendwie muss dieses Mädchen in die Havel gekommen sein, richtig? Also frage ich mich, ob sie vielleicht von einem Boot gefallen ist. So was wie 'n getarnter Wassersportunfall.«

»Mit Schlittschuhen?«

»Sardsch!« Hünerbein sieht mich fast flehend an. »Ich weiß, die Schlittschuhe verwirren dich. Aber würdest du sie für einen Augenblick außer Acht lassen? Danke!«

Er erhebt sich behäbig, geht zur Bar und mixt sich einen neuen Drink.

»Die Silke Brendler mochte den Wassersport nicht besonders«, gibt Firneisen zu bedenken, »ich hab Sie jedenfalls nie auf dem Wasser gesehen.«

»Warum warten wir nicht einfach, bis die Spurensicherung da ist und der Totengräber von der Rechtsmedizin«, schlage ich vor, »vielleicht kriegen die ja was raus, was Licht ins Dunkel bringt.«

»Haben die schon irgendwann mal was herausbekommen, was wir nicht ohnehin schon wussten?« Hünerbein steht an der Bar und schüttelt nachdrücklich das Haupt. »Sie stellen den Tod fest. Sie sagen, es war Mord oder nicht Mord ...«

»Das wäre ja schon mal was.«

»Es war Mord, glaube mir«, beteuert Hünerbein, »was sonst?«

Firneisen macht ein entsetztes Gesicht.

»Hatten die Brendlers nun ein Boot oder nicht?«

Firneisen nickt. »Aber ja. Jeder hier hat ein Boot.«

Hünerbein denkt kurz nach und greift nach dem Telefon auf dem Tresen. »Ich hab Hunger, wie sieht's bei dir aus, Sardsch?« Natürlich knurrt auch mein Magen ordentlich, aber da Hünerbeins Wilmersdorfer Stammpizzeria grundsätzlich nicht nach

Kladow liefern will, kommen wir wieder vom Thema ab. Weder Michalke (isst grundsätzlich »bei Muttern«) noch Firneisen (bevorzugt chinesische Küche) wissen, wo man hier Pizza bestellt. Hünerbein will mit der Auskunft telefonieren, scheitert aber an dauerbesetzten Leitungen, und ich stelle mir eine überforderte Fünfzigjährige zwischen unzähligen Telefonhörern vor. Bedrängt von Millionen Anrufern, Landsleuten aus Ost und West, die nicht mehr Mauer und Stacheldraht trennt, sondern nur noch eine fehlende Nummer.

Glücklicherweise ist mein Kollege kein Typ, der einfach aufgibt. Schon gar nicht, wenn er Hunger hat. Also beginnt er geräuschvoll nach einem Telefonbuch zu suchen.

»Ich kann mich darum kümmern.« Hilfsbereit schält sich Michalke aus seinem Sessel.

»Großartige Idee.« Hünerbein freut sich, findet es aber praktischer, wenn der KoBB statt des Telefonbuches gleich Pizza holen ginge. »Frutti del Mare. Zweimal!«

Michalke macht ein erschrockenes Gesicht.

»Was ist? Gibt's im schönen Kladow etwa kein Ristorante?«

»Doch, bestimmt«, versichert Michalke, »aber gleich um die Ecke ist ein Grieche. Wenn's also auch Gyros sein darf – das ginge wesentlich schneller.«

»Gyros ist okay«, spreche ich in mein Whiskyglas, und der KoBB macht sich auf den Weg.

Hünerbein versorgt sich an der Bar mit frischer Bloody Mary. »Wo waren wir stehengeblieben?«

»Brendlers Boot.«

»Genau!« Hünerbein sucht die Taschen seines Trenchcoats ab. »Mist! Der KoBB hätte gleich Zigaretten mitbringen können.«

Wortlos halte ich ihm eine Schachtel Gauloises hin. Allein der Gedanke, ohne Zigaretten dazusitzen, ist für mich ein Greuel. Daher habe ich immer Reserven dabei, mehrere Schachteln verteilt in den diversen Taschen meiner Lederjacke, denn man trifft ja ständig Leute, die nichts zu rauchen haben. Solche wie Hünerbein.

Der zersticht indes mit seiner glimmenden Zigarette die Luft und deklamiert: »Das Boot, genau, das Boot! Hast du eines gesehen, Sardsch?«

Nein. Ich habe auch nicht drauf geachtet.

»Kein Problem«, da ist sich Hünerbein vollkommen sicher, »wir werden es bald finden, irgendwo gekentert im Schilf.«

»Nein, nein, das Boot ist nebenan«, weiß Firneisen.

Hünerbein starrt ihn an. »Brendlers Boot ist nebenan?«

Offenbar hat dieser Firneisen alles gehortet, was uns um die schnelle Lösung dieses Falles bringt.

»Nicht bei mir«, beruhigt uns der alte Mann, »nebenan im Yachthafen.«

»Sind Sie sicher?«

Ich ahne, was kommt, und natürlich ist sich Firneisen nicht hundertprozentig sicher.

Also erheben wir uns schwerfällig und gehen rüber zu Yachtwart Uschkureit in den Hafen.

13 SEIT EINER STUNDE hatte Cardtsberg nichts mehr gesagt. Er saß im Fond und sah hinaus auf die nächtliche Stadt. Mehrmals hatte Gullnick gefragt, wo es als Nächstes hingehen sollte, doch Cardtsberg hatte jedesmal abgewinkt und gesagt, er solle einfach drauflos fahren.

»Wohin, ist egal. Fahren Sie, ich denke.«

Und jetzt dachte er schon seit über einer Stunde nach, während Gullnick den Wagen durch die Frankfurter und die hell erleuchtete Karl-Marx-Allee steuerte, dann über den Alexanderplatz und die Rosa-Luxemburg-Straße entlang bis zu den Linden hinunter.

Am weiträumig abgesperrten Brandenburger Tor schließlich stoppte Gullnick den Wagen. Hier ging es ohnehin nicht weiter, und es herrschte Volksfeststimmung.

An provisorischen Ständen wurden Bratwurst und Glühwein verkauft. Überall standen Übertragungswagen von Rundfunk und Fernsehen herum, und die Reporter warteten auf den Augenblick, da das Tor aufgemacht würde.

Obgleich es nicht danach aussah. Im Sperrgebiet spielten ein paar jauchzende Jugendliche Räuber und Gendarm mit den Grenzern. Und immer wieder kletterten von der Westseite her Leute auf die Mauer, um sich, trotz Novemberkälte, von den Grenzsoldaten per Wasserschlauch nass spritzen zu lassen.

Auf einem Laster in der Nähe waren Boxen installiert, und eine Rockband mit dem Namen »Big Savod and the Deep Manko« spielte flotte Rhythmen.

Gullnick beobachtete seinen Oberstleutnant durch den Rückspiegel. Es war ihm unheimlich, wie Cardtsberg mit leerem Blick auf das seltsame Treiben schaute, ohne Regung im Gesicht, wie erstarrt.

»Soll ich uns einen Glühwein holen, Genosse Oberstleutnant?«, fragte Gullnick nach einer Weile, da er die lähmende Schweigsamkeit seines Chefs nicht mehr aushielt. »Vertreibt die Kälte.«

Cardtsberg rührte sich nicht.

Oder hatte er unmerklich genickt?

Egal, Gullnick beschloss, das Schweigen als Zustimmung zu betrachten, und stieg langsam aus dem Wagen.

Er ging an ein paar tanzenden Mädchen vorbei zu einem der Bratwurststände und bestellte Glühwein. »Zweimal, bitte!«

»Mit oder ohne Schuss?« Der Bratwurstverkäufer grinste Gullnick an. »Ick meine, im Glühwein, wa? Ansonsten sind wa ja alle froh, det ihr uff Schüsse vazichten tut.«

»Jaja, machense mal.« Gullnick sah zu, wie der Verkäufer ordentlich Schnaps in den Glühwein kippte.

»Aber det se mir nich üba de Stränge schlagen, wa? Macht zwofuffzich plus zwo Mark Pfand. Sonst seh ick die Tassen nie wieda.«

»Schon gut.« Gullnick zahlte mit einem fünf Markschein und ging mit dem Glühwein zurück zum Wagen.

»Bitteschön, Genosse Oberstleutnant.«

Cardtsberg nahm die Tasse und nickte dankend. »Was bekommen Sie?«

»Später«, sagte Gullnick und setzte sich wieder hinters Steuer, »das regeln wir später.« Er schlug die Fahrertür zu und nippte vorsichtig am Glühwein. »Sie machen sich Sorgen, was?«

»Sieht man mir das an?«

»Na«, erwiderte Gullnick, »ich hab Sie schon lockerer gesehen.«

»Das mag sein.« Cardtsberg spürte, wie der Glühwein das beklemmende Gefühl in seiner Brust etwas löste.

»Irgendwas wird passieren, nicht wahr?«, wagte sich Gullnick weiter vor. »Ich meine, umsonst werden wir ja hier nicht durch die Stadt touren, oder?«

Cardtsberg nickte. »Irgendwas wird passieren.«

»Das hab ich mir gleich gedacht«, sagte Gullnick, »dass das nicht von Dauer ist.«

»Nichts ist von Dauer«, seufzte Cardtsberg, »ob wir wollen oder nicht. Irgendwann ist eben Ende.«

»Genosse Oberstleutnant, Sie machen mir ganz schön Angst!«

»Nein«, Cardtsberg schüttelte den Kopf. »Das wollte ich nicht.«

Beide schwiegen eine Weile und tranken ihren Glühwein. Draußen stolperten ein paar Betrunkene vorbei und grölten. »Ooh, wie ist das schön – ooh, wie ist das schön …«

Vom Sperrgebiet hallte eine Lautsprecherstimme blechern herüber: »Bürgerinnen und Bürger! Wir müssen nochmals darauf hinweisen, dass das Betreten der Grenzanlagen der Deutschen Demokratischen Republik strengstens untersagt ist! Bitte verlassen Sie die Grenzanlagen und wenden Sie sich an die offiziellen Übergänge von und nach Berlin-West.«

Sofort ging ringsum ein vielstimmiges Gejohle los. Sprechchöre skandierten: »Macht das Tor auf! Macht das Tor auf!«

»Bitte, verlassen Sie die Grenzanlagen!«, echote die Lautsprecherstimme erneut, um plötzlich abrupt zu verstummen. Irgendwer musste dem Sprecher das Megaphon abgenommen haben.

»Genosse Oberstleutnant, nehmen Sie mir die Frage nicht übel, aber …« Gullnick stockte. »Ich meine, das ist 'ne Sache, die mich beschäftigt und …«

»Worum geht's denn, Gullnick?«

Der Gefreite überlegte und druckste eine Weile herum, bevor er schließlich geradeheraus sagte: »Ich will auch mal rüber.«

»Wie?« Cardtsberg beugte sich fragend vor. »Nach Westberlin, oder was?«

»Naja!« Jetzt brach es aus Gullnick heraus. »Genosse Oberstleutnant, ich kenne Kameraden, die sind einfach los. Ohne zu fragen. Ich meine, das hält doch keiner aus. Alle dürfen rüber und mal gucken, nur wir nicht, bloß weil wir im Wehrdienst sind.«

»Warten Sie, bis Sie Ihren Wehrdienst abgeleistet haben«, schlug Cardtsberg vor, »wie lange haben Sie noch? Ein halbes Jahr?«

»Neunzig Tage«, maulte Gullnick, »aber bis dahin ist die Grenze wieder zu.« Er drehte sich zu Cardtsberg um und sah ihn eindringlich an. »Bitte, Genosse Oberstleutnant! Nur mal gucken. Einmal Ku-Damm und zurück. Dauert nur 'ne Stunde!«

»Sie wissen genau, dass das nicht geht.«

»Doch, das geht«, widersprach der Gefreite trotzig. »Wir brauchen bloß zu fahren.«

»Vergessen Sie's, Gullnick!« Schon am Ton konnte man erkennen, dass für Cardtsberg das Thema erledigt war. Umso merkwürdiger schien es dem Gefreiten, dass er ein paar Minuten später noch mal nachfragte.

»Ist Ihnen denn das so wichtig?«

»Ja klar!« Gullnick nickte. »Interessiert es Sie etwa nicht, was da drüben ist? Muss man doch mal gesehen haben! Mensch, Ku-Damm! Wahnsinn! Das ist wie … wie …«

»Wo ist denn der nächste Grenzübergang«, erkundigte sich Cardtsberg.

»Invalidenstraße«, kam es prompt zurück. »Dauert keine zehn Minuten.«

»Na, dann! Fahrnse mal los!«

Gullnick konnte es nicht fassen: »Ehrlich? Mann, das ist ja … – Mensch, Genosse Oberstleutnant, Sie sind echt der Größte!«

»Nun kriegense sich mal wieder ein, Gullnick.«

Der war begeistert. »Warten Sie, ich krieg noch Pfand für die Tassen. Ich bin gleich zurück!«

Aufgeregt stürzte er mit den leeren Tassen zum Bratwurststand, kassierte zwei Mark und kam wieder zurück.

»Dann wollen wir mal, was?«

»Dann woll'n wir mal.« Cardtsberg lehnte sich im Fond zurück.

Schon an der Kreuzung Chaussee-/Wilhelm-Pieck-Straße staute sich der Verkehr. Offenbar hatten sich ganze Familien samt Hund und Oma auf den Weg gemacht, um den Sonntag im Westteil der Stadt zu verbringen. Die Straße war erfüllt vom Lärm der tuckernden Zweitakter, und eine dicke Abgaswolke stand zwischen den Häusern. Ein paar Anwohner hatten ein Transparent an die Fenster gehängt. »Wir ersticken hier!« war neben einen Totenkopf geschrieben.

Auf den Fußwegen marschierten endlose Kolonnen von Menschen, die meisten kannten nur eine Richtung. Aber viele kamen auch zurück, vollgepackt mit Aldi- und Pennymarkt-Tüten, die Männer mit Kartons, deren Aufdrucke auf westliche Unterhaltungselektronik schließen ließen.

»Halten Sie mal!« Cardtsberg hatte wenig Lust, Stunden im Stau zu verbringen. »Fahrnse rechts ran, Gullnick, nun machen Sie schon!«

Gullnick holperte mit den Dienstwagen auf den Fußsteig.

Cardtsberg stieg aus, lief um den Wagen herum und öffnete die Fahrertür.

»Zu Fuß sind Sie schneller am Übergang«, sagte er, »ich hole Sie in einer Stunde hier wieder ab, verstanden?«

Gullnick starrte seinen Vorgesetzen an. »Sie kommen nicht mit?«

»Wo denken Sie hin, brauchen Sie 'n Kindermädchen?« Cardtsberg lächelte. »Viel Spaß am Ku-Damm!«

Gullnick zögerte und sah an sich herunter. »Soll ich etwa so? Mit Uniform?«

»Ist Ihnen die Uniform peinlich?« Cardtsberg machte eine strenge Miene. »Enttäuschen Sie mich nicht, Gullnick! In einer Stunde sind Sie zurück.«

»Versprochen, Genosse Oberstleutnant«, sagte der Gefreite und lächelte schwach. »Und vielen Dank!«

Cardtsberg hob die Hand an die Mütze und entließ seinen Fahrer besuchsweise in den Westen. Wenig später war Gullnick inmitten der Menschenmassen verschwunden.

Cardtsberg setzte sich hinters Steuer und legte den Rückwärtsgang ein. Das Wenden auf der dichtbefahrenen Straße war schwierig. Irgendwelche Idioten hupten ungeduldig, und fast hätte er die Straßenbahn übersehen, die laut klingelnd heranrauschte. Cardtsberg machte eine entschuldigende Geste und fuhr dann auf der Gegenfahrbahn zurück in Richtung Friedrichstraße.

Am Schiffbauerdamm fand er einen Parkplatz und stieg aus. Ein paar aufgeschreckte Möwen kreisten trotz der Dunkelheit über der Spree. Über die Hochbahnbrücke ratterte eine S-Bahn.

Cardtsberg hatte Hunger, und er sah sich nach einem Restaurant um. Aber genau wie das »Chez Felix« und das »Ganymed« waren alle Lokale aus betrieblichen Gründen geschlossen. In der Albrechtstraße schließlich fand er doch noch ein Restaurant, das geöffnet war. Ein einzelner, rotgesichtiger Kellner, dessen graues Haar genauso rauchvergilbt war wie die Vorhänge an den Fenstern, wechselte im trüben Licht des Gastraumes Tischdecken aus.

Cardtsberg betrat den Laden und sah sich um.

Bis auf einen Tisch in einer Ecke war das Restaurant leer. Der Kellner sah müde auf, sagte aber nichts.

»Guten Abend.« Cardtsberg setzte die Mütze ab. »Bekomme ich hier noch was zu essen?«

»Goldbroiler könnse haben«, murmelte der Kellner trocken und verschwand in einem Raum hinter der Theke.

Cardtsberg hängte seine Mütze auf einen Haken am Garderobenständer neben der Tür und zog sich den Uniformmantel aus. Unter der Last des Mantels drohte der Garderobenständer umzufallen und Cardtsberg hatte eine Weile lang zu tun, bis die fragile Konstruktion wieder einigermaßen im Gleichgewicht war.

Dann setzte er sich an einen Vierertisch am Fenster und wartete.

Die Leute in der Ecke sahen immer wieder herüber und tuschelten. Offenkundig Ausländer: Franzosen oder Belgier – jedenfalls sprachen sie leise französisch miteinander.

Nach einer Weile erhob sich einer der Franzosen und kam auf Cardtsbergs Tisch zu. Der Mann mochte vielleicht Mitte fünfzig sein, er hatte dichtes graues Haar, das zu einem Pferdeschwanz zusammengebunden war, und einen kunstvoll gezwirbelten Schnauzbart. Außerdem trug er ein offenes, gelbes Hemd mit einem blauen Seidenschal und einen marinefarbenen Zweireiher.

»Entschuldigen Sie die Störung«, sagte er fast völlig akzentfrei, »aber meine Kollegen 'aben sich gefragt, was das für ein Dienstgrad ist.« Er deutete lächelnd auf Cardtsbergs Schulterstücke. »Ich sagte, dass Sie sind ein Major oder ein Oberst der DDR-Armee, aber ich bin nicht sicher.«

»Genau dazwischen.« Cardtsberg versuchte, mit einem schiefen Lächeln sein Unbehagen zu überspielen. »Ich bin Oberstleutnant.«

»Oberstleutnant«, wiederholte der Mann gedehnt und griff nach einem Stuhl. »'aben Sie etwas dagegen, wenn ich mich einen Augenblick zu Ihnen setze?«

»Tut mir leid«, wiegelte Cardtsberg ab, »doch der Kontakt zu Personen aus dem nichtsozialistischen Ausland ist mir untersagt. Ich hoffe, Sie verstehen das.«

»Nun, ich wollte Sie nicht nach militärischen Geheimnissen fragen«, sagte der Mann enttäuscht, »aber wenn Sie Schwierigkeiten bekommen können, gehe ich lieber wieder.«

»Vielen Dank.« Cardtsberg schlug die Getränkekarte auf.

»Gestatten Sie mir noch eine Frage.« Der Mann nestelte nervös an den Goldknöpfen seines Jacketts. »Wie ist Ihre Meinung zu den Dingen, die in Ihrer Stadt geschehen?«

»Wie ist denn Ihre Meinung?« Cardtsberg sah wieder auf.

Der Mann lächelte. »Ich denke, es ist ein Glück für die Mensch'eit.«

»Na, sehnse.« Cardtsberg wandte sich wieder der Getränkekarte zu. »Entschuldigen Sie mich.«

»Natürlich.« Der Mann ging wieder zu seinem Tisch zurück, und Cardtsberg verspürte eine gewisse Erleichterung.

Kurz darauf erschien der Kellner und stellte Cardtsberg unaufgefordert einen Teller mit einem halben Brathähnchen, etwas Weißkohlsalat und Pommes Frites auf den Tisch.

»Oder wolltense lieber Kartoffeln?«

»Nein, danke, das ist völlig in Ordnung so«, Cardtsberg griff nach dem Besteck, »bringen Sie mir noch ein Herrengedeck?«

»Aber sicher doch.« Der Kellner schlurfte von dannen, und man sah, dass sein schwarzer Anzug an den Ärmeln schon ziemlich durchgewetzt war.

Am Ecktisch war unter den Franzosen eine heftige Debatte entbrannt. Ganz offensichtlich ging es um Cardtsberg und die Rolle des Militärs in der Deutschen Demokratischen Republik, denn immer wieder deuteten die Leute beispielgebend auf den Oberstleutnant, der im Übrigen so tat, als ginge ihn das alles nichts an.

Das Hähnchen, oder besser der Goldbroiler, musste seit Tagen im Grill gelegen haben, denn er war zäh wie Leder und staubtrocken. Dennoch nagte ihn Cardtsberg bis auf den letzten Knochen ab. Er hatte seit den frühen Morgenstunden nichts gegessen und hätte einen ganzen Stall mit vertrockneten Hühnern vertilgen können.

Der Kellner stellte ihm das sogenannte Herrengedeck hin, ein Piccolofläschchen Sekt plus einen halben Liter Bier, und wechselte den Aschenbecher aus. »Noch 'n Wunsch, General?«

»Danke.« Cardtsberg schüttelte den Kopf und vermied es, den Kellner über seinen Dienstgrad aufzuklären.

Plötzlich stürmten zwei offensichtlich angetrunkene Frauen mittleren Alters ins Lokal und umarmten Cardtsberg stürmisch.

»Entschuldigen Sie, Herr Offizier«, riefen sie durcheinander und lachten ausgelassen, »aber wir haben Sie durchs Fenster gesehen und müssen Sie einfach herzen. Wir kommen gerade von drüben! Es ist der totale Wahnsinn!«

Schmatzend bekam er einen Kuss auf die Wange.

»Es muss ja mal gesagt werden, wie dankbar wir Ihnen alle sind. Dass Sie die Grenze aufgemacht haben. Toll!« Eine der Frauen wischte sich gerührt Tränen aus dem Gesicht, und die andere rief: »Noch ein Herrengedeck für den Offizier!« Sie tätschelte Cardtsberg. »Das spendier ich Ihnen, ich weiß ja sonst nicht, wie ich Ihnen …«

»Lassen Sie mal«, wollte Cardtsberg abwehren, aber der Kellner kam ihm zuvor:

»Mit der Grenzöffnung hat der bestimmt nichts zu tun, meine Damen!« Er sah Cardtsberg an, bleckte seine gelben Zähne und setzte schärfer hinzu. »Sind die Panzer schon in der Stadt, Oberstleutnant?«

»Wie kommen Sie denn darauf?« Cardtsberg sah den Kellner verwirrt an.

»Ick hab schließlich auch mal jedient«, meinte der Kellner und wandte sich triumphierend an die Frauen. »Wie jesagt: Mit der Grenze hat der Herr hier nix zu tun!« Er klopfte dem Oberstleutnant auf die Schulter und fügte spöttisch hinzu. »Oder soll ick sagen: noch nicht?«

»Ich würde gern zahlen.« Cardtsberg erhob sich. Wer war er denn, dass er sich solche Unverschämtheiten bieten lassen musste!

»Die Zeche geht aufs Haus«, meinte der Kellner gelassen.

Trotzdem holte Cardtsberg sein Portemonnaie hervor. »Ich möchte aber zahlen.«

»Lass stecken«, knurrte der Kellner, »und mach 'ne Fliege.«

»Na, sagense mal«, regten sich nun auch die Frauen auf, »was hat Ihnen denn der Herr Offizier getan?«

»Schon gut«, Cardtsberg versuchte, zu beschwichtigen, aber der Kellner brüllte:

»Dieser Herr hier ist von der Panzertruppe, muss ick erklären, was det bedeutet?« Er ging auf die Franzosen zu. »Det is 'ne Topstory für Sie. Hier wird det Gelände sondiert für'n neuet Massaker! Peking lässt grüßen!«

»Reden Sie keinen Quatsch, Mann!« Cardtsberg hatte sich den Kellner gepackt. »Und hören Sie auf, die Leute gegen mich aufzuwiegeln, klar?«

Der Kellner grinste. »Na wer sagt's denn: Wennse sich so aufregen, kann ick wohl nich so weit daneben liegen.«

Plötzlich blitzte es. Einer der Franzosen hatte die beiden fotografiert. Kellner und NVA-Offizier in Zeiten politischer Umbrüche.

»Verzeihen Sie«, der Mann im marineblauen Zweireiher lächelte entschuldigend, »aber so ein Foto 'at Symbolwert. Nehmen Sie es nicht übel.«

Cardtsberg war wütend. Am liebsten hätte er den Film aus

der Kamera gerissen. Aber er zwang sich zur Ruhe, ließ den Kellner los und nahm den Uniformmantel vom Haken, worauf der Garderobenständer umfiel und die Mütze zu Boden ging.

Cardtsberg wollte sich danach bücken, doch der Kellner war schneller. Herausfordernd setzte er sich die Mütze auf.

»Kriegen Sie eigentlich Ärger, wennse ohne Mütze in der Kaserne auftauchen?«

»Sie werden gleich mit mir Ärger bekommen«, knurrte Cardtsberg, »aber mächtig!«

»Oh«, machte der Kellner spöttisch, »jetzt habe ich aber Angst!« Verächtlich warf er ihm die Mütze zu. »Ihr seid am Ende, Genossen. Wer hätte das gedacht.«

Cardtsberg sparte sich eine Erwiderung, setzte die Mütze auf und ging.

Noch auf der Straße konnte er das schallende Gelächter der Leute im Restaurant hören.

Die Stimmung in der Stadt schien allmählich zu kippen.

14 INZWISCHEN IST ES SCHON fast zehn Uhr am Abend und Uschkureit sichtlich froh, dass er noch was zur Klärung des Falles beitragen darf. Schnurstracks führt er uns ins große Bootshaus an der Slipanlage. Schwaches Licht, Spinnweben überall, es riecht nach Öl und frischer Farbe. Links und rechts lagern teilweise abgeschliffene Bootsrümpfe, Yachten und Motorboote im Winterlager.

Ganz hinten an der Stirnwand steht ein schicker, alter Jollenkreuzer aufgebockt. Ein Traum in Mahagoni und Teak, ein echter Klassiker, sorgsam restauriert.

»So ein zuverlässiges, stabiles Schiff.« Firneisen hat plötzlich Tränen der Rührung in den Augen. »Und schnell, auch bei Leichtwind.« Der alte Herr tätschelt liebevoll den Rumpf des Bootes. »Vor zwei Jahren habe ich es verkauft. Seitdem steht es hier im Trockenen und verstaubt. Dabei müssen Boote doch ins Wasser, nicht wahr?«

Hünerbein und ich sehen uns fragend an.

»Das war Ihr Boot?«

Firneisen nickt. »Seit über fünfzig Jahren. Es ist mein Leben.«

»Schön.« Hünerbein wirkt ungeduldig. »Nun sind wir aber nicht hier, um über Ihr Leben zu philosophieren, Herr Firneisen, sondern um uns das Boot des Herrn Brendler anzuschauen.«

»Aber das ist das Boot vom Brendler!«

»Verstehe. Sie haben Ihr Boot an Brendler verkauft.« Hünerbein zieht Stift und Notizblock hervor. »Warum?

»Brendler ist ein passionierter Segler.« Firneisen rüttelt prüfend am Ruder des Bootes. »Hat eine größere Yacht im Mittelmeer, glaube ich. Seit Jahren lag er mir in den Ohren. Wollte was nettes Kleines für den Wannsee. Einen Daycruiser sozusagen. Aber ich konnte mich nur schwer von dem Boot trennen.«

»Aber schließlich haben Sie's doch.«

»Notgedrungen«, gibt Firneisen zu, »bin ja selbst kaum noch gesegelt damit. Das Alter, wissen Sie?« Er pustet etwas Staub vom Süllrand. »Herr Brendler wollte sich um die ›Eisnixe‹ kümmern und …

»Eisnixe?«

»Der Name des Bootes«, erklärt Firneisen. »Boote sind weiblich.«

»Sächlich«, widerspreche ich. »Das Boot. Nicht die Boot.«

»Aber der Seemann liebt das Weib wie das Boot« – das hat Hünerbein sicher aus alten Abenteuerromanen – »deshalb gibt er seinem Schiff oft einen weiblichen Namen. Das Boot. Aber die Eisnixe, nicht wahr, Herr Firneisen?«

»Absolut«, bekräftigt der Alte, »Herr Brendler fand immer, Eisnixe passt so schön zur Silke, weil sie doch eine Eistänzerin war.«

»Aha!« Hünerbein schreibt's auf. »Deshalb die Schlittschuhe.«

»Im vergangenen Winter hat sie sogar bei Holiday on Ice mitgetanzt«, erzählt Firneisen versonnen, »und uns Freikarten besorgt. Das war sehr schön, aber die Silke haben wir nicht erkannt, weil die ja alle so bunte Kostüme tragen.«

»Also der Herr Brendler hat Ihnen das Boot abgekauft«, fasse ich die Fakten zusammen, »ist aber nie damit gefahren. – Was wissen Sie noch?«

Firnseisen sieht mich einmal mehr ratlos an. »Was soll ich noch wissen?«

»Na, irgendwas«, sage ich, »was Silke Brendler betrifft. Oder ihren Mann? Wie war die Ehe? Haben sie sich öfter gestritten, wegen des Bootes zu Beispiel? Ist Ihnen irgendwas aufgefallen? Irgendwelche Konflikte?«

»Die hatten keine Konflikte«, versichert Firneisen, »das wüsste ich.«

»Mit diesem Boot sind sie jedenfalls nicht gefahren.« Hünerbein schleicht durch das Bootshaus, wie eine hungrige Katze auf der Suche nach der Maus. »Könnte es sein«, wendet er sich schließlich an Uschkureit, »dass Brendler ein anderes Boot benutzt hat?«

»Wer? Der Nachbar? Nö.« Der Yachtwart zückt einen Flachmann und trinkt. »Das wäre mir aufgefallen, denn für 'n Klubmitglied hat der sich ziemlich rar gemacht. In meiner Zeit jedenfalls. – Auch 'n Schluck?«

Er hält uns den Flachmann hin, doch wir winken dankend ab.

»Vorher war ick drüben am Wannsee«, erzählt Uschkureit weiter, »Bolles Bootshaus, Flensburger Löwe, wissense? – Bevor … Eigentlich war ick mal Binnenschiffer …«

»Sie waren mal Binnenschiffer?« Firneisen scheint hochinteressiert. »Ein Traumberuf, nicht wahr?«

»Naja, wie man's nimmt, wa?« Uschkureit bringt uns wieder zum Ausgang des Bootshauses. »Ick war Trimmer auf 'ner Kiesschute. Sauarbeit, sag ick Ihnen: Stehste unten im Laderaum und von oben hau'nse dir die Baggerladungen mit Sand um de Ohren. Den darfste dann verteilen, mit der Schaufel, damit der Kahn nich Schlagseite kriegt. Knochenjob, sozusagen.«

»Aha«, Firneisen nickt mitfühlend, »und warum haben Sie das dann gemacht?«

»Irgendwer musset ja machen, wa?« Uschkureit nimmt erneut einen Schluck aus dem Flachmann. »Eigentlich wollt ick ma richtich zur See, Weltmeere und so, aber det machen ja nur noch Philippinos.«

Wir treten wieder ins Freie, und der Yachtwart schließt das Bootshaus sorgsam ab. »Brr, ist det kalt jeworden, wa?«

»Wird Winter«, pflichtet Hünerbein ihm bei. »Sind Sie eigentlich immer hier? Vierundzwanzig Stunden? Tag und Nacht?«

»Imma!« Uschkureit deutet mit seinem Flachmann auf eine Art schwimmenden Bauwagen, der im Wasser vor sich hindümpelt. Im kleinen Fenster brennt eine Ölfunzel. »Wat woll'nse mehr? Ick hab 'ne Aufgabe, kümmer mich um allet, und im Sommer jib's hier viele hübsche Mädels …« Uschkureit grinst schwach. »Ick bin Ende fuffzich, da wirste bescheiden, vastehste?«

»Wir kommen drauf zurück«, verspreche ich ihm, bevor wir gehen.

»Na und?« Trotzig marschiert Hünerbein im Brendlerschen Wohnzimmer auf und ab. »Dann sind Sie halt mit einem anderen Boot gefahren.«

»Nicht von dieser Marina.« Ich schenke mir Whisky ein und setze mich. »Offenkundig hat die schöne Silke ihren segelnden Gatten vom Wassersport nachhaltig abgehalten.«

»Aber ist das ein Mordmotiv?« Hünerbein fällt in einen der Sessel. »Immerhin wissen wir jetzt, warum sie Schlittschuhe trug.«

»Wissen wir das?« Der Umstand, dass das Opfer Eistänzerin war, erklärt meiner Meinung noch lange nicht, warum es mit Schlittschuhen aus einem eisfreien Fluss kam.

»Essen!«

Endlich: Michalke ist mit dem Gyros zurück. Zudem hat er gefüllte Weinblätter und Tsatsiki mitgebracht.

Wir verschlingen alles wie Raubtiere. Diese Art von Wettessen hat bei uns Tradition, denn wenn man nicht schnell genug ist, frisst Hünerbein einem alles weg. Ich kenne ihn seit zehn Jahren und weiß, wovon ich spreche. Am Ende gibt es immer Streit, und diesmal geht es um das letzte, wirklich leckere gefüllte Weinblatt.

Hünerbein glaubt, das habe er sich nun wirklich hart verdient, aber da kann ich nur lachen. Abgesehen davon, dass der Kollege ohnehin viel zu fett ist, hat er bislang doch nur ins Leere gemutmaßt. Nach wie vor ist alles offen, wir wissen noch nicht mal, ob wir es wirklich mit einem Mord zu tun haben und zuständig sind ...

»Also ich bitte dich, Sardsch«, regt sich Hünerbein auf, »es ist ja wohl nicht normal, wenn ein Mädchen vor seiner eigenen Haustür erfriert. Das riecht doch nach Kapitalverbrechen!«

Allein dieser Satz macht unsere totale charakterliche und menschliche Gegensätzlichkeit deutlich: Während Hünerbein ständig Mord und Verbrechen wittert, gehe ich prinzipiell von Unfällen aus. Die bedeuten andere Zuständigkeiten, und ich kann nach Hause gehen.

Aber Hünerbein hat ja kein Privatleben, da wartet nur Stress mit der Familie auf ihn, richterliche Beschlüsse zu seinen Exfrauen, anwaltliche Anhörungen und, und, und ... Deshalb hofft er ständig auf Arbeit, auf einen Mord, auf irgendeinen Grund, nicht nach Hause zu müssen.

»Ich habe auf meinen Tafelspitz verzichtet, vergiss das nicht!«

Mit feuchten Lefzen starrt dieser verfressene Kerl auf die letzte Weinblattrolle, und ich treffe eine wahrhaft salomonische Entscheidung: Ich spendiere das gefüllte Weinblättchen unserem KOBB Michalke, der ohnehin droht, wegen Hungers zusammenzubrechen.

»Warum haben Sie sich denn nichts geholt?«, erkundige ich mich fürsorglich, worauf Michalke erwidert, er habe sich ja was bestellt, aber das hätten wir in atemberaubender Geschwindigkeit ... Plötzlich fällt ihm die Rechnung ein.

»Das Ganze hat übrigens fünfundzwanzig Mark gekostet. Trinkgeld inklusive.«

Fünfundzwanzig Mark. Das ist günstig. »Stimmt's, Hünerbein?«

Hünerbein nickt. »Für Kladow sicher.«

Der KOBB lässt nicht locker: »Ich hab mir auch eine Rechnung geben lassen ...«

»Na, sehen Sie, dann können Sie das ja von der Steuer absetzen, Michalke.«

Sicher ist das fies. Aber ich nehme dem Michalke noch immer das Ostgrenzerkäppi übel, und bislang ist mir nicht aufgefallen, dass er sein Verhalten kritisch reflektiert hätte, ganz im Gegenteil. Aber das ist typisch für Beamte im Polizeidienst. Selbstreflexion ist ihnen fremd, weil sie fremdgesteuert sind. Tumbe Befehlsempfänger ohne eigenes Gewissen.

»Hört, hört«, höhnt Hünerbein, der sauer ist, weil er das Weinblatt nicht bekommen hat, »der Kollege Hauptkommissar wettert gegen das Beamtentum. Darf man fragen, warum er dann selbst Polizist geworden ist?«

Mir ist es zu blöd, ihm zum hundertsten Male erklären zu müssen, dass ich zuallererst Demokrat bin. Angetreten, die freie Bürgergesellschaft zu schützen. Jeder weiß, dass Demokratien nur dann erfolgreich sind, wenn es den Leuten gut geht. Wenn sie nicht um ihre Existenz fürchten müssen. Hinzu kommt, wie wichtig Beamte für ein aufgeklärtes Bürgertum sind. Hitler kam in Zeiten entsetzlicher wirtschaftlicher Unsicherheit zur Macht. Haben ihn Beamte gewählt? Nein. Das waren die über sechs Millionen Arbeitslosen, die keinen Ausweg mehr sahen für sich und ihre Familien.

»Du musst doch zugeben, Sardsch«, Hünerbein liegt in seinem Sessel wie eine trächtige Seekuh, »dass Beamte bei den Nazis trotzdem sehr gefragt waren.«

»Natürlich, klare Strukturen sind in Diktaturen immer gefragt.« Meine Scotchflasche ist leer, doch ich finde noch eine in der reichgefüllten Bar und schenke mir nach. »Wo finden heute Kriege statt? In der dritten Welt. Da wo Unsicherheit herrscht, Existenzangst, der Kampf ums nackte Überleben.« Ich rede mich warm. »Frieden und Demokratie können nur da gedeihen, wo relativer Wohlstand herrscht, wo ein auch in die Zukunft hinaus bewahrter Besitzstand gesichert ist, verstehst du? Wo Unsicherheiten entstehen, wird es immer Rangeleien geben, was ist meines, was deines, dann ist jedes Mal der Frieden in Gefahr. Unsicherheiten und Not sind der ideale Nährboden für autoritäre Heilsversprecher wie Hitler, für Diktatoren eben. Und damit ich dagegen immun werde, bin ich Beamter geworden.« Ein plötzliches Schwindelgefühl zwingt mich auf die Couch, und ohne mir etwas anmerken zu lassen, lege ich die Beine auf den Tisch. »Ich weiß, was ich kriege, dass ich es kriege, und kann mir ausrechnen, wie meine Besoldungsstufe steigt.«

Hünerbein gähnt wie ein Nilpferd. »Und was hast du dann gegen den Michalke?«

»Der hat seine demokratischen Prinzipien verraten«, reflexartig reißt es mich wieder hoch, »als er sich mit den Ostgrenzern einließ. Bis vor drei Tagen haben die noch jedes arme Schwein erschossen, was sich bloß mal Paris anschauen wollte. Und plötzlich: Alles okay? – Nee!« Ich gieße mir atemlos Whisky nach. »Lassen wir einen Mörder laufen, bloß weil er plötzlich erkennt, dass es doch nicht so gut war, zu töten? Einfach, weil er eigentlich ein ganz netter Kerl ist? Nee.«

Puh, bin ich plötzlich fertig. Politische Diskussionen können mich ganz schön schaffen, vor allem, wenn sie von mir geführt werden. Zudem habe ich mir im Eifer der Debatte die Zigarette verkehrt herum in den Mund gesteckt, und nun ist mir sauübel. Ich lasse mich von der Couch fallen und krieche auf allen vieren zum Gästeklo, weil ich den Brendlers nicht aufs kostbare Parkett kotzen will. Sowas gehört sich nicht als Kriminalbeamter, und mir ist wirklich nicht gut.

Obwohl mir die Toilette fast noch kostbarer als das Parkett erscheint, übergebe ich mich. Es geht gar nicht anders. Ich fühle mich hundeelend, mein Magen stülpt sich linksherum, die Sache läuft rückwärts ab. Halb ohnmächtig muss ich zusehen, wie halbverdautes Gyros, rosig eingefärbtes Tsatsiki und die Reste der Weinblätter im Abfluss verschwinden. Ekelhaft!

»Alles klar, Sardsch?«

Hünerbein klopft gegen die Toilettentür.

»Mhm«, röchle ich mühsam und denke darüber nach, warum der Kollege mich nicht mal in meinen intimsten Momenten in Ruhe lassen kann.

»Firneisen fragt, ob wir einen Kaffee wollen.«

Ach Gott, den guten Firneisen habe ich total vergessen. Und nach Kaffee ist mir auch nicht. Ich könnte eher noch einen Whisky vertragen, jetzt wo es mir schlagartig wieder besser geht und ich nur noch den Geschmack von Erbrochenem von der Zunge vertreiben muss. Zudem will ich nicht als Weichei dastehen. Mit wackeligen Knien erhebe ich mich, öffne die Tür und laufe kerzengerade an Hünerbein vorbei ins Wohnzimmer, um mir Whisky nachzuschenken. – »Prost!«

Hünerbein grinst. »Na also, unser Sardsch ist doch ein Steher, was?«

Ich sehe Firneisen an. »Wollen Sie auch was?«

»Oh ja, danke, gern.« Der alte Mann freut sich sichtlich über meine Wiederauferstehung.

»Mit Eis?«

»Etwas Sprudel, bitte.«

Ich bediene den Sodastreamer an der Bar und reiche Firneisen das Glas. »Wohl bekomm's.«

Firneisen nippt am Scotch und lächelt unsicher, bevor er sich einen Stuhl heranzieht.

»Heißen Sie wirklich Sardsch«, fragt er schließlich zutraulich und stellt sein Glas auf dem Couchtisch ab. »Kommt das von Sergeant?«

»Ja«, nicke ich, »mein Vater war Sergeant. Amerikaner. Besatzungsmacht, Sie wissen schon.«

Firneisen weiß. »Und der lebt auch in Berlin?«

»Nicht mehr.« Ich lege mich wieder auf die Couch. »Ich habe meinen Vater nie kennengelernt. Als ich geboren wurde, war er schon wieder in den Staaten.«

»Oh.« Das tut Firneisen leid.

Mir nicht. Ich habe mir nie groß Gedanken über den Mann gemacht, den Mutter ohnehin immer nur beiläufig erwähnte. Aber in meiner polizeilichen Dienstakte ist eben unter der Rubrik Vater ein Mark Allister Waxman aus Hope, Texas, Sergeant der U.S. Army, erwähnt, und deshalb nennen mich alle Sardsch.

»Ich habe meinen Vater auch nie kennengelernt«, gesteht Firneisen leise, »er ist bei Filchners zweiter Südpolexpedition ums Leben gekommen.«

»War Ihr Vater Polarforscher? Wie Amundsen?«

»Nein«, Firneisen schüttelt den greisen Kopf, »nur Matrose auf der ›Deutschland‹. Aber das Klima da unten. Die ganze Expedition eine einzige Katastrophe.«

»Wann war das?«

»Neunzehnhundertzwölf.«

»Interessant.« Ich stelle mir ein Segelschiff vor. Gefrorene Rahen. Packeis. Und schneebärtige Männer in viel zu dünnen Öljacken.

»Ja, das muss wirklich schlimm gewesen sein, damals«, bekräftigt Firneisen, »sie waren noch nicht einmal verheiratet.«

Mir fällt auf, dass er seinen Whisky ausgetrunken hat.

»Aber es gab einen Leutnant der Kavallerie, der hatte sich in meine Mutter verliebt. Und dann haben sie schnell geheiratet und so getan, als wäre ich …«

»Verstehe.« Ich schenke ihm nach, doch Firneisen spricht nicht weiter. Versonnen sieht er ins Leere.

»Wir sind Bestien«, lässt sich stattdessen Hünerbein vernehmen, und ich ahne, was kommt: Weltschmerz, das heulende Elend, die unmittelbare Folge von zu viel Bloody Mary. Seine sensibel depressive Phase leitet der Kollege immer mit den Worten »wir sind Bestien« ein, »gefühllose, herzkalte Ignoranten«, und diesmal steht er am Terrassenfenster und hat den tränenverschleierten Blick auf die Tote draußen gerichtet. »Ihr redet hier über eure verschollenen Väter und lasst es euch gut gehen, und das arme Mädchen da draußen …« Hünerbein legt seine Stirn gegen die Fensterscheibe und schluchzt, dass das Glas beschlägt. »Mein Gott, sind wir verkommen. Früher hatte man noch eine gewisse Ehrfurcht vor den Verstorbenen …« Er sieht uns mit feuchten Augen an. »Schon mal was von Totenwache gehört? Das wäre anständig gewesen.«

»Hünerbein«, beruhige ich ihn und erhebe mich von der Couch, »wenn du Totenwache halten willst, bitte!«

»Es geht doch nicht um mich«, flüstert Hünerbein leise und stützt sich schwer am Fenster ab. »Es geht darum, wie herzlos wir geworden sind. Da draußen ist ein Mädchen erfroren. Und wir sitzen hier und fressen und saufen und … Scheiße, sind wir verkommen …« Fassungslos schlägt er die Hände vors Gesicht. »Verdammte Scheiße …«

Firneisen sieht mich betroffen an.

»Mein Kollege hat das gleich überwunden«, versichere ich ihm. »Hey, Harald. Alles klar?«

»Du bist mein einziger Freund!« Wimmernd fällt mir Hünerbein um den Hals, dass wir fast zu Boden gehen. »Ehrlich, Sardsch, ich wüsste nicht, was ich ohne dich machen sollte …«

»Ich bin ja da, Harry«, besänftige ich ihn und verfluche insgeheim den Tag, an dem man mir diesen verfressenen Psychopathen zur Seite gestellt hat, »ich bin ja da.« Mühsam schleppe ich ihn zur Couch.

»Das arme Mädchen«, schluchzt er an meinem Ohr, »kann gar nicht mehr genießen, dass die Mauer auf ist …«

Als wenn's da was zu genießen gäbe, denke ich und decke den Kollegen mit seinem Trenchcoat zu.

»Schlaf ein Stündchen. Dann biste wieder fit, wenn die Kollegen kommen.«

»Lass mich nicht allein, Sardsch«, haucht Hünerbein und kuschelt sich an meine Hand, »ich brauch dich jetzt. Ich brauch dich …«

Ich tätschele ihm fürsorglich den Kopf, innig hoffend, dass er schnell einschläft. Eine verdammt peinliche Situation. Firneisen beobachtet uns mit einer Mischung aus Abscheu und Interesse. Vielleicht hat er auch Mitleid, denn wenn man uns so sieht, wie ich Hünerbein händchenhaltend in den Schlaf schaukele, kann man sicher auch Mitleid bekommen, Mitleid mit dem seelischen Zustand deutscher Kriminalbeamter.

»Er nimmt seinen Job manchmal zu schwer, wissen Sie.«

»Ich könnte das auch nicht«, flüstert Firneisen betroffen, »immer diese ganzen Morde aufklären …«

Ich habe plötzlich Lider schwer wie Blei. Am liebsten würde ich mich auch hinlegen, doch Firneisen sucht das Gespräch.

»Werden denn viele Leute umgebracht in Berlin?«

»Es geht.« Ich mache eine wegwerfende Handbewegung und muss ausgiebig gähnen. »Wir haben zu tun.«

Hünerbein schnarcht, und Firneisen gießt mir Whisky nach.

»Immer an der Front, was?«

»Wie man's nimmt.« Ich kann kaum noch meine Augen offenhalten und überlege, ob ich Firneisen sagen soll, dass er nach Hause gehen kann. Hier passiert ohnehin nichts mehr.

»Was ich Sie schon den ganzen Abend fragen wollte«, Firneisen lächelt verlegen, »haben Sie heute schon jemanden festgenommen?«

»Nein. Man nimmt nicht jeden Tag einen mutmaßlichen Mörder fest, wissen Sie.«

»Aber so lange kann das noch nicht hergewesen sein. Die Wunden in Ihrem Gesicht sind noch ganz frisch.«

»Ach das ... Eine persönliche Auseinandersetzung.«

Firneisen ist sichtlich enttäuscht, dass ich mich nicht mit Mördern prügle. Davon war er ausgegangen, denn: »Sie haben gar keine Waffe.«

»Doch«, sage ich, »jeder Polizist hat eine.« Nur dass ich meine Waffe nicht ständig bei mir trage. Es sei denn, es geht in eine besonders brenzlige Situation. Das kann man zwar nie vorher wissen, aber heute haben wir Samstag. Am Wochenende braucht man seine Waffe nie, das sind Erfahrungswerte. Ich verschweige ihm, wie sehr ich die Dienstpistole vermisst habe, vorhin, als wir in dieses Haus eindrangen ...

»Du lieber Himmel!« Siedendheiß fällt mir ein, dass zu Hause die Wohnungstür aufgebrochen ist. Was, wenn die Ostverwandtschaft die Pistole im Nachtschrank findet? Ohje, das kann ein Disziplinarverfahren nach sich ziehen. Wenn nicht Schlimmeres passiert ...

Ich sehe Tante Erna vor mir, wie sie mit meiner Dienstwaffe den Aldi überfällt.

Wie der Baumarkt ausgeraubt wird.

Und wie lüsterne Schwippschwäger die Verkäuferinnen aus dem Erotikshop als Sexsklavinnen nach Ostberlin entführen ...

15 ALS ERSTES SEHE ICH Hünerbeins Arm, der von der Couch herunterhängt. Die Armbanduhr zeigt fünf Uhr dreiunddreißig.

Ich liege auf dem Fußboden und fühle mich wie gerädert. Irgendwer hat mir meine Jacke als Kissen unter den Kopf gelegt und mich mit einem Plaid zugedeckt.

Mir fällt auf, dass das Licht im Wohnzimmer ausgeschaltet wurde. Dennoch ist es taghell, und einen Moment lang glaube ich, dass bereits die Morgensonne durch die Terrassenfenster scheint.

Doch dann höre ich Stimmen im Garten, hektische Betriebsamkeit, und stelle fest, dass nicht Tageslicht den Raum erhellt, sondern eine große Batterie Scheinwerfer, die draußen aufgebaut worden ist.

Die Spurensicherer. Endlich.

Mühsam richte ich mich auf und öffne die Terrassentür. Kalte Nachtluft empfängt mich. Und Michalke mit seinem jovialen Grinsen.

»Morgen Hauptkommissar. Ich wollte Sie schlafen lassen und deshalb ...«

»Wieso?« Ich bemühe mich um ein strenges Gesicht.

»Naja, ich dachte, war ja 'ne lange Nacht, oder?«

»Ach«, ruft der Totengräber, der eigentlich Graber heißt, Prof. Dr. Hubertus Graber, Chef des Leichenschauhauses der Rechtsmedizin, und ich kann seine Verachtung förmlich spüren. »Morgen, Hauptkommissar Knoop.« Verachtung, wie sie nur von promovierten Pathologen kommen kann, Typen, die sich schon wegen ihres Numerus Clausus als was Besseres wähnen. »Was ist denn mit Ihrem Gesicht passiert? Besoffen von der Mauer gefallen, oder was?«

Auch die Spurensicherer schnauzen mich an. »Ihr seid ja hier schön herumgetrampelt, Mann! Und den Schuh habt ihr ihr auch ausgezogen!«

»Entschuldigung. Wir haben schon mal vorermittelt.«

»Gesoffen haben Sie.« Der Totengräber rümpft die Nase. »Das ist 'ne Whiskyfahne.«

»Ach ja? Und was haben Sie die ganze Nacht gemacht?«

»Na, was wohl«, blafft Damaschke, »du ahnst nicht, was in der Stadt los ist. Acht Stunden haben wir auf der Heerstraße gestanden, acht Stunden!« Er zeigt mir mit den Fingern, wie viel acht ist, und fotografiert dann weiter den Tatort. »Und dann war die Wasserpumpe im Arsch!«

Überall sind Schildchen mit Nummern aufgestellt. Sie markieren den Ziegelstein in der Hand der Toten, die gesprungene Terrassenfensterscheibe, den Schlittschuh, den Hünerbein der Leiche ausgezogen und daneben gelegt hatte.

Der Totengräber nuschelt irgendwas in sein Diktiergerät.

»Schon was rausbekommen?«, erkundige ich mich.

»Fragen Sie mich später noch mal.« Dr. Graber gibt den Leichenwagenfahrern ein Zeichen. »Ich bin fertig hier!«

»Wann?«, frage ich ungeduldig, »wann?«

»Nicht vor heute Nachmittag«, erwidert der Rechtsmediziner, »im Augenblick erkenne ich jedenfalls keine Spuren von Fremdeinwirkung, aber ...« Er unterbricht sich, wendet sich den Leichenwagenfahrern zu, die Probleme haben, die bereits totenstarre Silke Brendler in ihren Plastiksarg zu bekommen. »Vorsicht mit dem Torso und dem Kopf. Die brauch ich unversehrt.«

»Ist sie erfroren?«

Krachend machen die Leichenwagenfahrer die Tote passend. Sie brechen ihr die Beine und den ausgestreckten Arm, um sie in den Sarg zu bekommen. Ein Geräusch, als zerkleinere jemand Styropor. Man vergisst es nie.

»Vielleicht hatte sie einen Herzinfarkt.« Der Totengräber lächelt kühl und verabschiedet sich. »Schönen Tag noch.«

»Um sechzehn Uhr bin ich bei Ihnen, klar?«

»Vergessen Sie's nicht, Sie Alkoholiker.« Dr. Graber steigt in seinen Wagen. Ein Saab oder Volvo vermutlich. Lehrer und Akademiker fahren oft skandinavische Autos, und kein Mensch weiß, warum. Der Plastiksarg wird in den Leichenwagen geschoben. Türen knallen. Abfahrt. Beide Fahrzeuge grummeln davon.

»Ich hab ja so was noch nie erlebt.« Der KoBB kann die Augen kaum offenhalten, also schicke ich ihn nach Hause.

»Hey«, rufe ich ihm nach: »Vielen Dank, okay?«

»Keine Ursache.« Michalke strahlt und geht.

»Können wir?« Damaschke sieht mich fragend an. »Wahrscheinlich ist sie vom Wasser gekommen, die Spuren deuten darauf hin.« Er zeigt mir die Vertiefungen im Rasen, die auch Hünerbein schon bemerkt hatte. »Sie ist neben dem Steg rausgeklettert, dann so zirka ein-, zweimal ums Haus rumgelaufen, bevor sie hier ...«

»... die Scheibe einschlagen wollte. Sonst noch was?«

»Die Schlittschuhe«, der Spurensicherer macht ein ratloses Gesicht, »verstehste das?«

»Eben«, sage ich, »da liegt das Problem.«

»Aber ...« Damaschke packt seine Kamera ein. »Das muss sie doch gesehen haben, dass auf der Havel kein Eis ist.«

»Vielleicht war sie blind.«

»Blind?« Damaschke kratzt sich am Kopf. »Na, ich weiß nicht. Niemand hüpft in die Havel, nur weil er annimmt, sie ist zugefroren. Das ist doch verrückt.«

»Verrückt. Das wird's sein. Sie war verrückt und blind. Siehste, Damaschke, allmählich kommen wir der Sache näher.«

Ich grinse schwach, aber der Spurensicherer erweist sich als humorresistent und brüllt seine Leute zusammen, auf dass sie die Scheinwerferbatterie abbauen. Trotzdem wird es nicht völlig dunkel im Garten.

Der Tag bricht an. Die frische Luft tut gut. Die ersten Vögel zwitschern, das Wasser der Havel färbt sich rot. Sonnenaufgang in Kladow. Schon ein schönes Plätzchen zum Wohnen, denke ich. Vor allem im Sommer muss es hier herrlich sein.

»Alter, ist mir schlecht ...« Hünerbein ist auch wieder auf die Beine gekommen und schwankt ächzend heran. »Haste 'ne Zigarette?«

Ich reiche ihm die Schachtel und stecke mir selbst eine an. Langsam laufen wir hinunter zum Ufer und setzen uns auf den Steg.

»Wollt ihr mit?« Die Spurensicherer machen sich abfahrbereit. »Noch sind die Straßen einigermaßen leer.«

»Wollen wir mit?« Ich sehe Hünerbein an.

Der schüttelt den Kopf. »Ich will nie wieder mit.«

»Wie ihr wollt. Ciao, ciao!« Damaschke hebt die Hand und verschwindet hinterm Haus.

Eine Weile lang schauen wir auf die Havel. Schweigend. Rauchend.

»Tut mir leid.« Hünerbein zieht an seiner Zigarette. »War 'n bisschen viel gestern, was?«

»Was?«

»Na, ich hab mich doch sicher wieder ziemlich schlecht benommen.«

»Hast du?« Ich sehe ihn erstaunt an.

»Hab ich nicht?« Hünerbein glotzt zurück.

»Normal«, sage ich und beobachte zwei Schwäne, die majestätisch vorbeiziehen.

Der Kleinere wird langsamer und käme sicher gerne etwas näher zu uns heran. Vielleicht haben wir ja was zu fressen. Ein Stückchen Brot oder so.

Aber der Andere ist das Alphatier, und so schwimmen beide weiter.

16   FAHNENFLUCHT.

Vier Stunden lang hat er auf seinen Fahrer gewartet. Vergebens. Als sich, weit nach Mitternacht, der Stau auf der Chausseestraße allmählich auflöste, war Cardtsberg bis vor den Grenzübergang in die Invalidenstraße gefahren. Aber der Gefreite kam nicht. Gullnick hat sein Versprechen gebrochen.

Cardtsberg konnte es nicht fassen. Diese jungen Leute. Was war da drüben in Westberlin, dass die Jugend davon so magisch angezogen wurde? Wenn selbst eine an sich so treue Seele wie der Gefreite Gullnick nicht zurückkam, stand es wirklich schlimm um die DDR.

»Lage in der Hauptstadt desolat. Überall Auflösungserscheinungen«, meldete sich Cardtsberg eine halbe Stunde später zum Rapport bei Oberst Gotenbach im Strausberger Gästehaus der Luftstreitkräfte. »Die Wachregimenter meutern, und beim MfS heißt es, rette sich, wer kann«, setzte er hinzu und zog sich die Handschuhe aus. »Die verbrennen da schon ihre Akten.«

»Tja.« Gotenbachs Miene war wie versteinert. »Dann soll es wohl so sein, was Ullrich?«

Cardtsberg verstand nicht gleich. Was wollte der Oberst damit sagen?

»Snetkow ist zurückgepfiffen worden.« Gotenbach sank in einen der Sessel im Salon und strich sich über das ergraute Haupt. »Gorbatschow höchstpersönlich hat den General angerufen. ›Gehen Sie in sich und erstarren Sie!‹ Von denen ist nichts mehr zu erwarten.«

»Und jetzt?« Cardtsberg fragte sich, ob er erleichtert sein sollte oder nicht. Kein Blutvergießen, dachte er. Glück gehabt. Doch konnte man die Menschen da draußen einfach im Stich lassen? »Wenn wir die Dinge so weiterlaufen lassen, ist es aus mit der DDR.«

»Wir haben keine andere Wahl, Ullrich!« Gotenbach atmete tief durch und erhob sich wieder. »Auf der Mauer tanzen sie Lambada. Die Befehlsverweigerungen häufen sich. Niemand will in der Hauptstadt eingesetzt werden, und teilweise sind unsere Offiziere auf Sightseeingtour in Westberlin gesichtet worden.« Er wischte achtlos ein paar Aktenmappen vom Tisch, nahm zwei Gläser und begann sie mit Cognac zu füllen. »Streletz hat kalte Füße bekommen. Und Wienand will sich auch nicht weiter engagieren. Die erhöhte Gefechtsbereitschaft ist für alle Truppenteile zurückgenommen.« Er reichte Cardtsberg ein Glas, »das, mein Lieber, ist die Lage«, und trank seinen Cognac mit einem Zug aus. »Wir haben den Kampf verloren, bevor er begonnen hat.«

Gotenbach trat ans Fenster, sah hinaus in den anbrechenden Morgen und fluchte leise. »Ein Mist ist das alles!« Er stellte sein Glas beiseite, ging zur Tür und griff sich seinen Mantel. »Ich brauch etwas frische Luft. Kommst du mit?«

Wie betäubt folgte Cardtsberg dem Oberst ins Freie.

Obwohl über dem See feine Nebelschwaden hingen, die die Strausberger Altstadt am gegenüberliegenden Ufer wie auf einer japanischen Wasserzeichnung nur schemenhaft erkennen ließen, war die Luft kalt und klar.

Schweigend liefen die Offiziere nebeneinander her. Unter ihren Schritten knirschte der Kies der frisch geharkten Wege. Ab und zu fiel eine reife Kastanie aus den welken Kronen der Bäume ringsum und platzte aus ihrer stachligen Hülle. Irgendwo fiepte ein Vogel.

Plötzlich blieb Cardtsberg stehen. Nein, durchfuhr es ihn, wir dürfen jetzt nicht aufgeben. Nicht in dieser Situation. Wozu sind wir Soldaten?

»Wir können doch nicht zusehen, wie alles ...« Er hob hilflos die Hände. »Das ist doch Wahnsinn!«

»Wahnsinn?« Gotenbach schüttelte den Kopf. »Das ist logische Konsequenz. Wir sind überflüssig geworden, Ullrich. Unser Gegner ist keine Armee, sondern das eigene Volk. Also haben wir auf dem Schlachtfeld nichts zu suchen.«

Cardtsberg sah den Obristen an. »Wo lag der Fehler?«

Gotenbach zuckte mit den Schultern. »Es wird Leute geben, die das später analysieren werden.« Langsam ging er weiter. »Ich hoffe nur, dass man sich daran erinnern wird, dass alles, was wir wollten, nur die Erhaltung des Friedens war.« Ein bitterer Unterton schwang in seiner Stimme mit. »Insofern haben wir Erfolg. Alles bleibt friedlich. Selbst die Offiziere unserer Armee stellen ihr eigenes Leben und den Frieden über die gemeinsame Sache.«

»Aber die DDR geht dabei unter«, erwiderte Cardtsberg.

»Ja. Sang- und klanglos.« Resigniert kickte Gotenbach einen kleinen Stein beiseite. »Wir waren alle Traumtänzer. Und nun sind wir aufgewacht und müssen feststellen, dass unser Traum keinen Bestand in der Realität haben wird.« Er lief langsam eine kleine, steinerne Treppe hinunter, die zwischen ein paar Blumenbeeten am Verwaltungsgebäude vorbei zum Parkplatz führte. Nur zwei Wagen standen noch dort. Cardtsbergs Lada und ein dunkelgrüner Wolga des militärischen Stabes, der offenbar Gotenbach zur Verfügung stand. Merkwürdig. Wo waren die anderen alle hin?

»Die sind nach Hause gefahren«, antwortete Gotenbach und blieb vor dem Lada stehen. »Das solltest du auch. Wir haben hier nichts mehr zu tun.«

Cardtsberg zögerte. »Meine Leute können in zwei Stunden in der Stadt sein. Wollen wir wirklich aufgeben?«

Gotenbach winkte ab. »Mach Feierabend, Ullrich. Du hast ihn dir verdient.«

»Nee, hab ich nicht.« Cardtsberg war wütend. Dreieinhalb Jahrzehnte nach dem 17. Juni '53 marschierte die Konterrevolution erneut durch die Republik und niemand reagierte. Alle sahen zu. Als wären sie gelähmt. Es war einfach unfassbar. Er zündete sich eine Zigarette an.

Irgendwo im Haus klingelte ununterbrochen ein Telefon, aber es ging niemand ran. Und auf dem See brachte die Fähre die ersten Frühschichtler zu ihren Arbeitsplätzen in der Stadt.

»Gibst du mir auch eine?«

»Natürlich!« Cardtsberg zog die Schachtel wieder hervor. »Ich dachte, du hättest dir das Rauchen abgewöhnt.«

»Dann gewöhne ich es mir halt wieder an«, murmelte Gotenbach und nahm Feuer. Nach einem tiefen Zug atmete er langsam aus. »Ullrich, wie lange kennen wir uns? Dreißig Jahre?«

Cardtsberg schwieg. Was sollte das jetzt? Sie hatten zusammen studiert, Anfang der sechziger Jahre, waren Panzerkommandanten im selben Regiment gewesen. Beide hatten die Militärakademie »Friedrich Engels« in Dresden besucht und sich auf die höhere Offizierslaufbahn vorbereitet. Sie waren ehrgeizig, Freunde und Konkurrenten zugleich. Ihr Leben war wie ein Wettstreit gewesen. Wer wird als Erstes befördert, wer bekommt sein erstes Kommando?

Am Ende hatte Cardtsberg das Rennen verloren, ausgebremst durch seine zwei Töchter, die anderes im Sinn hatten als ein erfülltes Leben in der DDR. Während er in die Pampa nach Hirschfelde versetzt wurde, beförderte man Gotenbach zum Oberst in den militärischen Stab. Dennoch sahen sich die beiden weiterhin oft. Sie feierten Familienfeste gemeinsam, trafen sich zum Angeln am Schermützelsee, machten zusammen Urlaub. Und sie hatten sogar dieselbe Frau geheiratet. – Naja, wenigstens fast. Bei einem Weiterbildungsstudium in Leningrad, wo Panzeroffiziere der NVA mit neuester sowjetischer Militärtechnik und dem T-62 vertraut gemacht wurden, lernten sie die reizenden russischen Zwillingsschwestern Tatjana und Nathalia Lewanowa kennen. Dazu der Zauber der Leningrader Weißen Nächte und das goldene Wasser der Newa vor den hochgezogenen Brücken in der Mitternachtssonne. Überall standen verliebte Menschen am Ufer, es wurde Gitarre gespielt und gesungen.

»Leuchtend prangten ringsum Apfelblüten …«, begann Gotenbach versonnen zu summen, »… still vom Fluss zog Nebel hoch ins Land …«

»... durch die Wiesen kam hurtig Katjuscha«, fiel Cardtsberg ein, »zu des Flusses steiler Uferwand.«

Beide lachten. Das waren noch Zeiten damals. Die Doppelhochzeit im Sommer '65 wurde zünftig nach russischem Brauch gefeiert, drei Tage lang, bei Unmengen von Wodka, Pilaw und Kalinka, mit mindestens zweihundertfünfzig Leuten. Und die Flitterwochen hatten sie zeltend im Kaukasus verbracht, in der Nähe von Ordshonikidze. »Bei dem verrückten Achmed Bagajew, weißte noch?«

»Ja, der war damals so ein richtiger mittelalterlicher Clanchef«, erinnerte sich Gotenbach, »wie lange wir gebraucht haben, ihm verständlich zu machen, dass unsere Frauen es nicht gewohnt waren, den Männern stehend beim Essen zuzuschauen.«

»Aber getan haben sie es am Ende trotzdem«, erwiderte Cardtsberg.

»Und wir hatten unsere erste Ehekrise. Drei Wochen lang hat Tatjana nicht mit mir geredet. Eisiges Schweigen. Nicht ein Wort.« Der Oberst sog nachdenklich an der Zigarette. »Eigentlich hatten wir Glück. Wir haben immer Menschen getroffen, die Freunde wurden. Für ein ganzes Leben.«

»Freunde, wie Achmed«, bekräftigte Cardtsberg.

»Zum Beispiel. Als wäre er uns gefolgt.«

»Er ist uns gefolgt, Horst. Wenn wir ihm damals nicht von der DDR erzählt hätten, hätte er sich nie hierher versetzen lassen. Und jetzt bedankt er sich dauernd bei mir, weil wir ihm das schönste Land der Welt gezeigt haben.«

»Ja«, Gotenbach sah versonnen auf den See, »das war es wirklich. Das schönste Land der Welt.« Er öffnete die Tür zu Cardtsbergs Dienstwagen. »Grüß ihn mal von mir, wenn du ihn triffst. Und jetzt ab nach Hause! Feierabend. Das ist ein Befehl!«

Cardtsberg salutierte. »Und du?«

»Ich hab noch was zu erledigen«, antwortete Gotenbach ruhig. »Die Dinge müssen ja anständig abgewickelt werden.«

Cardtsberg vermied es, die Frage, was es denn abzuwickeln gäbe, wo sich doch offenkundig alles von selbst auflöste, laut zu stellen, und sagte nur: »Verstehe.«

»Machs gut, Wolf-Ullrich.« Gotenbach umarmte den Freund plötzlich ergriffen. »Entschuldige mich bei meiner Frau, ja?«
»Entschuldigen? Wofür?«
»Für alles.« Gotenbach lächelte schwach. »Du wirst schon die richtigen Worte finden.« Er nickte Cardtsberg aufmunternd zu, löste sich und lief dann zügig zum Haus zurück.

Cardtsberg stieg in den Wagen und startete den Motor. Plötzlich durchlief es ihn eiskalt.

Du wirst schon die richtigen Worte finden?
»Horst!«
Hastig riss er die Tür wieder auf und sprang aus dem Wagen. Keine zehn Sekunden später erreichte er das Portal des Gästehauses. Aber es ließ sich von außen nicht öffnen, die Tür hatte nur einen Knauf.

»Horst, mach keinen Quatsch!«, schrie Cardtsberg und rannte ums Haus herum, hinten rein durch die Versorgung.

Dort hörte er den Knall!
Verflucht noch mal!
Keuchend stolperte Cardtsberg in den Salon und fand den Freund auf dem Rücken liegend am Boden, die Pistole noch in der Hand, die Augen starr ins Leere gerichtet.

Cardtsberg beugte sich nieder. »Horst?«
Aber da war nichts mehr zu machen. Um Gotenbachs Kopf breitete sich eine Blutlache aus. Cardtsberg spürte, wie es ihm die Kehle zuschnürte. Er hatte plötzlich das Gefühl, ersticken zu müssen, taumelte ein paar Schritte zurück und fiel rücklings in einen Sessel. Dort blieb er sitzen, fassungslos den Blick auf den toten Obristen gerichtet.

Stabsfeldwebel Karstensen riss die Tür auf und knallte die Hacken zusammen. »Verzeihung, Genosse Oberstleutnant, aber ich habe einen Schuss ...« Er sah die Leiche, verlor die Haltung. »Oh, verdammt, was ... Soll ich ... Ich ... Ich rufe einen Krankenwagen.« Entsetzt stürzte der Stabsfeldwebel wieder aus dem Raum und riss irgendwo eine Vase um, dass es schepperte.

Cardtsberg achtete nicht drauf. Hilflos sah er auf den toten Freund und biss sich auf die Lippen. War es das wert?

Verdammt noch mal, war es das wert?!
Langsam schüttelte er den Kopf.
»Nee, Horst«, sagte er leise und mit belegter Stimme, wie zu sich selbst, »... nee und hundertmal nee.«

17 »WOLLEN WIR NICHT NOCH was frühstücken gehen?«
Hünerbein stoppt seinen Mercedes Belziger-, Ecke Dominikusstraße und sieht mich hungrig an.
»Nee, lass mal.« Hundemüde wie ich bin, habe ich nur einen Gedanken: schnell ins Bett. »Kümmere dich lieber um meine Tür!«
»Na, klar doch. Nach dem Frühstück.« Hünerbein wartet, bis ich aus dem Wagen gestiegen bin, hebt den Arm zum Abschied und gibt Gas.
Ich stehe auf dem Bürgersteig vor meinem Haus, leicht schwankend kommt es mir vor, und lausche der Turmuhr vom Rathaus Schöneberg. Sie schlägt siebenmal, und die Stadt ist beruhigend leer. Wie an einem ganz normalen Sonntagmorgen. Keine Staus, keine Betrunkenen, keine Feuerwerkskörper. Als würde sich Berlin von den Aufregungen der vergangenen zwei Tage erholen. Mit der Hoffnung, dass sich vielleicht doch wieder etwas Alltagsnormalität einstellt, steige ich die Stufen zu meiner Wohnung hoch.
Seltsamerweise bekomme ich meine aufgebrochene Wohnungstür nicht auf, weil die Kommode aus der Diele dahinter quergestellt ist. Was merkwürdig ist, denn ich kann mich nicht erinnern, die Tür derart gesichert zu haben. Wie auch, man kann die Kommode nur von innen gegen die Tür stellen. Also muss jemand in der Wohnung sein.
Mann, ich hoffe nur, dass es nicht Siggi ist!
So leise wie möglich versuche ich, die Tür so weit zu öffnen, dass ich mich hindurchzwängen kann. Aber es geht nicht leise. Die Kommode verursacht extrem laute Schlurfgeräusche, und jeden Augenblick erwarte ich, eins übergebraten zu kriegen. Doch

nichts dergleichen geschieht. Weder werde ich von Siggi verprügelt, noch schließen mich irgendwelche fernen Ostverwandten überglücklich in die Arme. – Wer also hat die Kommode vor die Tür gestellt?

Sicherheitshalber bewaffne ich mich mit einem Besen, den ich der kleinen Kammer neben der Küche entnehme, wo die Putzmittel untergebracht sind, und schleiche von Raum zu Raum. Im Bad ist niemand, und auch in der Küche scheint alles normal. Im Wohnzimmer allerdings liegen ein paar meiner wertvollsten Langspielplatten auf dem Boden und eine mir unbekannte, abgewetzte lila Jeansjacke.

Zudem läuft mein Plattenspieler. Er schaltet sich schon lange nicht mehr selbsttätig aus, und auf dem Teller dreht sich eine Scheibe von »The Clash«. Deutlich ist das schabende Geräusch der Nadel zu hören, die immer wieder gegen den Pappaufdruck in der Plattenmitte stößt. Ich schalte das Gerät aus, gehe leise zurück in die Diele.

Wenn jemand in der Wohnung ist, kann er nur noch in meinem Schlafzimmer sein. Was eine Frechheit ist; Schlafzimmer gehören ja wohl zur absoluten Privatsphäre. – Na, warte!

Mit einem Ruck stoße ich die Tür auf – und finde eine schlafende Elfe in meinem Bett.

Irritiert nehme ich die Sonnenbrille ab. Natürlich träume ich. Wahrscheinlich schlafe ich noch immer auf dem harten Parkett im Brendlerschen Bungalow und warte auf die Spurensicherung, denn das hier kann unmöglich Wirklichkeit sein.

Vorsichtig nähere ich mich dem Bett: Das Mädchen darin ist blutjung. Friedlich schlafend räkelt es sich in meinen Laken. Das hübsche Gesicht umrahmt von schwarzen Haaren mit grün und lila einfärbten Strähnen. Die Stupsnase ziert ein Nasenring. – Wie süß. Ein Engel aus dem Punk-Himmel.

Ich stehe da wie angewurzelt. Mitten im feuchten Traum eines sexuell unterversorgten Althippies. Verdammt noch mal, ist mir das Singledasein auf die Lenden geschlagen, oder war's der Alkohol?

Plötzlich schlägt das Mädchen die Augen auf, blinzelt mich an und zieht sich erschrocken die Decke unters Kinn.

»Entschuldigung!«, stammele ich verwirrt und trete den Rückzug an. Möglicherweise bin ich doch in der falschen Wohnung?

Die Kommode im Flur jedenfalls gehört mir, das erkenne ich an den verkehrt herum eingebauten Türen. Vor drei Jahren hatte ich das Ding in einem schwedischen Möbelhaus erstanden und war beim Zusammenbau fast verzweifelt.

Auch die Einbauküche ist eindeutig meine. Eine Freundin, mit der ich schon lange nicht mehr zusammen bin, hatte sie mir aufgeschwatzt. Von den großartigen Mielegeräten geschwärmt, dem selbstreinigenden Backofen und der Geschirrspülmaschine. Und ich war drauf reingefallen. Ich hatte wirklich geglaubt, diese Frau würde mich liebevoll bekochen. Doch dann hatte sie mich in einem Kochkurs angemeldet, und plötzlich war klar, wohin der Hase laufen würde. Aber ohne mich. Wenn ich essen will, gehe ich zu Enzo ins L'Emigrante. Notfalls auch ohne Freundin und trotz toller Einbauküche, für die ich noch mindestens viereinhalb Jahre lang monatliche Ratenzahlungen von einhundertzweiundzwanzig Mark abstottern muss. Später habe ich erfahren, dass diese Freundin Außendienstlerin bei einem Küchenstudio war und eine schöne Provision kassiert hat.

»Morgen«, weckt mich eine seidenweiche und etwas verschlafene Stimme aus meinen Gedanken. »Ich hoffe mal sehr, dass du der Dieter bist.«

»Wer?« Ich starre das Mädchen an, wie einen Geist.

»Ich wollte eigentlich zu dem, der hier wohnt.« Etwas genervt streicht sich die Elfe ein paar bunte Haarsträhnen aus der Stirn. Sie hat sich meine Bettdecke um den schönen Körper gewickelt und sieht mich mit einer Mischung aus Neugier und Furcht an. »Er heißt Hans Dieter Knoop.«

»Ja das ... Ähm, das bin ich, ja.« Mir steht der Schweiß auf der Stirn. Was will diese Traumgestalt von mir? Man kann sie ja kaum als Frau bezeichnen, das ist mehr wie eine Frucht aus dem Paradies, frühreif, verführerisch und verboten.

»Was ist denn mit deinem Auge passiert?« Die Kleine kommt zutraulich näher und besieht sich mein Gesicht. »Schlägerei?«

»Ja, aber ...« Nervös winke ich ab. »Halb so wild.«
»Gut«, das Mädchen lächelt, »dann können wir ja frühstücken.«
»Gern«, sage ich und mache Platz, da die Elfe hungrig in die Küche strebt.
»Ist nicht viel drin im Kühlschrank, wie?«
»Nicht?« Ich warte darauf, dass mich endlich jemand weckt. »Ach so ja. Ich bin nicht zum Einkaufen gekommen, wegen der vielen ... Aber es sind noch Knack-und-Back da.«
»Knack und was?« Die Kleine sieht mich verständnislos an.
»Sonntagsbrötchen zum Aufbacken.« Ich hole die blaue Dose mit den Frühstückscroissants aus dem Kühlschrank und stelle sie auf den Küchentisch. »Besser als nichts, oder?«
»Mhm«, macht das Mädchen, »und wie geht das?«
Okay, ich stelle um auf Routine, anders ist das nicht auszuhalten. Ich schlage die Dose auf, rolle den Teig aus und wärme den Backofen vor. Dann forme ich die Croissants nach Anleitung und setze die Kaffeemaschine in Gang.
»Du trinkst doch Kaffee? Oder lieber Tee? O-Saft?«
»O-Saft?«
Oh, diese schönen, blauen Augen. Wie fragend sie schauen können. Ich bin hingerissen.
»Orangensaft ... Warte mal, ich muss noch irgendwo eine Packung haben.«
»Ach, du meinst Juice.« Das Mädchen lächelt. »Juice ist in Ordnung.«
»Juice«, wiederhole ich wie ein Echo und stelle die Packung Orangensaft auf den Tisch, »ist in Ordnung.«
»Ich zieh mir mal was an, ja?«
Das Mädchen verschwindet aus meiner Küche, und ich muss mich erst mal setzen. Puh, was war das denn? Eine Fata Morgana? Eine Erscheinung aus dem Delirium? Ganz offensichtlich ist mir der viele Whisky gestern Abend nicht bekommen. Der Totengräber hat recht, ich sollte weniger trinken.
Die Kaffeemaschine gurgelt vor sich hin, und die Croissants bekommen im Ofen allmählich einen schönen, schmackhaftes Backwerk versprechenden Goldton.
Im Badezimmer läuft das Wasser. Die Kleine duscht, und ich

beginne zu ahnen, dass diese Geschichte zwar völlig irre ist, aber dennoch real. Wie auch immer: Es ist Zeit, den Tisch zu decken. Für zwei.

»Frühstück!«, rufe ich und erschrecke über den flötenden Ton in meiner Stimme. Junge, bin ich daneben. Cool, Hans Dieter Knoop, bleib einfach ganz cool.

»Das Badezimmer ist ja vom Feinsten.« Das Mädchen kommt wieder in die Küche und trägt jetzt enge, gestreifte Röhrenjeans und ein schwarzes T-Shirt mit einem fünfzackigen schwarzroten Stern. Anarchie, denke ich noch, dann umarmt mich die kleine Punkbraut und gibt mir einen Kuss auf die Wange.

»Du bist nett«, sagt sie. »Das habe ich schon an den Platten gesehen. Wer ›The Clash‹ und die ›Sex Pistols‹ hört, muss einfach nett sein.«

Ich mache mich los, halte die Kleine auf Abstand und schiebe sie zu einem Stuhl. »Ich bin also nett. Und wer bist du?«

»Melanie«, antwortet sie. »Deine Tochter.«

Mir fällt fast die Kaffeekanne aus der Hand.

Das Mädchen beißt hungrig in eines der Croissants. »Ich hab mir schon gedacht, dass du davon keine Ahnung hast. Wie auch? Görlitz ist weit weg.«

Muss es wohl, denn ich hab nie davon gehört. »Görlitz? Wo ist das?«

»Osten.« Melanie gießt sich Orangensaft ins Glas und trinkt. »Ganz tief im Tal der Ahnungslosen.«

»Aha.« Nur dass ich in diesem Spiel der Ahnungslose bin. Immerhin ist die Idee originell. Statt – »haste mal 'ne Mark« – an irgendwelchen U-Bahnhöfen abzuhängen, suchen sich diese Ostpunks einfach einen neuen Papi im Westen.

Aber warum gerade ich?

»Hör mal! Wenn du einen Vater suchst, warum nimmst du dir dann nicht einen Mann mit Geld? Ich meine, ich bin nur Beamter, und es gibt richtig reiche Leute in der Stadt.«

»Leider kann man sich seine Väter nicht aussuchen«, erwidert das Mädchen abgeklärt. »Man muss nehmen, was man hat. Und ich bin froh, dass ich dich gefunden habe. War nicht ganz einfach, weißt du?«

»Wie hast du mich denn gefunden?« Allmählich wird die Sache interessant.

»Das Tolle ist, dass ihr hier im Westen überall Telefonbücher habt«, erklärt Melanie, »in jeder Zelle gibt's welche.« Sie steht auf und kommt mit der Jeansjacke aus dem Wohnzimmer wieder. »Hier, ich hab mir die Seiten rausgerissen. Es gibt fast sechzig Knoops in Berlin. Aber nur einen Hans Dieter.«

Na, so selten finde ich meinen Vornamen nun auch wieder nicht. Ich nehme Melanie die herausgerissenen Telefonbuchseiten aus der Hand. Tatsächlich. Haufenweise Knoops. Aber nur ein Hans Dieter. Ich. Mit Adresse.

»Und so bin ich hier«, sagt das Mädchen lächelnd. »Hättste nicht gedacht, wie?«

Ich gebe ihr die Telefonbuchseiten zurück. »Und wie kommst du darauf, dass Hans Dieter Knoop dein Vater ist?«

»Das steht so in meiner Geburtsurkunde.«

Wieder greift das Mädchen in die Innentasche der Jeansjacke und zieht ein weiteres Papier hervor: Ein amtliches Dokument in zartrosa, dazu Hammer, Zirkel, Ährenkranz, ausgestellt am 30. Juni 1974 im Standesamt Bautzen, Bezirk Dresden, Deutsche Demokratische Republik. »Melanie Droyßig, geboren am 21. Mai 1974, Mutter: Droyßig, Monika, Vater: Knoop, Hans Dieter ...«

Mir wird schwarz vor Augen. Das ist es. Und schon wieder Monika. Die Weltfestspiele. August dreiundsiebzig in Ostberlin.

Krachend lande ich auf dem Küchenfußboden.

Melanie springt erschrocken auf und hilft mir wieder auf den Stuhl. »Alles klar? Auweia, ich wusste, dass das für dich urst schockierend ist!«

»Ist das ein Witz?«, stammle ich.

»Kein Witz, tut mir leid.« Melanie tupft mir die Stirn mit einem feuchten Tuch. »Freust du dich denn nicht, mich zu sehen?«

Was soll man darauf antworten? Ich meine, wie konnte ich denn ahnen, dass ich eine Tochter habe? Ich habe nie im Entferntesten daran gedacht, dass die Nacht mit Monika damals auf dem Friedrichshainer Trümmerberg derartige Folgen haben könnte. Wie kann man sich also auf etwas freuen, von dem man nicht weiß, dass es existiert?

Zudem waren damals ja auch noch andere Männer hinter Moni her. Dieser Siggi zum Beispiel. Wer sagt denn, dass nicht dieser Haudrauf der Vater dieses Fast-schon-nicht-mehr-Kindes ist? Oder ein anderer Hans-Dieter Knoop aus ... aus Bautzen oder Görlitz oder ...

»Hab schon verstanden.« Melanie ist beleidigt. »Du willst mich wieder loswerden.«

»Nein, nein.« Es kommt halt nur alles ziemlich überraschend und ...

»Mutti war im Gefängnis deinetwegen.« Plötzlich fängt das Mädchen an zu weinen. Nicht das noch! »Ich bin im Gefängnis geboren.« Sie tippt auf die Geburtsurkunde. »Siehst du, da steht's: JVA Bautzen. JVA heißt Justizvollzugsanstalt! Knast! Alles wegen dir!«

Na, jetzt geht's aber los. Ich versuche, das Mädchen zu beruhigen. Sie tut mir leid, auch wenn ich mir den Schuh nicht anziehen will, dass ich an allem schuld bin. Soweit kommt's noch!

»Wieso hat man deine Mutter überhaupt eingesperrt?«

»Sie war mir dir zusammen«, antwortet Melanie schluchzend, »mit einem Westspion. Das hat gereicht.«

»Das hat sie dir erzählt?« Ich fasse es nicht.

»Warum sollte sie mich anlügen?« Melanie wischt sich die Tränen ab und sieht mich fragend an. »Bist du eigentlich immer noch Spion?«

»Quatsch!« Ich bin aufgesprungen und laufe aufgewühlt in der Küche auf und ab. Monika im Gefängnis? Meinetwegen? Warum denn das? Weil ich sie geschwängert hatte? Das ist doch kein Verbrechen. Wieder sehe ich sie vor mir. Gerangel im Tränenpalast. Monikas Schreie, »das kann er nicht mit uns machen«, bevor sie von Vopos weggezerrt wird. – Furchtbar. Und schließlich Siggi in der Turbine Rosenheim. »Weißt du eigentlich, was du Moni damit angetan hast?« Meinte er damit das Gefängnis?

Mein Kopf brummt. Herrgott, ich war der Agent. Wenn sie mich eingesperrt hätten, okay! – Aber Moni?

»Weiß sie eigentlich, dass du hier bist?«

Melanie schüttelt die bunten Haare. »Das hätte sie nicht erlaubt.«

»Gut.« Ich nehme das Mädchen am Arm und bringe es ins Wohnzimmer, wo ich ihm das Telefon in die Hand drücke. »Dann rufst du deine Mutter jetzt an. Die macht sich sicher Sorgen.«

»Pech!« Melanie guckt trotzig. »Wir haben kein Telefon.«

»Nicht?« Ich denke angestrengt nach und fühle mich völlig überfordert. Vielleicht sollte ich Hünerbein anrufen. Der weiß bestimmt, wie man in so einer Situation verfährt. Immerhin hat der Mann Kinder zuhauf und somit Erfahrungswerte. Andererseits dürfte er die Gelegenheit nutzen und jede Menge Spott über mich auskübeln, worauf ich absolut keinen Bock habe.

Wie auch immer. Es ist eine Herausforderung. Und die muss ich allein meistern.

»Warum hast du ihr nicht wenigstens einen Zettel geschrieben? Deine Mutter wird sich fragen, wo du bist.«

»Wir hatten Stress miteinander.« Melanie rollt sich auf dem Sofa zusammen wie eine Schnecke. »Mutti zickt in letzter Zeit nur noch rum.«

»Wieso denn das?« Die Frage ist überflüssig, denn mich interessiert die Antwort nicht. Ich weiß von Hünerbein, wie anstrengend pubertierende Töchter sein können. Aber das ist nicht mein Problem, und ich habe auch nicht vor, es zu meinem werden zu lassen.

»Andere Leute freuen sich, wenn die Tochter zu Besuch kommt«, mault Melanie.

»Na, hör mal«, inzwischen rauche ich die dritte Zigarette, »du schneist hier einfach rein …«

Ich weiß nicht weiter. Was tun, pocht es ratlos in meinem Kopf, was tun, was tun, was verdammt noch mal tun?

»Gibste mir auch eine?«

»Was? Etwa 'ne Zigarette? Nee, kommt nicht in die Tüte, Spatz, du bist noch nicht mal sechzehn.«

»Mann!«, regt sich die Kleine auf. »Du bist ja schlimmer als Mutti.«

»Du willst mir doch nicht im Ernst erzählen, dass du zu Hause rauchen darfst?«

»Doch«, macht Melanie, und es klingt wie bei einer renitenten Vierjährigen.

»Dann rauch bei Mutti, aber nicht bei mir.«

Das ist überhaupt eine gute Idee. Ich werfe dem Mädchen die Jeansjacke hin. »Komm, zieh dich an! Es geht nach Hause.«

»Spinnst du?« Melanie tippt sich ausdauernd gegen die Stirn. »Ich bin gerade erst angekommen.« Enttäuscht sieht sie mich an. »Ich dachte, du zeigst mir die Stadt.«

Das würde ich tun, wenn ich sicher wäre, dass Monika nicht dagegen ist. Außerdem: Was ist, wenn Ostberlin die Mauer wieder dichtmacht? Dann wird meine plötzliche Vaterschaft zum dauerhaften Problem. Kurzum: Die Kleine muss zurück nach Hause und zwar heute noch.

»Mach hin, ich bring dich zum Bahnhof.«

»Ich hab kein Fahrgeld«, mault Melanie, »und außerdem weiß ich gar nicht, ob heute ein Zug fährt.«

Das kriegen wir raus, da bin ich ganz sicher, und Fahrgeld geb ich ihr auch, egal was es kostet …

Nachdenklich stehe ich im Flur. Wer sagt mir denn, dass Melanie wirklich brav zurück nach Görlitz fährt? Und nicht schon in der nächsten Station wieder aussteigt, um schön von meinem Geld shoppen zu gehen? Oder gar zurückkommt. Bevor die Mauer wieder schließt.

Mist.

»Wir nehmen den Wagen«, erkläre ich dem Mädchen und krame nach meinen Autoschlüsseln. Noch sind die Grenzen auf, und mein Shellatlas verrät, dass Görlitz nur zwei knappe Autostunden von Berlin entfernt ist.

Und vielleicht gefällt mir auch die Vorstellung, nach all den Jahren Monika wiederzusehen.

Was wohl aus ihr geworden ist?

18   AUF DEM PARKPLATZ des Strausberger Gästehauses standen zwei blaulichternde Wagen der Volkspolizei. Die Wachtmeister liefen etwas unbeholfen herum. Man sah ihnen an, dass sie nicht genau wussten, wie sie sich verhalten sollten.

Die ganze Geschichte war unangenehm: Man befand sich auf dem Gelände des Kommandierenden der Luftstreitkräfte, und wie sollte man sich vor einem Stabsfeldwebel verhalten, der möglicherweise rangmäßig höher stand, jetzt aber kotzend vor den Rosenbeeten kniete und von allein nicht mehr hochkam?

Ein Ambulanzwagen kam die Einfahrt hinunter und erlöste den Stabsfeldwebel Karstensen von seinem Elend. Zwei beherzte Sanitäter packten ihn und halfen ihm hoch. Andere Verletzte gab es hier ohnehin nicht zu bergen, und also brachte man ihn in ein Krankenhaus.

Jochen Friedrichs, ein gewaltiger, etwa sechzigjähriger Zweimetermann mit schütterem Haar, fleckigem Nylonanorak und etwas zu kurz geratenen Hosen bekam von alldem nichts mit. Der Oberleutnant der Kriminalpolizei befand sich seit einer halben Stunde im Salon des Gästehauses und sah sich ruhig um. Auf dem Couchtisch stand ein Polylux, es fanden sich diverse Stadtpläne und Befehlslisten. Ein seltsamer Ort für eine Lagebesprechung.

Es roch unangenehm nach Blut, und der Anblick des toten Obristen war nicht schön. Dennoch schien sich eine gewisse Routine zu entwickeln, denn das war bereits der dritte Selbstmord an diesem Wochenende. Zuvor hatte es einen Major aus dem Ministerium des Inneren erwischt sowie einen hochrangigen Funktionär der SED-Bezirksleitung.

»Befanden Sie sich im Raum, als der Mann sich erschoss?« Der Kripo-Oberleutnant sprach sehr ruhig und mit leicht thüringischem Singsang.

»Nein, ich …« Cardtsberg sah bleich aus. »Ich war draußen im Wagen. Ich wollte gerade losfahren, als …«

»… Sie den Schuss hörten?«

Cardtsberg schüttelte den Kopf. »Ich bin noch mal ausgestiegen. Ich hatte plötzlich so ein ungutes Gefühl.«

»Inwiefern?« Der Kriminalist sah ihn aus sehr hellen blauen Augen an.

Wie Paul Newman, dachte Cardtsberg, der Mann hat Augen wie Paul Newman.

»Ich weiß nicht«, antwortete er schließlich, »Horst ... – also der Genosse Oberst hatte etwas gesagt, was mich beunruhigte.«

»So?« Friedrichs stand unbeweglich. »Was sagte er denn?«

»Du wirst schon die richtigen Worte finden.«

»Wie?« Der Kriminalbeamte kniff fragend die blauen Augen zusammen.

»Das sagte er.« Cardtsberg hob hilflos die Schultern. »Ich sollte seine Frau benachrichtigen, und als ich wissen wollte, was ich ihr sagen soll, sagte er ...«

»... du wirst schon die richtigen Worte finden?«

»Genau.« Cardtsberg nickte bleich. »So war's.«

Friedrich sah auf die vielen Aschenbecher im Raum und bemerkte einige Gläser, die zum Teil noch halb mit Cognac gefüllt waren.

»Haben Sie vorher über die Möglichkeit eines Selbstmordes gesprochen?«

»Nein, auf gar keinen Fall. Davon war nie die Rede. Wir haben ...«

»Ja?«

»... über alles Mögliche gesprochen, die politische Situation und was einen heute so bewegt.« Cardtsberg stützte sich an einem Stuhl ab, weil ihm plötzlich schlecht wurde. »Ich muss mich mal setzen.«

»Bitte.« Friedrichs machte eine entsprechende Handbewegung, blieb selbst aber stehen. »Ich nehme an, das hier ist nicht Ihre Dienststelle?«

»Nein.« Cardtsberg rang um Luft. »Ich bin in Hirschfelde stationiert. – Kann ich einen Cognac haben, bitte?«

Friedrichs reichte ihm die Flasche. »Was hatten Sie hier zu tun?«

Cardtsberg nahm sich ein Glas, füllte es mit Cognac und trank es in einem Zug aus.

»Es gab eine Besprechung zur allgemeinen politischen Lage.«

»Aha!« Friedrichs zog einen Stuhl heran, um einen Fuß darauf abzustellen. Dann beugte er sich interessiert vor und stützte seinen Ellbogen auf das Knie. »Und weiter?«

»Tut mir leid, mehr kann ich Ihnen dazu nicht sagen.«

»Schade.« Friedrichs richtete sich wieder auf und nahm den Fuß vom Stuhl. »Das wäre interessant gewesen.«

Er nickte einem kleinen, dicklichen Glatzkopf zu, der vorsichtig an die geöffnete Tür geklopft hatte. »Kommen Sie nur herein, Herr Doktor.«

Der kleine Dicke marschierte mit einem altertümlichen Arztköfferchen durch den Raum und hockte sich neben die Leiche.

»Sagen Sie«, wandte sich Friedrichs wieder Cardtsberg zu, »wirkte der Genosse Oberst deprimiert auf sie?«

»Natürlich«, antwortete Cardtsberg etwas ungehalten. »Wir sind alle deprimiert. Sie etwa nicht?«

»Nein.« Friedrichs schüttelte das Haupt. »Deprimiert nicht. Eher erstaunt. Aber das tut hier nichts zur Sache, nicht wahr?«

Cardtsberg schwieg. Was sollte er darauf auch antworten? Dieser Kripoleutnant machte seine Arbeit, als wäre das alles normal. Dabei drehten inzwischen selbst die Soldatenfrauen durch. Als Cardtsberg vorhin seine Frau anrief, spürte er ihre Angst. Also sagte er ihr nicht, was passiert war. Nicht jetzt. Nicht am Telefon. Seit Tagen saß Nathalia allein zu Hause herum und unterhielt sich mit dem Fernseher, während ihr Göttergatte die DDR zu retten suchte.

»Aber da ist nichts mehr zu retten, verstehst du! Die Leute wollen nicht mehr. Sie grüßen mich nicht mal mehr. Und weißt du warum? Nicht, weil ich die Frau eines Offiziers bin, nein! Weil ich Russin bin. Besatzerin, haben sie gesagt. Russen sind nicht mehr erwünscht in Deutschland!« Nathalia klang furchtbar aufgeregt. Plötzlich krochen sie überall aus ihren Löchern: Revanchisten, Reaktionäre, Deutschnationale. Die witterten jetzt Morgenluft. Und beschimpften Cardtsbergs Frau als Besatzerin!

»Er hat sich in den Mund geschossen«, meldete der Doktor, »und offenkundig dabei die Halsschlagader getroffen. Keine Austrittswunde.« Er erhob sich und kam auf Friedrichs zu. »Die Kugel wird wohl noch im Schädel stecken.«

Der Größenunterschied zwischen dem thüringischem Riesen und dem kleinen Glatzkopf betrug mindestens einen halben Meter. Wie Pat und Patachon, dachte Cardtsberg, obwohl ihm alles andere als nach Lachen zumute war.

»Kann ich die Leiche gleich mitnehmen?«, fragte der Kleine, und Friedrichs nickte müde.

Kurz darauf traten zwei Männer mit einem Zinksarg herein und machten sich an der Leiche zu schaffen. »Was wird mit der Waffe?«, fragte einer.

»Lassen Sie sie am Boden liegen«, antwortete Friedrichs, »und nach Möglichkeit nicht berühren.«

»Aus der Hand müssen wir sie ihm schon nehmen«, erwiderte einer der Männer und bog Gotenbachs Finger so weit auf, dass sich die Pistole löste und zurück in die Blutlache patschte.

Cardtsberg wandte sich ab und trank noch einen Cognac.

»Haben Sie Ihre Waffe ebenfalls dabei?«, erkundigte sich der Kriminaloberleutnant.

»Natürlich.«

»Zeigen Sie sie mir mal?« Friedrichs hielt die Hand auf.

Etwas verblüfft öffnete Cardtsberg sein Holster und zog die Makarow heraus. Hielt ihn dieser hünenhafte Kripo-Leutnant etwa für einen Mörder?

»Reine Routine«, erklärte Friedrichs ruhig. Er entsicherte die Waffe, prüfte den Lauf und das Magazin und sicherte wieder. »Sehen Sie? Jetzt weiß ich sicher, dass daraus nicht geschossen wurde.«

»Wo denken Sie hin?« Cardtsberg steckte die Makarow wieder ein. Gotenbach hatte sich selbst erschossen, mit seiner eigenen Waffe. Das war doch eindeutig.

»Ich sagte ja: reine Routine«, wiederholte Friedrichs und nickte dem kleinen Doktor zu, der sich verabschiedete und den Männern mit dem Zinksarg hinausfolgte.

Kurz darauf hörte man ein Poltern. Offenbar waren die Männer mit dem Sarg im engen Flur jemandem in die Quere gekommen, denn es fluchte wer laut und rief: »Was soll die Zinkwanne hier? Sagt mir endlich mal jemand, was hier los ist?«

Es war unverkennbar die Stimme von Generalmajor Wienand. Kurz darauf stürmte er in den Salon. »Was, zum Teufel, geht hier vor? Was macht die Polizei da draußen?«

Er sah ungewohnt aus in Zivil, überhaupt nicht militärisch. Statt seiner Uniform trug er einen Norwegerpullover unter einer Lammfelljacke, und mit seinem rötlich schimmernden, teilweise ergrauten Haar hätte man ihn auch für einen irischen Schafszüchter halten können.

»Karstensen rief mich an und stammelte sinnloses Zeug. Was ist los, Cardtsberg? Wo ist Gotenbach?«

»Moment mal!« Friedrichs stoppte den Generalmajor mit einer knappen Handbewegung. »Sagen Sie mir, wer Sie sind?«

»Nee!« Wienand war sichtlich empört, wirkte aber vor dem hünenhaften Kriminaloberleutnant wie Rumpelstilzchen. »Sie sagen mir, wer Sie sind!« Er drehte sich fragend zu Cardtsberg um. »Wer ist der Kerl? Wer hat ihn reingelassen?«

»Oberleutnant Friedrichs, Kriminalpolizei.« Mit seiner riesigen Pranke hielt er dem General den Dienstausweis hin. »Und jetzt zu Ihnen. Ihrem Benehmen nach sind Sie hier der Hausherr?«

»Falsch«, schnaubte der General, »Sie befinden sich im Gästehaus des Oberkommandos Luftstreitkräfte-Luftverteidigung. Genosse Generaloberst Reinhold ist außer Haus. Mein Name ist Wienand, stellvertretender Chef des militärischen Stabes im Ministerium für Verteidigung.« Er zog sich die Lammfelljacke aus, warf sie über einen Sessel und bemerkte die Blutlache auf dem Boden. »Was, verflucht, ist das für 'n Dreck da?«

»Blut«, erwiderte Friedrichs gelassen. »Allem Anschein nach hat sich ein Oberst Gotenberg …«

»Gotenbach«, korrigierte Cardtsberg, »Oberst Gotenbach.«

»… in diesem Raum erschossen.« Friedrichs zeigte auf den Boden. »Das ist sein Blut, da seine Pistole. Kopfschuss.«

»Was? Gotenbach?« Wienand starrte Cardtsberg an. »Selbstmord?«

Cardtsberg nickte stumm.

»Wann haben Sie den Oberst zuletzt gesehen?«, erkundigte sich Friedrichs, und in seiner Stimme klang müde Langeweile mit. »Gestern Abend?«

»Heute Nacht.« Wienands Stimme klang plötzlich sehr leise und betroffen. »Wir hatten eine Besprechung. So gegen drei Uhr in der Früh habe ich mich nach Hause fahren lassen.«

»Eine Besprechung?« Friedrichs merkte auf. »Was wurde denn besprochen?«

»Ich hatte Gotenbach mitgeteilt, dass alle Operationen abgeblasen sind«, sagte Wienand, »er sollte die Rückwicklung in die Wege leiten.«

»Die Rückwicklung?« Friedrichs schien nicht zu verstehen.

»Die Zyklogramme müssen rückwärts abgearbeitet werden«, erwiderte Wienand genervt, »tut mir leid, aber deutlicher kann ich nicht werden, das berührt ...«

»... militärische Geheimnisse, verstehe.« Der Kripo-Hüne verhinderte, dass der Generalmajor die blutverschmierte Pistole vom Boden aufhob. »Das lassen Sie mal besser. Sie haben Ihre militärischen Geheimnisse, ich meinen Tatort.«

»Was heißt Tatort? Ein Offizier hat sich erschossen. Offensichtlich, weil er keinen anderen Ausweg wusste.« Wienand seufzte. »Wir sollten es dabei belassen. Kein Aufsehen, klar?«

»Dann soll ich den Fall abschließen?« Friedrichs sank aus seinen zwei Metern Höhe in einen der Sessel und schlug die langen Beine übereinander. »Verstehe ich das richtig?«

»Goldrichtig, Genosse, schließen Sie den Fall ab und zwar geräuschlos, anderenfalls ...«

»Anderenfalls?« Friedrichs sah den General gespannt an.

Merkwürdig, dachte Cardtsberg, dass es immer wieder Menschen gibt, die sich auf Anhieb nicht riechen können.

»... anderenfalls«, beendete Wienand seinen Satz, »haben Sie, wenn sich das herumspricht, bald jede Menge zu tun. Offiziersehre bleibt Offiziersehre, und ich bin überzeugt, dass es in diesen Tagen viele Kameraden gibt, die einen ähnlichen Schritt in Erwägung ziehen.«

»Ist das so?« Friedrichs war anzusehen, dass er von einer solchen Offiziersehre nicht viel hielt. Im Gegenteil: Man war weder im Krieg und von Feinden umzingelt, die einen bei lebendigem Leibe zu grillen drohten; noch gab es irgendeine andere Katastrophe, die unerträgliche Qualen nach sich zog. Insofern sah er keinen Grund für Selbstmord. Es sei denn, die Offiziere der Nationalen Volksarmee folgten einem Ehrbegriff, der sich an finstersten Wehrmachtszeiten orientierte.

Prüfend sah Friedrichs den General an.

»Und Sie? Muss ich mir um Sie etwa auch Sorgen machen?«

Wienand stand regungslos. »Ich hatte vor, noch ein Weilchen zu leben.«

»Wie schön«, freute sich Friedrichs und schraubte sich aus dem niedrigen Sessel wieder in die Höhe. »Das war's zunächst. Auf Wiedersehen die Herren.«

Doch weder er noch Wienand und Cardtsberg machten Anstalten, zu gehen.

»Ich muss den Raum verplomben«, wurde Friedrichs deutlicher und deutete zur Tür. »Wenn Sie jetzt bitte hinausgehen würden.«

»Also«, Wienand griff nach seiner Lammfelljacke, »kann ich mich darauf verlassen, dass Sie die Sache so geräuschlos wie möglich behandeln?«

»Morgen habe ich die Ergebnisse der Obduktion.« Friedrichs schob die Offiziere hinaus. »Sofern sich keine Anhaltspunkte für ein Fremdverschulden ergeben, schließe ich den Fall ab.«

»Behandeln Sie die Geschichte diskret«, mahnte der Generalmajor. »Kein Aufsehen, klar?«

»Sie wiederholen sich«, antwortete Friedrichs und schloss die Tür zum Salon von außen ab, um sie anschließend mit einer Plombe zu versiegeln.

19 »GEILER WAGEN!«

Naja, denke ich, es ist ein Passat. Kein besonderes Auto also. Dennoch bin ich stolz darauf. Es ist der erste Wagen, den ich mir fabrikneu gekauft habe. Das aktuellste Modell für zweiunddreißigtausend Mark. Als Beamter muss man dafür ganz schön lange sparen. Aber ich bin im April zweiundvierzig Jahre alt geworden und bis dahin immer nur alte Gurken gefahren. Einen tiefergelegten Ford Taunus etwa, dessen Heckscheibe die Aufschrift »Vorsicht! Nervöser Bulle!« zierte, und einen VW Käfer, den ich so liebte, dass er mir eines Nachts abbrannte. Mit einer Hure im

Fond. Wer den Käfer kennt, weiß, dass sich unter dem Rücksitz die Autobatterie befindet, und durch den allzu heftigen Sex musste es einen Kurzschluss gegeben haben. Die Hure jedenfalls war beeindruckt. So einen feurigen Freier hatte sie noch nie.

»Hui«, spottet Melanie. »Dann bist du ja 'n richtig toller Hecht!«

»Klar doch! Sieh dich an, dann weißt du, was daraus werden kann.«

Inzwischen haben wir die AVUS erreicht. Stadteinwärts stauen sich schon wieder die Autos. Offenbar sind die DDR-Bürger alle Frühaufsteher. Oder sie ahnen, dass am Montag die Grenze wieder zu ist, und wollen die Gelegenheit noch mal nutzen.

»Du gibst es also zu?«

»Zugeben? – Was?«

»Na, dass du mein Vater bist.«

»Sagen wir mal so«, suche ich mich aus der Affäre zu ziehen, »ich gebe zu, dass es eine Möglichkeit wäre. Eine von vielen.«

»Meine Mutter ist keine Hure.« Melanie sieht mich stirnrunzelnd an. »Damit das klar ist: Die hat dich wirklich geliebt.«

»Hat sie das gesagt?«

»Ja. Und das lag sicher nicht an deinem tollen Auto.«

Das hatte ich damals auch noch nicht, und ich würde gern mehr darüber erfahren, aber Melanie entdeckt die Musikkassetten in meinem Handschuhfach.

»Wahnsinn! ›The Fall‹! Die sind urst geil, weißte?«

»Nee«, erwidere ich, »was bedeutet urst geil? Geiler als geil oder megageil?«

»Urst ist eben urst.« Melanie legt »Extricate« von »The Fall« ein, »Welcome Double Future«, und dreht die Lautstärke voll auf. »Oh geil, ich liebe die Stimme von Mark E. Smith!«

»Ja. Die ist so daneben, das ist schon wieder gut«, schreie ich ungehört, denn die Boxen dröhnen, und das Mädchen jauchzt. Wie glücklich sie plötzlich aussieht. Ein kleiner, süßer Punk. Irgendwie goldig. Und viel netter als diese Krawallos, die immer in den ersten Mainächten Kreuzberg unsicher machen. Und tatsächlich hat sie Ähnlichkeit mit Monika. Aber hat sie auch Ähnlichkeit mit mir?

Ich muss plötzlich tief Luft holen. Da sitzt auf einmal so ein komisches Gefühl in meiner Brust. Nicht unangenehm, eher ungewöhnlich und wärmend. Du lieber Gott, ich bin Vater! Dieses Mädchen ist mein eigen Fleisch und Blut, daran besteht kaum mehr ein Zweifel, denn so ist es ja auch in dieser Ostgeburtsurkunde vermerkt, und außerdem ... – spüre ich es?

Vielleicht. Jedenfalls überrennen mich seltsame Gefühle. Nicht zu beschreiben ... einfach ... keine Ahnung ... ich kann's nicht fassen!

»Hey!« Melanie stößt mich an. »Heulst du?«

»Nee, nee, das ist nur ...«

Komm zu dir, Knoop, mach jetzt nicht den Sensiblen.

»... die Klimaanlage, weißt du, ich vertrag die Klimaanlage nicht.«

Was natürlich Unsinn ist. Der Wagen ist zwar nagelneu, aber auf teure Extras wie eine Klimaanlage hatte ich verzichtet.

Doch soll ich jetzt schon zugeben, wie sehr es mich rührt, mit meiner kleinen Tochter unterwegs zu sein?

Wir nähern uns dem Grenzübergang Dreilinden. Das einzige Auto, das aus der Stadt raus will. Ein seltsamer Kontrast zur Gegenfahrbahn, wo die Hölle los ist.

Die Westberliner Zöllner winken uns durch, und, langsamer werdend, steuere ich den Wagen weiter auf den Ostkontrollpunkt zu. Mich beunruhigt, dass dort gelangweilte Grenzer warten, mies gelaunt und schwerbewaffnet wie immer, mit ihren monströsen Taschen vor dem Bauch.

»Guten Morgen, die Reisedokumente bitte?«

Ich reiche meinen Ausweis durchs Wagenfenster.

»Und was ist mit dem Beifahrer?« Der grau uniformierte Mann mit dem Stempelbauchladen wirkt ungeduldig, und Melanie gibt mir hastig ihren DDR-Personalausweis, den ich ebenfalls durchs Fenster reiche.

Der Grenzer hebt die Augenbrauen, sieht sich erst meinen Ausweis, dann den von Melanie an. Und er zögert, einen Stempel aus seinem skurrilen Bauchmöbel zu nehmen und uns fahren zu lassen. Stattdessen stellt er die idiotische Frage:

»Sie reisen zusammen?«

Großartig, denke ich, warum sitzen wir wohl im selben Wagen? »Ja«, antworte ich.

»Ihr Reiseziel?«

»Görlitz. Ich will das Mädchen nach Hause bringen.«

Meine Unruhe wächst, denn ein Trabi wird einfach durchgewinkt. Offenkundig lassen die ihre eigenen Leute fahren.

»Haben Sie ein Visum für die Deutsche Demokratische Republik?«

»Nein. Brauche ich das noch?«

»Natürlich brauchen Sie das, was glauben denn Sie?« Der Grenzer macht eine entsprechende Handbewegung. »Fahren Sie da bitte rechts ran!«

Ich gehorche und versuche, mir meinen Ärger nicht anmerken zu lassen.

»Na, die haben ja echt einen Knall«, entfährt es Melanie.

»Du hältst am besten die Klappe!« Nervös trommeln meine Finger auf dem Lenkrad herum. »Ich weiß nicht, was die wollen und warum sie es wollen, und ganz sicher haben die auch einen Knall, aber wir sollten uns nicht anmerken lassen, dass wir davon wissen.« Ich nicke Melanie bemüht beruhigend zu, obwohl die viel ruhiger ist als ich. »Okay?«

»Reg dich nicht auf, Vati.« Wie fürsorglich sie klingt. Und wie sie »Vati« sagt, ach, da wird mir gleich wieder wärmer ums Herz.

Inzwischen hat der Grenzer mit dem Stempelbauchladen einen Kollegen geholt, der offenbar mehr zu sagen hat und entsprechend streng guckt.

»Herr Knoop?«

»Das bin ich.« Ich versuche, freundlich zu lächeln, aber so recht gelingt es mir nicht.

»Steigen Sie mal aus, Herr Knoop.«

Ich öffne die Fahrertür und richte mich auf. Der Grenzer mustert mich von oben bis unten und deutet dann auf eine kleine Plastiktür in einer der Baracken.

»Wenn Sie mir bitte folgen wollen, Herr Knopp ...« Der Grenzer stiefelt voran.

Von wollen kann zwar keine Rede sein, dennoch folge ich,

nachdem ich Melanie versichert habe, gleich zurück zu sein. Tatsächlich liegt es nicht in meiner Hand, das spüre ich sofort, nachdem ich in einen klinikgelb getünchten Gang geführt werde, der unangenehm an den Flur unseres Vernehmungsgewahrsams in der Keithstraße erinnert. Bin ich festgenommen?

Irgendwann öffnet der Grenzer eine schmale Tür und schiebt mich in einen kleinen Raum, höchstens anderthalb mal zwei Meter groß, mit zwei Stühlen drin, abwaschbar, und einem kleinen Tisch, ebenfalls abwaschbar.

»Wenn Sie hier bitte einen Moment warten wollen.«

Auch das will ich nicht, aber der Grenzer schließt trotzdem die Tür und lässt mich in dem Kabuff allein. Ich suche nach meinen Zigaretten, doch die habe ich im Auto gelassen. Nervös schaue ich mich um. Viel zu sehen gibt es nicht. Nur gelb getünchte Wände wie in der Psychiatrie, ein Gitter zu einem Luftschacht und eine surrende Neonröhre an der Decke, die unangenehmes Licht verbreitet. Keine Fenster. Und auch dass die Tür sich von innen nicht öffnen lässt, macht mir Sorgen. Da ist nur ein Knauf.

Verdammt! Die Kerle haben mich eingesperrt. Die lassen zwar alles rein in die Stadt, aber niemanden mehr raus. Das hat System. Natürlich. Wie konnte ich nur glauben, dass die so einfach die Grenzen öffnen? Nee, da steckt mehr dahinter, das ist ganz große Weltpolitik. Der Kalte Krieg gerät in eine neue Phase. Die holen sich Westberlin. Und ich, ein kleiner Beamter der Mordkommission, bin zwischen die Fronten geraten.

Plötzlich spüre ich den kalten Schweiß auf meiner Haut. Wenn die rausbekommen, dass ich bei denen während der Weltfestspiele gespitzelt habe – und das würden sie rausbekommen, denn ich habe ja Melanie im Auto, den lebenden Beweis meiner Tätigkeit für den Verfassungsschutz – dann steht es wirklich schlecht um mich.

Diese Kommunisten sind erbarmungslos. Das sind rotfaschistische Autokraten. Die diskutieren nicht lange, die machen kurzen Prozess, mit jedem, der, um es mit Stalins Worten zu sagen, seine Schweineschnauze in ihren Sowjetgarten steckt.

HARALD HÜNERBEIN STAND in der Registratur des Institutes für Polizeitechnische Untersuchungen (PTU) und wartete. Es war noch nicht Mittagszeit und dennoch quälte ihn schon wieder der Hunger.

Obwohl er am Morgen von seiner Frau ein üppiges Frühstück bekommen hatte. Frisches Baguette mit Putenbrust, selbstgemachter Mayonnaise, Salat und Käse obendrauf, dazu zwei weichgekochte Eier, den übriggebliebenen Nudelsalat vom Abend mit dem Ostbesuch, Traubensaft und zwei, drei Tassen Kaffee.

Danach war Hünerbein ins Bett gegangen. Aber so recht schlafen konnte er nicht. Zum einen klingelte erneut die Verwandtschaft an der Tür und tobte mit ihren lärmenden Kindern durch die Wohnung. Zum anderen fanden sämtliche Gespräche ausgerechnet im Flur direkt vor dem Schlafzimmer statt, und es ging darum, wer mit wem in welchem Auto zum Schloss Charlottenburg fahren sollte, denn das wollten sich die Ostdeutschen ansehen.

Hünerbein hatte sich unruhig im Bett umhergewälzt und ein leichtes Sodbrennen verspürt, – vielleicht vertrug sich der Nudelsalat nicht mit dem Kaffee?

Wie auch immer, am Ende war Hünerbein wieder aufgestanden, und natürlich hatten ihm alle versichert, dass er hätte ruhig weiterschlafen können, aber gab es überhaupt eine andere Wahl? Außerdem, hatte er sich entschuldigt, lasse ihn sein Fall nicht in Ruhe, eine rätselhafte Sache: Frau erfriert vor ihrer eigenen Haustür in Schlittschuhen. »Ist das nicht seltsam?«

Die hübsche Cousine, eine wirklich ganz außergewöhnlich hübsche Cousine mit irritierend grünen Augen, glaubte an ein Zeichen.

»Ein Zeichen? Was für ein Zeichen?«

Die Schlittschuhe, wurde ihm gesagt, seien möglicherweise eine Erklärung. Ein Hinweis für den Grund des Verbrechens, ein Signal.

»Verstehe.« Hünerbein hätte in den grün schimmernden Augen ertrinken mögen. »Du interessierst dich für Kriminologie.«

»Hör mer uff«, mischte sich der entsetzlich sächselnde Gatte der Cousine ein, »die Kerstin ist ganz verrückt nach Krimis. Jeden Abend liest sie von Agatha bis Christie alles durch. Verschlingt das Zeug regelrecht.«

»Ein Ritualmord«, setzte Kerstin versonnen hinzu, »es muss was mit Schlittschuhlauf zu tun haben.«

»Die Tote war Eistänzerin«, sagte Hünerbein. Lag da vielleicht die Erklärung?

»Und ihr Mann? Wo ist der?«

Gute Frage. Vielleicht auf den Kanarischen Inseln? Wie auch immer, Hünerbein hätte das Gespräch mit der Cousine gerne fortgesetzt. Nur leider waren da noch die übrigen Verwandten.

Hünerbein entschloss sich, auf den gemeinsamen Ausflug zum Schloss Charlottenburg zu verzichten und sich stattdessen den vielen ungelösten Fragen zu widmen, die das Ableben der Silke Brendler so ungewöhnlich machten.

Zunächst nahm er sich Julian Brendler vor, den verschwundenen Ehegatten der toten Silke. Im Branchenbuch fand Hünerbein die Telefonnummer der Julian-Brendler-Marketing GmbH. Aber es war Sonntag, und eine freundlich klingende, weibliche Stimme auf dem Anrufbeantworter wies daraufhin, dass das Büro von montags bis freitags von neun bis achtzehn Uhr erreichbar sei, man aber gern außerhalb dieser Zeiten eine Nachricht nach dem Pfeifton hinterlassen könne.

Hünerbein legte auf. Was hätte er dem Band schon erzählen sollen?

Dann rief er die Auskunft des Tegeler Flughafens an. Wenn Julian Brendler von Berlin aus auf die Kanaren gejettet war, konnte er das nur mit einer der alliierten Fluglinien getan haben, denn nur die durften die Stadt nach dem Viermächteabkommen anfliegen. Pan Am, British Airways oder Air France. Leider gaben die Fluggesellschaften nicht so einfach ihre Passagierlisten heraus, schon gar nicht, wenn man nicht genau wusste, ob und wann dieser Brendler geflogen war. Dafür brauchte man eine richterliche Verfügung, und die würde Hünerbein nach dem jetzigen Stand der Dinge nicht bekommen.

Als Nächstes ließ er sich via Interpol mit den spanischen Behörden auf Gran Canaria und Teneriffa verbinden. Vielleicht wussten die ja, wo Julian Brendler steckte. Doch auch den Spaniern ist der Sonntag heilig, und so hatte Hünerbein wieder keinen Erfolg. Toll! Da hätte er mit der Ostverwandtschaft auch das Schloss Charlottenburg besichtigen können. Aber so leicht gab Hünerbein nicht auf und deshalb fuhr er zur PTU. Vielleicht hatten die ja was für ihn.

Nun wartete er. Sonntags war hier nie viel los, und die Asservaten der toten Silke Brendler waren noch nicht in der Registratur vermerkt. Entsprechend überfordert war die studentische Wochenendaushilfskraft denn auch bei der Suche.

»Die Neuzugänge«, sagte Hünerbein, »das Zeug kann heute erst angekommen sein, sehen Sie bei den Neuzugängen nach.«

Und endlich bekam er die entsprechende Kiste und öffnete sie.

Na, bitte. Die Kleider der Toten waren offenbar schon kriminaltechnisch behandelt worden, denn sie waren frisch gereinigt und rochen nach billigem Waschmittel. Offenbar hatte Silke Brendler nichts außer ihrer Kleidung an sich, als sie aus dem Wasser kam. Kein Portemonnaie, keine Brieftasche. Entweder sie hatte von Anfang an nichts dabei, oder aber es war ihr abgenommen worden.

Vielleicht von Raubtätern?

Hünerbeins Blick fiel auf die Schlittschuhe. Immer diese blöden Eislaufstiefelchen, warum, verdammt noch mal, trug sie die?

Ein Zeichen, hatte die Cousine gesagt. Großartig. Dazu müsste man wissen, wo die Tote Eistänzerin gewesen ist, und ihre Kollegen befragen. Hatte der Firneisen nicht von Holiday on Ice gesprochen? Aber das würde Hünerbein schon noch herausbekommen, spätestens am Montag, wenn alle Institutionen wieder funktionierten.

Er wollte die Sachen wieder zurück in die Kiste packen, als ihm auf dem Grund des Kartons noch etwas auffiel: ein rotstichiges Polaroid. Es war offenkundig im Sommer aufgenommen worden und zeigte den Bungalow der Brendlers von der Wasserseite. Zwar war die sonnendurchflutete Terrasse menschenleer, aber es standen ein paar Gartenmöbel herum und ein Liegestuhl, in dem möglicherweise der Fotograf des Bildes gelegen hatte, bevor er beschloss, die Idylle mit der Sofortbildkamera festzuhalten.

Irgendwer hatte mit Filzstift auf die Rückseite des Fotos eine Nummer geschrieben: »Recip 844 20 02« – die Farbe war im Wasser zwar etwas verlaufen, aber dennoch gut lesbar.

»Kann ich mal das Telefon benutzen?«, fragte Hünerbein die studentische Aushilfe und griff, ohne die Antwort abzuwarten, nach dem Hörer. »Ist ein Dienstgespräch im Hause.«

Er rief oben in der Spurensicherung an, aber Damaschke war nach Hause gefahren, etwas schlafen, und noch nicht wieder zurück. Lediglich eine Protokollantin, die so jugendlich klang, dass ihr Hünerbein von vornherein nichts zutraute, war erreichbar.

»Ihr habt doch die Asservaten der Silke Brendler gecheckt? Irgendwelche Erkenntnisse dazu?«

»Alle Ergebnisse haben Sie morgen auf dem Tisch.«

»Ich brauche die Ergebnisse aber jetzt«, erwiderte Hünerbein ungeduldig. »Es geht um dieses Polaroid. Hinten steht eine Telefonnummer oder so, – Recip acht vier vier zwanzig null zwei – habt Ihr da mal eine Schriftanalyse gemacht. – Wie? – Nicht? Warum nicht?«

Die Protokollantin wusste von keinem Polaroid. Wo soll das denn gewesen sein?

»Woher soll ich das wissen?«, erregte sich Hünerbein. »Das liegt hier bei den Asservaten. Ich denke, ihr habt die Sachen untersucht?«

Nein, das war die Rechtsmedizin, erwiderte die Schreibkraft, die Sachen seien vom Leichenschauhaus zur PTU geschickt worden. »Und eine Schriftanalyse wird in der Daktyloskopie des Erkennungsdienstes gemacht. Da ist aber heute niemand. Morgen ab acht Uhr wieder.«

Vielen Dank für die Belehrung, dachte Hünerbein und legte auf.

Nachdenklich betrachtete er das Polaroid. Wieso trug Silke Brendler ein Foto ihres Hauses mit sich herum? Und wem gehörte die Telefonnummer? Hünerbein nahm erneut den Hörer und wählte: Acht, vier, vier, zwei, null, null, zwei. Mal sehen …

Es dauerte einen Moment, bis am anderen Ende jemand ranging und sich eine Frauenstimme auf Türkisch meldete.

»Hünerbein hier«, sagte der Kommissar, »ich hätte gern mit Recip gesprochen.«

»Recip nicht da«, erwiderte die Frau, »soll ich aufschreiben?«

»Wieso Sie?« Hünerbein suchte den Trenchcoat nach seinem Notizblock ab.

»Na, Sie«, sagte die Frau am anderen Ende. »Sie sagen, was ist, ich schreibe auf.«

»Wann ist Recip wieder zu Hause?« Hünerbein war sich sicher: Das war die ganz große Spur. Diese Brendler hatte einen türkischen Liebhaber. – Recip.

»Ich weiß nicht«, antwortete die Frau, »hat er nicht gesagt. Ich schreibe auf, und er ruft zurück. Gut?«

»Von mir aus«, murmelte Hünerbein, »schreiben Sie.« Dann nannte er seine Dienstdurchwahl und legte den Hörer auf.

Recip, dachte er und notierte den Namen mit drei Ausrufezeichen versehen in seinem Notizblock. Na also.

»Alles klar?«, erkundigte sich die Aushilfskraft nicht ohne Neugier.

»Alles klar, mein Junge«, sagte Hünerbein, packte den verwirrten Studenten überschwänglich und drückte ihm einen dicken Kuss auf die Stirn.

21   DAS PROBLEM IST der Drache. Ein riesiges, rotchinesisches Ungetüm mit Mao-Tse-Tung-Gesicht macht sich brüllend an meine Tochter heran. Das arme Mädchen liegt wehrlos in Ketten. Der Mao-Drache hat offenbar Hunger. Er will Melanie fressen, und ich kann nichts tun! Ich schreie, bekomme aber keinen Ton heraus. Ich will loslaufen, mich auf den Drachen stürzen, mich schützend vor Melanie stellen, doch die Beine versagen den Dienst. Ich komme nicht hoch. Ich liege auf dem Boden wie gelähmt. Melanie kreischt gellend und verzweifelt, und das Monster speit Feuer und grillt die Kleine bei lebendigem Leib.

Schweißgebadet krieche ich auf einen Feuerlöscher zu, doch der entfernt sich immer mehr von mir. Am Ende ist er so klein wie ein Feuerzeug. Wo aber sind meine Zigaretten? Wenn ich schon zusehen muss, wie meine Tochter von kommunistischen Monstern gefressen wird, will ich wenigstens eine rauchen!

»Meine Zigaretten! Wo sind meine Zigaretten?«

»Bitte sehr, Herr Knoop, wenn Sie vorläufig mit einer Cabinet vorlieb nehmen wollen?«

Verwirrt starre ich in das Gesicht eines älteren, ungewohnt freundlich dreinschauenden DDR-Grenzers. Er hält mir eine braunweiße Pappschachtel hin und sieht mich aufmerksam an.

»Wahrscheinlich nicht das, was Sie gewohnt sind, aber probieren lohnt sich allemal.«

Schlaftrunken ziehe ich mir eine Zigarette und schaue mich um. Ach Gott, der verdammte Transitübergang …

Ich bin noch immer hier, aus einem Albtraum zurück in einer psychiatriegelben Realität mit greller Neonröhre an der Decke. Ich frage mich, wie lange ich wohl auf dem harten Stuhl geschlafen habe, denn mir tun alle Knochen weh. Zudem habe ich einen Geschmack im Mund wie ein oller Elch, und die Zunge fühlt sich filzig und trocken an, so dass das Verlangen nach einem kühlen Bier fast obsessive Züge bekommt.

»Warum werde ich hier festgehalten?«, frage ich und schiebe mir die Zigarette zwischen die Lippen.

»Ich bin Major Schobs«, erwidert der Grenzer statt einer Antwort und zieht eine Streichholzpackung aus der Hosentasche, »der diensthabende Offizier hier. Es tut mir leid, wenn Sie warten mussten.« Er braucht eins, zwo, dreimal, bis er das Streichholz entzündet hat, und hält es mir zuvorkommend hin. »Feuer?«

Ich beschließe, das Angebot zu ignorieren, bis der Mann sich daran die Finger verbrennt. Er wirkt in seiner Uniform seriöser als die üblichen Bauchstempler da draußen, und sein Gesicht strahlt eine beruhigende, fast altersmilde Gelassenheit aus. Sie hält auch dann noch an, als ihm das brennende Streichholz die Fingernägel versengt. Dennoch lässt er es nicht fallen, sondern wartet ungerührt, bis das Feuer von allein aus geht. Kein Zweifel, der Mann ist einiges gewohnt.

Ich hole mein Feuerzeug hervor und zünde mir die Zigarette selber an.

»Wie spät ist es?«

»Gleich halb elf. Sie haben geschlafen.«

Ich strecke mich, bis die Gelenke knacken. Halb elf also.

»Morgens oder abends?«

»Für wen halten Sie uns, Herr Knoop?« Der Major lehnt sich zurück und sieht beim Rauchen zu. »Und? Gut?«

»Nicht schlecht«, lobe ich und betrachte die Zigarette. Sie hat einen seltsam kurzen Filter. Ähnlich wie ägyptische Zigaretten, aber diese hier schmeckt besser.

»Wussten Sie, dass zwei Drittel der bei Ihnen verkauften Rauchwaren aus der Deutschen Demokratischen Republik stammen?«

»Nee, woher soll ich das wissen?«

»Nordhausen«, raunt der Major, als verrate er ein bestgehütetes Geheimnis. »Sie liefern den Tabak aus Amerika und der Türkei, und wir verarbeiten ihn in einer der effektivsten Anlagen der Welt. Das nennt man bilaterale Beziehungen.«

Hält der Kerl mich für einen Idioten? Oder bin ich der Trottel, denn ich habe keine Ahnung, worauf der Major hinauswill. Ich beschliesse, ihn zunächst auf meine Rechte aufmerksam zu machen.

»Hören Sie: Ich bin ein freier Bürger. Die Mauer ist auf. Warum lassen Sie mich nicht fahren?«

»Ganz einfach«, antwortet der Major. »Sie haben kein Visum für die DDR.«

»Dann stellen Sie eins aus«, sage ich, allmählich wacher werdend. »Wir fragen ja schliesslich auch keinen Ihrer Bürger, ob sie ein Visum für Westberlin haben, oder?«

»Ja gut«, der Major lacht, »dafür kann ich ja nichts. Jedem Land steht es frei, ob es Visapflicht erteilt oder nicht. Wir haben Visapflicht, Sie nicht. So ist das nun mal.«

»Okay, dann geben Sie mir jetzt ein Visum! Oder Sie lassen es sein.« Mir reicht's. Ich sitze lang genug auf diesem harten Stuhl.

»Ich muss nicht in die DDR, ist mir völlig egal. Hauptsache, ich kann jetzt gehen.«

»Wir werden Sie hier keineswegs länger aufhalten als nötig«, versichert der Major freundlich.

Ach! Und was hält dieser Kerl für nötig?

»Wir haben einige Punkte, die uns stutzig machen.« Der Major legt eine Akte auf den Tisch, deren Umfang mich erstaunt. Wie haben die in so kurzer Zeit so eine dicke Akte über mich anfertigen können? Oder sind das gesammelte Akten über Fälle wie mich? Oder, – ich spüre, wie mir allein der Gedanke eisige Schauer über den Rücken spült –, ist das eine Akte, die ihren Ursprung im August 1973 hat? Die schon vor sechzehn Jahren angelegt wurde, bei meinem ersten Auftauchen in Ostberlin? Bin ich in deren Augen ein feindlicher Spion, den man als wertvolles Pfand festhält, bis man ihn gegen irgendwelche aufgeflogenen Ostagenten austauschen kann?

»Sie sind Herr Knoop, Hans Dieter.« Der Major hat sich eine halbrunde Lesebrille auf die Nase geschoben und liest mit seltsam gleichgültiger Stimme aus der Akte vor. »Laut vorläufigem Personalausweis der Stadt Berlin-West wohnhaft in der Belziger Straße 75, richtig?« Er sieht auf und blickt mich über seine Lesebrille hinweg an.

»Korrekt«, nicke ich kleinlaut.

»Ein weiterer Dienstausweis in Ihrer Brieftasche deutet darauf hin, dass Sie bei der Kriminalpolizei von Berlin-West im Range eines Hauptkommissars tätig sind.«

»Ja.«

»Na, sehen Sie«, freut sich der Major, »dann können wir ja wie Kollegen miteinander reden, was meinen Sie?«

»Einem Kollegen würde ich sagen: Alter, nun komm mal zum Punkt.«

»Alter, das werde ich tun«, der Major lacht ausgelassen und wiederholt, »ganz sicher, das werde ich tun.«

Ich warte, doch der Major scheint mächtig amüsiert und kichert minutenlang vor sich hin. Fast scheint es, als hätte er einen hysterischen Zusammenbruch, eine Art krampfhaften Lachanfall, den nervlichen Blackout eines Grenzsoldaten, der die Öffnung der Mauer nicht verkraftet hat. Doch plötzlich wird der Major wieder ganz ernst.

»Sie haben ein minderjähriges Mädchen im Wagen«, schleudert er mir entgegen, als wäre ich ein Sittlichkeitsverbrecher, »das wirft nun mal Fragen auf. Auch bei Ihnen, nehme ich an!«

»Nicht unbedingt«, antworte ich, erleichtert, da es nicht um meine frühere Tätigkeit für den Verfassungsschutz geht. Und Melanie ist wohl kaum ein Problem. Immerhin bin ich im Begriff, die Kleine nach Hause zu bringen. Ja, wenn ich in umgekehrter Richtung unterwegs gewesen wäre. Ein alter, geiler Sack, der ein junges Mädel aus der DDR entführen will, aber so?

»Warum die Aufregung?«

»Was haben Sie mit dem Kind gemacht?«

»Nichts«, antworte ich wahrheitsgemäß, denn ich bin kein alter, geiler Sack.

»Das Mädchen behauptet, Sie seien ihr Vater.«

»Ja«, ich lächle etwas gequält, »das behauptet sie.«

Siedendheiß fällt mir Melanies Geburtsurkunde ein. Bestimmt hat sie die den Grenzern stolz präsentiert als Beweis meiner früheren Manneskraft – und meiner Spitzeltätigkeit 1973 in der DDR.

Schlagartig spüre ich wieder die Angst in mir hochkriechen, und meine Lippen werden noch trockener. Wie Krepp-Papier, da nutzt auch das fortwährende Benetzen mit der Zunge nichts.

»Was wird mir eigentlich vorgeworfen?«

Bemüht, mir meine Sorgen nicht anmerken zu lassen, lehne ich mich zurück. Im Grunde genommen entwickle ich dieselben Mechanismen, die mir durch meine eigenen Verhöre von mutmaßlichen Verbrechern bestens bekannt sind. Wenn's eng wird, lehnen sie sich zurück und demonstrieren Gelassenheit. Wenig später habe ich sie dann.

»Ein Kind zu zeugen ist ja wohl kein Verbrechen. Auch bei Ihnen nicht.«

»Die DDR ist ein kinderfreundliches Land«, erwidert der Major, als hätte ich das Gegenteil behauptet. »Wir haben die höchsten Geburtenraten in ganz Europa. Tendenz steigend. Ein Erfolg unserer familienfreundlichen Wirtschafts- und Sozialpolitik.«

Aha, denke ich, und warum türmen dann eure Familien jetzt massenweise in den Westen?

»Das freut mich für Sie«, sage ich stattdessen, unruhig auf meinem Stuhl herumrutschend. »Bekomme ich jetzt mein Visum?«

»Wir haben die Geburtsurkunde des Kindes prüfen lassen.« Der Major zieht ein eng maschinebeschriebenes Papier aus der Akte. »Deshalb die zeitliche Verzögerung.« Er lächelt mich an. »Auch wir haben einen Sonntag.«

Er rückt seine Lesebrille zurecht und schaut auf den Text. »Wenn es sich also bei dem in der Urkunde vermerkten Knoop, Hans Dieter, um Sie halten sollte – und davon ist anhand der vorgelegten Personalausweisdokumente erst einmal auszugehen – steht einer Visavergabe nichts im Wege.«

Na bitte! Erleichtert klaube ich mein Herz aus der Hosentasche.

»Dann darf ich jetzt weiter?«

»Sie bekommen ein Tagesvisum.« Der Major setzt die Lesebrille ab. »Damit müssen Sie bis null Uhr heute Abend zurück sein.« Er steht auf und klopft gegen die Tür. »Es tut mir leid, mehr war auf die Schnelle nicht zu machen. Aber es sind ja auch nur zwei, drei Stunden bis Görlitz.«

Die Tür wird von außen geöffnet, und der Major lässt mich hinaus. »Willkommen in der Deutschen Demokratischen Republik, Herr Knoop! Und gute Reise noch.«

»Sie mich auch«, knurre ich leise.

»British People in Hot Weather …«

Melanie sitzt bereits im Auto und hat meine Sonnenbrille auf der Stupsnase, als ich den so genannten Personengrenzkontrollbereich verlasse. Das Autoradio ist voll aufgedreht, aus den Boxen röhrt Mark E. Smith zu ohrenbetäubendem E-Gitarrensound, und ich beeile mich, von hier wegzukommen, bevor es sich die Grenzer noch einmal anders überlegen.

Vor uns liegt die freie Autobahn, und ich kann endlich meinem aufgestauten Ärger Luft machen: Es ist aber auch eine Frechheit! Während im freien Berlin das öffentliche Leben fast vollends zum Erliegen kommt, weil etliche Millionen Ostdeutsche die Stadt überrollen, werden hier unbescholtene Demokraten von DDR-Grenzern schikaniert. Unglaublich, das! Einfach …

»Reg dich ab«, erwidert Melanie gelassen, »du wolltest doch unbedingt nach Görlitz.«

»Du zwingst mich doch dazu!«, rege ich mich auf. »Was soll ich denn machen? Ich hätte weiß Gott Besseres zu tun, als kleine Ausreißerinnen nach Hause zu bringen.«

»Bla, bla, bla«, macht Melanie und lehnt sich beleidigt in ihrem Sitz zurück. »Die Bullen haben gesagt, du bist 'n Bulle.«

»Was?«

»Kriminalpolizei«, ruft Melanie durch die laute Musik, »wie Derrick!«

»Was? Ach so!« Die Kleine spielt auf meinen Beruf an. »Das haben dir die Grenzer gesagt?«

»Mhm«, Melanie schaut im Handschuhfach nach. »Hast du auch 'ne Knarre?«

»Die habe ich nicht dabei.« Dass die Leute sich immer nur für Waffen interessieren. »Und schon gar nicht im Handschuhfach.« Ich klappe es entschieden zu.

»Hast du auch schon einen echten Mörder verhaftet?«

»Mutmaßliche Mörder sicher«, antworte ich, doch Melanie scheint den feinen Unterschied nicht zu verstehen. Also erkläre ich es ihr. »Wenn ich die Leute festnehme, sind es mutmaßliche Mörder. Die Gerichte entscheiden dann, ob sie's auch wirklich sind. Alles klar?«

Ist es nicht. Wie auch, die Kleine kommt ja nicht aus einem Rechtsstaat.

»Hast du auch schon richtige Leichen gesehen?«

»Auch das. Die Tote gestern war kaum älter als du.«

»Wahnsinn!« Melanie sieht mich fasziniert an. »Was ist ihr denn passiert?«

»Das untersuchen wir gerade.«

»Bestimmt 'ne Vergewaltigung«, meint Melanie wütend, »irgendso 'n urst perverses Triebtäterschwein.« Sie ist enttäuscht, hatte geglaubt, im Westen gebe es keine Vergewaltiger »weil ihr doch diese ganzen Pornoläden habt. Ich dachte, die reagieren sich da ab.«

»Die Tote gestern wurde nicht vergewaltigt. Jedenfalls deutet nichts darauf hin.«

»Und was meinste?« Melanie stellt das Radio leiser, weil sie das Thema offenbar ungeheuer spannend findet. »Worauf deutet's hin?«

Das ist die Frage. Ich habe keine Ahnung.

Plötzlich bemerke ich die Militärfahrzeuge. Eine endlose Kolonne steht auf dem Sandstreifen neben der Autobahn. Schützenpanzer und Haubitzen der Nationalen Volksarmee, Lastwagen mit Soldaten, Geländefahrzeuge.

»Na, jetzt geht's aber los.« Ich verliere vor Schreck fast die Kontrolle über den Wagen.

»Scheiße«, flüstert Melanie und starrt beunruhigt auf die vielen Panzer am Autobahnrand. Es müssen hunderte sein. Rauchende Soldaten stehen unschlüssig herum und schauen dem Verkehr auf der Autobahn zu. Sie scheinen auf irgendetwas zu warten. Auf ihren Einsatzbefehl vielleicht?

»Meinst du, die machen Ernst?«

»Ach was.« Ich lächle das Mädchen bemüht entspannt an. »Das ist sicher nur ein Manöver. Die sind halt ein bisschen nervös.«

Unruhig schalte ich von Kassette auf Radio um. Vielleicht wird da ja irgendwas berichtet. Aber im RIAS macht Dennis King nur seine üblichen Sprüche und wiederholt das ewige Mantra, mit dem er seit zwei Tagen die Brüder und Schwestern aus dem Osten willkommen heißt. »Wir mögen verschieden sein, aber wir haben jetzt eine wichtige Gemeinsamkeit. Wir sind alle freie Bürger!«

Und an der Autobahn stehen die Panzer.

Ich suche einen anderen Sender. AFN Berlin. Aber auch die Amis wiederholen sich. Und versenden seit Tagen nur einen einzigen Song. »We are the world – we are the freedom!«

Unglaublich! Da hatte man jahrelang leidenschaftlich über den Doppelbeschluss debattiert, und jetzt, wo die Gefahr so nah ist, bleiben die Pershings im Keller. Oder sind sie etwa schon unterwegs?

Ich trete das Gaspedal bis zum Anschlag durch.
»So Melanie. Jetzt zeig ich dir mal, was der Wagen so draufhat, okay?«
Melanie ist begeistert, und ich brettere mit einhundertsiebenundneunzig Stundenkilometern aus dem möglichen Zielgebiet hinaus.

22   HÜNERBEIN TROMMELTE mit den Fingern nachdenklich auf seiner penibel aufgeräumten Schreibtischplatte herum. Seit vier Stunden wartete er auf einen Rückruf. Der Anschluss 844 20 02 war auf einen Aram Mustafa Gürümcogli angemeldet. Ein Gemüsehändler aus Reinickendorf, der vor Jahren mal als Zeuge bei einem Überfall auf den Großmarkt in der Beusselstraße in die Polizeiakten geriet. Zwei Töchter, Elif und Fatiye, drei Söhne, Feisal, Kalid und eben dieser Recip. Warum rief der nicht zurück?

Hünerbein überlegte, ob er noch mal bei Gürümcogli anrufen sollte. Aber er hatte es schon dreimal getan, und dreimal hatte ihm die Frau des Gemüsehändlers versichert, alles aufzuschreiben, damit Recip zurückrufen könne. Wo er sei, wisse sie nicht, wohl mit Freunden in der Stadt, vielleicht Ostberlin anschauen. Aber sobald er zu Hause sei, versicherte die Frau mehrmals, würde er zurückrufen, ganz bestimmt.

Nun gut. Schließlich hatte sich Hünerbein auf das Vorleben von Silke und Julian Brendler konzentriert. Aber auch hier kam er nicht weiter. Die Meldeämter waren sonntags geschlossen, und im Polizeicomputer gab es nur den Hinweis auf ein Aktenzeichen. Um an die betreffende Akte heranzukommen, hätte Hünerbein ins Archiv gemusst. Einmal quer durch die Stadt. Prima. Abgesehen davon, dass es beim derzeitigen Verkehrschaos ein Abenteuer war, wollte er – für den Fall, dass Recip sich doch noch meldete – das Telefon hier nicht so lange allein lassen.

Ein Anruf im Archiv blieb ergebnislos. Es ging niemand ran. Sonntag eben. Kein Tag für weitergehende Ermittlungen.

Endlich klingelte es. Hastig hob Hünerbein den Hörer ab. Aber es war nicht Recip, sondern der Totengräber aus der Rechtsmedizin.

»Ich will Feierabend machen, deshalb schon jetzt mal 'ne vorläufige Einschätzung: Keine äußere Gewalteinwirkung. Nach aller Wahrscheinlichkeit ist die Frau erfroren.«

»Was heißt, nach aller Wahrscheinlichkeit?«

»Sie ist friedlich entschlafen«, präzisierte Prof. Dr. Graber. »Wenn die Körpertemperatur aufgrund von Unterkühlung sinkt, werden die Lebensfunktionen zurückgefahren wie bei einer Eidechse. Sie schläft ein. Das Problem beim Menschen ist, dass er von allein nicht wieder aufwacht. Todeszeitpunkt: irgendwann zwischen einundzwanzig und ein Uhr in der Nacht von Freitag auf Samstag.«

Das klärte aber nicht die Frage nach der Wahrscheinlichkeit. Für Hünerbein hörte sich das an, als könnte es noch eine Überraschung geben.

»Oder?«

Der Professor am anderen Ende der Leitung gähnte vernehmlich.

»Schlafmittel scheiden aus. Wir prüfen gerade im Labor, ob sich eine andere Vergiftung nachweisen lässt, aber …« Er seufzte und wahrscheinlich winkte er ab.

»Ja, was denn nun?« Hünerbein wollte es endlich wissen.

»Machen Sie eigentlich nie Feierabend?«, entgegnete der Totengräber. »Ihnen ist klar, dass, wer sonntags arbeitet, nicht in den Himmel kommt.«

»Dann begegnen wir uns ganz bestimmt wieder, Prof. Dr. Graber.«

»Weil Sie mich hier zur Arbeit zwingen, bester Hünerbein, denn an sich fühle ich mich dem Evangelium durchaus verpflichtet. Ganz im Gegensatz zu Ihnen, vermutlich.«

Stimmt. Hünerbein war es völlig gleichgültig, wo er landete, wenn er erst mal tot war. Ob Himmel oder Hölle, Hauptsache, es gab was zu essen. Noch lebte er und würde spätestens am Abend wieder zu Hause sein. Dann war seine Frau mit der Ostverwandtschaft vom Schloss Charlottenburg zurück, »… und es wird Raclette geben, leckeren Schinken mit Toast, Käse und eine Olive obendrauf vom Tischgrill.«

»Na denn, guten Appetit!«, wünschte der Rechtsmediziner.

»Womit wir wieder bei den Vergiftungen wären.«

»Sie trauen mir alles zu, was?«

»Raus mit der Sprache, Professor! Ist Gift möglich oder nicht?« Hünerbein entsicherte seinen Stift und tackerte damit herum.

»Unwahrscheinlich. Das müsste dann schon ein ziemlich spezielles Mittelchen sein. Näheres dazu morgen Nachmittag.« Dr. Graber gähnte erneut. »Aber ich habe etwas anderes, und es wundert mich, dass es Ihnen bislang nicht aufgefallen ist.«

»Was?« Hünerbein setzte sich kerzengerade hin. Dieser Totengräber ließ keine Gelegenheit aus, die Kripo zu düpieren. Das Problem war, dass er immer wieder Gelegenheit dazu bekam.

Was, dachte der Kommissar, was haben wir jetzt wieder übersehen?

»Schon mal die Asservaten durchgeschaut?« Der Totengräber klang wie ein Oberlehrer, der einem kleinen Dummerchen von Schüler auf die Sprünge hilft.

»Wenn Sie das Polaroid meinen«, sagte Hünerbein gedehnt, »das liegt bereits hier auf meinem Schreibtisch.«

»Das Polaroid ist nicht schlecht. Mir geht es aber um etwas anderes.«

Hab ich wohl das Thema verfehlt, dachte Hünerbein und erinnerte sich an seine Schulzeit. Da galt es Schillers »Glocke« zu interpretieren, und Hünerbein hatte sich im Desaster des Dreißigjährigen Krieges verstrickt, weil ihn Landsknechte, Mantel- und-Degentypen wie Wallenstein und Tilly mehr interessierten als Schillersche Bürgertumspoetik. »Interessant«, hatte der Lehrer gemurmelt und in seinem Blick war echte Ratlosigkeit, »ich fürchte aber, wir wollten auf etwas anderes hinaus, nicht wahr?«

Tja, und wo wollte unser Gerichtsmediziner hin?

»Spucken Sie's aus, Professor, worum geht's?«

»Die Unterwäsche«, antwortete der Rechtsmediziner, »vielleicht sehen Sie sich mal die Unterwäsche der Toten genauer an.«

Die Unterwäsche? War Hünerbein Fetischist? Was sollte an Silke Brendlers Unterwäsche sein, dass einen Mord aufklärte?

»Einfach noch mal ansehen«, meinte der Totengräber aufmunternd.

»Aber Unterwäsche ist normal«, wunderte sich Hünerbein. »Wenn Sie jetzt was über die Schlittschuhe gesagt hätten, die sind es nicht. Doch die Unterwäsche …?«

Egal, der Totengräber hatte sich ohnehin schon in den Sonntag verabschiedet.

Mist! Hünerbein legte den Hörer auf die Gabel, um erneut in der PTU anzurufen, doch das Telefon klingelte erneut.

»Gürümcogli«, meldete sich eine männliche Stimme am anderen Ende der Leitung, »Recip Gürümcogli. Sie haben um Rückruf gebeten. Was gibt's?«

»Hünerbein hier, Kripo Berlin.«

»Was, Kripo? Meinen Sie Kriminalpolizei? Wow!« Dieser Recip schien schwer beeindruckt. »Yallah, was hab ich getan?«

»Das wissen Sie sicher besser als ich«, erwiderte Hünerbein. »Können wir uns irgendwo treffen?«

»Hey Mann, warum verhaften Sie mich nicht?« Recip lachte ausgelassen. »Ich mich mit Kripo treffen, warum?«

»Es geht um ein Foto«, sagte Hünerbein.

»Oh, ich hoffe, ich bin gut getroffen!« Recip schien amüsiert und keine Ahnung zu haben, worum es ging. »Aber die Sache interessiert mich, ehrlich! Wo treffen wir uns, Kripo? Bei dir oder bei mir?«

Hünerbein überlegte nicht lange. Er hatte Hunger.

»Kennen Sie ein nettes türkisches Restaurant? Mit Lehmofen und so?«

»Okay, kenn ich.« Recip war einverstanden. »Sie zahlen, okay?«

»Ich zahle«, versicherte Hünerbein, »und Sie reden.«

»Ich verpfeife keine Freunde, Bekannte, Familienangehörige und Landsleute.«

»Brauchen Sie nicht«, antwortete Hünerbein. »Es geht um allein Sie.«

»Mich verpfeif ich auch nicht.« Recip besprach sich kurz mit irgendwelchen Leuten auf Türkisch. Wahrscheinlich stand die ganze Großfamilie ums Telefon herum.

»Sagt Ihnen das ›Gürügürü‹ was? Brüsseler Straße, Wedding«, Recip klang plötzlich wie ein Verführer. »Da gibt's das beste Lamm in ganz Berlin.«

»Klingt gut«, fand Hünerbein, »in einer Stunde? Anderthalb?«

»Oldu, bis dann«, Recip schien sich zu freuen, »und bringen Sie Hunger mit.«

23   GÖRLITZ IST DEPRIMIEREND. Zwar hat die Stadt den Zweiten Weltkrieg nahezu unbeschadet überstanden, doch nun löst sie sich allmählich unter einer dicken, schweren Wolkendecke auf. Überall graue, bröckelnde Fassaden. Ehemals prächtige Bürgerhäuser sind dem Verfall preisgegeben. Ganze Straßenzüge stehen leer, und ich fahre im Zickzack, um mir die Stoßdämpfer nicht in den unzähligen, mit trübem Regenwasser gefüllten Schlaglöchern zu ruinieren.

Zwei alte Frauen verharren in ihren Kittelschürzen vor einem geschlossenen Laden mit der Aufschrift REWATEX und sehen uns minutenlang mit offenen Mündern nach. Sonst sind keine Menschen zu sehen. Als würden wir uns zwischen den längst vergessenen Kulissen für einen düsteren Schwarzweißfilm bewegen.

»Hier kannst du halten«, sagt Melanie, und ich stoppe den Wagen im Schatten eines abbruchreifen Fachwerkhauses. »Wir sind da.«

Mit steifen Gliedern steige ich aus und strecke mich. Ganz in der Nähe schlagen die Glocken einer Kirche. Zwei tiefe Töne und ein etwas höherer. Halb drei. Früher Sonntagnachmittag. Dennoch ist es in der engen Gasse fast dunkel, und es riecht modrig nach schlecht verbrannter Braunkohle.

»Da sind wir also«, sage ich und versuche, meine Erinnerungen an die lebenslustige, attraktive Monika mit dieser tristen Umgebung in Einklang zu bringen. Einziger Farbtupfer sind

Melanies bunte Haare, und die verschwinden eben hinter einem knarzenden Holztor.
»Mutti! Guck mal, wen ich mitgebracht habe!«
Gott, was für eine erbärmliche Bruchbude!
Ich klettere eine beängstigend wackelige Stiege hinauf, die zur Dachmansarde führt. Obgleich ich mir fest vorgenommen habe, es nicht zu sein, bin ich aufgeregt. Mit jeder Stufe nach oben steigt meine Anspannung. Monika! Was wird sie wohl sagen, wenn ich nach sechzehn Jahren hier plötzlich auftauche? Vielleicht ist es ihr peinlich, in so einem Loch hausen zu müssen? Vielleicht reagiert sie wütend, weil ich sie damals einfach so im Stich gelassen habe?
Aber ich konnte doch nicht ahnen, dass …
Genau so werde ich anfangen, überlege ich mir. Ich werde sie in den Arm nehmen und sagen: »Monika, du lieber Himmel, ich hatte ja keine Ahnung …«
Und hoffen, dass sie rasch etwas erwidert, was mich vor dem Rest des Satzes retten kann.
»Mutti?«, ruft Melanie erneut, um kurz darauf festzustellen, dass Monika nicht da ist. Enttäuscht steht das Mädchen in einem himmelblau gestrichenen Türrahmen. »Und jetzt?«
»Wir warten, bis sie zurückkommt«, erwidere ich und stoße fast einen der Eimer um, die überall auf der Treppe herumstehen und in die es aus feuchter Decke beständig tropft, obwohl es draußen gar nicht regnet.
»Da können wir lange warten.« Melanie führt mich in eine kleine, überraschend hübsche und gemütliche Wohnung, wie man sie in dieser Ruine kaum vermuten würde. »Wahrscheinlich ist sie auch nach Westberlin, um dich zu suchen.«
Die Holzwände im Flur sind weiß lackiert und mit Blaudrucken, die kleine Vögel und Blumen zeigen, verziert. Neben der Garderobe fällt ein großer, alter Spiegel in prächtigem Goldrahmen auf. Daneben führt eine niedrige Tür in eine Küche wie aus Omas Puppenhaus: mit einer Kochmaschine, an deren Messinggriffen karierte Handtücher und eine Batterie von Kochlöffeln und Kellen hängen. An der gegenüberliegenden Wand steht ein mit Bauernmalerei und Schnitzereien verzierter, alter Küchen-

schrank, und ein runder Holztisch mit zwei Stühlen unter dem Mansardenfenster deutet auf einen Zweipersonenhaushalt hin. Dort, wo man normalerweise die Speisekammer vermutet, ist hinter einem Duschvorhang eine kleine Nasszelle eingebaut.

»Wir haben hier kein Bad.« Melanie lächelt entschuldigend. »Ich hab Hunger. Du auch? Es ist noch Bohneneintopf da!« Geschäftig wuchtet sie einen riesigen Kübel auf einen kleinen Elektrokocher, als wollte sie eine ganze Kompanie sattmachen. »Kannst schon mal den Tisch decken. Geschirr ist im Schrank neben der Tür.«

Ich hole zwei tiefe Teller und Besteck aus besagtem Schrank und beginne, den kleinen Esstisch zu decken.

»Glaubst du wirklich, dass deine Mutter nach Berlin gefahren ist?«

»Wo sollte sie sonst sein? In München kennt sie niemanden.« Offenkundig hält Melanie es für ausgeschlossen, dass sich nach Öffnung der Mauer noch irgendwer freiwillig in der DDR aufhält. Außer uns natürlich. Das hat man nun davon, wenn man seinen Vater im Westen ausfindig macht.

»Für dich ist das doch ein Abenteuer hier, oder?«

»So kann man's auch nennen.« Ich hole ein Päckchen Zigaretten hervor. Da ich in meinem neuen Wagen nicht mehr rauche, bin ich seit Berlin nikotinfrei, und die Lunge meldet sich. »Ist das okay?«

»Nur wenn ich auch eine kriege.« Melanie sieht mich herausfordernd an.

»Meinetwegen«, ich werfe ihr die Packung zu, »wo du doch hier zu Hause bist …«

Melanie grinst, nimmt Feuer und stellt einen Aschenbecher auf den Tisch. Sie inhaliert tief, und die Art, wie sie die Zigarette hält, erinnert sehr an Monika.

»Und? Wie findest du's hier?«

»Gemütlich.« Ich ziehe mir die Jacke aus. »Man fühlt sich irgendwie ziemlich weit weg.«

»Osten halt«, erwidert Melanie lakonisch und rührt die Bohnen um.

Ich schaue aus dem Fenster. Mein Blick fällt auf einen mächtigen, verwitterten Kirchturm, der seine Spitze trotzig in die tief hängende Wolkendecke hält. Der riesigen Uhr fehlen die Zeiger. Irgendwer hat auf das Zifferblatt mit dicker, roter Farbe »WIR SIND WAS FOLGT!« gemalt.

»Was soll das heißen?«

»Keine Ahnung.« Melanie stellt zwei Pötte mit dampfendem Tee auf den Tisch. »Irgendwann stand's halt da, und der Pastor weigert sich, es wegzumachen.«

Sie holt Salz und Pfeffer aus einem Schrank, in dem stapelweise Gläser mit eingelegten Gurken stehen.

»Bückware«, erklärt Melanie, »das sind echte Spreewälder für den Export. Die Leute sind ganz scharf drauf. Und Mutti sitzt ja sozusagen an der Quelle.«

Mir ist nicht ganz klar, wovon das Mädchen spricht. »Monika legt Gurken ein?«

»Am Fließband im Zweischichtsystem. Die kann Gurken echt nicht mehr sehen. Aber man kann's sich halt nicht aussuchen.« Sie stellt den Bohneneintopf auf den Tisch und setzt sich lächelnd hin.

»Voilà! Guten Appetit.«

Die Bohnen riechen würzig und lecker. Dennoch kann ich nichts essen, denn ich habe ein vergilbtes Schwarzweißfoto entdeckt, das sorgsam gerahmt an der Wand neben dem Küchentisch hängt. Es zeigt einen Haufen jubelnder, junger Menschen in FDJ-Hemden vor einem rotweißen Spruchband, das »... rieden und ... ialismus« fordert. Der Anfangsbuchstabe des ersten Wortes, wahrscheinlich Frieden, hat nicht mehr auf das Foto gepasst, und die erste Silbe von »... ialismus« wird von einer jungen Frau verdeckt, die, in Blauhemd, kurzem Minirock und weißen Lederstiefeln auf den Schultern eines Mannes sitzt und fröhlich in die Kamera winkt. So kenne ich Monika. Mit verwühlter, langer Lockenmähne und einem Lächeln, das dem von Melanie verblüffend ähnlich ist. Der Typ, auf dessen Schultern sie hockt, bin ich. Damals hatte ich noch schulterlange Haare und einen Vollbart wie Karl Marx. Fasziniert halte ich Monika an den weißen Lederstiefeln fest, und mein Blick fixiert in drolliger Konzentration ihr rechtes Knie.

Ich muss lächeln. Ja, sie hatte wirklich faszinierende Beine, die Monika. Aber dass sie mich so bescheuert gucken ließen, ist mir neu.

»Hast dich urst verändert, was?« Melanie löffelt ihren Bohneneintopf.

»Hat sie dir gesagt, dass ich das bin?«

»Sicher«, antwortet Melanie abgeklärt, »brauchst du gar nicht abzustreiten, denn man erkennt dich an den Augen. Genauso hast du geguckt, als du in dein Schlafzimmer gekommen bist.« Sie zeigt auf meinen Teller. »Willst Du nichts essen? Deine Bohnen werden kalt.«

Nachdenklich mache ich mich über den Eintopf her. Er schmeckt wirklich ganz ausgezeichnet, ist deftig gewürzt und so sämig, dass der Löffel drin stehenbleibt.

»Genauso muss er sein«, lobe ich, weil ich das von Hünerbein weiß und das Gefühl habe, irgendwas sagen zu müssen.

Und immer wieder schaue ich auf das Foto. Verdammt noch mal, seit sechzehn langen Jahren hängt es hier in der kleinen Küche. Wenn Melanie ihren Vater sehen wollte, hat sie sich dieses Bild angeguckt. Und ich hatte keine Ahnung. Überhaupt keine. Gar nicht!

Ich habe mein Leben in Westberlin verbracht und bei wechselnden Freundinnen vor allem darauf geachtet, dass kein Kind mein recht überschaubares Leben ruiniert. Mein Dienst ist anstrengend genug, und die freien Tage brauche ich, um mich zu erholen. Ohne nervtötende Familie. Ich bin gern allein. Wenn ich Abwechslung will, treffe ich mich mit ein paar Bekannten bei Enzo im L'Emigrante, betrinke mich in der Pinguin-Bar oder gehe ins Memory Billard spielen. Längst war der Sommer 1973 zu einem verrückten Jugendabenteuer verblasst, und wenn ich mich mal an Monika erinnerte, dann so, wie man an eine flüchtige Urlaubsbekanntschaft denkt, die nicht weiter wichtig ist und weit weg.

Und plötzlich taucht alles wieder auf, wuchtig und real und mit Konsequenzen, die ich noch gar nicht abschätzen kann. Mit einer Tochter, die ihr Leben lang unter kommunistischer Knute in diesem Loch verbracht hat. Und das Einzige, was sie von ihrem Vater kannte, war ein Foto von einem Mann, der wie blöde auf Monikas Knie stiert.

Ich kann nicht mehr, mein Kopf dröhnt, ich brauche dringend frische Luft, will allein sein, rennen, laufen mit weitausholenden Schritten, um meine Gedanken zu ordnen.

Stattdessen sitze ich in dieser kleinen Küche fest und bekomme nicht einmal das Fenster auf.

»Jetzt komm mal wieder runter und hilf beim Abtrocknen.« Melanie wirft mir ein Handtuch zu. »Das Foto ändert doch nichts.«

»Für mich schon.« Mit fahrigen Händen reibe ich die zwei Teller und Löffel ab, die Melanie im kleinen Ausguss neben der Kochmaschine mit einer Bürste gesäubert und abgespült hat. Wie surreal das alles ist. Wie unwirklich. Draußen schlägt die Turmuhr die dritte Nachmittagsstunde, und wir rauchen noch eine Zigarette gemeinsam, bevor wir rüber ins Wohnzimmer gehen.

Auch hier sind die Wände hell getüncht und bilden einen schönen Kontrast zu den alten Dachbalken und den schmalen Fenstern. Unzählige große und kleine Plüschteddis bevölkern ein riesiges, abgewetztes Sofa unter der Dachschräge. Davor steht eine antike, hölzerne Wäschetruhe als Couchtisch mit mehreren Sitzkissen drum herum. Außerdem gibt es einen schönen alten Schaukelstuhl sowie einen an den Dachbalken befestigten Hängesessel. Ich setze mich hinein, wippe ein wenig herum und blättere in den Illustrierten, die auf der Truhe liegen. Eine abgegriffene Modezeitschrift mit dem Namen »PRAMO« und eine »FF Dabei«, die für das DDR-Fernsehprogramm wirbt und auf dem Titelbild das Gesangsduo Monika Hauff und Klaus-Dieter Henkler zeigt.

Melanie hockt sich vor einen tragbaren Schwarzweißfernseher und nestelt an einer riesigen Zimmerantenne herum, bis sie ein einigermaßen klares Bild hat. Es läuft die Jugendsendung Elf-

---

* Das Lied war in der DDR populärer als im Westen, weil es anders gedeutet wurde. Erst Anfang der Neunziger Jahre, in der Coverversion der »Pet Shop Boys«, wurde der Song weltweit zum gefeierten Hit.

neunundneunzig mit Berichten von neu geöffneten Grenzübergängen und seltsamen Interviews mit den Vertretern der Partei- und Staatsführung, die versucht, Herr einer Lage zu bleiben, mit der sie nichts mehr zu tun hat. Ein grinsender Egon Krenz freut sich, dass doch tatsächlich ein Großteil der DDR-Bürger wieder zurückkommt. »So schlecht kann der Sozialismus also nicht sein.«
Ich kann es nicht fassen. Hat der Kerl noch alle beisammen? Wo sollen die Leute denn sonst hin, wenn nicht nach Hause?
»Wenn wir bei dir geblieben wären, könnten wir Westfernsehen gucken«, mault Melanie und schaltet den Apparat wieder ab. »Das ist doch bescheuert, während wir hier rumsitzen, sucht Mutti in Berlin nach uns.«
»Wieso bist du dir da so sicher?«
»Die ist doch nicht bekloppt. Auf den Trick mit den Telefonbüchern kommt sie auch.« Melanie sieht mich bittend an. »Lass uns zurückfahren! Mutti sitzt bestimmt schon bei dir in der Wohnung.«
Nicht, wenn Hünerbein die Tür in Ordnung gebracht hat, denke ich und erhebe mich wieder, um mir Monikas Platten anzuschauen, die sie in einem offenkundig selbstgezimmerten Regal unter einem Janis-Joplin-Poster stehen hat: Karat, die Puhdys, Silly »Bataillion d'amour ...«
Wenn Monika nach Berlin ist, hätte sie doch sicher eine Nachricht dagelassen, überlege ich und sehe Melanie fragend an.
»Oder ist das bei euch normal, dass jeder losrennt, ohne dem anderen Bescheid zu sagen?«
»Na ja«, grinst Melanie, »bislang kam man ja bei uns nicht so weit. Und jetzt führen sowieso alle Wege in nur eine Richtung.«
Sie summt »Go West« von den »Village People«* an.

24 AUCH WENN DER RAUHAARDACKEL vor ein paar Jahren gestorben war, ging Karl Gustav Firneisen weiterhin mit ihm Gassi. Er war es so gewohnt und hatte in seinem Leben fast immer einen Hund um sich gehabt. Nichts Großes, und bis auf ei-

nen Foxterrier, der ihm in den siebziger Jahren von einem britischen Offizier der Airbase Gatow überlassen worden war, waren es immer Rauhaardackel, die auf den Namen »Hörn Sie mal« hörten.

Das war Herthas Idee: Sie fand es lustig, wenn man auf der Straße nach dem Hund rief und sich alle Leute umdrehten. »Nee, nee«, lachte sie dann. »Ich meinte nur den Hund. Der heißt ›Hörn Sie mal‹, wissen Sie?« Auf diese Weise kam sie immer wieder ins Gespräch mit den Menschen, wo man doch sonst kaum Kontakte hatte. Im Laufe der Jahre war der Bekanntenkreis nahezu ausgestorben, und eine Familie gab es nicht, denn Hertha und Karl Gustav Firneisen waren kinderlos geblieben. Sie haben nie herausbekommen, woran es lag, obgleich sie, – nun ja, ein recht reges Sexualleben hatten. Jedenfalls für ihre Generation, nicht wahr?

Firneisen ist nie ein Kostverächter gewesen. Wie auch, wenn man so eine tolle Frau wie Hertha an seiner Seite hat. Hertha war es peinlich, wenn Karl so sprach. Dabei war Firneisen doch nur stolz auf seine Frau. »Ihr hättet sie sehen sollen, die Hertha. Das war ein echter Blickfang, so was gibt's nur einmal im Leben.«

Nur schwanger wurde sie nie, und daher blieb nur der Dackel.

Es ist ein Elend, dass Hunde so ein kurzes Leben haben. Fünfzehn Jahre höchstens, dann ist Schluss. Sie haben sich immer wieder einen Neuen geholt, immer beim selben Reinickendorfer Züchter, einen süßen, reinrassigen Welpen für fünfhundert Mark, und ihn überall hin mitgenommen, den »Hörn Sie mal«: im Winter zum Urlaub nach Oberstdorf, im Sommer nach Italien an den Comer See.

Bis dieser dumme Unfall mit dem Wagen passierte. Firneisen hatte beim Rückwärtsausparken eine Hochzeitskutsche gerammt. Braut und Bräutigam kamen mit dem Schrecken davon, aber eines der beiden Pferde musste anschließend getötet werden. Die Polizei nahm den Unfall auf.

»Haben Sie die Kutsche nicht gesehen?«, fragte der Beamte.

Natürlich hatte Firneisen. Er war schließlich nicht blind. Aber wer glaubt denn heute noch, dass ihm eine Kutsche in den Weg kommt? Gibt doch kaum noch welche. Und daher nahm Firneisen an, dass es sich bei der Kutsche im Rückspiegel um eine Sinnestäuschung handeln musste, und gab Gas. So wurde er seinen Führerschein los.

Sechzig Jahre lang war er unfallfrei gefahren. Und nun nahmen sie ihm den Lappen einfach weg wie einem senilen Greis. Aber so ist das Leben. Man wird nicht mehr ernst genommen im Alter.

Fortan fuhren er und seine Frau mit dem Bus an den Comer See. Na ja, und dann hatten sich manchmal die Mitreisenden über den Dackel beschwert. So sehr, dass Firneisens beschlossen, zu Hause zu bleiben. Obwohl Hertha doch so gern Urlaub machte. Und deshalb haben sie sich, nachdem der letzte Hund gestorben war, keinen Neuen mehr angeschafft.

Besonders Karl fiel die Umstellung schwer. Er konnte sich ein Leben ohne »Hörn Sie mal« nicht vorstellen. Was sollte aus seiner Runde werden, die er dreimal täglich mit dem Hund an der Havel entlang machte? Seitdem er nicht mehr joggen konnte wegen der Knie, war ihm Bewegung doppelt wichtig, und da wollte er wenigstens seine Runde ...

»Dann mach doch deine Runde«, hatte Hertha gesagt, »das geht auch ohne Hund.«

Und deshalb war Firneisen weiterhin jeden Tag unterwegs. Morgens vor dem Frühstück, nach dem Mittagessen und spätabends noch mal, bevor er schlafen ging. Immer derselbe Weg: erst über den Sakrower Kirchweg nach Alt-Kladow hoch, dann zum Imchenplatz an die Havelpromenade mit ihren kleinen Imbissbuden, Biergärten und dem Fähranleger. Schließlich die Imchenallee am Ufer entlang zurück zum Schwemmhorn.

Seit dem Mauerfall hatte Firneisens Runde den Charakter einer Patrouille. Wachsam hielt er nach möglichen Plünderern Ausschau und vorsorglich hatte er seine Desert Eagle in der Manteltasche, um etwaige Täter gleich festnehmen zu können. Das war beruhigend. Dass er wenigstens noch die Pistole besaß, wo ihm doch diese Kriminalpolizisten die Boswell-Pumpgun einfach abgenommen hatten.

Hinzu kam die schreckliche Sache, die bei den Brendlers passiert war. Möglicherweise hatte Hertha recht und irgendein kommunistischer Geheimdienst steckte dahinter. Julian Brendler hatte ja schon lange Geschäfte mit Ostberlin gemacht, und die Frage war, inwieweit er sich in das Regime dort verstrickt hatte. Vielleicht war er ja selbst Geheimagent. Und die Silke war dahinter gekommen und musste deshalb sterben. Wie auch immer: Irgendwas jedenfalls war faul an der Sache und diese degenerierten Kriminalisten vom Samstagabend würden den Fall nicht lösen können, so viel war klar. Die waren zu sehr mit sich selbst beschäftigt.

Das war überhaupt das Problem: dass heutzutage jeder nur noch mit sich selbst beschäftigt ist. Man muss schon über den eigenen Tellerrand blicken können, um solche vertrackten Fälle aufklären zu können. Das ist wichtig. Dass man immer und überall aufmerksam ist. Nur so kann man die kleinsten Veränderungen bemerken. Spuren, die niemand für wichtig hält. Scheinbare Nichtigkeiten.

Firneisen kannte hier jeden Pflasterstein, jeden Baum und jeden Strauch. Er bemerkte jede Veränderung sofort: Wenn das »Dampfa Eck« eine neue Biergartenbestuhlung bekam oder im »Riviera« die Bewirtschaftung wechselte. Wenn die Fähre vom Wannsee nicht pünktlich war und die vornehme Baroness von Richtersdorff heimlich einen schönen, alten Kastanienbaum fällen ließ, weil er ihr den Blick von der Villa auf die Pfaueninsel versperrte.

Gut möglich, dass ihm noch etwas auffiel, was der Polizei bei der Aufklärung des Brendler-Mordes helfen konnte. Wer weiß, wenn er gut war und ein paar wichtige Hinweise lieferte – vielleicht gaben sie ihm ja dann die Pumpgun wieder zurück.

Und so hatte sich Firneisen einen Fotoapparat und das kleine Oktavheft eingesteckt, in dem Hertha immer die wichtigen Besorgungen notierte, um alles festzuhalten, was möglicherweise für die Polizei von Interesse war.

Dieser Mann da zum Beispiel, der am Anleger stand, obgleich die nächste Fähre erst in einer halben Stunde kam. Er tat, als füttere er die Enten, aber Firneisen war sicher, dass er die Gegend beobachtete. Firneisen war lange herumgeschlichen, bis er eine geeignete Position zum Fotografieren fand, und hatte den Mann dann geknipst. In das Oktavheft schrieb er sich die ungefähren Daten auf: Größe zirka einssiebzig, einsfünfundsiebzig, etwa fünfzig Jahre alt, südländische Abstammung. Beobachtet die Gegend. Datum und Zeit.

Etwas weiter flussabwärts waren dann die ersten Ostdeutschen zu sehen. Laut schwatzend und über die tollen Villen staunend kamen sie die Imchenallee hinunter. Firneisen notierte: zwei Männer, dreißig bis fünfunddreißig Jahre alt, und drei Frauen gleichen Alters. Offenbar aus Sachsen kommend. Observieren die Villenlage. Haben zur Tarnung zwei Kinder dabei. Mädchen und Junge, vielleicht acht und zehn Jahre alt.

Dann gab es noch zwei Männer, die ein Boot zu Wasser ließen, was an sich schon seltsam war, denn normalerweise holte man im November die Boote an Land, um sie winterfest zu machen. Wahrscheinlich wollten sie von der Havel aus die Gegend erkunden.

Das war überhaupt die Idee: Wenn sie kommen, kommen sie vom Wasser, dachte Firneisen, und genau so haben sie's auch mit der armen Silke Brendler gemacht. Sie kamen vom Wasser, haben das arme Mädchen vom Grundstück geholt, ertränkt und wieder auf die Terrasse gelegt. Und wie zum Hohn haben sie ihr auch noch die Schlittschuhe angezogen. Die haben schon einen eigenartigen Witz, diese Kommunisten …

Firneisen war inzwischen auf der Höhe des Quastenhorns angelangt, wo die Imchenallee direkt an der Havel entlang führte. Der Name Allee war völlig übertrieben, es handelte sich vielmehr um einen breiteren Weg, der nicht einmal asphaltiert war. Rechterhand versteckten sich hinter hohen, blickdichten Hecken die großen Parkanlagen einiger Villen, (eine davon gehörte einst einem Mitglied der Kaufhausgründerfamilie Wertheim), und links war der schmale Uferstreifen zur Havel hin eingezäunt, weil sich dort die Stege und Bootshäuser der Villeneigner befanden. Die meisten davon wurden allerdings kaum genutzt, waren verfallen und vom Schilf überwuchert.

Lediglich ganz am Ende der Imchenallee, dort, wo sie in einer scharfen Rechtskurve zurück zum Sakrower Kirchweg führte, kam man direkt ans Wasser heran. Da stand eine kleine Bank unter einem großen Weidenbaum am Ufer, auf der Firneisen ausruhen konnte, wenn er müde war oder noch nicht nach Hause wollte.

Unmittelbar nebenan begann schon sein Grundstück hinter einem dick mit Hopfen und Efeu bewachsenen Zaun, der jedes Jahr etwas mehr in sich zusammenbrach. Zwar hatte Firneisen versucht, ihn etwas mit Holzpfählen abzustützen, aber auch das konnte den Verfall nicht aufhalten. Da muss ein ganz neuer Zaun her, dachte er jedes Mal, wenn er auf dieser kleinen Bank am Wasser saß, ich hätte das längst in Auftrag geben müssen.

Firneisen stutzte. Dort, wo der Zaun im breiten Schilfgürtel verschwand, gab es eine schmale Schneise. So, als hätte sich wer einen Weg ins Schilf gebahnt. Firneisen war wie elektrisiert. Merkwürdig, dass mir das heute Morgen noch nicht aufgefallen ist, dachte er, da ist doch jemand rein! Firneisen erhob sich und beobachtete aufmerksam das Schilf. War da jemand drin? Versuchte wer, sich auf diese Art und Weise an das Grundstück heranzuschleichen?

Firneisen griff nach seiner Desert Eagle in der Manteltasche und entsicherte sie leise. Dann näherte er sich langsam und höchst angespannt dem Schilfgürtel, bog mit den Händen die raschelnden Halme beiseite und schob sich langsam durch das dichte Röhricht voran. Der Boden war morastig, und Firneisen spürte, wie ihm das Wasser in die Schuhe lief.

Ich hätte die Gummistiefel anziehen sollen, dachte er, im Keller müssen noch welche sein. Es sind immer Gummistiefel im Keller.

Aber inzwischen war das Wasser so tief, dass auch die Gummistiefel nichts mehr genutzt hätten. Firneisen klapperte mit den Zähnen und tappte verbissen weiter. Wenn sich hier jemand zu seinem Haus geschlichen hatte, würde ihm das auch gelingen, und wenn nicht, umso besser. Dann schaffte es auch kein anderer.

Das Wasser reichte ihm jetzt schon bis zu den Hüften, und Firneisen hatte das Gefühl, als stürben ihm gleich die Beine ab.

Meinem Rheuma wird der Ausflug gar nicht gut tun, fürchtete er, ich sollte sehen, dass ich hier raus komme.

Aber wo ging es raus? Das Schilf um ihn herum war so hoch, dass er nichts sehen konnte. Und die Sonne war hinter einer Wolkendecke verschwunden, sonst hätte man daran wenigstens die Himmelsrichtung bestimmen können. Trotzdem: Firneisen trat den Rückzug an. Wenn er einfach denselben Weg zurücknahm, den er gekommen war ...

Plötzlich hörte er ein seltsames Geräusch. Es war direkt hinter ihm, und es klang alles andere als normal. Glucksendes Wasser, das Patschen seiner eigenen Schritte, das Rascheln des Schilfes – all das waren Geräusche, die normal waren. Dieses bedrohliche Fauchen hinter ihm aber war es nicht!

Firneisen stockte und rührte sich nicht. Seine Finger umschlossen zitternd die schwere Pistole. Das Fauchen hatte nachgelassen, aber nun waren Schritte zu hören. So als patschte jemand tatsächlich mit Gummistiefeln durchs Schilf.

Sie kommen vom Wasser! Natürlich! Jetzt sind sie da!

Plünderer, Silkes Mörder, wer weiß? Was auch immer da war, es war bedrohlich, und es kam vom Wasser. Ein paar Enten flatterten aufgeregt schnatternd hoch und verloren sich über der Havel. Auch das ein Zeichen, dass da etwas war. Etwas, was nicht ins Schilf gehörte!

Firneisen spürte plötzlich ein starkes Stechen in seiner Brust. Aber das Herz konnte es nicht sein, das war völlig in Ordnung. Er hatte noch nie was am Herzen! Ganz nah hörte er die Schritte, sie waren direkt hinter ihm! Langsam zog er die Desert Eagle aus der Manteltasche und versuchte, die Hand ruhig zu halten.

»Hände hoch!«, brüllte er dann mit sich überschlagender Stimme und fuhr ruckartig herum.

Der Schwan, der sich herangewagt hatte, wohl weil er etwas Futter aus der Hand des Alten erhoffte, erhob sich erschrocken und schlug fauchend mit den Flügeln.

Firneisen wich zurück, verlor das Gleichgewicht und klatschte rücklings ins brackige Wasser. Ein Schwan, dachte er erleichtert, du lieber Gott, es ist nur ein Schwan! Dann schlugen die trüben Fluten über ihm zusammen. Prustend tauchte Firneisen wieder auf, wollte sich aus dem eiskalten Wasser aufrichten, aber es ging nicht. Der Lodenmantel hatte sich so schwer mit Nässe vollgesogen, dass er fast zehn Kilo wog, und das Stechen in der Brust raubte dem alten Mann den Atem. Zudem versank er mit den Füßen immer wieder im schlammigen Morast. Verzweifelt ruderte er herum, allmählich in Panik geratend.

»Hertha!«, rief er zähneklappernd, »Hertha! Hilf mir! Ich bin hier!«

Aber wo war hier? Überall nur schwarzes Wasser und dichtes Schilf.

»Hertha!«, röchelte Firneisen verzweifelt und platschte in jene Richtung, wo er festes Land vermutete, sein Grundstück und das Haus. Und tatsächlich wurde es allmählich flacher, der Boden weniger schlammig. Etwas weiter entfernt sah man die hohen Kronen der Bäume am Ufer, und dort, wo die alte Weide war, musste auch die Bank sein. Atemlos ruderte der alte Mann darauf zu, spürte den morastigen Boden unter sich, kroch völlig durchnässt auf allen Vieren weiter.

Gerettet, dachte er, Gott sei Dank, gerettet. Wäre ja auch gelacht, wenn man wegen so einem lächerlichen Schwan ...

Kraftlos brach er zusammen und blieb im schlammigen Uferwasser liegen.

»Karl?«, hörte er plötzlich Hertha rufen. »Hast du gerufen, Karl?«

Firneisen öffnete wieder die Augen. Offenbar stand Hertha direkt hinter dem Zaun, sie klang recht nahe, war aber nicht zu sehen.

Stattdessen fielen ihm zwei weinrote Stiefeletten auf. Sie standen auf einem quer liegenden, abgestorbenen Baumstamm, kleine Lederstiefelchen, sorgsam nebeneinander ausgerichtet und mit weißem Webpelz besetzt, so als hätte sie jemand zum Nikolaustag hier abgestellt. Aber das war Unsinn. Bis Nikolaus waren es noch gut vier Wochen und wer stellte seine Schuhe deswegen hier ins Schilf? Sicher war Firneisen nur überanstrengt. Er würde ein wenig ausruhen und später noch mal nachschauen. Bestimmt waren die Stiefel dann verschwunden.

»Karl, wo bist du denn?« Hertha klang besorgt.

»Ich bin hier, Hertha«, antwortete Firneisen kaum hörbar. Er legte seinen Kopf auf den Arm und schloss erneut die Augen. »Sorge dich nicht. Ich muss nur ein wenig ruhen.«

Der Schmerz in seinem Oberkörper hatte nachgelassen. Und auch die Kälte war nicht mehr spürbar.

Wie hell es plötzlich war.

Firneisen konnte das Licht durch die geschlossenen Lider sehen. Es war sehr feierlich und bewegend, und das Rauschen des Schilfes klang wie Gesang.

»Die Sirenen, Hertha, hörst du?« Das sind Homers Sirenen aus der Odyssee. Seltsam, dass man sie sogar hier an der Havel hören kann …

»Karl?« Herthas Stimme klang sehr weit weg. »Karl!«

»Still, Hertha«, murmelte Firneisen mit geschlossenen Augen, »sei doch still! Sie hören sonst auf zu singen. – Hörst du sie?«

Von der Havel her kam ein leichter Wind. Das Wasser kräuselte sich, das Schilf wogte knisternd hin und her.

Und von den Bäumen am Ufer wehte herbstgelbes Laub herab auf einen alten Mann im Schilf, der den Sirenen lauschte.

25   DAS »GÜRÜGÜRÜ« WAR eines der wenigen echten türkischen Restaurants in der Stadt. Zwar fehlte auch hier nicht der Dönerspieß, aber es gab viele orientalische Spezialitäten, von denen die meisten in jenem großen Lehmofen zubereitet wurden, der den urigen Mittelpunkt des Gastraumes bildete. Drumherum waren lange, unbehandelte Pinientische gruppiert, von der Decke hingen bunte, mit Glasperlen besetzte osmanische Leuchter. Die Wände waren mit Unmengen von Gips den Kalksteinthermen von Pamukkale nachempfunden, und auch sonst hatten sie sich hier viel Mühe um jenes mediterrane Urlaubsflair gemacht, das den gemeinen Mitteleuropäer im Sommer scharenweise an die türkische Riviera treibt.

Offenbar wurde der Laden von einem Mitglied der Familie betrieben, denn das Oberhaupt der Sippe, Aram Mustafa Gürümcogli, ließ es sich nicht nehmen, den Kriminalbeamten Hünerbein mit den Worten »Wir sind ehrbare Leute und wir hatten noch nie Schwierigkeiten mit der Polizei« persönlich zu empfangen.

»Na dann hoffen wir, dass es so bleibt«, erwiderte der Kommissar gelassen und ließ sich zu einem Tisch bringen, an dem mindestens zehn Gürümcoglis saßen. Sehr elegant gekleidete Männer und Frauen, Alte und Junge. Wer aber von denen war Recip?

Aram Mustafa, ein grauhaariger, untersetzter Mann mit gutmütigen Augen und einem dichten Schnurrbart, nickte einem seiner Söhne zu. Der Junge von etwa Anfang zwanzig erhob sich folgsam und reichte Hünerbein artig die Hand. Hatte er am Telefon noch herausfordernd und etwas nassforsch geklungen, so wirkte er jetzt sehr zurückhaltend, verlegen und fast scheu.

Offenkundig wollte Aram Mustafa das Gespräch führen, denn er wandte sich an Hünerbein und fragte, worum es denn gehe?

Der Kommissar erwiderte, dass es eine Sache sei, die allein Recip betreffe, und sah den Jungen an. »Ich weiß nicht, ob es gut ist, wenn wir das hier in so großer Runde besprechen.«

»Wir sind es gewohnt, alle Probleme gemeinsam zu lösen«, sagte Aram Mustafa bestimmt. »Wir haben keine Geheimnisse voreinander.«

»Schön«, sagte Hünerbein und zog das Polaroid aus seiner Jackentasche. Doch noch bevor er es Recip reichen konnte, hatte es, »Sie entschuldigen?«, schon der Vater in die Hand genommen und betrachtete es sich eingehend.

»Dieses Gebäude ist mir unbekannt.«

»Es geht auch nicht um das Gebäude«, erklärte der Kommissar, »sondern um die Rufnummer auf der Rückseite des Bildes.«

Mustafa runzelte die dichten, über der Nase fast zusammengewachsenen Augenbrauen und drehte das Polaroid um.

»Das ist unsere Telefonnummer«, stellte er fest und gab das Foto einer füllige Frau neben sich, die vom Alter her möglicherweise Mustafas Ehefrau und Recips Mutter war und seine Angabe offenbar bestätigen sollte. Die Frau blickte nur kurz auf die Nummer, nickte und sagte etwas auf Türkisch, worauf Mustafa das Polaroid wieder an sich nahm.

»Vielleicht ist es besser, wenn wir etwas essen?« Er lächelte den Kommissar an. »Wir haben etwas vorbereitet. Sie haben doch sicher Hunger?«

»Immer«, antwortete Hünerbein. »Wo es hier doch so gut riecht.«

Mustafa klatschte in die Hände und rief auf Türkisch die Bedienung.

»Ich will Ihnen meine Familie vorstellen«, sagte er dann. »Wer zusammen isst, sollte sich auch kennen.«

Dann stellte er vor: Außer seiner Frau Ayse und Sohn Recip saßen noch dessen Brüder Feisal und Kalid mit am Tisch sowie die Schwestern Elif und Fatiye mit ihren Ehemännern Cemal und Özcan. An der Stirnseite hatte ein greiser, alevitischer Geistlicher Platz genommen, der von allen mit größter Ehrerbietung behandelt wurde, das Mahl segnete und sich mit krächzender Stimme als Ali Hüsamettin vorstellte.

Anschließend kamen mehrere junge Männer in blütenweißen Kitteln und brachten ausladende Tabletts mit allerlei Köstlichkeiten. Opulente Obstteller und Platten mit vegetarischen Spezialitäten wechselten mit Lammspießen, in Chili gebratenen Hühnerschenkeln, gebackenen Bohnen und scharf eingelegten Feigen. Dazu wurde ein kräftiger Rotwein gereicht, viel Wasser und Tee.

Hünerbein langte entsprechend zu. Herrlich, diese vielen großartigen Sachen. Er plauderte über Rezepte, erkundigte sich nach dem alevitischen Glauben und schwor fest, das Restaurant weiterzuempfehlen, da allgemein darüber geklagt wurde, dass man sich nur mit dem Dönerspieß an der Außentheke über Wasser halten könne. Offenbar waren den Deutschen die Feinheiten der türkischen Küche noch nicht so bekannt – die gingen lieber zum Griechen oder zum Italiener.

»Das wird sich ändern«, versprach Hünerbein kauend, »das muss sich ändern! Das ist das Paradies auf Erden.«

Beim Rotwein dann wechselte er das Thema und kam wieder auf den eigentlichen Grund seines Hierseins zurück: das Foto, beziehungsweise die Telefonnummer auf der Rückseite.

»Warum interessiert Sie das?«, wollte Mustafa wissen, der weiterhin bemüht war, das Gespräch zu steuern.

»Es geht um einen Fall, den ich zu ermitteln habe«, erläuterte

Hünerbein, »es ist nicht genau klar, ob das beim Opfer aufgefundene Polaroid als Hinweis gewertet werden kann, und deshalb bitte ich um Ihre geschätzte Mithilfe. Zunächst würde ich gern erfahren, wann, wo und wie diese Telefonnummer auf das Foto gekommen ist.«

Bei den letzten Worten sah er Recip an und reichte ihm das Polaroid.

»Das ist doch Ihre Schrift, oder?«

Recip sah erst zu seiner Mutter und dann zu seinem Vater, bevor er einsilbig mit »Ja« antwortete.

»Sag alles, was du weißt, mein Junge«, ermunterte ihn der alevitische Geistliche mit krächzender Stimme und fast akzentfreiem Deutsch, »nur wer sein Gewissen reinigt, wird Frieden finden.«

»Ich habe doch nichts getan«, verteidigte sich Recip.

»Das behauptet auch niemand«, beruhigte ihn Hünerbein, »ich will nur wissen, wann und warum du deine Nummer auf dieses Foto geschrieben hast?«

Recip sah seine Brüder an, redete türkisch mit ihnen.

»Am Freitag«, antwortete er schließlich.

»Am Freitag«, wiederholte Hünerbein. Offenbar war ohne tatkräftige Unterstützung von Mustafa aus dem Jungen nichts herauszuholen. Oder lag es an der Anwesenheit der Familie?

»Mustafa, helfen Sie mir«, wandte sich Hünerbein an das Familienoberhaupt, »warum redet der Junge nicht mit mir?«

Mustafa sah seinen Sohn streng an. Ein kurzer türkischer Wortwechsel mit vielen Gesten, denen man ansah, dass Recip ruhig reden könne. Er habe doch nichts zu verbergen, oder?

Recip winkte ab und auch seine Brüder nickten.

Mustafa machte eine Handbewegung, die so was wie »na also« bedeutete, und nickte dem Kommissar ruhig zu. »Er wird reden.«

»Na, fein.« Hünerbein sah Recip erwartungsfroh an.

Der schaute zu seinen Brüdern. »Es war doch Freitag, oder?«

Feisal und Kalid nickten.

»Also Freitag«, sagte Recip, »in der U-Bahn. Da hab ich die Nummer geschrieben.«

»Und warum?« Hünerbein beugte sich interessiert vor.
»Da war dieses Mädchen.« Recip errötete leicht.
Die Brüder lachten.
»Mädchen«, widersprach Feisal, der höchstens siebzehn war, »Alter, das war eine Frau! Die war …« Er machte eine Geste, welche wohl andeuten mochte, dass die Braut außerordentlich attraktiv gewesen sein musste, und Kalid erzählte einen türkischen Witz, dass die Schwestern am Tisch kicherten und rot wurden. Die Männer lachten.
»Ich habe Recip gesagt, dass es an der Zeit sei, sich ein Mädchen zu suchen«, erklärte Mustafa dazu, »und offenbar nimmt er das sehr ernst.«
»Sie war hübsch, oder?« Recip sprang auf und sah seine Brüder an. »Die war doch echt hübsch, oder? Na also!« Er setzte sich wieder. »Da hab ich ihr eben meine Nummer gegeben.«
»Das war eine Wette, verstehst du?«, sagte Kalid. »Wir sind rein in die U-Bahn Jakob-Kaiser-Platz. Und da saß das Mädchen. So schöne dunkle Haare, weißt du? Und irgendwie anders. Nicht deutsch, nicht türkisch. Ich hab gesagt, die ist aus Jugoslawien oder so.«
»Und sie hatte so Eisschuhe«, fügte Feisal hinzu. »Was hat sie gesagt? Eistänzerin?«
Recip nickte. »Ja. Wir haben gewettet. Wer spricht sie an?« Er nahm sich eine Feige und schob sie sich in den Mund. »Na und dann bin ich hin und hab gesagt: Hey, und so. Was man so sagt.«
»Und sie«, erkundigte sich Hünerbein, »was hat sie gesagt?«
»Dass sie nach Hause will«, antwortete Recip, »und dann hat sie das Foto gezeigt. Dass sie da wohnt und so.«
»Moment mal!« Hünerbein goss sich Wein nach. »Sie wetten, wer das Mädchen anspricht. Sie gehen hin, sagen ›hey‹, und die holt ein Foto von ihrem Zuhause raus? Das ist doch irgendwie ungewöhnlich, oder?«
»Nee, das war anders«, meldete sich Kalid zu Wort und sah Recip an. »Du hast was gesagt wegen der Schlittschuhe.«
»Stimmt«, nickte Recip, »hab ich mich gewundert drüber.«
Hünerbein stutzte. »Das Mädchen trug die Schlittschuhe schon in der U-Bahn?«

»Meine Söhne spielen bei den ›Wedding Tigers‹«, meldete sich Mustafa erklärend zu Wort, »eine Eishockeymannschaft. Deswegen interessieren sie sich dafür.«

Recip nickte. »Hess macht erst Mitte November auf.«

»Hess?«

»Die Erika-Hess-Eissporthalle«, sagte Mustafa, »da trainieren die Jungs. Aber erst ab Mitte November, die Halle ist noch nicht wieder geöffnet worden.«

»Schon gut, schon gut«, winkte Hünerbein ab und wandte sich wieder den Jungs zu. »Das Mädchen trug also die Schlittschuhe und das hat Sie verständlicherweise erstaunt. Denn wer steigt schon mit Schlittschuhen in die U-Bahn, oder?«

»Ja«, nickte Feisal, »wo doch noch gar nichts aufhat, verstehst du?«

Nein, das verstand Hünerbein nicht. »Was soll denn aufhaben?«

»Na, 'ne Eisbahn, was sonst?« Feisal grinste. »Wo willst du sonst eislaufen? Aber die Eisbahnen sind alle noch geschlossen, compris Monsieur Maigret?«

»Nicht ganz.« Hünerbein lächelte entschuldigend. »Denn selbst wenn die Eisbahnen geöffnet hätten: Schlittschuhe zieht man aus, bevor man in die U-Bahn steigt, habe ich recht?«

Jetzt waren es die Jungs, die sich ratlos ansahen.

»Aber nein«, fiel bei Recip der Groschen, »sie hatte die Schlittschuhe nicht an. Das wäre ja …« Er tippte sich gegen die Stirn, worauf ihn eine der Schwestern anstieß, dass er sich zusammenreißen solle. »Natürlich hatte sie ganz normale Schuhe an, was weiß ich, keine Ahnung. Die Schlittschuhe hatte sie zusammengebunden so über der Schulter.«

»Aha«, Hünerbein nickte zufrieden. Jetzt machte es wieder Sinn. »Und wo wollte sie eislaufen, wenn noch keine Bahn geöffnet ist?«

»Hat sie nicht gesagt«, antwortete Recip, »nur dass sie Eistänzerin ist. Und ich hab gesagt, dass ich Eishockey mache.«

»Und dann wollten Sie sich verabreden und schrieben ihr die Telefonnummer auf die Rückseite des Fotos?«

Mit dieser Frage erntete Hünerbein große Zustimmung. Die

Jungs schlugen sich in die Hände, so als wollten sie sagen: Bingo, endlich hat's der Alte kapiert.

»Wo wollten Sie sich treffen?«

»Im Alhambra.«

»Im Kino?« Hünerbein war sichtlich enttäuscht. »Sie hatten nicht vielleicht vorher noch 'ne romantische Bootstour geplant? Auf dem Wannsee oder so?«

Die Jungs sahen sich irritiert an.

»Alter, Boot fahren kannste im Sommer. Das ist zu kalt jetzt. Nix mit Romantik, klar? Außer im Kino.«

»Welchen Film wollten Sie sich denn anschauen?«

»Ey, ›Fabulous Baker Boys‹ mit dieser total geilen Michelle Pfeiffer.«

»Wann?«

»Heute Abend.«

Hünerbein, der eifrig in seinem Notizblock mitschrieb, sah auf: »Heute Abend? – Sie wollten mit Silke Brendler heute Abend ins Kino?«

»Silke – genau, so hieß sie!« Recip war froh, weil er den Namen wieder vergessen hatte, und seine Brüder nickten zustimmend. »Ja, Silke, das war der Name von dem Mädchen.«

»Sie wollte noch mal anrufen«, sagte Recip, »wegen genauer Zeit und so.«

»Hat sie aber nicht gemacht«, krähte Feisal und hörte sich an, als machte er gleich »ätsch-bätsch« dazu, aber das verkniff er sich dann doch.

»Wann wollte sie anrufen?«

»Gestern.« Recip winkte ab. »Egal, vielleicht hat sie's vergessen.«

»Entschuldigen Sie«, mischte sich Aram Mustafa erneut ein. »Aber warum wollen Sie das alles so genau wissen? Was ist mit dem Mädchen?«

»Moment noch«, wiegelte Hünerbein ab und sah Recip an. »Wie sah das Mädchen aus? Sie sagten, schöne dunkle Haare – etwa so lang?«

Er zeigte an, wie lang, und die Jungs nickten.

»Was hatte sie an? Welche Kleidung?«

»Na, so 'ne Daunenjacke«, Recip überlegte, »mit Fell an der Kapuze und Jeans. Ganz normal eigentlich.«

»Gut, gut.« Hünerbein sah in die Runde. »War sonst noch was?«

»Nö!« Die Jungs schüttelten die Köpfe. »Wir sind Paulsternstraße ausgestiegen.«

»Und das Mädchen fuhr weiter?«

»Ja.« Die Jungs nickten.

»Und wann war das?«, fragte Hünerbein ungeduldig. »Die Uhrzeit, ungefähr!«

Die Jungs sahen sich an. »War es halb vier? Ja, so etwa halb vier. Nachmittags.«

»Danke.« Hünerbein notierte es sich und trank noch etwas Wein. Okay, überlegte er, dann hatte Silke Brendler noch etwa sieben, acht Stunden, bevor sie starb. Was war in dieser Zeit passiert? Wo kam Silke her, als sie auf die Jungs in der U-Bahn traf? Und warum verabredete sie sich mit ihnen?

Fragen über Fragen. Und keine Antwort. – Mist!

Mustafa war beleidigt. »Warum sagen Sie uns nicht, was überhaupt passiert ist?«

»Ich sag es Ihnen ja«, erwiderte Hünerbein und seufzte. Dann sah er Recip an. »Das Mädchen hat nicht vergessen, Sie anzurufen. Sie werden sich heute auch nicht mit ihr im ›Alhambra‹ treffen. Sie ist tot.«

»Shit«, entfuhr es Recip. Einen Augenblick lang schwiegen alle betroffen.

Dann meldete sich Feisal zu Wort. »Tot? Warum?«

Hünerbein zuckte mit den Schultern. »Ich weiß es nicht. Noch nicht.« Er schob seinen Teller beiseite. »Man fand sie gestern Vormittag auf der Terrasse dieses Hauses«, er deutete auf das Polaroid, »vermutlich ist sie erfroren. Und sie hatte ihre Schlittschuhe an.«

Recip starrte den Kriminalbeamten an. »Was? Sie hatte ihre Schlittschuhe an? Also so richtig an den Füßen?«

»Ja. Vollkommen irre, was?« Hünerbein lehnte sich zurück und beobachtete den Jungen genau. »Oder können Sie es mir erklären?«

Recip schüttelte den Kopf.

Mustafa war sichtlich erschüttert. »Meine Söhne haben damit nichts, absolut nichts zu tun!«

»Das habe ich auch nicht behauptet. – Mhm …« Hünerbein schnalzte mit der Zunge, da die blitzblanken Jungs in den weißen Kitteln das Dessert brachten. Leckere Süßigkeiten aus Pistazienmus, Datteln, Mandeln und Krokant. Er schaufelte sich Unmengen davon auf den Teller, obwohl er eigentlich längst pappsatt war. Aber er musste essen, schon aus Enttäuschung. Frustverarbeitung sozusagen, denn seine heiße Spur schien sich in Luft aufgelöst zu haben.

Oder etwa nicht?

Nach einer Weile sagte Recip: »Wissen Sie, was komisch war? Sie hat das Foto gezeigt, mit dem Haus, und gesagt, dass sie da wohnt. Aber dann hat sie nach der Straße gefragt. Ob wir wüssten, wo das sei?«

»Und? Wussten Sie's?« Hünerbein sah Recip fragend an.

»Nö«, Recip kratzte sich nachdenklich am Kopf, »aber das ist doch komisch, oder? Erst sagt sie, dass sie da wohnt, und dann weiß sie nicht, wo die Straße ist!«

»Vielleicht wollte sie von Ihnen nach Hause gebracht werden«, Hünerbein schob sich eine Handvoll Mandelgebäck in den Mund, »vielleicht hatte sie Angst? Angst vor ihrem Mörder?«

»Meinen Sie?« Recip seufzte. »Aber das konnte ich nicht wissen.«

»Nein.« Hünerbein erhob sich. »Das konnten Sie nicht.« Er verteilte seine Visitenkarten, falls noch jemandem etwas einfallen sollte, dankte für das reichhaltige Essen und verabschiedete sich.

Draußen hatte ein kalter Nieselregen eingesetzt, und Hünerbein schlug unzufrieden den Kragen seines Trenchcoats hoch. Mist, er hatte sich wirklich mehr von dem Gespräch erhofft. Und Autofahren konnte er auch nicht mehr, dafür hatte er zuviel von dem Wein intus.

Auf der Müllerstraße rief er sich ein Taxi und fuhr nach Hause, wo er sich auf die Couch legte und sofort in einen traumlosen Schlaf sank, aus dem ihn erst vier Stunden später die hübsche, grünäugige Cousine wecken sollte.

Vielleicht fiel der ja noch was ein. Wozu war die schließlich Krimifan?

26 WIR SIND WAS FOLGT.

Die zeigerlose Kirchturmuhr von Görlitz schlägt fünf Mal. Siebzehn Uhr, und die heraufziehende Dämmerung macht die Stadt noch trostloser. Was soll hier noch folgen?

Melanie zeigt mir die Fotoalben, aber ich bleibe seltsam ungerührt. Eine Mutter mit Tochter am Ostseestrand, im Erzgebirge, im Biergarten des U Fleku in Prag und auf der Fischerbastei in Ungarn. Auf den Bildern ist Monika noch immer eine äußerst anziehende Frau, mir aber völlig fremd.

Was hat das überhaupt alles mit mir zu tun?

Merkwürdig. Noch vorhin, als wir in der Küche saßen, habe ich vor Rührung beinahe geheult und eine Art väterliches Gefühl für Melanie entwickelt. Aber das ist jetzt völlig verschwunden. Ich kann nur noch mit Mühe meine Augen offenhalten und sehne mich ins Bett.

Was mach ich hier überhaupt? Ich sollte in Berlin sein und mich um die Aufklärung meines Falles kümmern. Stattdessen wühle ich im Leben dieses Mädchens herum. Aber es ist zu spät. Ich werde ihr den fehlenden Vater nicht mehr ersetzen können. Melanie ist fast erwachsen. Monika hat ihr Leben gelebt und ich meines. Und wir haben es auf zwei grundverschiedenen Planeten verbracht, die Lichtjahre voneinander entfernt sind. Nein, hier habe ich nichts mehr zu tun. Ich will nach Hause.

»Woran denkst du?« Melanie hockt auf einem der Sitzkissen, als würde sie vor mir knien. Und ihr ängstlicher Blick verrät, dass sie sehr wohl ahnt, wie mir zumute ist.

Sie greift nach meiner Hand. Sag doch was, flehen ihre Augen, Mensch, sag doch endlich was!

Besser nicht. Jedes Wort von mir würde das Mädchen nur unnötig verletzen.

»Wir können es doch wenigstens versuchen, oder?« Melanie

lässt meine Hand wieder los und steht auf. »Ich hol mal meine Babybilder, ja?«

Auch das noch! Babybilder, toll! Ich bemühe mich um ein Lächeln, wo ein Psychologe angebrachter gewesen wäre. Denn das Mädchen hat eindeutig einen Knacks. Wie krampfhaft sie sich um mich bemüht! Wie sehr sie plötzlich brave Tochter spielt. Jeder andere Teenager würde auf seinen Vater pfeifen und stattdessen in die Disco gehen. Familie kann man nicht erzwingen, man muss die Dinge nehmen, wie sie sind.

Wie aggressiv ich mich plötzlich fühle: Ich bin kurz davor, das Fotoalbum wegzupacken und zu sagen, was ich denke. Lass mich in Ruhe, was willst du denn? Du bist auf der Welt, und vielleicht hab ich was dazugetan, aber deshalb werd ich nicht mit deiner Mutti zusammenziehen und Papa spielen, klar?

Und dann fällt mir auf den kleinformatigen, hübsch sortierten und mit liebevollen Kommentaren versehenen Schwarzweißbildern ein Mann auf, der dem kleinen Säugling Melanie das Fläschchen gibt. »*... Vater sein dagegen sehr*«, steht mit weißer, fein geschwungener Schrift darunter.

Ach nee! Da haben wir's ja. Es gibt also doch einen Vater! Interessiert sehe ich mir das Gesicht an. Unglaublich. Der Kerl, der sich an Baby Melanie als Papa übt, ist eindeutig Siggi! Jener Siggi, der mir vorgestern Abend die Fresse so poliert hat, dass ich mich nur noch mit Sonnenbrille auf die Straße traue.

»Das kann ja echt nicht wahr sein!« Ich erschrecke über meine eigene Stimme. »Da ist doch dein Papa!« Ich knalle das Fotoalbum auf den Boden und springe auf. »Was soll das werden: 'ne Psychonummer? Was willst du denn von mir?!«

Melanie kauert erschrocken auf ihrem Sitzkissen und scheint meinen plötzlichen Ausbruch nicht zu begreifen. Aber das kann ihr Monika erklären. So sie denn irgendwann zurückkommt. Mir jedenfalls reicht's. Entschieden ziehe ich mir die Jacke an und will zur Tür, doch Melanie ist schneller und stellt sich mir in den Weg.

»Worüber regst du dich eigentlich so auf«, fragt sie leise und sehr ruhig. »Der Mann da auf dem Foto ist Siggi.«

Eben, denke ich.

»Mutti war kurz mit ihm verheiratet.«

Großartig, da hat Siggi ja richtig Scheiße erzählt.

»Aber er ist nicht mein Vater!« Melanie sagt es mit einer Bestimmtheit, die keinen Widerspruch zulässt. »Warum redest du nicht mit Mutti darüber?«

»Mutti ist nicht da«, erwidere ich knapp. Außerdem interessiert es mich einen Scheißdreck. Ich will nur noch weg.

»Was hast du denn plötzlich?« Melanie hat Tränen in den Augen.

»Ich vertue hier meine Zeit. Lässt du mich bitte durch? – Danke!«

Hastig stolpere ich die wackelige Stiege hinunter. Nach Hause. Bloß rasch nach Hause! Hoffentlich hat Hünerbein die Tür repariert, damit ich abschließen kann. Ich will niemanden mehr sehen, nur noch Ruhe, ein, zwei Bier vielleicht und dann ins Bett. Ich will in mein Leben zurück und zwar so schnell wie möglich.

»Du vertust hier deine Zeit?« Melanie ruft es wie ein trotziges Kind. »Das war doch deine Idee, hierher zu fahren!«

Ja! Und es war ein Fehler. Ich werfe die Haustür hinter mir ins Schloss, dass es widerhallt, und gehe zu meinem Wagen. Inzwischen ist es stockdunkel geworden im runtergekommenen Görlitz. Lediglich weiter vorn, wo die Gasse in eine Hauptstraße mündet, schimmert matt orangefarbene Straßenbeleuchtung, und ein Trabi röhrt scheppernd vorbei.

Okay, Abfahrt!

Ich setze mich hinters Steuer, lasse den Motor an, zögere. Kann ich Melanie hier einfach so zurücklassen? In dieser tristen Trümmerstadt?

Warum nicht, die Kleine ist hier aufgewachsen, sie kennt's nicht anders. Und wenn Monika nicht zurückkommt? Ach, was, Melanie wird schon nicht verhungern, ist ja noch Bohneneintopf da.

Andererseits: Da war verdammt viel Militär vorhin an der Autobahn. Was, wenn es hier in der DDR zum Bürgerkrieg kommt? Wenn die kurzen Prozess machen, wie in China?

Ich schalte den Motor wieder ab. Nein, ich kann Melanie nicht alleinlassen. So verworren die Sache auch ist, ich bin nun mal im Augenblick der einzige Erwachsene und somit für das Mädchen verantwortlich. Und ich würde es mir nie verzeihen, wenn ihr was passiert, weil ich einfach abgehauen bin.

Ich steige aus dem Wagen, straffe mich. Die Geschichte duldet keinen Aufschub. Wir müssen weg hier, bevor die Grenzen wieder zu sind und das Militär ernst macht. Ich bin mir zwar nicht sicher, ob Westberlin im Augenblick der sicherere Ort ist, aber ich vertraue auf die Alliierten und die Kraft nuklearer Abschreckung. Niemand wird es wagen, sich mit der NATO anzulegen. Mit der freien Welt. Mit unserer amerikanischen Schutzmacht. Komme, was wolle!

Melanie steht noch oben in der geöffneten Tür, als ich die Treppe wieder heraufkomme, und lächelt erleichtert.

»War klar, dass du nicht ohne mich fährst.«

»Mir nicht«, knurre ich und greife nach dem Bleistift, der neben einer Papierrolle außen an der Wohnungstür hängt.

»*Liebe Monika, mach Dir keine Sorgen um Melanie, die ist plötzlich bei mir aufgetaucht.*«

Bloß nichts von Tochter schreiben. Möglichst knapp und emotionslos.

»*Ich wollte das Kind nicht alleine hier lassen, also habe ich sie wieder mitgenommen. Du kannst sie Dir in Berlin abholen. Liebe Grüße, Dieter.*« Ich notiere noch meine Adresse und die Telefonnummer und sehe Melanie an.

»Soll ich den Zettel lieber in die Küche legen?«

»Lass ihn einfach an der Rolle hängen«, antwortet das Mädchen. »Da sieht sie ihn gleich, wenn sie die Tür aufschließt.«

Ich verstehe. Diese Papierrollen sind hier wohl so eine Art Anrufbeantworter. Ich war hier und bin morgen da, falls wir uns treffen wollen. Papierne Nachrichtenübermittlung, wo es keine Telefone gibt.

»Gut. Dann können wir fahren!«

Melanie strahlt. Für sie laufen die Dinge super. Nur ich muss mir um mein weiteres Leben Sorgen machen.

Schon vierzig Kilometer vor Berlin stauen sich die Autos. Inzwischen ist es nach sieben Uhr am Abend, und es geht nur noch im Schritt-Tempo voran. Unruhig trommele ich auf dem Lenkrad herum. Wenn das so weitergeht, schaffen wir es nicht bis Mitternacht, und auf dämliche Diskussionen mit Ostgrenzern wegen eines überschrittenen Tagesvisums habe ich keinen Bock mehr.

Melanie hat sich auf dem Beifahrersitz zusammengerollt und ist eingeschlafen. In aller Eile hatte sie noch ein paar Sachen eingepackt. Sie scheint sicher zu sein, nicht mehr nach Görlitz zurückzukommen. Ich überlege, wie das mit der Schule werden soll. Ich habe von solchen Dingen keine Ahnung. Ich werde sie irgendwo anmelden müssen, auf einem Gymnasium oder einer Realschule ... Hünerbein weiß damit wahrscheinlich besser Bescheid. Der kann mir sagen, wie man so was anstellt.

Ich sehe mir die Menschen in den anderen Autos an. Obwohl wir seit Stunden kaum vorwärtskommen, machen alle einen gutgelaunten und erwartungsfrohen Eindruck. Militär ist auch keines mehr zu sehen. Ich schalte das Radio an, suche den Verkehrsfunk. Berlin versinkt, wie schon die Tage zuvor, im Verkehrschaos. Wartezeiten für Kraftfahrzeuge an den Grenzübergängen stadteinwärts mindestens vier Stunden. Ich rechne. Mein Tagesvisum läuft um null Uhr ab, das wird mehr als knapp.

Um mich zu beruhigen, lege ich ein Band von Curtis Mayfield in den Kassettenrecorder ein und breche ein Tabu: Knapp sechs Monate, nachdem ich den Wagen fabrikneu erstanden habe, kurbele ich die Seitenscheibe herunter und stecke mir eine Zigarette an.

27   AUCH OBERSTLEUTNANT CARDTSBERG hing auf der Autobahn fest.

Zwar stand er nicht im Stau, denn stadtauswärts waren die Straßen frei, und er war zunächst recht zügig vorangekommen. Doch noch bevor er vom Berliner Ring herunter war, stotterte der Wagen plötzlich und rollte auf dem schmalen Pannenstreifen aus. Der Tank war leer. Cardtsberg hatte einfach nicht darauf geachtet. Um so was kümmerte sich sonst der Fahrer.

Ärgerlich. Längst hätte er bei seiner Frau in Eberswalde sein sollen. Aber irgendwas war immer dazwischen gekommen. Oder hatte er etwas dazwischen kommen lassen? Hatte er ganz bewusst die Abfahrt aus Berlin verzögert, um seiner Frau nicht unter die Augen treten zu müssen? Wie sollte er ihr klarmachen, dass er Horsts Tod nicht verhindern konnte? Wie sollte er überhaupt erklären, was seit Donnerstagabend los war?

Als Cardtsberg kurz nach sechs Uhr am Abend noch einmal zu Hause anrief, ist Nathalia nicht mehr ans Telefon gegangen. War sie eingeschlafen oder zu ihrer Schwester Tatjana gefahren? Die Frauen hockten ohnehin dauernd zusammen. Sie hatten sich in der DDR nie richtig zu Hause gefühlt und pflegten die Erinnerungen ans heimatliche Leningrad. Es war ja auch nicht einfach, die Frau eines Soldaten zu sein. Cardtsberg war meistens in Hirschfelde bei seiner Truppe und kam nur an den Wochenenden nach Eberswalde. Und Tatjana, die zwar in Strausberg wohnte, hatte auch nicht mehr viel von ihrem Mann, seit er im Stab tätig war. Und nun war Horst Gotenbach tot. Ob sie es schon wussten?

General Wienand persönlich, so viel hatte Cardtsberg noch mitbekommen, wollte die traurige Nachricht der Witwe höchstselbst überbringen. Und er bot an, sich um eine angemessene Beisetzung zu kümmern, sofern die Leiche endlich freigegeben wurde. Wenn Tatjana also bereits wusste, dass sich ihr Mann umgebracht hatte, wusste es auch Nathalia und machte sich wahrscheinlich große Sorgen. Warum aber ging sie dann nicht ans Telefon?

Cardtsberg schaltete die Warnblinkanlage an, schloss den Wagen ab und machte sich auf den Weg zur nächsten Notrufsäule. Doch die funktionierte nicht. Weil er keine Lust hatte, eine andere, fünfhundert Meter entfernte Säule zu suchen, die dann womöglich ebenfalls nicht funktionierte, stellte er sich an den Rand der Autobahn und hielt den Arm raus.

Wahrscheinlich war es die respekteinflößende Uniform, denn umgehend stoppte ein Wagen. Ein Mann aus Prenzlau im dreielfer Wartburg mit Frau und Tochter auf dem Weg nach – na, wohin wohl?

»Ist Berlin wieder dicht?«, fragte er erschrocken den Offizier und fing, ohne eine Antwort abzuwarten, an zu schimpfen. »Na, so ein Mist aber auch. Ich hab's gewusst, bis wir endlich fortkommen, ist die Mauer wieder dicht!« Er sah missbilligend seine Frau an: »Hab ich's nicht gesagt? Aber ihr musstet euch ja noch fein machen! – Haben sich noch Kleider genäht, die feinen Damen«, wandte er sich wieder Cardtsberg zu, »als ob sie in die Oper wollen.«

Tatsächlich trug die Ehefrau des Prenzlauers unterm opulenten Pelzmantel eine gewagt schimmernde Robe, und auch die Tochter wirkte in ihrem selbstgeschneiderten Etuikleid aus cremefarbenem Samt, als wollte sie zu einem exklusiven Empfang.

»Warum habt ihr nicht noch 'n Tag gewartet, mit 'm Tor wiederzumachen?«, wetterte der Prenzlauer, »den Ku-Damm hätten wir uns schon noch ganz gern angesehen. Wäre ja zu schön gewesen, was?«

»Regen Sie sich mal nicht auf«, beruhigte ihn Cardtsberg, »der Ku-Damm läuft Ihnen schon nicht weg.« Er sah die Tochter im Fond freundlich an. »Darf ich mich zu Ihnen setzen?«

»Warten Sie, ich geh nach hinten«, beeilte sich die Ehefrau, »Sie können hier vorne sitzen.«

»Nur keine Umstände«, erwiderte Cardtsberg, obwohl ihm durchaus klar war, dass er welche machte. Denn um den Lada abschleppen zu können, musste der dreielfer Wartburg über den Mittelstreifen wenden, was eigentlich strengstens verboten war. Dann fuhr man ein Stückchen zurück bis zum warnblinkenden Dienstwagen des Oberstleutnants.

»Was hat er denn?«

»Nichts.« Die Sache war Cardtsberg peinlich. »Kein Benzin mehr.«

Damit konnte der Prenzlauer leider nicht dienen. Sein Zweitakter fuhr mit Gemisch. Dennoch leistete er gern Schlepphilfe.

»Wann bekommt man schon mal die Volksarmee an den Haken, was?«, witzelte er und suchte nach seinem Abschleppseil. Schließlich fand er es unter dem Ersatzreifen im Kofferraum, und die Autos wurden miteinander verbunden. Cardtsberg stieg in seinen Lada und der Prenzlauer fuhr mit dem Wartburg vorsichtig an. Nach einem erneuten, ziemlich gewagten Wendemanöver über den mit Gras bewachsenen Mittelstreifen ging es zurück zum Autobahnanschluss Pankow-Heinersdorf, wo es eine große Minol-Tankstelle gab.

Cardtsberg dankte der Familie und wünschte noch eine gute Weiterfahrt.

Dann erst stellte er fest, dass auch der Tankstelle das Benzin ausgegangen war.

»Mit dem Massenansturm hat doch keener jerechnet«, schimpfte der Tankwart, »alle kommse her zum Tanken, bevorse in 'n Westen fahrn. Alle!« Er wedelte mit den Armen. »Ick hatte den fünffachen Umsatz wie sonst. Aber jetze ham wa 'n Engpass, wa?« Er zuckte mit den Schultern. »Keene Ahnung, wannse mir wieder beliefern mit Treibstoff. Kann ick sonst noch wat fürse tun?«

»Haben Sie 'n Bier für mich?«

»Aba, aba, Jenosse, dann dürfense nich mehr fahrn.« Der Tankwart hob grinsend den Zeigefinger. »Nich mal Sie!«

»Gut«, nickte Cardtsberg, »dann geben Sie mir halt 'ne Cola.«

Und nun hockte er da, eine Dreiviertelliterflasche Club Cola in der Hand und hoffte auf den Tankwagen. Inzwischen hatte er erneut versucht, seine Frau telefonisch zu erreichen. Vergebens.

Cardtsberg beschlichen düstere Ahnungen. Schon seit einiger Zeit hatte Nathalia damit gedroht, ihn zu verlassen. Nicht wegen eines anderen Mannes, nein, es war wegen seiner ständigen Abwesenheit. Dabei hatte er ihr sogar angeboten, ein Häuschen in Hirschfelde zu suchen, in der Nähe der Kaserne. Dann wäre er jeden Abend daheim. Aber Nathalia wollte nicht. Sie war Leningraderin, ein Kind der Großstadt, und hätte am liebsten in Berlin gewohnt, da ihr schon Eberswalde zu provinziell war. Cardtsberg dagegen liebte die Natur. Großstädte wie Berlin waren ihm ein Graus. Dieser Gestank, der Lärm, die vielen Menschen. Nein, Cardtsberg brauchte Ruhe und Natur um sich herum. Am liebsten würde er in einem einsamen Forsthaus irgendwo am Waldrand leben. Und so hatte sich bislang kein Kompromiss finden lassen, der ihn und Nathalia gleichermaßen zufriedenstellte.

Um ihn herum war ein regelrechter Schwarzmarkt entbrannt. Findige Bürger, die die langen Schlangen vergeblich auf Benzin wartender Autos an der Tankstelle bemerkt hatten, waren mit vollen Kanistern gekommen und handelten den kostbaren Stoff zu gepfefferten Preisen.

Sogar Westmarkscheine wechselten die Besitzer, und Cardtsberg kam eine Idee. Er bat den Tankwart, noch mal telefonieren zu dürfen, und rief Achmed Bagajew an. Der Kommandeur der sowjetischen Panzerdivision von Fürstenberg war guten Geschäften nie abgeneigt, und wo jetzt doch drum herum die entfesselte Marktwirtschaft ausbrach …

Der Kaukasier lachte sein dröhnendes Lachen und versprach, umgehend Abhilfe zu schaffen.

Tatsächlich erreichte eine knappe Stunde später ein riesiger Ural-Tanklaster der Sowjetarmee die Minol-Tankstelle. Das Benzin, guter Stoff mit hoher Oktanzahl, wurde direkt vom Wagen zu zwei Mark der Liter verkauft und fand reißenden Absatz.

»Auf die Waffenbrüderschaft!« rief Bagajew und ließ ein Fläschchen Wodka kreisen. »Nastarowje, Towarischtschi, nastarowje!«

Cardtsberg nahm den Russen beiseite. »Wie sind eure Befehle?«

Bagajew hob die schweren Hände. Er wusste zwar von heftigen Diskussionen zwischen dem Oberkommando der GSSD und der Generalität in Moskau, aber allgemein galt: Nicht eingreifen und abwarten.

Cardtsberg verstand es nicht. Die politische Situation glich jener vom 17. Juni 1953. Auch damals marschierte die Konterrevolution, und es war nur den Streitkräften der Roten Armee zu verdanken, dass man die Lage wieder in den Griff bekam.

»Diesmal ist es schlimmer«, sagte Bagajew ruhig. Denn die deutschen Genossen galten dem Zentralkomitee der KPdSU als nicht mehr verlässliche Partner, weshalb Generalsekretär Gorbatschow offen Gespräche mit der Bundesregierung in Bonn vorzog.

»Dann ist die deutsche Frage wieder offen«, entfuhr es Cardtsberg. Wie es Meyer vorausgesagt hatte: Wenn die Russen uns abnabeln, ist es aus mit der DDR.

Der Kaukasier nahm noch einen großen Schluck aus der Wodkaflasche und nickte langsam.

»Ich gebe euch noch eine Übergangszeit von zwei, drei Jahren. Dann ist Deutschland wieder eins.« Bagajew sah auf den wilden Benzinhandel ringsum. »Und es wird, fürchte ich, kein sozialistisches Deutschland sein.

28 VIERTEL VOR EIN UHR in der Nacht passieren wir endlich die Grenze. Wir werden einfach durchgewinkt. Kein Mensch will Pässe sehen oder das Tagesvisum. Es ist egal geworden.

Da die AVUS stadteinwärts total zugestaut ist, fahre ich schon an der Potsdamer Chaussee von der Autobahn runter und dann in Richtung Wannsee, um den Wagen auf dem Parkplatz an der Loretta abzustellen. Mit einer beängstigend überfüllten S-Bahn und der verschlafenen Melanie im Arm erreiche ich knapp dreißig Minuten später das heimatliche Schöneberg.

Gott, bin ich froh, wieder sicheres Terrain unter den Füßen zu haben. Wir laufen langsam die Dominicusstraße hinunter und holen uns jeder einen Döner. Melanie macht einen Terz, als handelte es sich um ein höchst exotisches Gericht.

»Das ist ja urst lecker«, ruft sie begeistert, »und so was kostet nur zweifünfzig? Wahnsinn!«

Aber dann beginnt sie zu rechnen und stellt fest, dass zweifünfzig West bei einem Wechselkurs von eins zu zehn ja fünfundzwanzig Ostmark wären, und dafür könnte man in Görlitz im teuersten Hotel der Stadt essen gehen.

Bloß nicht, denke ich und trinke noch einen Raki drauf.

Gegen zwei Uhr stehen wir endlich vor meiner Wohnungstür. Weder sitzt Monika auf der Treppe, noch kommen wir in die Wohnung, da Hünerbein Wort gehalten und die Tür hat reparieren lassen. Jetzt ist ein neues Schloss drin, und mir fehlt der Schlüssel dazu.

Toller Tag heute, richtig Klasse!

Wir gehen wieder runter auf die Straße und suchen eine Zelle, die noch mit Münzgeld funktioniert, denn neuerdings stellt die Bundespost ja nur noch Kartentelefone auf.

Es dauert eine Weile, bis Hünerbein völlig ungehalten den Hörer abhebt, denn wir haben ihn aus seiner REM-Schlafphase geholt, jener Zeit, in der das Gehirn die erlebte Realität am aktivsten verarbeitet, was, wie er meint, mit dem Aufräumen des Arbeitsplatzes vergleichbar sei. Unwichtiges wird vernichtet, Wichtiges einer Analyse unterzogen, der Rest sortiert und abgeheftet. – Und wir haben diesen wichtigen Vorgang gestört!

»Jetzt werde ich morgen total daneben sein«, prophezeit Hünerbein, »weder denk-, noch arbeitsfähig. Warum hörste deinen AB nicht ab, dann wüsstest du, wo der Schlüssel ist.«

»Ich komme an meinen Anrufbeantworter nicht ran. Weil ich nicht in meine Wohnung komme. Dazu bräuchte ich den Schlüssel.«

»Es gibt Codes, mit denen man seinen Anrufbeantworter fernabfragen kann«, mault der Kollege, aber es gibt für alles mögliche Codes, und ich kann mir nicht mal die eigene Telefonnummer merken.

»Weil du dich nie anrufst. Ein typisches Singleproblem. – Übrigens hat sich Damaschke gemeldet. Die haben heute das ganze Haus unter die Lupe genommen. Und jetzt halt dich fest, Sardsch!«

Ich habe den Hörer in der Hand, das muss reichen, denke ich und warte auf die wie auch immer geartete Sensation, die Hünerbein nach einer etwas zu langen Spannungspause vom Stapel lässt.

»Es gibt nirgendwo Fingerabdrücke der Silke Brendler im Haus.«

»Wie auch? Sie ist ja nicht reingekommen.«

»Haha«, macht Hünerbein und gähnt mir ins Ohr.

Natürlich ist mir vollkommen klar, dass die Bewohner eines Hauses immer Fingerabdrücke hinterlassen. Fehlen diese, kann man daraus nur schließen, dass jemand sämtliche Spuren beseitigt hat.

»Sonst noch was, Harry?«

»Am Nachmittag vor ihrem Tod hat sich die Brendler noch mit 'ner Türkenclique verabredet«, berichtet Hünerbein und erzählt von seiner Polaroidspur, die zwar nichts Konkretes ergeben, ihm aber immerhin ein wunderbares Essen eingebracht hat. »Du ahnst nicht, was die da aufgefahren haben, Sardsch. Großartig! Die türkische Küche ist der französischen durchaus ebenbürtig, das ist mir seit heute klar.«

Vor allem sind die Portionen größer. Ich stelle mir Hünerbein zwischen gigantischen Dönerbergen vor. Was für ein Fest für den Dicken!

»Was wollte sie von den Türken?«

»Darüber zerbreche ich mir schon den ganzen Tag den Kopf. Habe ich dir schon erzählt, dass meine Cousine zu Besuch ist?«

»Hast du.«

»Die hat nicht nur grüne Augen, sondern auch einen scharfen Verstand. Wir sind zu dem Schluss gekommen, dass Silke Brendler nicht alleine nach Hause gehen wollte.«

»So was kommt vor.«

»Aber nicht so, dass man sich einen wildfremden Menschen sucht und ihn bittet, mitzukommen.«

»Vielleicht waren die Türken nicht wildfremd.«

»Ich hab mir die genau angeschaut, Sardsch. Ich glaube nicht, dass die mir was vorgemacht haben.« Hünerbein schnaubt durchs Telefon. »Wenn du meine Meinung hören willst: Silke Brendler hatte Angst. Sieben Stunden vor ihrem Tod wollte sie sich Beschützer suchen. Aber die Jungs haben das Signal nicht verstanden.«

»Sonst noch was?«

»Der Totengräber meint, wir sollten uns die Unterwäsche noch mal anschauen. Der hat auch immer seltsame Ideen.«

»Und wo ist jetzt mein Schlüssel?« Auch ich sehne mich nach einer REM-Schlafphase.

»Im L'Emigrante«, antwortet Hünerbein, »bei Enzo.«

»Harry, mach keinen Quatsch! Es ist gleich zwei, das L'Emigrante hat längst zu.«

»Tja«, das lässt den Kollegen völlig kalt, »wenn du dich auch so lange rumtreibst. Neue Freundin, oder was?«

Neue Tochter, könnte ich antworten, lasse es aber. Genauere Erklärungen zu dieser Uhrzeit sprengen jeden Rahmen.

»Falls du nicht in die Wohnung kommst: Die U-Bahnhöfe bleiben auf.« Hünerbeins Spott kann so daneben sein. »Wegen der Kälte. Kann unser Sardsch Sozialstudien betreiben.«

»Nacht, Harry«, sage ich und lege auf, weil mir das allmählich zu blöde wird.

»Und jetzt?« Melanie sieht völlig erschöpft aus.

»Zur Not bleibt uns die Pinguin-Bar!« In einer Stadt wie Berlin kann man immer irgendwo die Nacht durchbringen, und in der Pinguin-Bar bin ich durchaus schon einige Male überm zehnten Whisky in einem der Cadillac-Sitze eingeschlafen. Gegen sechs Uhr wird man dann von der wunderbar rothaarigen Molly geweckt und, je nach Laune, entweder rausgeworfen oder mit einem schönen amerikanischen Frühstück bedacht. »Nur für den Fall, dass im L'Emigrante niemand mehr ist.«

»Und wer ist Molly?«

»Ach Molly«, seufze ich sehnsüchtig, »wir hätten glücklich werden können – aber jetzt habe ich eine Tochter und nichts wird sein, wie es war.«

»Häh?« Melanie begreift es nicht, und ich erspare mir, sie über die alkoholseligen Affären meines Lebens aufzuklären.

Wir haben Glück.

Im L'Emigrante ist noch Licht, und ganz hinten, an einem Tisch, der nur Stammgästen vorbehalten ist, zuckt eine Gruppe von Männern zusammen, als wir energisch an die Tür klopfen.

Misstrauisch nähert sich Enzo der Tür, die rechte Hand nervös dort, wo er vermutlich unterm Sakko die nicht registrierte Schusswaffe stecken hat. Als er mich erkennt, erhellt sich seine Miene, die Hand kommt wieder zum Vorschein und entriegelt die Tür.

»Commissario! Kommen Sie nur herein! Wir haben eine kleine Runde, ich möchte vorstellen.«

Aktenmappen verschwinden zügig, als er uns zu den teilweise sehr skeptisch dreinschauenden Männern im rückwärtigen Teil des Raumes führt und mich als einen jener guten Kontakte präsentiert, die Enzo zu den Berliner Behörden hat.

»Ja, Grüß Gott in unserer gemütlichen Runde«, schnauft ein fülliger Herr im Trachtenjankerl auf Bayrisch und stellt sich vor: »Anspichler, Joseph. Kannst mich Sepp nennen.«

Die übrigen Männer sind Italiener und Schweizer. Keine Ahnung, was die hier so spät in der Nacht noch ausbaldowern, und als Beamter der Mordkommission muss es mich auch nicht interessieren. Ich bin müde und will nur noch ins Bett.

»Natürlich.« Enzo nickt verständnisvoll und zieht einen Ring mit drei Sicherheitsschlüsseln aus der Innentasche seines Jacketts. »Einer für immer«, zählt er mir vor, »einer für die Sicherheit und einer …«, er schaut Melanie fragend an, »… für die Freundin?«

»Meine Tochter«, sage ich stolz, »sie heißt Melanie.«

Enzo hebt die Augenbrauen. Dass ich eine Tochter habe, ist ihm neu. Und so hübsch. So ein Glück hat nicht jeder.

»Nicht wahr?« Ich nehme die Schlüssel. »Vielen Dank und gute Nacht, Enzo.«

»Buona notte, Commissario!« Enzo hebt die Hand zum Abschied wie ein Kapitän beim Ablegen eines Schiffes und bringt mich wieder zur Tür.

»Waren das Freunde von dir?« Melanie schlurft im Halbschlaf neben mir her.

»Nee. Das war die Mafia.«

»Die Mafia!« Schlagartig ist sie wieder wach. »Echte Mafiosi? Ich meine, wie im Film?«

»Da sind sie unecht.«

»Wahnsinn!« Melanie ist außer sich. »Und da trauen wir uns einfach so rein? Diese Gangster hatten deine Wohnungsschlüssel!«

»Na und? Glaubst du, die Mafia bricht bei einem völlig harmlosen Kriminalkommissar ein?« Ich sehe sie beruhigend an. »Die haben lukrativere Betätigungsfelder, glaub mir.«

»Wieso hast du die nicht verhaftet?«

»Weil man bei uns nur Leute wegen nachweislicher Verbrechen verhaften kann«, erkläre ich ihr, »dafür braucht man Beweise.« Zudem ist das nicht meine Zuständigkeit.« »Ich bin Mordkommission. Um die Mafia kümmert sich die O.K.«

»Die was?«

»Organisierte Kriminalität. So heißt das zuständige Dezernat.«

»Als Erstes besorg ich mir 'ne Knarre«, sagt Melanie unvermittelt. »Damit ich mich verteidigen kann, wenn hier einfach so die Mafiosi frei herumlaufen.«

»Die werden dir schon nichts tun. Außerdem bekommst du's, wenn du dir eine Waffe besorgst, mit mir zu tun. Illegaler Waffenbesitz ist auch ein Straftatbestand.«

»Aber nicht deine Zuständigkeit.«

»Oh doch«, entscheide ich. »Wenn du meine Tochter bist, bin ich auch für dich zuständig.«

Melanie lächelt und schmiegt sich an mich.

»Schön, dass du endlich Verantwortung übernehmen willst«, murmelt sie glücklich.

Aber tue ich das nicht schon den ganzen Tag? Ob ich nun will oder nicht?

Zu Hause höre ich erst mal den Anrufbeantworter ab, da er hektisch blinkt. Vielleicht ist Monika ja wirklich in der Stadt und hat versucht, anzurufen. Doch zunächst ist Damaschke dran. Der Spurensicherer erklärt, dass man von der Toten die Fingerabdrücke genommen und mit den übrigen Spuren am Tatort verglichen hat.

»Aber außer euren Patschhänden haben wir nichts gefunden. Sobald wir das Okay der Staatsanwaltschaft haben, fahren wir noch mal raus und nehmen die Fingerabdrücke in der Wohnung ab.«

Piep, Hünerbein. »Schläfste noch? Hallo! Geh doch mal ran, Sardsch. Also, der Handwerker kommt um zehn und macht die Tür. Nicht, dass du dich wieder erschreckst.«

Piep, wieder Hünerbein. »Im Anorak der Toten war ein Polaroid mit einer dubiosen Telefonnummer auf der Rückseite. Könnte 'ne Spur sein. Die Schlüssel für deine Wohnungstür hat Enzo. Ruf mal zurück! Ich bin im Büro.«

Piep, Damaschke. »Wo steckt ihr denn? Weder den Kollegen Hünerbein noch dich kann man erreichen. Wir fahren jetzt raus zum Haus und nehmen noch mal die Fingerabdrücke. Wäre ganz nett, wenn ihr dazukommt.«

Piep. Klack – aufgelegt.

Piep, Hünerbein. »Der Totengräber hat gesagt, wir sollen uns die Unterwäsche der Toten anschauen. Komisch, was? Versteh ste das? Ich überlege die ganze Zeit, was er meint, aber ich komm nicht drauf.«

Musst du dir die Unterwäsche halt mal ansehen, denke ich.

»Muss ich mir die Unterwäsche halt mal ansehen«, sagt Hünerbein und legt auf.

Piep, noch mal Hünerbein. »Ich hatte jetzt den Mann an der Strippe, der die Telefonnummer auf die Rückseite des Polaroids geschrieben hat. Ich treff mich gleich mit dem im Gürügürü. Das ist in der Brüsseler Straße im Wedding. Also, falls du das noch abhörst, komm da hin!«

Piep, Dr. Graber, Zentrales Leichenschauhaus der Rechtsmedizin. »Ich hab's Ihrem Kollegen schon mitgeteilt. Die Tote ist sanft entschlafen, da völlig unterkühlt. Die Obduktion hat keinerlei Hinweise auf eine andere Todesursache gefunden. Vergiftungsrückstände et cetera lassen sich nicht nachweisen. Eine seltsame Amalgamfüllung im linken, hinteren Backenzahn. Offensichtlich hat sie das im Ostblock machen lassen. Ich mach jetzt Feierabend, Rückrufe und Besuche sind vor morgen früh um acht zwecklos. Einen schönen Sonntag noch und auf Wiederhören.«

Komisch, dass er die Unterwäsche nicht erwähnt, die Hünerbein so aufregt, überlege ich. Wird wohl doch nicht so wichtig sein.

Piep, der letzte Anruf ist der Spannendste. »Michalke hier«, meldet sich der Kladower Kontaktbereichsbeamte. »Es gibt einen neuen Sachverhalt. Herr Firneisen ist verschwunden. Merkwürdige Sache das. Vielleicht hat es mit der toten Brendler zu tun …« Man hört, wie im Hintergrund Hertha Firneisen – »lassen Sie mich das machen« – dem KoBB das Telefon abnimmt. »Hallo, Herr Kommissar?«, fragt sie mit alter, etwas zittriger Stimme, »hier ist Hertha Firneisen. Ich bin die Nachbarin von

Silke Brendler, die ja auf so tragische Weise ... Sie hatten meinem Mann Ihre Visitenkarte gegeben und dienstlich sind Sie nicht zu erreichen. Verzeihen Sie, wenn ich Sie zu Hause anrufe, aber ich bin etwas nervös. Mein Mann ist verschwunden. Haben Sie ihn verhaftet? Er wollte mit dem Hund raus und ist nicht zurückgekehrt. Ich mache mir solche Sorgen! Bitte rufen Sie mich doch zurück, ja?«

Ich schaue auf die Uhr. Halb drei. Dennoch wähle ich die Nummer, die die aufgeregte, alte Dame am Ende ihres Anrufes auf das Band gesprochen hat.

Sie scheint direkt neben dem Telefon zu warten, denn sie hebt nach dem ersten Rufzeichen ab.

»Firneisen?«

»Hauptkommissar Knoop, hier. Tut mir leid, dass ich jetzt erst zurückrufe, aber ich bin gerade rein. Ist Ihr Mann wieder aufgetaucht?«

»Nein. Ich mache mir ja solche Sorgen«, flüstert die alte Frau verängstigt, »Sie wissen auch nicht, wo er ist?«

»Nein. Wie gesagt, ich war bis eben unterwegs. Hat Ihr Gatte irgendwas gesagt, bevor er gegangen ist? Vielleicht, wohin er wollte?«

»Er wollte nur seine Runde mit dem Hund machen ...«

»Der Hund«, unterbreche ich die Frau, »ist der Hund zurückgekommen?«

»Nein, der ist doch schon seit anderthalb Jahren tot. Karl geht nur immer noch täglich die alte Runde. Aus Gewohnheit, wissen Sie?«

»Immer denselben Weg?«

»Ja.« Die alte Frau am anderen Ende der Leitung klingt bedrückt. »Er hat seine Waffe mitgenommen.«

Dieser idiotische Waffennarr! Wütend stelle ich fest, dass es mit dem Schlafengehen wieder nichts wird.

»Hauptwachtmeister Michalke ist schon zweimal die ganze Runde abgelaufen«, schluchzt Hertha Firneisen verzweifelt, »aber nichts von meinem Karl!«

»Ich komme. Beruhigen Sie sich! In einer halben Stunde bin ich da.«

Ich lege auf und rufe nach Melanie. Doch das Mädchen liegt schon im Bett und schläft.

Leise schließe ich die Tür, nehme einen Zettel und schreibe, dass ich noch mal weg muss und spätestens zum Frühstück zurück bin. Dann bewaffne ich mich mit einer Taschenlampe und rufe ein Taxi.

29

IM FAHLEN LICHT der Straßenlaterne wirkt die alte, mit dichtem Efeu fast zugewachsene Gründerzeitvilla der Firneisens wie ein geheimnisvolles, verwunschenes Geisterschloss. Das schmiedeeiserne Tor zum verwilderten Garten ist nur angelehnt. Ich drücke es leise auf, gehe zügig den schmalen, von zerzausten Tannen gesäumten Weg entlang, erklimme die Stufen zum Entree und benutze den schweren, mit einem Löwenkopf verzierten Messingklopfer an der Tür, um mich bemerkbar zu machen. Damit man im Haus nicht sofort wieder in Panik verfällt, rufe ich zusätzlich die Parole:

»Ich bin ein Berliner!«

»Ich auch.« Michalke öffnet, sichtlich froh, mich zu sehen. »Gut, dass Sie noch gekommen sind«, sagt er leise, »die alte Dame ist völlig verzweifelt, will ich mal sagen.«

Hertha Firneisen sitzt zusammengesunken in einem großen Lehnstuhl im Salon, und zwischen den langen, zartgliedrigen Fingern ihrer schlaffen Hand verglimmt ein Zigarillo.

Als ich mich nähere, sieht sie mit Tränen in den Augen auf.

»Er ist tot, nicht wahr? Ich fühle gar nichts mehr.«

»Wir wissen nicht, was mit ihm ist«, sage ich der alten Dame und hocke mich zu ihr. »Wichtig ist, dass Sie mir alles sagen, was Sie wissen: War irgendwas Besonderes, als er gegangen ist? Hat er was gesagt?«

Hertha Firneisen zieht nachdenklich an ihrem Zigarillo.

»Er hatte seine Pistole dabei. Seit die Mauer auf ist, hat er sie immer dabei.«

Die Desert Eagle, denke ich, mein Gott, wir hätten das Ding gleich beschlagnahmen sollen.

»Warum hatte er sie dabei?«

»Falls die Ostdeutschen plündern kommen. Das war so eine fixe Idee von ihm. Die plündern uns aus, hat er immer gesagt. Das ist doch klar, dass die uns ausplündern.« Sie seufzt. »Und deshalb hat er die Pistole mitgenommen und sich genau umgesehen. Falls mal was ist.«

»Aber bislang war nie was?«

»Nein. Nichts Besonderes jedenfalls. Er hat ein paar Fotos gemacht und sich alles aufgeschrieben, aber sonst …« Sie greift nach meiner Hand und sieht mich angstvoll an. »Meinen Sie, er ist jemandem in die Quere gekommen?«

»Wann hat er das Haus verlassen?«

»Kurz nach eins. Nach dem Mittagessen. Da geht er immer mit dem Hund.«

»Und Sie?«

»Ich mache den Abwasch und lege mich dann ein Stündchen hin. Meist ist er schon zurück, wenn ich mich hinlege.«

»Aber heute nicht«, stelle ich fest.

»Nein, heute nicht.« Die alte Frau drückt das Zigarillo im Ascher aus und ihre Hände zittern. »Ich bin noch mal in den Garten wegen der Dahlien.« Sie deutet durch eine weit geöffnete Flügeltür ins Nebenzimmer, wo ein großer Dahlienstrauß in einer schönen Vase auf dem Esstisch steht. »Sind sie nicht herrlich?«

»Sehr hübsch«, versichere ich, obwohl ich mir aus Blumen nicht allzu viel mache, »und die wachsen bei Ihnen im Garten?«

»Ja, das sind die Letzten. Wir haben ja schon November jetzt. Aber ich hatte viele Dahlien dieses Jahr.« Sie sieht versonnen auf den Blumenstrauß. »Ich schneide also die Dahlien, und plötzlich ist mir, als höre ich ihn rufen.«

»Sie haben ihn rufen hören?« Ich setze mich gerade hin. »Wo?«

»Ich dachte noch, jetzt kommt er. Ich habe ihn auch gerufen, aber er hat nicht geantwortet …« Hertha Firneisen hebt ratlos die Hände. »Habe ich mich wohl geirrt.«

»Wo haben Sie ihn rufen hören?«, wiederhole ich meine Frage, »von wo kam der Ruf?«

»Na, von der kleinen Bank, nehme ich an. Aber dann wäre ja alles in Ordnung.«

»Kommen Sie!« Ich nehme die alte Dame behutsam am Arm. »Wir gehen jetzt raus, und Sie zeigen mir, wo Sie ihn gehört haben.«

»Aber da ist doch nichts. Dann wäre er doch längst zu Hause.«

»Zeigen Sie's mir trotzdem, bitte.«

Kurz darauf laufen wir durch den nachtdunklen Garten. Ein paar Nebelfetzen, die sich auf der Havel gebildet haben, hängen zwischen den welken Bäumen, und feuchtes, pappiges Laub hat den Rasen fast völlig bedeckt. Wir nähern uns dem Zaun, oder besser dem, was im Schilf und dem efeuüberwucherten Erlendickicht davon übriggeblieben ist.

»Da«, sagt Hertha Firneisen, der das Gehen sichtlich schwerfällt, »dahinter ist eine Bank. Manchmal ruht er sich nach der Runde aus.«

»Hinter dem Zaun?«

»Da verläuft die Imchenallee«, erklärt Michalke, der uns gefolgt ist, »direkt am Wasser. Ich hab mir die Bank schon angesehen, aber da ist er nicht.«

»Wir gehen trotzdem noch mal hin«, entscheide ich und nicke Hertha Firneisen zu. »Wir sind gleich wieder zurück.«

Mit der Taschenlampe tappen wir durch den Nebel, der vom Fluss her aufsteigt. Es ist stockfinster in dieser Nacht. Kein Stern am Himmel, kein Mond zu sehen. Lediglich weit hinten im Osten, am anderen Havelufer über dem Grunewald, reflektiert eine tief hängende Wolkendecke rötlich schimmernd die Lichter der Großstadt.

Die Imchenallee ist nicht mehr als ein schmaler Weg, der zwischen Fliederbüschen und an ein paar Gartengrundstücken vorbei zum Wasser führt. Eine kleine Holzbank steht am Ufer unter einer riesigen Trauerweide, deren tiefhängende Zweige fast das Wasser berühren.

Ich leuchte mit meiner Taschenlampe herum. Der helle Kegel bleibt am Schilfgürtel hängen, der wie eine schmale Landzunge auf die Havel hinausführt und an einer Reihe von Reusenpfählen endet.

Es ist völlig windstill. Das Schilf steht dicht wie eine Mauer, stumm und bewegungslos. Lediglich an einer Stelle nah am Ufer ist es niedergedrückt. So als hätte sich dort jemand einen Pfad durchs Röhricht gebahnt.

»Halten Sie mal?« Ich ziehe mir die Jacke aus und drücke sie dem Kontaktbereichsbeamten in die Hand.

»Wollen Sie da rein?«, fragt der verblüfft, »da ist doch überall Wasser.«

»Dann bekomme ich wohl nasse Füße«, erwidere ich und schiebe mich mit meiner Taschenlampe ans Schilf heran.

Wie recht ich habe. Kaum zwei Meter weiter sind meine guten Cowboystiefel komplett durchgeweicht. Zudem saugen sie sich bei jedem Schritt im Morast fest, sodass ich sie fast verliere. Ich hoffe nur, dass ich die Stiefel nach dieser Expedition nicht wegschmeißen muss, wäre wirklich schade drum. Andererseits dürfte Wasser dem Alligatorenleder nicht allzu viel ausmachen, und echte Cowboys gehen ja bekanntlich auch nicht gerade behutsam mit ihrem Schuhwerk um. Vorsichtig wate ich weiter, versinke bis über die Knie im kalten, glucksenden Schlamm. Eisige Nässe steigt an meinen Hosen hoch. Ekelhaft ist das. Total widerlich. Um mich herum dichtes Röhricht, knisternde Halme mit scharfkantigen, welken langen Blättern.

Irgendwo meckert eine Ente, die ich wohl aus dem Schlaf geweckt habe, und ein Reiher erhebt sich, kreischende Schreie ausstoßend, in die Nacht.

Es ist unheimlich. Ich komme mir vor, wie der Held eines amerikanischen Horrorfilms aus den siebziger Jahren. Jeden Augenblick kann ein echsenartiges Monster auftauchen oder ein grusliger Sensenmann sein blutiges Werk verrichten.

Plötzlich erfasst der Lichtkegel meiner Taschenlampe ein halb im schwarzen Wasser versunkenes Bein. Ein weiteres, etwas angewinkelt, daneben.

Erschrocken weiche ich zurück, kann nur mit Mühe einen Schrei des Entsetzens unterdrücken. Das Herz schlägt mir bis zum Hals, ich leuchte herum und erkenne einen menschlichen Körper im Lodenmantel, bäuchlings im Wasser liegend, den Kopf auf den rechten Arm gelegt, als ob er schliefe. Es ist Firneisen. Die linke Hand hält er, verkrampft ausgestreckt, auf einen kleinen Stiefel gerichtet, der auf einem abgestorbenen Baumstamm abgestellt ist. Ein weiterer Stiefel daneben. Beide weinrot, mit hellen Pelzbesatz.

Vorsichtig beuge ich mich nieder, taste nach der Halsschlagader des alten Mannes. Nichts. Kein Puls fühlbar. Firneisen ist tot.

»Michalke!« Mein Ruf hallt unheimlich vom jenseitigen Ufer wider. »Michalke, hierher! Ich hab ihn gefunden!«

Eine Stunde später ist das Kladower Havelufer am südlichen Ende der Imchenallee in das Flackern der Blaulichter von Feuerwehr, mehreren Einsatzwagen der Polizei und einer Ambulanz getaucht. Jetzt, in der Nacht, wo alle Straßen frei sind, funktioniert das Aufgebot wieder. Ein Wasserschutzboot erhellt mit Scheinwerfern den Schilfgürtel, Taucher suchen das Ufer nach Firneisens Desert Eagle ab. Der alte Mann selbst ist tot geborgen worden und ich stehe in eine Decke gehüllt am Ufer, spüre meine eiskalten Füße kaum noch und friere mir auch sonst den Arsch ab.

Der Totengräber von der Rechtsmedizin watschelt in einer zu groß geratenen, wasserdichten Gummilatzhose herum und flucht unakademisch in die Nacht.

»So eine Scheiße aber auch! Könnt ihr eure Leichen nicht mal woanders ablegen? Allmählich beginnt mich diese Gegend zu langweilen.«

»Hier ist noch nie was passiert.« Michalke ist vollkommen außer sich. »Jahrelang nicht. Und dann erfrieren hintereinander zwei Leute am selben Ufer! Das gibt's doch nicht!«

»Der Alte ist nicht erfroren«, knurrt Dr. Graber und setzt sich übermüdet auf die kleine Bank am Ufer. Aus der Gummihose entweicht dabei die Luft, und es klingt wie ein langgezogener, gurgelnder Furz. »Das sieht mehr nach einem Herzinfarkt aus.«

»Und was hat er im Schilf gemacht?« Michalke versteht es nicht. »Was hatte er da zu suchen, ich meine ...«

Ja, denke ich hilflos, und wie kommen diese weinroten, mit hellem Pelz besetzten Stiefelchen dorthin? Die Spurensicherer pinseln sie gerade nach Fingerabdrücken ab.

»Dieselbe Schuhgröße wie gestern bei den Eislaufstiefeln«, stellt Jürgen Damaschke fest und kratzt sich nachdenklich am Kopf. »Vielleicht wollte sie der Alte im Schilf unauffällig entsorgen, bevor er ...«

Er spricht nicht weiter, denn für die Lösung derart vertrackter Fälle hält er mich zuständig, und entsprechend fragend ist sein Blick. Nur fällt mir leider auch nichts Gescheites mehr ein.

»Wann wisst ihr sicher, ob die Schuhe Silke Brendler gehört haben können?«, frage ich, vor Kälte zitternd.

»Wenn wir durchmachen, so gegen zehn.« Damaschke gähnt vernehmlich und reibt sich zusätzlich die Augen. »Willst du, dass wir durchmachen?«

Natürlich hofft er, dass ich »Nee, nee, schlaft euch erst mal aus, nur die Ruhe« oder etwas in der Richtung sage, aber den Gefallen kann ich ihm beim besten Willen nicht tun. Dieser Fall hat einen zweiten Toten gefordert, und ich habe wenig Lust, irgendwann noch einen dritten am Hals zu haben. Julian Brendler etwa. Und deshalb:

»Jürgen, tut mir leid, aber es drängt. Ich brauche die Ergebnisse so schnell wie möglich.«

Damaschke nickt erschöpft. »Aber sicher doch.«

Der Totengräber schält sich aus seiner Gummihose. Darunter trägt er einen guten Anzug und ein Smokinghemd. Vermutlich hat man ihn von einer späten Feier geholt.

»Kleine Mauerfallparty beim Innensenator«, erklärt er, ohne dass ich ihn fragen muss, »aber ich wollte sowieso gerade gehen, da war nur noch der harte, trinkfeste Kern. Insofern wäre das was für Sie gewesen, Knoop.«

Dumm nur, dass kleine Beamte wie ich beim Innensenator nicht so sehr gefragt sind. Jedenfalls nicht als Partygäste.

»Ich kann Sie ja mal empfehlen.« Der Rechtsmediziner grinst und hebt die Hand. »Zunächst aber darf ich mich empfehlen. Gute Nacht noch.«

»Gute Nacht, Herr Prof. Dr. Graber«, bibbere ich.

Der Totengräber sieht mich an. »Mann, Sie schlottern ja. Ziehen Sie sich was Trockenes an, sonst sind Sie der nächste Tote hier.«

»Das würde ich ja tun, aber ich hab nichts dabei. Normalerweise braucht man bei den Ermittlungen keine Wechselwäsche.«

»Schon gut, ich nehm Sie mit in die Stadt, das kann ja keiner mit ansehen.« Dr. Graber deutet auf seinen neunhunderter Saab. »Steigen Sie ein, die Standheizung läuft.«

Sieh an, der Totengräber kann richtig nett sein.

»Kümmern Sie sich um Frau Firneisen?«, frage ich den KOBB. »Und sagen Sie ihr, dass es mir sehr leid tut um ihren Mann. Ich schau später wieder vorbei.«

Michalke nickt, entschlossen, auch die widrigsten Umstände in seinem Bereich zu wuppen. »Ich regle das, Kommissar. Machen Sie sich keine Sorgen. Ich hab hier alles im Griff.«

Na, dann ist ja alles in Butter, denke ich noch, bevor ich mich in Dr. Grabers herrlich vorgewärmten Wagen setze, wo ich innerhalb von zehn Sekunden in einen tiefen, traumlosen Schlaf sacke.

30 HÜNERBEIN AHNTE von den neuerlichen Ereignissen in Kladow noch nichts, als er gut gelaunt am Montagmorgen gegen sieben Uhr dreißig am Frühstückstisch saß. Er hatte vier Tassen Kaffee und zwei Gläser Milch getrunken, dazu sechs Brötchen mit Schinken und Käse, drei Eier und zwei Schokocroissants vertilgt und die Berliner Morgenpost gelesen.

»Rätselhafter Tod in Kladow« war ein Artikel im Lokalteil des Blattes betitelt, der sich ausführlich mit der Frage beschäftigte, warum eine Frau mit Schlittschuhen am Havelufer erfroren war, wo der Fluss doch gar kein Eis führte.

Falsch, dachte Hünerbein. Die Frage ist nicht, warum die Frau erfror. Sondern, warum sie Schlittschuhe trug. Antwort: Weil sie Eistänzerin war.

Noch am Abend zuvor hatte sich Hünerbein lange mit der krimibegeisterten Ostcousine über das Thema unterhalten, und die war der Meinung, dass es genau darum ging: Die Tote war Eistänzerin. Deshalb musste sie sterben und deshalb trug sie Schlittschuhe.

Es fehlte nur noch ein basispsychologischer Überbau, der diese Theorie folgerichtig machen konnte. Und ein Motiv. Wo aber war das zu suchen?

Hünerbein lehnte sich nachdenklich auf seinem Küchenstuhl zurück und hatte plötzlich Probleme, die Arme über der Brust zu verschränken. Jetzt werde ich wirklich zu fett, stellte er lakonisch fest, wer nicht mal mehr die Arme über der Brust zusammenbekommt, ist eindeutig eingeschränkt. Was also tun? Diät halten?

Nein, Hünerbein schüttelte den Kopf, eine Diät ist Quatsch. Schließlich will er noch was haben vom Leben. Sterben müssen wir alle, dachte er, also soll man genießen, solange man kann. Er erhob sich ächzend und stellte sich vor den Spiegel im Badezimmer. Überhaupt, wie sähe er aus, wenn er so 'n dürrer Hungerhaken wäre? Furchtbar.

Ich werde mehr rauchen, entschied er schließlich, dann verbrennt der Körper mehr Kalorien, und ich krieg meine Arme wieder dahin, wo ich will.

Und so führte ihn sein erster Weg an diesem Montagmorgen zum Zigarettenautomaten an der Ecke, wo er zwei Schachteln Roth-Händle zog und sich fest vornahm, diese heute noch wegzurauchen. Komme, was wolle.

Zunächst kam er in den Berufsverkehr. Der war montags besonders schlimm, vor allem, wenn man in der Innenstadt zwischen Hohenzollerndamm und Bundesallee steckte. Heute kam hinzu, dass haufenweise DDR-Bürger orientierungslos in ihren Trabis saßen und offenbar überhaupt keinen Plan hatten, wo sie eigentlich hinwollten.

Gestikulierend, hupend und laut diese Irren verfluchend, die auf die Idee gekommen waren, die Mauer zu öffnen, stand Hünerbein im Stau. Stundenlang. Es ging weder vor noch zurück. Schließlich ließ er den Wagen völlig entnervt in der Uhlandstraße auf dem Bürgersteig stehen, um mit den öffentlichen Verkehrsmitteln zur Dienststelle zu fahren.

Aber auch das war nicht ohne, denn auf den U-Bahnhöfen herrschte blankes Chaos. Überall drängten Menschen, und Züge konnten nicht abfahren, weil Leute die Türen blockierten und die einen aus den Waggons nicht rauskamen, andere nicht rein. Rettungsmannschaften trugen Ohnmächtige weg, und über die Lautsprecher schrien sich die Ansager die Hälse heiser:

»Zurücktreten, bitte! TRETEN SIE ZURÜCK!!!«

Ja, wohin denn zurück, wenn kein Platz mehr zum Treten war?

Hünerbein stand eingeklemmt im Gang und fühlte sich wie ein Walfisch in einer Konservendose. Kalter Schweiß rann ihm vom Gesicht, tropfte auf den Kragen seines Trenchcoats, und er konnte nicht mal ein Taschentuch ziehen, weil er absolut bewegungsunfähig war.

Auf den Umsteigebahnhöfen hieß es Nahkampf, denn hier war das Gedränge besonders groß, und Hünerbein wurde, ohne es zu wollen, an der Station Berliner Straße aus dem Waggon gespült. Vergebens versuchte er zurück in den Zug zu kommen, denn die Menschenmenge riss ihn einfach mit.

Hilflos erinnerte er sich an die Worte seines Vaters, der einmal gesagt hatte, dass der Mensch schon deshalb nicht die Krone der Schöpfung sein könne, weil er Meister darin sei, sich selbst im Weg zu sein. Während sogar Insekten wie Ameisen es wunderbar verstehen, einander auszuweichen, um voranzukommen, rennt der Mensch gegen das Entgegenkommende an. Mit dem Ergebnis, dass niemand ankommt. Politisch führt das zu Kriegen oder Mauern.

Nun aber war die Mauer gefallen, und dennoch steckte Hünerbein irgendwo auf einer Rolltreppe zwischen den U-Bahnlinien neun und sieben fest.

Bis ihm der Kragen platzte. Brüllend und seine gewaltige Körpermasse wie ein Sumoringer einsetzend, befreite er sich aus der Enge der U-Bahnstation und beschloss, ab heute Fußgänger zu spielen.

Er stärkte sich mit einer Currywurst und flanierte dann gemächlich durch weniger bevölkerte Seitenstraßen zweieinhalb Stunden lang zur PTU.

Statt eines Studenten hatte hier heute ein penibel dreinschauender öffentlich Angestellter Dienst, der mit seinen Ärmelschonern, der hageren Statur und der randlosen Brille wie die Karikatur eines Bürohengstes wirkte. Skeptisch fixierte er den eintretenden Besucher, der sich schnaufend mit »Hünerbein, Inspektion M eins« vorstellte und vom langen Fußweg durch die Stadt ziemlich erschöpft aussah.

Inzwischen waren die Asservaten der Silke Brendler registriert und katalogisiert worden, so dass es diesmal keine Probleme gab, die entsprechende Kiste zu finden.

Wieder einmal kramte Hünerbein alles heraus: Daunenanorak, Eislaufstiefel, Socken, Jeans, Rollkragenpulli und endlich – die Unterwäsche!

Tja! Und was war jetzt damit? Worauf wollte der oberschlaue Totengräber hinaus? Es handelte sich um ganz normale Wäsche, Viskose cremefarben, weder sexy noch besonders.

Hünerbein betrachtete den Büstenhalter, drehte ihn hin und her, bis der Bürohengst mit seltsam näselnder Stimme fragte:

»Stimmt was nicht?«

»Keine Ahnung.« Hünerbein untersuchte den Schlüpfer, hielt ihn gegen das Licht und schüttelte mehrmals den Kopf. »Fällt Ihnen daran etwas auf?«

Der Bürohengst nahm BH und Slip mit spitzen Fingern in die Hand und schob sich die Brille zurecht.

»Was soll mir denn daran auffallen?«

»Die Schilder«, sagte Hünerbein, »sehen Sie sich mal die Schildchen innen an.«

Der Bürohengst verzog das Gesicht. »Na ja ... Das könnte Importware sein.«

»Mhm.« Hünerbein nickte nachdenklich. »Kann ich das Zeug mitnehmen?«

»Nur mit Quittung.« Der Bürohengst schob ein entsprechendes Formular über die gewachste Platte seines Arbeitsplatzes. »Mit Angabe von Dienstnummer und -stelle.«

»Meine Blutgruppe brauchen Sie nicht?«

»Wenn Sie sie mir mitteilen wollen, bitte.«

»Vielleicht haben wir ja dieselbe und können tauschen«, Hünerbein quittierte und stopfte die Unterwäsche der Silke Brendler in seine Aktentasche, »nur für den Fall, dass einer von uns mal was braucht.«

»Ich tausche nie«, erwiderte der Bürohengst gelangweilt. »Sonst noch was?«

»Haben Sie die Nummer vom Einwohnermeldeamt?« Hünerbein wollte zum Telefon greifen, doch der andere war schneller und hielt die Hand drauf.

»Dienstlich?«

»Ja, natürlich dienstlich, was glauben denn Sie?«

Der Bürohengst antwortete nicht, sondern holte aus einem seiner Regale ein weiteres Formular.

»Mit Angabe von Sinn und Zweck des Anrufes.«

»Wollen Sie mich fertigmachen oder was?« Hünerbein sah aus wie ein Stier, der gleich losstürmt.

Der Bürohengst blieb ungerührt.

»Man kann Sie schnell fertigmachen«, stellte er fest, griff nach einem Kugelschreiber und notierte eine Zahl auf dem Formular. Dann schob er es über den Tresen. »Die Nummer vom Meldeamt.«

»Danke«, knurrte Hünerbein und schnappte sich das Telefon. Es dauerte eine Weile und er wurde mindestens dreimal weiterverbunden, bis er jemanden in der Leitung hatte, der zuständig war.

»Silke und Julian Brendler. Ich brauche alles, was Sie dazu haben.« Hünerbein nannte seine Dienststelle und den Schreibtisch, auf dem die Akte am Ende zu liegen kommen sollte. »Wann kann ich damit rechnen?«

»Nicht vor Morgen früh«, wurde ihm geantwortet.

»Das reicht hoffentlich.« Er legte auf und sah den Bürohengst an. »Wissen Sie, wo der nächste Grenzübergang ist?«

»Checkpoint Charly. Aber ob man da rüberkommt? Der ist doch nur für die Alliierten.«

»Meinen Sie? Immer noch?«

»Ich bin nicht sicher. Aber am Potsdamer Platz haben sie einen neuen aufgemacht. Hab ich gestern in der Abendschau gesehen.«

»Potsdamer Platz.« Hünerbein nickte dankend. »Gut, dann versuch ich's da.«

»Was wollen Sie denn im Osten?«, erkundigte sich der Bürohengst.

Aber Hünerbein machte nur ein geheimnisvolles Gesicht und verabschiedete sich.

Schon von weitem war es zu hören. Ein vieltönendes, metallisch klingendes Schlagen. Es klang wie in einem antiken Steinbruch, als Sklaven noch in harter Handarbeit Marmor für die Statuen der Römer brechen mussten.

Die dichte Wolkendecke, die am Morgen noch wie Blei über Stadt hing, hatte sich aufgelockert, und als Hünerbein über die windige Brachfläche des Potsdamer Platzes lief, kam sogar die Sonne heraus.

Verblüfft blinzelte er auf die vielen Menschen, die konzentriert nebeneinander an der Mauer standen und mit Meißeln und Hämmern jenes Bollwerk traktierten, welches seit über achtundzwanzig Jahren die Stadt teilte und für die Ewigkeit gebaut war.

Nun zerbröselte der dreißig Zentimeter dicke Stahlbeton innerhalb von Tagen. An manchen Stellen klafften schon Löcher, durch die wie bei einem Sieb die Mittagssonne schien und durch die man auf den Todesstreifen schauen konnte.

Erstaunlich, dass wir dieses Wunder erleben dürfen, dachte Hünerbein ergriffen und lief feierlich auf ein breites, fehlendes Stück in der Mauer zu, welches, von zwei Behelfscontainern flankiert, den neugeschaffenen Grenzübergang darstellte.

Zwei Ostgrenzer der Passkontrolle sahen verwirrt auf das Treiben ringsum. Sie hatten ihre Stempelkästen vor dem Bauch, aber es gab kaum etwas zu stempeln, denn die meisten Leute strebten von Ost nach West.

Der Kommissar, der in die entgegengesetzte Richtung wollte, war eher eine Ausnahme und insofern sofort verdächtig.

»Sie wollen in die DDR einreisen?«

»Wenn Sie das Einreise nennen wollen«, Hünerbein reichte dem Grenzer seinen Ausweis, »bitte.«

»Wie lange wollen Sie sich denn in der Hauptstadt der Deutschen Demokratischen Republik aufhalten?«

Der Kommissar sah den Uniformierten an, als hätte der einen Witz gemacht. Es war absurd. Während Tausende von Menschen dabei waren, in mühevoller Kleinarbeit die Mauer abzutragen, taten diese Grenzer so, als wäre alles normal.

»Das kommt darauf an, wie lange es mir bei Ihnen gefällt«, Hünerbein lächelte spöttisch, »wollen Sie mich begleiten? Sie haben hier doch sowieso bald nix mehr zu tun.«

»Noch, Bürger, haben wir hier unsere Aufgaben«, stellte der Grenzer klar. »Sie benötigen also ein Tagesvisum.« Und schon begann er wild drauflos zu stempeln und das entsprechende Visum auszustellen. »Macht fünfundzwanzig Mark.«

»Sie scherzen wohl.« Hünerbein klang empört. »Ihre Leute kassieren bei uns fett Begrüßungsgeld und mich wollen Sie hier abzocken?«

»Wir zocken niemanden ab.« Der Grenzer sah sich hilfesuchend nach seinem Kollegen um, der angestrengt so tat, als schaue er in eine andere Richtung. »Wir haben uns nur an die Einreisegesetze der Deutschen Demokratischen Republik zu halten.«

»Und die verlangen weiterhin den Zwangsumtausch?« Hünerbein tippte dem Grenzer lächelnd gegen die Brust. »Ich fürchte, lieber Freund, da sind Sie nicht ganz auf dem Laufenden.«

»Sie wollen es vielleicht nicht wahrhaben, aber ich kenne den neuesten Stand«, erwiderte der Grenzer und verbat sich im Übrigen aufs Schärfste, vom Bürger Hünerbein berührt zu werden.

»Gut. Dann werde ich Sie fortan ignorieren.« Der Kommissar machte Anstalten, einfach weiterzugehen.

»Stehenbleiben!«, rief der Grenzer scharf.

Hünerbein stockte. Auf der Ostseite der Mauer sangen ein paar nicht mehr ganz so junge Menschen in den Blauhemden der Freien Deutschen Jugend trotzig Durchhaltelieder.

»Da sind wir aber immer noch – und der Staat ist noch da – den Arbeiter erbau'n – das Land es lebt und lebe hoch – weil Arbeiter sich trau'n …«

Arme Willis, dachte Hünerbein, denen geht eine Vision flöten. Aber er war da ganz erbarmungslos, denn in seinem Leben ist auch schon so manche Vision den Bach runtergegangen. Da müssen sie eben durch und deshalb wird er die fünfundzwanzig Mark nicht zahlen.

»Dann können Sie auch nicht einreisen!«

Der Ostgrenzer flackerte nervös mit den Augen und erinnerte Hünerbein irgendwie an einen ängstlichen Hund. Die aber sind besonders gefährlich. Was war, wenn der Kerl plötzlich durchdrehte und ihn erschoss, nur weil er den Zwangsumtausch verweigerte? Dann war's vorbei mit dem friedlichen Mauerfall.

»Also gut, trifft ja nur 'n Beamten.« Seufzend zog Hünerbein seine Geldbörse hervor und holte einen Fünfzigmarkschein heraus. »Aber Sie müssen zugeben, dass es ungerecht ist, oder?«

»Das habe ich nicht zu verantworten«, sagte der Grenzer und zählte sorgsam fünfundzwanzig Mark West und fünfundzwanzig Mark Ost aus verschiedenen Fächern seiner überdimensionierten Umhängetasche ab und gab dann alles Hünerbein. »Einen schönen Aufenthalt in der Deutschen Demokratischen Republik«

»Gleichfalls« erwiderte der Kommissar und betrat, mit dem guten Gefühl, die friedliche Einheit Berlins gerettet zu haben, die andere Seite der Stadt.

Er war das erste Mal im Ostteil. Auf der Leipziger Straße stauten sich die Autos. Aber schon ein paar Nebenstraßen weiter war kein Mensch mehr, und Hünerbein fühlte sich plötzlich wie im Urlaub.

Normalerweise muss man ewig mit dem Flugzeug unterwegs sein, um mal rauszukommen, dachte er, und dabei ist das Exotische so nah. Die Architektur und die engen Straßen der Friedrichstadt erinnerten ihn an Paris. Und das war so abwegig nicht, wurde dieses Viertel doch einst von französischen Baumeistern erbaut. Hugenotten, die vor der Protestantenverfolgung in Frankreich geflohen und von den alten Preußenkönigen herzlich aufgenommen worden waren. So gab es eine französische Kirche auf dem Gendarmenmarkt und eine Französische Straße, die bis zum Palast der Republik mit seiner braunen Spiegelglasfassade führte. Dahinter begann das Nikolaiviertel mit hübschen, kleinen Fachwerkhäuschen und engen Gassen, in der sich Kunsthandwerker niedergelassen hatten.

Verwundert orientierte sich Hünerbein in seinem Falkplan. Komisch, dass das mal eine Stadt war, dachte er, hier sieht nichts so aus, wie in Westberlin. Man fühlt sich komplett woanders, und doch wirkt manches seltsam vertraut. Das Nikolaiviertel etwa erinnerte ihn ein wenig an die Altstadt von Braunschweig oder Hildesheim, und die Karl-Liebknecht-Straße mit dem Palasthotel wirkte wie Wolfsburg im Größenwahn. In allen drei Städten hatte Hünerbein mal gelebt. In Hildesheim war er geboren, in Braunschweig Student und in Wolfsburg hatte er bei Volkswagen am Fließband gejobbt.

Und in alle drei Städte wollte er nie wieder zurück. Nur Paris hatte ihm immer gut gefallen.

Auf dem Alexanderplatz trommelte ein Grüppchen junger Leute gegen den Ausverkauf des Landes. Karibische Rhythmen gegen ein Viertes Reich. Congas und Steeldrums für eine selbständige, sozialistische DDR.

Einige der Trommler hatten bunt eingefärbte Rastalocken, und zwei hübsche Mädchen trugen Lederjacken mit aufgesticktem DDR-Emblem. Auch sonst schienen Hammer, Zirkel und Ährenkranz zum neuen Symbol der autonomen Bewegung zu werden, denn auf den zweiten Blick erkannte Hünerbein unter den Demonstranten ein paar alte Bekannte von diversen Maieinsätzen: Kreuzberger Punks, stadtbekannte Randalierer und andere Gestalten der anarchistischen Revolution. Auch der Redner der Demo klang irgendwie schwäbisch.

»Die DeDeÄrr isch e eschde Aldernadive zum menschefeindlische Imperialismus der Bundesrepublik. Des dürfet mer uns net kaputtmache lasse. Net von dene da drobe im Bundeschtach un net von den paar Idiote, die hier glaube, im Weschte fliege dir de Banane nur so in den Mund.« Er sah eindringlich in die Menge, die sich versammelt hatte und teilweise etwas ratlos wirkte. »Die müsse arg deuer bezahlt werde, jede Banane einzeln. Net nur von uns, sonnern vor allem von de arme Schlugger da unne in dere Plantage von de Entwicklungsländer, wo de Banane herkomme.«

Hünerbein blätterte grinsend in seinem Stadtplan.

Romantiker aller Länder vereinigt euch, dachte er und strebte dem Volkspolizeipräsidium in der Keibelstraße zu.

31   MELANIE HAT MICH gegen neun Uhr dreißig aus einem komaartigen Schlaf geweckt, um sich zwei Mark zu leihen, damit sie Schrippen beim Bäcker holen kann. Und nun regt sie sich schon seit gut zwanzig Minuten darüber auf, dass sie kein Wechselgeld zurückbekommen hat.

»Das ist ja urst teuer hier! Fünfundzwanzig Pfennig pro Brötchen. Das sind zwei Mark fünfzig Ost! Ich dachte, ich fall gleich hintenüber! Für acht Brötchen zahlt man hier zwanzig Ostmark!«

Falsch, denke ich, an meinem Kaffee nippend, denn selbst für hundert Ostmark bekäme sie hier keine einzige Schrippe.

»Honeckers Aluchips sind nix wert, verstehste? Reines Spielgeld. Die Frage ist, wozu ihr die überhaupt braucht?«

»Um unsere Brötchen zu zahlen, zum Beispiel!« Melanie sieht mich schnippisch an. »Nächstes Mal gehe ich die im Osten holen. Sparen wir 'n Haufen Geld!«

»Plausibler Vorschlag. Und wo kriegen wir genug Aluchips her?«

»Ich verkauf dir welche.« Melanie beißt hungrig in ein dick beschmiertes Nutellabrötchen. »Für fünfzehn Westpfennig kriegst du fünf Ost. Dann haben wir beide was davon. Du kaufst deine Brötchen im Osten und sparst zehn Pfennig pro Stück, und ich verdiene mir hübsch was dazu. Ist das 'n faires Geschäft?«

Sieh an, die Kleine hat die Marktwirtschaft schnell kapiert.

»Deine Mutter ist bislang nicht aufgetaucht«, wechsle ich das Thema, um hier nicht unter die Kapitalisten zu geraten.

»Die kommt schon noch, wart's ab. Wo warst du eigentlich heute Nacht?«

»Ich musste noch mal weg. Dienstlich.«

»Schon wieder 'ne Leiche?«

Ich nicke.

»Echt?« Melanie ist beeindruckt. »Na, hier geht's aber ab. Jede Nacht ein neuer Mord!«

Ich erkläre ihr, dass es diesmal womöglich nur ein tödlicher Unfall war – der durchaus mit der ersten Leiche in Verbindung stehen kann. Obgleich auch die nicht unbedingt nach Mord aussieht.

Melanie versteht natürlich kein Wort. Wie auch? Der Fall ist so verworren, dass ich selbst nicht durchblicke. Ich kann nur darauf hoffen, dass Damaschke etwas für mich hat. Und weil ich Melanie nicht schon wieder allein lassen will, nehme ich sie einfach mit.

»Hast du Lust, mit zur PTU zu kommen?«
»Wohin?«
»Zur Spurensicherung. Vielleicht klären wir ja heute meinen Fall auf!«
»Und verhaften den Mörder? Wahnsinn!«

Natürlich haben auch wir es nicht einfach, durch die überfüllte Stadt zu kommen. Berlin scheint unter den Menschenmassen zu versinken. Zu den Millionen von DDR-Besuchern kommen nun auch noch Hunderttausende von Touristen aus aller Welt, die den Mauerfall sozusagen live erleben wollen. Die alliierten Fluglinien British Airways, Pan Am und Air France haben ihre Kapazitäten verfünffacht, die Hotelbranche erlebt einen ungeahnten Boom und die Kleinkriminalität ebenfalls. Auf den Straßen treiben plötzlich Hunderte von jugoslawischen Hütchenspielern ihr Unwesen und ziehen den Leuten das Geld aus der Tasche. Überall sind illegale Geldwechsler zu sehen, die bündelweise Scheine in den Händen haben und die Wechselkurse in ungeahnte Höhen treiben. Die ohnehin nur aus politischen Gründen gehandelte DDR-Mark fällt total in den Keller. Inzwischen kostet eine Deutsche Mark fast zwanzig Ost, und trotzdem tragen die Geldwechsler Honeckers Spielgeld in großen Reisetaschen zur Bank.

Melanie strahlt wie ein Kind zu Weihnachten. Immer wieder bleibt sie staunend vor den Auslagen der Geschäfte stehen, starrt auf bunte Reklametafeln und sammelt Prospekte, Werbebroschüren und sonstige Flyer, die ihr von allen Seiten in die Hand gedrückt werden.

Ist der Mauerfall bislang vor allem ein politisches Wunder gewesen; spätestens an diesem Montag wird klar, dass aus dem Wunder auch ein gigantisches Geschäft werden würde.

Nach knapp anderthalb Stunden im hysterischen Getümmel

der Stadt erreichen wir endlich das Labor der Spurensicherung im Institut für Polizeitechnische Untersuchungen. Melanie ist fasziniert von all den Gerätschaften, mit denen Leute wie Damaschke täglich herumhantieren. Da gibt es Mikroskope, die mit ultraviolettem Licht selbst kleinste Schweißpartikel aufspüren können, Chemikalien, die Unsichtbares sichtbar machen, Zentrifugen, die Wichtiges von Unwichtigem trennen, und wer weiß, was sonst noch alles – mich interessiert nur, was am Ende dabei herauskommt.

Jürgen Damaschke hat dunkle Ringe unter den Augen und wahrscheinlich tatsächlich bis eben durchgemacht. Erschöpft sitzt er auf seinem Drehstuhl, vor sich die weinroten Stiefel aus dem Schilf am Havelufer.

»Fingerabdrücke von Firneisen waren nicht drauf. Dafür aber Abdrücke von Silke Brendler. Auch Schweißrückstände und Abrieb von den Strümpfen lassen darauf schließen, dass die Tote die Stiefel getragen hat.«

»Bevor sie die Schlittschuhe anzog? Ich meine, am selben Tag?«

»Vermutlich ja.« Damaschke nickt. »Jedenfalls hatte sie dieselben Socken an. Und noch etwas …« Er steht auf und zieht mich zu einem Mikroskop. »Sieh mal da durch!«

Ich schaue, kann aber nicht wirklich etwas erkennen. Nur kleine, bräunliche Fasern, die im Licht matt schimmern.

»Was ist das?«

»Das stammt vom Anorak der Toten«, erklärt der Spurensicherer, »diese Fasern fanden wir an dem Baumstamm, auf dem auch die Stiefel standen.«

»Das heißt?«

Eigentlich will ich es gar nicht hören, denn ich ahne, dass mit der Antwort nur ein weiteres Rätsel eröffnet wird.

»Das heißt, dass Silke Brendler mit diesem Baumstamm in Berührung kam. Vermutlich hat sie sich draufgesetzt, als sie die Lederstiefel aus- und ihre Eislaufschuhe anzog.«

»Aber warum sollte sie das tun«, frage ich, »auf einem Baumstamm im Schilf an einem Fluss, der kein Eis führt?« Das macht doch alles keinen Sinn. Das ist doch idiotisch.

»Du bist der Ermittler.« Damaschkes Augen sind voller Mitleid. »Finde es raus!«

»Und es ist sicher, dass Firneisen die Schuhe nicht in der Hand hatte?«

»So sicher wie das Amen in der Kirche.«

»Dann kann er sie also auch nicht im Schilf versteckt haben.« Du lieber Herr Gesangverein, das ist wirklich ein Fall, der es in sich hat. Alle Spuren verlaufen sich im Nebel der Unkenntnis, und ich finde nicht heraus.

»Die gehörten der Toten?« Melanie ist herangekommen und sieht fragend auf die Stiefel.

»Ja.« Der Spurensicherer drückt ihr die Schuhe in die Hand. »Alles deutet darauf hin.« Offenbar hält er meine Tochter für eine junge Praktikantin, denn er holt die Computerausdrucke der Schweißpartikelanalyse und zeigt sie ihr. »Sehen Sie? Schon oberflächlich betrachtet sind sich die Diagramme verblüffend ähnlich. Und anhand der Messtabellen ist eindeutig feststellbar, dass sowohl die Schlittschuhe als auch die Stiefel von ein und derselben Person getragen worden sind. Wenn man ins Detail geht, verstärkt sich der Eindruck noch mehr …«

»Das sind Salamanderschuhe«, unterbricht Melanie Damaschkes Redefluss. »Die gab's mal bei uns im Exquisit.«

Weder Damaschke noch ich wissen, wovon sie spricht.

»Exquisit-Läden sind Geschäfte, wo es schicke Sachen gibt«, wird Melanie deutlicher, »Westklamotten, halt. Schuhe und Kleidung. Teuer, aber edel.«

»Hab ich noch nie von gehört.« Damaschke sieht mich verwundert an. »Du?«

»Nicht hier.« Melanie schüttelt den Kopf. »Im Osten.«

»Im Osten?« Ich nehme ihr die Stiefel aus der Hand und sehe sie mir genauer an. »Du meinst, diese Schuhe sind aus der DDR?«

»Auf jeden Fall gab's die da mal zu kaufen«, sagt Melanie, »Mutti hat auch solche.«

32 HÜNERBEIN SCHRITT BEHÄBIG durch die Gänge des Ostberliner Polizeipräsidiums. Niemand kümmerte sich um ihn. Es war auch kaum jemand da, der sich hätte kümmern können. Bis auf einen Pförtner am Eingang, der gebannt auf den Fernseher starrte und sonst nichts mehr wahrnahm, schien kaum noch jemand Dienst zu tun.

Ausgiebig studierte Hünerbein die vielen Zimmernummern auf einer gigantischen Wandtafel im Eingangsbereich. Die Ostkripo residierte in Räumen mit einer Drei am Anfang. Also wahrscheinlich dritte Etage, kombinierte Hünerbein, bevor er sich in dem riesigen Gebäudekomplex rettungslos verirrte.

Es gab Flure, von denen Nebenflure abgingen, die in weitere Flure führten, und vierstellige Zimmernummern, die nach einem System geordnet waren, dessen Logik sich nicht jedem erschloss. War Hünerbein eben noch hoffnungsvoll einem langen, grüngelb getünchten Gang gefolgt, in dem die Raumnummern von dreitausendvierhunderteinundsechzig auf dreitausendvierhundertdreiundachtzig anstiegen, weil er die dreitausendfünfhundertzwo bis -siebzehn suchte, fand er sich plötzlich in einem Quergang wieder, wo die Zimmer nur noch dreistellige Nummern hatten. Etwa dreihundertachtzehn A. Dann ging es weiter: dreihundertachtzehn B, C, D und so fort. Wo aber war die dreitausendfünfhundertzwo? Wie ging es weiter?

Hünerbein war verzweifelt, und er folgte dem Kindergebrüll, das irgendwo aus dem verzweigten Flursystem quoll, auch wenn die Zimmernummern dramatisch absanken. Wo Kinder waren, fanden sich mit Sicherheit auch Erwachsene, und die konnte man nach dem Weg fragen. Sofern sie sich auskannten und die Kinder nicht deshalb brüllten, weil ihre Eltern schon seit Monaten in diesem Labyrinth umherirrten.

Nach einer Weile der Geräuschverfolgung erreichte er ein weiteres Treppenhaus mit einer großen zweiflügeligen Glastür, die weit offenstand, aber durch einen grünen Tresen versperrt war, wie man ihn von normalen Polizeirevieren kennt. Hinter dem Tresen thronte eine äußerst korpulente Frau von etwa fünfzig Jahren in der Uniform der Volkspolizei. Dahinter lärmten die Kinder. Aber sie waren nicht zu sehen.

»Na, endlich! Sie sind der Erste, der hier auftaucht«, überschrie die Frau den Krach der Kinder und zog eine Kladde hervor.

»Ja, ich bin auch froh, Sie zu sehen«, erwiderte Hünerbein erleichtert, doch noch bevor er fragen konnte, wie er zur Kripo kommen könne, erkundigte sich die Volkspolizistin nach seinem Namen

»Verzeihen Sie! Hünerbein, Harald«, stellte er sich vor, »ich suche die Kripo.«

»Hünerbein«, wiederholte die Frau gedehnt und studierte eine elend lange Liste. »Nicht Hühnerberg? Hühnerbergs hab ich hier drei. Wollnse mal sehen?«

»Also eigentlich«, begann Hünerbein, doch die Volkspolizistin ließ ihn nicht zu Wort kommen und öffnete die Klappe im Tresen.

»Nun, komme schon! Manchmal haben wir hier Namensverwechslungen, das sind bestimmt Ihre.«

Hünerbein hatte keine Ahnung, wovon die Frau sprach, aber da bei dem Geschrei ohnehin kaum eine Verständigung möglich war und die Zimmernummern wieder hoffnungsvoll anstiegen, folgte er der Polizistin in einen großen Raum, in dem mindestens vierzig Kinder waren. Einige prügelten sich brüllend, andere saßen apathisch in einer Ecke und starrten vor sich hin. Andere lasen oder spielten mit ein paar Plastikautos.

»HÜHNERBERG!« schrie die Frau in den Lärm. Plötzlich war Stille im Raum, und vierzig Kinderaugenpaare starrten den Kommissar an.

»Die Hühnerbergs«, wiederholte die korpulente Volkspolizistin ruhiger und sah in die Runde, »wo sind sie?«

Drei Kinder kamen verschüchtert heran. Ein rothaariger Junge von etwa acht Jahren und seine beiden Schwestern, ebenfalls rothaarig und sechs und vier Jahre alt.

»Euer Vati kommt euch holen«, die Polizistin strahlte, »seht ihr, ich habs gewusst: Vatis kommen immer zurück.«

»Das ist nicht unser Papi«, maulte eines der kleinen Mädchen feindselig.

Die Volkspolizistin sah irritiert zu Hünerbein.

»Sind das nicht Ihre Kinder?«

»Nee«, bekräftigte der Junge, »unser Papa ist nicht so dick.«

»Meine Kinder sind schon aus dem Haus«, sagte Hünerbein etwas heiser und setzte nicht ohne Stolz hinzu: »Der Älteste studiert in Göttingen.«

»In Göttingen«, echote die Polizistin verständnislos, »und Sie wollen nicht Ihre Kinder abholen?«

»Nein«, der Kommissar schüttelte den Kopf, »ich wollte zur Kriminalpolizei.«

»Dreitausendfünfhundertzwei bis -siebzehn.«

»Ich weiß«, sagte Hünerbein, »aber ich find's nicht.«

»Zweiter Gang rechts.« Die Polizistin deutete matt in irgendeine Richtung.

»Warum holt denn keener die Knirpse ab«, flüsterte sie tonlos, »die müssen doch nach Hause.« Sie sank auf ihren Stuhl hinter dem Tresen, und dicke Tränen liefen über ihr rundes, gerötetes Gesicht. »Die müssen doch nach Hause«, wiederholte sie schluchzend und sah Hünerbein aus feuchten Augen an. »Und keener kommt sie holen.«

Der Kommissar verstand den spontanen Gefühlsausbruch der Frau nicht. Was hatte sie denn?

»Vielleicht«, sagte er schließlich, weil er nicht einfach so gehen wollte, »vielleicht liegt es daran, dass man die Kinder hier nicht findet? Ich bin ja auch nur aus Zufall auf Sie gestoßen.«

Die Frau schüttelte den Kopf und deutete auf eine nahe Fahrstuhltür.

»Das ist ausgeschildert. Da gibt's einen Extra-Eingang. Die müssen nur unten in den Fahrstuhl, und schon sind sie hier.« Sie suchte nach einem Taschentuch. »Das steht doch seit Samstag in allen Zeitungen, dass wir hier sind. Dass die Leute endlich ihre Kinder holen kommen sollen!«

»Ich verstehe nicht ganz.« Hünerbein setzte sich neben die Frau. »Was ist denn mit den Kindern?«

»Nüscht«, schluchzte die Volkspolizistin. »Alleene gelassen haben sie die. Sind einfach in den Westen rüber. Und seit Freitag kriegen wir die Anzeigen. Immer wieder holen die Kollegen Kinder aus irgendwelchen Wohnungen, wo die Eltern einfach weg sind.« Sie schneuzte sich in ihr Taschentuch. »Drei Tage bleiben sie hier, und wenn keener kommt, sollen sie auf irgendwelche Kinderheime verteilt werden.« Schniefend sah sie Hünerbein an. »Das gibt's doch nicht, dass die Leute einfach ihre Kinder zurücklassen. Det können die doch nich machen!«

Puh! Der Kommissar tätschelte der Volkspolizistin hilflos die Hand. »Die kommen bestimmt noch. Müssen sich erst zurechtfinden.«

»Die kommen nich mehr.« Die Volkspolizistin lehnte ihren Kopf an Hünerbeins Schulter, so dass ihm der Schweiß ausbrach. »Ick habs gleich gewusst, dass die nich kommen. Die haben ihre Kinder einfach vergessen.«

»Unsinn«, tröstete Hünerbein und spürte, wie die Tränen der Polizistin seinen Trenchcoat durchnässten, »niemand vergisst seine Kinder. Nehmen Sie sich das doch nicht so zu Herzen!«

»Tut mir leid«, flüsterte die Volkspolizistin, »tut mir leid, dass ick Sie so ... Aber ick kann einfach nich mehr ...«

»Schon gut!« Hünerbein nahm die Frau tröstend in den Arm. »Ist ja schon gut.«

Eine Weile lang saßen sie so, der dicke Westkommissar mit der dicken Volkspolizistin, die es nicht ertrug, dass Eltern ihre Kinder im Stich ließen, bloß weil die Mauer auf war.

Kein Tier, dachte Hünerbein verbittert, kein Tier würde sich so verhalten und den eigenen Nachwuchs im Stich lassen. Aber hier ging es um Menschen. Und die waren verkommen. Überall. Selbst im Sozialismus.

»Morgen kommen die meisten weg«, sagte die Polizistin leise. »Schwielowsee. Ins Heim. Aber spätestens übermorgen sind neue da.«

»Haben Sie jemanden, der Sie hier ablöst?«

Die Frau nickte. »Um vier ist Dienstschluss. Dann kommt die Spätschicht.« Sie griff nach seiner Hand. »Hab ich Ihnen schon gesagt, wo die Kripo ist?«

»Ja«, nickte Hünerbein, »haben Sie. Zweiter Gang rechts, nicht wahr?«

Die Volkspolizistin sah ihn dankbar an. »Ich bin froh, dass Sie gekommen sind.«

»Zufall, wie gesagt«, antwortete Hünerbein, »aber wenn Sie wollen, komm ich wieder vorbei.«

Die Polizistin wischte sich die Tränen weg und lächelte schwach. »Sie sind ein Schlimmer, was?«

»Ein ganz Schlimmer«, bekräftigte Hünerbein und klopfte der Frau aufmunternd auf die Schultern. »Kopf hoch, ja? Versprechen Sie mir das?«

Die Frau nickte.

»Also, man sieht sich!« Hünerbein erhob sich und ging.

»Immer zweimal im Leben«, rief ihm die Polizistin nach.

Oberleutnant Jochen Friedrichs tippte im Zweifingersuchsystem den Bericht über den Freitod des Obersts der Nationalen Volksarmee Horst Gotenbach in die Schreibmaschine.

»Können Sie nicht anklopfen?«, maulte er, ohne aufzusehen.

»Entschuldigen Sie!« Hünerbein zog sich schnaufend einen Stuhl heran und ließ sich darauf fallen. »Aber ich hatte angeklopft.«

»Und mit wem hab ich die Ehre?« Friedrichs pinselte konzentriert mit einer Art Ost-Tipp-Ex einen Fehler weg.

»Hauptkommissar Hünerbein von der Kriminalpolizeiinspektion M eins in Berlin-Tiergarten. Allerdings bin ich rein privat hier.« Er lehnte sich entspannt zurück, so dass sein Stuhl bedrohlich knackte. »Ich musste sogar noch fünfundzwanzig Mark an der Grenze blechen. Das ist doch unglaublich, finden Sie nicht?«

Friedrichs hielt in der Bewegung inne. Unglaublich war, dass er einen Westberliner Hauptkommissar im Büro hatte. Einen Beamten der anderen Seite!

»Wer hat Sie reingelassen?«

»Niemand.« Hünerbein lächelte freundlich. »Es war allerdings auch niemand da, der mich hätte aufhalten können.«

»Tatsächlich«, sagte Friedrichs und starrte seinen Besucher an.

Hünerbein sah sich in dem engen Büro um. Es sah hier aus, wie es auf allen Polizeidienststellen dieser Welt aussieht. Lediglich das gerahmte Foto an der Wand war ungewöhnlich. Es zeigte einen Mann, der irgendwie an einen albanischen Drogendealer erinnerte, mit grimmig gebleckten Zähnen und dunklen Augenringen.

»Egon Krenz«, erklärte Friedrichs ruhig. »Der neue SED-Generalsekretär.«

Unsere Politiker sehen auch nicht besser aus, dachte Hünerbein und bemühte sich um ein versöhnliches Lächeln. »Ihr Präsidium scheint ziemlich verwaist.«

»Ja.« Friedrichs machte ein bekümmertes Gesicht. »Seit Donnerstagnacht geht es drunter und drüber«, sagte er in seinem thüringischen Singsang, und das letzte Wort klang wie »drieber«. Dann schraubte er sich aus seinem Sitz, und Hünerbein erkannte die wahre Größe des Ostberliner Oberleutnants. Mindestens zwei Meter.

»Oder?«

»Zweimeterdrei«, antwortete Friedrichs.

Er stand am Fenster und sah auf die Straße. Vor der Suhler Jagdhütte gegenüber hatte ein grüner Bus der alliierten Militärverwaltung gestoppt. Amerikanische Soldaten auf Shoppingtour. Die kauften immer in der Suhler Jagdhütte. Lodenmäntel, Gamsbarthüte, Kuckucksuhren. Die standen auf solchen Kram.

»Wenn Sie nicht wissen, was Sie mit Ihren fünfundzwanzig Mark in der DDR machen sollen.« Friedrichs zeigte aus dem Fenster. »Da drüben in der Jagdhütte können Sie's anlegen. Falls Sie solche Sachen mögen, versteht sich.«

»Jagdwaffen? Ich weiß nicht.« Hünerbein reckte seinen Hals. »Wir haben nicht allzuviel Gelegenheit zur Jagd in Berlin. Auf Tiere, meine ich.«

»Ja.« Friedrich setzte sich wieder. »Gangster haben Sie sicher mehr.« Er sah den Kommissar offen aus seinen unwirklich blauen Augen an. »Also: Was wollen Sie?«

»Wir ermitteln in einem Todesfall«, antwortete Hünerbein und starrte fasziniert in die Scheinwerferaugen seines Gegenübers. Wann hab ich solche Augen schon mal gesehen, dachte er, mit so einem Blick knackt man den starrsinnigsten Verdächtigen. »Eine weibliche Leiche in Kladow, unweit der Grenze zur DDR.« Er probierte, die Arme über der Brust zu verschränken, aber noch immer ging es nicht. Obgleich er sich für seine Verhältnisse heute ungewöhnlich viel bewegt hatte. Aber gleichzeitig hatte er darüber das Rauchen vergessen, und deshalb konnte die Fettverbrennung noch nicht funktionieren.

»Haben Sie was dagegen, wenn ich rauche?« Hünerbein zog seine Roth-Händle hervor und bot sie fragend dem Oberleutnant an.

Der schien kurz zu überlegen, ob es sich um einen Bestechungsversuch handeln könnte, nahm aber dann dankend eine von den Zigaretten, nicht ohne vorher die Tür zum Gang geschlossen zu haben.

»Zwar ist die Tote von einem Nachbarn als Silke Brendler identifiziert worden«, fuhr Hünerbein fort und ließ sein Feuerzeug aufschnappen, »aber es gibt einige Unstimmigkeiten.«

»Als da wären?« Friedrichs sog an der Zigarette und nickte anerkennend.

Der Kommissar öffnete seine Aktentasche und zog die Unterwäsche des Opfers hervor. Slip, Büstenhalter, Damenunterhemd ...

Einen Augenblick lang wirkte Friedrichs, als hielte er das Ganze für eine nicht sehr witzige Provokation des Klassenfeindes.

»Was soll das?«

»Die Tote trug diese Unterwäsche«, beeilte sich Hünerbein, den drohenden Konflikt zu entschärfen, und deutete auf die eingenähten Schildchen an der Innenseite. »Made in GDR.«

Friedrichs saß unbeweglich. Das bedeutete Amtshilfe. Aber es gab kein entsprechendes Abkommen zwischen den beiden deutschen Staaten, und Westberlin war noch mal ein besonderer politischer Status. Das berührte bilaterale Verträge, so was musste mit der Parteileitung abgesprochen und genehmigt werden.

»Wir vermuten, dass die Tote möglicherweise ...«, Hünerbein suchte nach einem Aschenbecher, »... aus der DDR stammt.«

»Das muss nichts heißen.« Friedrichs schob die Unterwäsche beiseite und stellte einen Ascher auf den Tisch. »Unsere volkseigenen Betriebe exportieren sehr viel ins nichtsozialistische Ausland. Auch Damenunterwäsche.«

»Mit solchen eingenähten Preisschildchen?«, fragte Hünerbein und zeigte es dem Oberleutnant: »EVP 8,62 M.«

Friedrichs seufzte. »Sagten Sie nicht, die Tote wurde identifiziert.«

»Als Silke Brendler, ja«, nickte Hünerbein.

»Mhm ...«, machte Friedrichs. Seit Tagen hatte er nur noch mit Selbsttötungen zu tun. Die mittlere Ebene der politischen Verwaltung schien komplett in Weltuntergangsstimmung zu verfallen. Mütter verließen ihre Kinder. Väter ihre Söhne. Kinder ihre Eltern. Und plötzlich tauchte dieser fette Westler auf und brauchte kriminalistische Hilfe. Immerhin.

»Silke Brendler, sagen Sie?«

»Ja.« Hünerbein reichte ein Foto herüber, welches von der Toten im Leichenschauhaus gemacht wurde. »Kennen Sie die?«

»Warum sollte ich?« Friedrichs studierte eingehend das Foto. Dann gab er es dem Kommissar zurück. »Ich gehe davon aus, dass wir hier einen rein privaten Austausch haben.«

»Wenn Ihnen das hilft?« Hünerbein lächelte.

»Nein«, Friedrich schüttelte den Kopf. »Hilft nicht.« Er erhob sich von seinem Stuhl. »Aber ich kann ja trotzdem mal schauen, ob wir was dazu haben.«

33   »WOW! DAS IST JA 'ne urst schicke Hütte!«

Wir sind mit einer völlig überfüllten S-Bahn zum Wannsee gefahren und von dort mit der BVG-Fähre nach Kladow übergesetzt. Nun stehen wir vor dem mit rotweißen Bändern abgesperrten Grundstück der Brendlers, und Melanie staunt.

»Wahnsinn! Und so ein Riesenhaus nennt ihr hier Bungalow? Bei uns sind Bungalows kleine Datschen aus Pappe.«

»Bei euch sind ja auch kleine Autos aus Pappe«, sage ich mit Blick auf einen knatternden Trabant, der sich, aus welchen Gründen auch immer, in den Sakrower Kirchweg verirrt hat.

»Da ging's sicher ums Geld«, mutmaßt Melanie, »Leute, die in so Nobelschuppen hausen, streiten sich immer ums Geld.«

»Oder gerade nicht. Sie haben ja genug davon.«

Zum x-ten Male erkläre ich, dass ich den Tod der Silke Brendler nicht unbedingt als Mord einstufen würde. Eher als einen etwas dubiosen Unfall, aber Melanie will davon nichts hören. Dubioser Unfall, was soll das denn sein? Entweder man hat einen, oder man hat keinen. Aber 'ne Tussi, die vor ihrem Haus erfriert – in Schlittschuhen …

»… das riecht doch nach Verbrechen! Vielleicht steckt ja die Mafia dahinter?«

In Filmen versenken die ihre Opfer immer mit Betonklötzen, denke ich, nicht mit Schlittschuhen.

»Bereit für den nächsten Toten?«

»Bereit«, sagt Melanie und folgt mir mit wohligem Gruseln zum Nachbarhaus, der alten Villa Firneisen, die jetzt nicht mehr verwunschen, sondern nur heruntergekommen wirkt.

»Huh«, macht Melanie, »das ist ja 'ne Gruft!«

»Hör zu, Spatz«, bringe ich das Mädchen auf Linie, »die alte Frau Firneisen ist sicher noch völlig fertig, weil ihr Mann gestorben ist. Halte dich also mit unqualifizierten Kommentaren zurück, okay?«

»Ist ja schon gut«, verspricht Melanie treuherzig, »ich werde ganz taktvoll sein.«

Hertha Firneisen sitzt, in ein wollenes Plaid gehüllt, in einem Lehnstuhl auf der Terrasse in der Sonne und hat die Augen geschlossen. Ein leichter Wind vom Wasser her lässt aus hohen Baumkronen das Laub schneien und spielt mit welken Blättern auf dem marmornen Terrassenboden.

Über die Havel tuckert ein Ausflugsdampfer. An Deck dick eingemummelte Ausflügler, die sich von einer Lautsprecherstimme die Gegend erklären lassen.

»Steuerbord voraus, also rechts in Fahrtrichtung gesehen, erkennen wir die Zollstation Schwemmhorn. Die weißen Bojen auf dem Wasser markieren die Grenze zur DDR. Verbotene Zone bislang, aber an den dicht beieinander liegenden Booten des Berliner Wasserschutzes und der DDR-Grenzbehörden sehen wir, dass sich auch hier die Zeiten ändern. Dennoch drehen wir ab und wenden uns der Pfaueninsel zu, auf Backbordkurs liegend, also links, wo einst der junge Friedrich Wilhelm zwo seiner Geliebten Gräfin Lichtenau ein romantisches Sommerschloss im Stile eines verfallenen römischen Landhauses bauen ließ ...«

»Frau Firneisen?«, taste ich mich behutsam vor. »Ich bin's, Hauptkommissar Knoop.«

»Setzen Sie sich zu mir, Hauptkommissar«, erwidert die alte Dame mit geschlossenen Augen, »genießen Sie noch einmal die Sonne. Das ist sicher der letzte schöne Tag in diesem Jahr.«

Ich ziehe mir einen kleinen Klapphocker heran und überlege, wie ich anfangen soll. Melanie hält sich etwas abseits und sieht versonnen auf den Fluss.

»Sind Sie weitergekommen in Ihren Ermittlungen?«, erkundigt sich Hertha Firneisen, ohne die Augen zu öffnen.

»Nicht wirklich«, antworte ich wahrheitsgemäß, »es gibt viele Informationen, die aber kein klares Bild zeichnen.«

»Sie tappen im Dunkeln«, stellt die alte Dame fest, und in ihrer Stimme ist die Enttäuschung hörbar.

»Ja«, erwidere ich, »ziemlich.«

Von der Havel ist jetzt lautes Dieseln hörbar, denn der Ausflugsdampfer wendet geräuschvoll über den Bug, und der Wind trägt Wortfetzen aus dem Lautsprecher herüber.

»... 1796 galten Ruinen als romantisch, symbolisierten sie doch die Vergänglichkeit allen Seins. Und so präsentiert sich auch die alte Meierei auf der Pfaueninsel als derbes Bauernhaus inmitten der künstlichen Ruinen eines verfallenen Klosters ...«

»Ich wusste, dass er sterben wird«, sagt Hertha Firneisen unvermittelt. »Seit er sein Boot verkauft hat, ist mir das klar. Und dann fällt auch noch die Mauer.«

»Ist ja auch aufregend«, pflichte ich bei. »Wer hätte das gedacht?«

»Jetzt hat ihm die Havel das Leben genommen.« Die alte Dame setzt sich etwas auf und streicht sich das lange, graue und noch immer schöne Haar aus dem Gesicht. »Seltsam, nicht wahr? Einst hat ihn der Fluss gerettet.«

»Wie meinen Sie das?«

»Er war Jude«, antwortet die alte Frau, als wäre das eine Erklärung, und ich befürchte, dass sie mir gleich irgendeine dieser schrecklichen Naziverfolgungsgeschichten präsentiert, die uns Nachgeborene der Massenmörder wohl bis in alle Ewigkeit um die Ohren gehauen werden, damit wir nie vergessen, was einst im Namen unserer Eltern und Großeltern geschah.

Er war Jude. – Toll! Was soll ich darauf antworten? Der deutsche Teil in mir signalisiert Betroffenheit, die amerikanische Hälfte gibt eins drauf: Er war Jude, na und? Was hat Firneisens Judentum mit seinem Ableben im Schilf und dem seltsamen Tod der Silke Brendler zu tun? Nichts. Jedenfalls nichts, was mich weiterbringt. Oder etwa doch?

»Er hat auf dem Boot überlebt«, erzählt Hertha Firneisen, »all die schlimmen Jahre lang auf seiner kleinen Eisnixe. Er ist immer unterwegs gewesen auf der Havel bis weit ins Brandenburgische hinein, im Sommer wie im Winter. Ich habe in der Stadt gearbeitet und besorgte Essen für ihn und Lebensmittelkarten. Wir waren ja verheiratet, aber offiziell hatte ich mich von ihm getrennt. Ich hatte eine gute Anstellung bei einem hohen Beamten in Lankwitz, die ich nicht verlieren wollte, und so trafen wir uns heimlich am Teltowkanal, und ich brachte ihm Brot und Wein und ... nun ja ...« Die alte Dame lächelt versonnen. »... wir liebten uns auf dem engen Boot. Es war eine harte Zeit, und wenn wir entdeckt worden wären, hätte er es wohl kaum überlebt. Aber wir hatten Glück. Und wir waren verliebt. Was will man mehr?«

Melanie ist langsam hinunter zum Havelufer gelaufen und hockt am Schilfgürtel. Offenkundig hat sie mir eine Zigarette geklaut, denn sie raucht. Und versucht mit hoher Stimme ein paar Enten anzulocken, die träge am Ufer sitzen.

»Und dann kam der Krieg und die Russen.« Hertha Firneisen lehnt sich wieder zurück. »Tagelanger Artilleriebeschuss. Dauernd dieses elende Heulen der Granaten, das Krachen der Einschläge und Explosionen.« Sie seufzt. »Ich hab es Karl nie gesagt. Aber unser einziges Kind verlor ich, als die Russen in Lankwitz einmarschierten. Ich war im dritten Monat, und wir hatten uns so sehr ein Kind gewünscht. Aber dann kamen sie, sahen mich, sagten, komm! Was hätte ich tun sollen? Ich war denen doch ausgeliefert. Sie waren zu fünft, und als sie endlich wieder gingen, hatte ich eine Fehlgeburt.«

Sie hat niemanden zum Reden, überlege ich, deshalb erzählt sie mir das. Ihr Mann ist gestorben, und sie verarbeitet das, indem sie mir diese ganzen furchtbaren Dinge erzählt. Wahrscheinlich hat sie noch nie mit jemandem darüber gesprochen.

»Karl spürte, dass etwas nicht stimmte, als wir uns zum verabredeten Zeitpunkt am Teltowkanal trafen. Den haben wir immer eingehalten. Egal, was kam. Er war immer pünktlich mit seiner Eisnixe unter der S-Bahnbrücke am Teltowkanal. Nimm mich mit aufs Boot, sagte ich, da draußen ist die Hölle los. Und während oben die Russenpanzer über die Brücken fuhren und das Morden und Vergewaltigen in der Stadt losging, fuhren wir unten durch und überlebten in unserem kleinen Boot. Noch während der Blockade haben wir damit Waren über die Sektorengrenze geschmuggelt.«

Hertha Firneisen sieht mich an. »Verstehen Sie jetzt, warum er sich so schlecht von seinem Boot trennen konnte? Weil es unsere Zuflucht war, unsere Rettung, unser Überleben. Solange er das Boot besaß, fühlte er sich sicher. Als er es dann an den Julian Brendler verkauft hatte, veränderte er sich. Wurde misstrauischer, unsicherer. Ich habe lange gebraucht, bis ich wusste, dass es wegen dem Boot war. Und dann fällt auch noch die doofe Mauer.« Die alte Dame lacht bitter auf. »Die ganze Welt jubelt, nur wir hocken in Angst, weil wir kein Boot mehr haben.«

»Laut Gutachten der Rechtsmedizin starb er an einem Herzinfarkt«, sage ich leise, »als er die Schuhe Ihrer Nachbarin im Schilf fand.«

»Die waren im Schilf?« Die alte Dame schaut mich irritiert an. »Warum denn das?«

»Sie muss sie dort ausgezogen haben, um ihre Schlittschuhe anzuziehen ...« Ich winke ab. »Es macht keinen Sinn, ich weiß.«

»Sonderbar, finden Sie nicht?« Hertha Firneisen schüttelt unmerklich den Kopf.

»Sehr sonderbar«, bekräftige ich und rede mich warm, »und

was auch nicht hinhaut, ist, dass die anderen Schuhe, – die im Schilf –, offensichtlich mal in der DDR gekauft worden sind.«

»Na ja, der Herr Brendler hatte geschäftlich dort zu tun, soweit ich weiß.« Die alte Dame hüllt sich enger in ihr Plaid. »Da kann er ihr die Schuhe durchaus mitgebracht haben.«

»Ich bitte Sie, Frau Firneisen!« Die Sache regt mich auf, und ich erhebe mich. So viele Unstimmigkeiten auf einmal und überhaupt: »Die Zähne hat sie sich auch im Osten machen lassen. Nicht mal besonders gut, wie der Rechtsmediziner sagt. Wie passt das zusammen? Laut Steuererklärung verdiente Julian Brendler im Jahre 1988 über einhundertfünfzigtausend Mark, und ich bin überzeugt, dass noch mal hunderttausend hinzukommen, die steuerlich absetzbar sind. Der hat seiner Silke monatlich sechstausend Mark zur freien Verfügung überlassen, und dann fährt sie in den Osten und lässt sich die Zähne mit minderwertigem Amalgam füllen?« Ich setze mich wieder und suche nach meinen Zigaretten. »Nee, Frau Firneisen, da stimmt was nicht. Und ich bin überzeugt, Ihr Mann hat gewusst, dass was nicht stimmt.«

»Unsinn«, widerspricht Hertha Firneisen etwas zu heftig, wie ich finde, »wir kannten die Silke doch auch erst seit anderthalb Jahren. Wir wussten nicht mehr, als …« Sie unterbrach sich.

»Als?« Jetzt wird es interessant. Gespannt sehe ich die alte Dame an.

»Na, es gab das Gerücht, dass der Herr Brendler die Silke aus der DDR mitgebracht hat.«

»Mitgebracht?« War Silke Brendler ein Souvenir? »Hat er sie gekauft da drüben, wie die Stiefel oder was?«

»Ich weiß es doch nicht, Herr Hauptkommissar, glauben Sie mir.« Hertha Firneisen holt tief Luft. »Der Herr Brendler wohnt ja schon länger hier, und er hat mal etwas in der Richtung erwähnt. Dass er ein Mädchen aus dem Osten rausheiraten wolle. Eine Eistänzerin eben.« Sie sieht mich an. »Geben Sie mir eine von Ihren Zigaretten? Ich habe meine Zigarillos im Haus vergessen.«

Ich suche noch immer nach der Schachtel, aber die hat wohl Melanie.

»Spatz, kommst du mal? Die Zigaretten, aber zacki!«

Melanie kommt grinsend heran.

»Das hat ja gedauert, bis du gemerkt hast, dass deine Fluppen weg sind. Ich dachte schon, du willst es dir abgewöhnen.«

»Bietest du der Dame eine an? – Danke!«

Melanie öffnet die Packung und hält sie Frau Firneisen hin. Man sieht dem Mädchen an, dass es sich wie im Film fühlt – die alte Frau, die heruntergekommene Villa am Wasser, der verwilderte Garten – aber glücklicherweise verzichtet es darauf, aktiv eine Rolle zu übernehmen, und läuft, nachdem sich Hertha Firneisen dankend eine Zigarette genommen hat, rasch wieder hinunter zu den Enten am Ufer.

»Hübsche Tochter haben Sie«, lobt die alte Dame, nachdem ich ihr Feuer gegeben habe.

»Woher wissen Sie, dass es meine Tochter ist?«

»Ich bitte Sie!« Frau Firneisen macht eine Geste, als wäre das die selbstverständlichste Sache der Welt. »Das sieht man doch. Die Kleine ist Ihnen wie aus dem Gesicht geschnitten.«

Ist sie das wirklich, denke ich noch, als plötzlich eine männliche Stimme zu hören ist: »Herr Firneisen? Herr Firneisen, sind Sie da?«

Ich drehe mich um und sehe einen gut gebauten und braungebrannten Mann in den Garten kommen. Er trägt Jeans und ein vanillegelbes Polohemd, den taubenblauen Wollpullover hat er locker über die Schultern gelegt.

»Frau Firneisen, was ist passiert?«, fragt er besorgt, als er uns auf der Terrasse bemerkt. »Was sollen die Polizeiabsperrungen auf meinem Grundstück?«

»Sie sind Herr Brendler, nehme ich an.« Ich bin aufgestanden und ziehe meinen Dienstausweis hervor. »Knoop, Kriminalpolizei.«

»Was ist passiert?« Julian Brendler ignoriert meinen Ausweis und sieht mich fragend an. »Wurde bei uns eingebrochen?«

»Das nicht. Sagen Sie mir, wo Sie gerade herkommen?«

»Vom Flughafen«, antwortet Julian Brendler, »wir waren auf Gran Canaria. Sozusagen den Sommer etwas verlängern. Wir haben vorzeitig abgebrochen, weil wir natürlich auch dabei sein wollen, wenn in Berlin die Mauer fällt.«

»Wir?«, frage ich, »Wer sind wir?«
»Bitte?« Julian Brendler sieht mich verständnislos an.
»Sie sagten ›wir‹. Also waren Sie nicht allein auf Gran Canaria. Ich will wissen, mit wem Sie gereist sind.«
»Mit meiner Frau natürlich. Mit wem sollte ich sonst verreisen?«
Eben, denke ich, mit wem sonst?
»Wo ist denn Ihre Frau?«
»Die wartet im Wagen«, antwortet Julian Brendler, »wir dürfen ja nicht ins Haus. Da ist alles …«
»… abgesperrt und versiegelt, ich weiß. – Kommen Sie!« Diese Frau will ich sehen. »Na, los! Kommen Sie!«
Ich nehme den verdutzten Mann unmissverständlich am Unterarm und führe ihn zurück zu seinem Bungalow.
Der nachtblaue siebener BMW des Herrn Brendler steht vor der mit rotweißen Bändern abgesperrten Einfahrt, und natürlich sitzt niemand drin. Weder die tote Silke, noch sonst irgendeine Frau.
»Silke?«, ruft Brendler nervös, »Silke, hier ist ein Mann von der Kriminalpolizei!«
Was für eine erbärmliche Verstellung! Was bezweckt der Kerl damit, überlege ich noch, bevor wir hinter dem Haus einen gellenden Schrei des Entsetzens hören.
»SILKE!«
Wie von der Tarantel gestochen, hechtet Julian Brendler über die Absperrbänder und wetzt um den Bungalow herum.
»Hiergeblieben!«, rufe ich und renne dem Mann bis zur Terrasse nach. Dort sehe ich zum ersten Mal in meinem Leben einen Geist. Oder ist es eine Sinnestäuschung?
Weder gehöre ich zu jener Sorte Menschen, die sonderlich abergläubisch sind, noch glaube ich an Mysterien und Spökenkiekerei. Und trotzdem hat Julian Brendler ein leibhaftiges Gespenst im Arm.
Denn wie sonst soll man jene junge Frau bezeichnen, die da so bestürzt auf den mit weißer Kreide nachgezeichneten Umriss ihres eigenen Abbilds am Terrassenboden starrt und eigentlich tot in den Kühlkammern des Leichenschauhauses liegen soll …

Verblüfft muss ich mich erst mal setzen und lande im Blumenbeet.

34 »TUT MIR LEID, aber zu einer Silke Brendler haben wir nichts.«

Dennoch hatte Oberleutnant Friedrichs von der Ostberliner Kriminalpolizei eine dicke Akte dabei. Er legte sie geschlossen auf den Tisch und sah Hünerbein an.

»Die darf ich Ihnen natürlich nicht zeigen«, sagte er in seinem thüringischen Singsang und trommelte unschlüssig mit den Fingern auf dem Aktendeckel herum. »Verstehen Sie? Ich darf weder daraus zitieren, noch sonstige Informationen weitergeben. Es gibt kein Amtshilfeabkommen zwischen unseren Staaten.«

»Wie gesagt«, Hünerbein wollte dennoch nach der Akte greifen. »Ich bin rein privat hier.«

»Was die Sache nicht einfacher macht«, erwiderte der Oberleutnant und zog die Akte zurück.

Eine Weile lang fixierten sich die ost-westlichen Kollegen skeptisch, als wollten sie das Hirn des jeweils anderen durchdringen. Beweise mir, dass ich dir vertrauen kann, schienen die wahnsinnig blauen Augen des Oberleutnants zu fragen. Und: Geht das überhaupt? Kann man dem Klassenfeind trauen?

Wir sind keine Feinde, sondern Kollegen, dachte Hünerbein und hielt dem durchdringenden Scheinwerferblick stand, da versteht sich eine Zusammenarbeit von selbst. Es sei denn, ihr Ossis habt was zu verbergen. Unruhig rutschte er auf dem Stuhl herum. Irgendwas würde noch kommen, da war er sich sicher. Denn warum sonst hatte dieser Oberleutnant Friedrichs die Akte mitgebracht?

»Sagt Ihnen der Begriff Cardtsberg-Zwillinge etwas?«

Nee. Da musste Hünerbein passen. »Wer soll das sein?«

»Schade.« Der Oberleutnant sagte es gedehnt und lehnte sich mit seinen Zweimeternunddrei an die Heizung vor dem Fenster. »Das waren durchaus mal zwei ganz reizende Eistänzerinnen.

Die Lieblinge bei unserer Eisrevue im Friedrichstadtpalast.« Er seufzte und klappte nachdenklich den Aktendeckel auf und zu. »Die hätten noch was werden können in der DDR. – Aber leider ...«

Er schwieg, und in Hünerbeins Hirn begann es zu arbeiten. Eistänzerinnen, das passte.

»Wissen Sie, Ihr schönes Westberlin«, unterbrach der Oberleutnant die Gedanken seines Kollegen, »ist für unsere Bürger wie ein schwarzes Loch.« Er setzte sich und legte die Aktenmappe vor sich auf den Tisch. »Solange die Grenze zu war, fühlten sie sich nur magisch davon angezogen. Jetzt aber werden sie verschlungen.«

Hünerbein wollte eigentlich eine politische Debatte vermeiden. Dennoch wagte er eine Frage:

»Was glauben Sie? Liegt das an uns oder an Ihnen?«

»An mir liegt es jedenfalls nicht«, stellte Friedrichs klar, »obwohl auch ich sicher nicht frei von Fehlern bin.« Er erhob sich wieder und ließ die Akte demonstrativ auf dem Tisch liegen. »Einer davon ist Nachlässigkeit. Wollen Sie einen Kaffee?«

»Gern«, sagte Hünerbein und lächelte. Schon wieder ein Wink mit dem Zaunpfahl.

»Ich bin in zehn Minuten zurück«, sagte der Oberleutnant und ließ Hünerbein mit der Akte allein.

Der Ordner mit dem Aktenzeichen VP-KA-M 514/21/06.89 umfasste die kriminalpolizeilichen Ermittlungen gegen eine Cardtsberg, Anke, geboren am einundzwanzigsten Mai 1966 in Eberswalde/Finow, wegen Vorbereitung zur und versuchter Republikflucht nach § 213/213A StGB der DDR.

Sicher interessant diese Akte, aber was sollte Hünerbein mit einer Anke Cardtsberg?

Ein Schwarzweißfoto, offenbar aufgenommen nach der Inhaftierung, half ihm auf die Sprünge. Denn es zeigte eindeutig jene junge Frau, die vor zwei Tagen tot am Kladower Havelufer gefunden wurde.

Hünerbein lehnte sich zurück und begann zu lesen.

35 »TSCHULDIGUNG«, stammele ich verwirrt und klopfe mir den feuchten Sand von der Hose. Ich stehe einer wieder auferstandenen Toten gegenüber. Von Julian Brendler schützend in den Arm genommen, starrt sie erschrocken auf den mit wetterfester Kreide markierten menschlichen Umriss vor der Terrassentür.

»Was ist hier passiert?«

»Am Samstag«, mühe ich mich um Sachlichkeit, obgleich es schwerfällt, »am Samstag wurde hier eine Frauenleiche gefunden. Ich bin Hauptkommissar Knoop und ermittle in dem Fall. – Darf ich fragen, wer Sie sind?«

»Das ist meine Frau«, meldet sich der Ehegatte zu Wort. »Silke Brendler, wie gesagt.«

Silke Brendler, klar! Sie hat ja auch dasselbe Haar, dieselben Augen, denselben Mund. Nur die Totenblässe ist aus ihrem Gesicht gewichen. Stattdessen hat die kanarische Sonne der Haut einen schönen Goldton verliehen. Und sie kann sprechen.

»Eine Frauenleiche«, wiederholt sie entsetzt, »auf unserer Terrasse?«

Ich starre sie vermutlich noch immer an wie einen Geist, denn sie weicht meinem Blick aus und hüllt sich enger in ihren weiten, braunmelierten Pullover aus irischer Schafswolle, Marke Fisherman. Dazu trägt sie eine enge weiße Jeans und braune Halbschuhe, die vermutlich dieselbe Größe haben wie die Schlittschuhe und die Lederstiefel der Toten. Aber ist das möglich? Kann es denselben Menschen zweimal geben?

»Die Tote wurde von Ihrem Nachbarn identifiziert.«

»Von Firneisen?«, fragt Julian Brendler. »Kannte er die Tote?«

»Davon bin ich bislang ausgegangen. Er sagte, es handle sich um Ihre Frau!«

»Was?!« Brendler schnappt nach Luft.

»Und in der Tat hat die Tote eine verblüffende Ähnlichkeit mit Ihrer Frau!«

»Tatsächlich!«

Ich sehe, wie sich Silkes Augen mit Tränen füllen. Julian nimmt sie fester in den Arm, drückt sie an sich.

»Aber das ist furchtbar!«, sagt er betroffen. »das kann ja dann nur ...«

»Verdammt«, schluchzt Silke auf und verbirgt ihr Gesicht an seiner Brust, »das war Anke …«

Anke? Plötzlich fällt bei mir der Groschen. »Zwillinge!« Die Frau hat eine Zwillingsschwester!

»Eineiig«, murmelt Julian tonlos. »Anke und Silke.«

Ja. Das erklärt einiges. Zum Beispiel, warum es von der Toten keine Fingerabdrücke im Haus gibt. Weil sie niemals drin war.

»Vielleicht …« Brendler stützt seine Frau und macht eine betretene Miene. »Vielleicht gehen wir lieber hinein?«

»Natürlich«, sage ich und mache eine unbestimmte Handbewegung, »bitte!«

Ich folge den beiden. Wir gehen wieder nach vorn, wo Julian den Haustürschlüssel aus dem BMW holt.

Melanie hockt auf der Kühlerhaube, neugierig und schon wieder rauchend. »Dauert's noch lang? Ich krieg langsam Hunger.«

»Moment noch.« Ich nicke ihr entschuldigend zu und folge dem Ehepaar ins Haus.

Dort sieht es wüst aus. Die Spurensicherer haben ganze Arbeit geleistet. Überall an den Wänden, Türen, Schränken und wo man sonst noch überall so hinfassen kann, haben sie ihr schwarzes Pulver verteilt, um Fingerabdrücke kenntlich zu machen.

Mit einem Taschentuch säubert Silke oberflächlich einen Stuhl und setzt sich drauf. Brendler bleibt am Fenster stehen, sieht wieder auf den Kreideumriss.

»Eine Gewalttat?«

»Nicht unbedingt. Nach allem, was wir bisher wissen, ist sie aus dem Wasser gekommen, bevor sie erfror. Und sie hatte Schlittschuhe an.«

»Sie hatte Schlittschuhe an?« Silke sieht verheult auf. Offenbar hat sie sich die Tränen aus dem Gesicht wischen wollen. Mit demselben Taschentuch, mit dem sie eben noch den Stuhl säuberte, so dass sie jetzt dunkle Striemen vom Pulver der Spurensicherer auf den feuchten Wangen hat. Kurzum: Das Mädchen sieht erbärmlich aus, und so reiche ich ihr ein frisches Tempo.

»Können Sie sich das erklären?«

»Was?« Fast feindselig nimmt sie mir das Taschentuch ab.

»Die Schlittschuhe.« Unruhig laufe ich im Raum umher. »Das ist doch nicht normal.«

»Was ist schon normal?« Silke Brendler sagt es tonlos und starrt auf den Boden. Langes Haar vor dem Gesicht.

Ich warte, ob noch was kommt.

Aber nichts passiert. Die junge Frau sitzt zusammengesunken und reglos auf dem Stuhl, beißt sich auf die Lippen und knautscht das Taschentuch.

»Herr Firneisen sagte mir, Sie seien Eistänzerin«, versuche ich es erneut. »Vielleicht hat es damit zu tun?«

»Woher soll ich das wissen?« Es klingt wie ein Schrei. »Wir waren im Urlaub!«

Kein Zweifel, der Tod der Schwester ist für Silke Brendler ein Schock. Sie hockt da wie ein Häufchen Elend, und am liebsten würde ich mitheulen. Es ist immer dasselbe, ich ersticke fast vor Mitleid, kann andere Leute einfach nicht weinen sehen.

Aber was soll ich tun? Die Frau trösten? Wie, wenn ich nicht weiß, warum geschah, was geschah?

»Hey«, sage ich schließlich beruhigend, »Ich werde herausfinden, was mit Ihrer Schwester passiert ist. Aber dafür brauche ich Ihre Hilfe!« Ich will ihr noch ein Tempo geben, doch Silke wendet sich ab.

»Lassen Sie mich allein. Bitte!«

»Wie Sie wollen.« Ich erhebe mich seufzend, sehe Julian Brendler an. Vielleicht ist aus dem mehr herauszubekommen.

»Gehen wir ein Stück?«, frage ich ihn.

»Ich brauche ohnehin frische Luft«, erwidert er leise und gibt die Richtung vor.

»Frau Firneisen erzählte, dass Sie Ihre Frau aus dem Osten rausgeheiratet haben.«

»Ja«, Julian Brendler nickt bedrückt, »ich konnte ja nicht beide heiraten.«

Die hohen Kastanienbäume ringsum sind schon fast kahl. Ihr welkes Laub bedeckt den Weg und knistert unter unseren Schritten wie trockenes Papier.

»Wie haben Sie denn die Zwillinge kennengelernt? Waren Sie geschäftlich drüben?«

»So ungefähr. Das PR-Business ist hart umkämpft, wissen Sie? Ich musste mir für meine Firma etwas einfallen lassen, um am Markt bestehen zu können.«

»Und der Osten war unerschlossenes Gebiet.«

»Absolut. Doch es war zunächst nicht ganz einfach, mit den zuständigen Leuten dort in Kontakt zu kommen. Aber letztlich ist man in der chronisch klammen DDR immer an Devisen interessiert.«

Wir laufen vom Sakrower Kirchweg aus die Imchenallee hinunter und folgen so unwillkürlich der alten Gassirunde des Karl Gustav Firneisen.

»Und Sie konnten die Genossen davon überzeugen, dass Sie ihnen Devisen bringen?«

»Und ob.« Julian Brendler kickt einen kleinen Stein beiseite. »Ich habe ein gutes Konzept. Ich entwickle Packages für westliche Touristen. Also Stadtrundfahrten durch Ostberlin mit anschließendem Theaterbesuch und so weiter. Aber zunächst scheiterte die Zusammenarbeit an meinen Honorarvorstellungen.«

»Verstehe! Die klammen Ostgenossen.«

»Sie schlugen mir ein Erfolgshonorar vor«, sagt Brendler, der offensichtlich gern von seinen Geschäften spricht, »eine Art Gewinnbeteiligung. Damit kann ich leben. Das Geschäft brummt. Ich kann gar nicht so viele Busse bekommen, wie ich Leute rüberkarren könnte.«

»Und wann haben Sie nun die Zwillinge kennengelernt?«

»Vor zwei Jahren. Zur Siebenhundertfünfzig-Jahr-Feier der Stadt. Das wurde ja drüben auch mächtig gefeiert. Da brach ein wahrer Konkurrenzkampf zwischen Ost und West aus, wer nun die pompösere Party gibt. Das geriet zur Materialschlacht, sag ich Ihnen.«

»Und wer hat gewonnen?«

»Soll ich ganz ehrlich sein?« Julian Brendler macht ein Gesicht, als vertraue er mir seine intimsten Geheimnisse an. »Der Osten. Die haben sich mit dem neuen Friedrichstadtpalast die modernste Revuebühne der Welt gebaut. Sowas können Sie bei uns gar nicht mehr bezahlen. Gigantisch, sag ich Ihnen. Vierzig Meter Chorusline, Schwimmbassins, Eisflächen, eine riesige hydraulische Bühnenkonstruktion. Einfach irre.« Er hob fasziniert die Hände. »Die haben da richtig was auf die Beine gestellt. Zur Eröffnungsrevue wurde ich ganz offiziell eingeladen.«

»Da wussten die Genossen offenbar schon, was Sie an Ihnen hatten.«

»Und ob! Die verdienen richtig gut an mir.«

»Und Sie?«

»Ganz im Vertrauen«, Brendler sieht sich um, um sich zu vergewissern, dass uns niemand zuhört, »ich habe in den letzten Jahren so viel Kohle gemacht – ich bräuchte gar nicht mehr zu arbeiten. Ich könnte 'n Lauen machen für den Rest meines Lebens. Aber jetzt, wo die Mauer auf ist …«

»… heißt es noch mal ordentlich in die Hände gespuckt?«

»Sie sagen es, Kommissar, Sie sagen es. Ich wäre doch ein Idiot, wenn ich mich da jetzt rausziehen würde. Die machen da doch jetzt eine Baustelle nach der anderen auf, da winken ganz neue Perspektiven.«

Ein paar Jogger traben uns entgegen und ein Mann steht in seinem Garten und harkt den Rasen.

»Bei dieser Eröffnungsrevue waren dann auch die beiden Eistanzschwestern?«

»Die Cardtsberg-Zwillinge.« Julian Brendler nickt. »Die hatten da eine schöne Nummer auf dem Eis. Aber die wollten weg, das hab ich gleich gemerkt. – Sehen Sie mal, da!« Er zeigt mir ein Eichhörnchen, das flink einen Baumstamm hochflitzt. »Bei der Premierenparty bin ich mit den beiden ins Gespräch gekommen. Die konnte die modernste Revuebühne der Welt nicht mehr beeindrucken. Die wollten raus, die Welt sehen …« Er seufzt. »Wie gesagt, am liebsten hätte ich beide geheiratet. Dann würde Anke vielleicht noch leben. Sie hat wahrscheinlich nie verwunden, dass ich mich für die Silke entschieden hab.«

»Mussten Sie denn gleich heiraten?«

»Ich bitte Sie«, Julian Brendler lacht bitter auf, »Liebe ist für die DDR-Behörden kein Ausreisegrund. Da war die Hochzeit

Pflicht. In der DDR, wohlgemerkt. Standesamt Mitte. Ein rein amtlicher Vorgang mit staatlich bestellten Zeugen. Danach sind wir noch ins Palasthotel essen gegangen. Das war's. Keine Feier, nichts.« Er schaut versonnen dem Eichhörnchen nach. »Ich hatte ja nur ein Tagesvisum und musste am Abend wieder über die Grenze.«

»Das kenne ich.«

»Ohne Braut, wohlgemerkt. Tolle Hochzeitsnacht war das!«

»Im Ernst? Ihre frischgebackene Ehefrau durfte nicht mit?«

»Wo denken Sie hin!« Brendler schüttelt den Kopf. »Das hat noch fast zwei Monate gedauert, bis sie die Silke rausgelassen haben. Die musste sich noch bei allen möglichen Behörden abmelden. Den so genannten Laufzettel abarbeiten. Anfang März 1988 hieß es plötzlich, Ausreise binnen vierundzwanzig Stunden. Auf einmal musste dann alles ganz schnell gehen.« Er zuckt mit den Schultern. »Na ja, viel mehr als 'ne Reisetasche hatte Silke ja nicht mehr. Ich hab sie an der Friedrichstraße abgeholt.«

»Und Anke?«

»Blieb drüben.« Julian Brendler atmet tief durch. »Schlimm war das, schlimm. Die war richtig fertig. Ich hab später versucht, sie zu besuchen in Ostberlin, aber sie wohnte nicht mehr in der alten Wohnung und hatte auch sonst nichts hinterlassen.«

»Kein Kontakt mehr?

»Nichts.« Brendler schüttelt das Haupt. »Sie war einfach plötzlich weg. Wie vom Erdboden verschluckt. Man erfährt ja nichts da drüben. Der Vater ist irgend so ein hohes Tier bei der Armee. Ich nehme an, der hat sie abgeschottet. Ach …«, er schüttelt sich und sieht mich an, »… und jetzt dieses tragische Ende – mein Gott!«

»Da ist sie ins Wasser gegangen.« Ich zeige ihm die Bank unter der großen Trauerweide.

»Selbstmord?« Julian sieht aufs Wasser.

»Kaum«, sage ich. »Vermutlich wollte sie zu Ihnen.«

»Aber warum kommt sie dann durchs Wasser? Das ist doch nicht normal, oder?«

»Nee. Aber wie Ihre Gattin so schön sagte: Was ist schon normal? – Fragen Sie sie mal!«

»Werd ich tun«, verspricht Brendler.
Ich reiche ihm die Hand. »Ich muss. Meine Tochter ist hungrig.«

»Das war ich vorhin auch«, erwidert Julian Brendler, »aber inzwischen ist mir der Appetit vergangen.«

»Wird schon wieder.« Ich nicke ihm zu und trabe zurück zu Melanie, bevor sie vor Hunger zusammenbricht.

36   »SPAGHETTI CARBONARA«, singen Spliff aus den Boxen im L'Emigrante, »e una Coca Cola«, und es herrscht Hochbetrieb. Alle Tische sind besetzt, Kellner flitzen wie die Wiesel mit riesigen Tabletts umher, verteilen Pizzen und Pasta und Wein und Bier, und es herrscht eine Stimmung wie auf dem Jahrmarkt.

»Commissario«, ruft Enzo D'Annunzio und winkt mich zu einem kleinen Tisch in einem Separee am Tresen. »Ich mache frei hier für dich und deine kleine Tochter, komm!« Eilig räumt er die vielen Bündel von DDR-Markscheinen weg, die er gerade gezählt hat, und spendiert ein frisches Tischtuch.

»Woher hast du denn die ganzen Ostmark«, wundere ich mich. Als Antwort zeigt mir Enzo ein großes Schild im Fenster neben der Tür, das ich aber von innen nur spiegelverkehrt lesen kann.

»Neue Idee fürs Geschäft«, vertraut er mir an. »Ab heute gibt es Essen für Besucher aus DDR. Und sie können bezahlen mit ihrem eigenen Geld. Gegen Vorlage von Pass.« Triumphierend deutet er in den Raum. »So voll war der Laden in zwanzig Jahren nicht.«

»Klasse«, finde ich das, »und was willst du mit der ganzen Ostknete? 'n Trabi kaufen?«

»Commissario«, Enzo setzt sich und reibt Daumen und Zeigefinger aneinander, »heute ist das Geld nix wert. Aber weißt du, was ist morgen?« Er rückt näher heran. »Berlin wird wieder werden eine Stadt«, raunt er geheimnisvoll, »und dann wird kein Platz mehr sein für zwei verschiedene Währungen.« Er wedelt mit seinen Ostmarkbündeln. »Und was glaubst du, was dann daraus wird?«

»Na denn!« Melanie legt ihren Personalausweis und zwanzig Ostmark auf den Tisch. »Zahl ich heute das Essen!«

»Das, du süße Maus«, Enzo macht einen spitzen Mund und schiebt Ausweis und Geld wieder zurück, »steckst du zurück in Arsch von Schwein!«

»Was?«

»Er meint dein Sparschwein, Spatz«, erkläre ich.

»Ich lade ein«, verkündet Enzo feierlich, »geht alles auf Haus.«

»Ganz netter Mafiosi«, meint Melanie beeindruckt und steckt ihr Geld wieder ein.

»Mafioso«, verbessere ich sie. »Die Mafiosi, aber der Mafioso. Im Übrigen mag er es nicht so sehr, wenn man ihn so nennt. Also sag es nicht so laut.«

Melanie nickt geheimnisvoll und sieht Enzo gespannt zu, wie er den Tisch für drei Personen deckt.

»Isst du mit uns?«, frage ich.

»Nein, zu viel zu tun, leider«, bedauert er, »aber dein Kollege, Commissario Hünerbein, hat angerufen und gefragt, wo du bist. Ich sollte rufen zurück, wenn du kommst. Er wird in zehn Minuten hier sein.«

»Dann wird das aber ein teures Vergnügen für dich«, sage ich, denn Hünerbein ist bekannt dafür, dass er ganze Restaurants in die Pleite fressen kann, wenn es aufs Haus geht.

»Was ist schon wirklich teuer?« Enzo macht eine abgeklärte Gönnermiene und hebt die Hände. »Das Leben, sonst nix. Nicht wirklich.«

Er muss es wissen.

Melanie bekommt Cola und ich meinen halben Liter Frascati. Kurz darauf schiebt sich auch der dicke Hünerbein bräsig durch das überfüllte Lokal.

»Schön, dass man dich mal wieder sieht, Sardsch«, knurrt er und lässt seine drei Zentner auf einen Stuhl fallen. »Während du dich vergnügst, hab ich unseren Fall fast gelöst.« Er sieht skeptisch auf Melanie. »Ist die Kleine nicht 'n bisschen jung für dich?«

»Darf ich vorstellen? Meine Tochter Melanie.« Ich deute auf den Kollegen. »Mein Partner Hünerbein. Immer unermüdlich und präsent.«

»Das mit der Tochter nehm ich dir nicht ab«, schnauft Hünerbein, »das hättest du schon mal erzählt.« Er grinst Melanie herablassend an. »Aber trotzdem guten Abend für Sie.«

»Ihnen auch«, erwidert Melanie bewundernd. Solche fetten Kerle gibt es im Osten nicht.

»Also«, Hünerbein beugt sich vor, »unsere Tote heißt nicht Silke Brendler, sondern Anke Cardtsberg …«

»… ich weiß«, nicke ich, »die Zwillingsschwester.«

»Das weißt du schon?« Hünerbein lehnt sich enttäuscht zurück. »Woher denn?«

»Silke Brendler ist heute mit ihrem Mann von den Kanarischen Inseln zurückgekehrt«, erkläre ich ihm, »ich hab schon mit ihr gesprochen.«

»Und?« Hünerbein holt ein zerknittertes Schächtelchen Roth-Händle aus der Hosentasche und schiebt sich eine geknickte Zigarette in den Mund. »Was hat sie gesagt?«

»Nicht viel. Der Tod ihrer Schwester schien sie sehr zu treffen.«

»Die hatten ein zerrüttetes Verhältnis.« Hünerbein sieht zu Francesco, der an unseren Tisch getreten ist, »ein großes Gezapftes, bitte«, und wendet sich dann wieder mir zu. »Waren beide in denselben Mann verliebt.«

»Das ist die Frage«, erwidere ich, »waren sie verliebt, oder wollten sie nur raus aus Ostberlin?«

»Okay, du bist im Bilde.« Hünerbein ist zufrieden und nestelt seinen Notizblock aus der Tasche. »Also, ich habe mich heute mit unseren Kollegen in Ostberlin getroffen. Ein Oberleutnant Friedrichs war sehr kooperativ.« Er blättert seinen Notizblock durch. »Offenbar hat diese Anke Cardtsberg im Juni einen völlig konfusen Fluchtversuch über die Tschechoslowakei gestartet. Wahrscheinlich wollte sie über Ungarn nach Österreich. Sie kam allerdings nicht weit und wurde schon an der Grenze in Bad Schandau verhaftet. Ich hab mir die Ermittlungsakten angesehen.«

»Vielleicht wollte sie ja auch nur Urlaub machen«, mischt sich Melanie ein.

»Wieso?« Hünerbein starrt das Mädchen erstaunt an.

»Na, die buchten doch jeden ein, der ihnen nicht passt.« Melanie macht ein abgeklärtes Gesicht. »Hat sie einen Ausreiseantrag gestellt?«

»Jau«, sagt Hünerbein nickend, »im April achtundachtzig.«

»Sehen Sie«, Melanie nippt an ihrer Cola, »dann ist sie schon mal per se ein Staatsfeind. Dann kann man irgendwas behaupten und weg damit. Ab in den Knast. Wie bei Mutti.«

Hünerbein sieht abwechselnd auf mich und Melanie und wirkt etwas ratlos. »Sind Sie wirklich seine Tochter?«

»Ja.« Melanie strahlt. »Was dagegen?«

»Nein, gar nicht, wundert mich nur.« Hünerbein blättert wieder in seinem Notizblock. »Also, die Indizien waren wirklich nicht so doll. Fünfhundert West und eine Straßenkarte reichten denen schon als Beweis für einen Fluchtversuch. Die haben nicht lange gefackelt.«

»Dann war Anke Cardtsberg seit Juni inhaftiert?«

»Das wusste der Kollege von der Ostberliner Kripo auch nicht.« Hünerbein versucht erfolglos, die Arme zu verschränken. »Das ist wie bei uns, die Kripo ermittelt, der Richter legt das Strafmaß fest. Aber auf jeden Fall muss sie Freitag schon auf freiem Fuß gewesen sein, sonst hätte sie ja nicht in Kladow in die Havel hüpfen können.«

»Wer hüpft denn in die Havel?« Melanie tippt sich gegen die Stirn. »Das ist doch krank! Die hat jemand geschmissen.«

Hünerbein sieht mich an. »Was ist mit Firneisen? Ich hab gehört, der ist auch draufgegangen?«

»Herzschlag«, sage ich, »genau da, wo auch die Brendler oder besser ihre Schwester ins Wasser geriet.« Geriet ist ein guter Ausdruck. Er lässt offen, ob sie freiwillig ging oder gegangen wurde.

»Was hat er an der Stelle gesucht?«

»Die Stiefel des Mädchens«, antworte ich. »Da waren ihre Stiefel.«

»Aha«, macht Hünerbein. »Dann wollte er also die Stiefel wegschaffen, bevor wir sie finden. Und dann – eine Herzattacke vereitelt das Unterfangen.«

»Warum will aber er die Stiefel wegschaffen?«, frage ich, »weil er das Mädchen umgebracht hat? – Wieso? – Mit welchem Motiv?«

»Ganz einfach! Er ist durchgedreht.« Hünerbein wedelt sich vor der Stirn herum. »Ich meine, verrückt genug war er ja, und uns hat er auch für Plünderer gehalten.« Er saugt gierig an seiner Roth-Händle. »Und dann schleicht da jemand am Wasser rum. Firneisen denkt, hah! Jetzt habe ich sie! Dreht völlig durch. Treibt das Mädchen mit seiner Waffe ins Wasser. Die rettet sich zum Bungalow der Schwester und erfriert.« Hünerbein nickt zufrieden. »Ja, genauso wird's gelaufen sein. Damit kann ich leben. Was meinst du? Fall erledigt?«

Das bezweifle ich. »Er hat doch das Mädchen als seine Nachbarin erkannt.«

»Nicht, als er sie ins Wasser trieb. Das war ihm erst klar, als wir ihm die Tote zeigten. Deswegen war er auch so verwirrt, so seltsam. Er hat die Nachbarin auf den Kanaren vermutet, und jetzt hat er sie umgebracht. Das schafft ihn bis zum Herzinfarkt. Ja …«, Hünerbein schlägt die Speisekarte auf, »… so war's. Oder hast du 'ne bessere Erklärung?«

Nee. Hab ich nicht. Leider.

Und die Theorie wäre auch durchaus plausibel, wären da nicht die Schlittschuhe. Wenn Firneisen das Mädchen ins Wasser getrieben hat, warum trug sie dann Schlittschuhe? Warum musste sie sich vorher die Stiefel ausziehen?

»Um uns zu verwirren«, Hünerbein winkt ab, »damit wir genau da immer wieder hängenbleiben. An diesen verdammten Schlittschuhen.«

»Okay. Er zwingt das Mädchen, die Stiefel aus- und die Schlittschuhe anzuziehen.«

»Um uns kirre zu machen«, bekräftigt Hünerbein und drückt seine Zigarette aus.

»Und warum erkennt er dann seine Nachbarin nicht? Das dauert doch ein bisschen, bis man die Schuhe gewechselt hat, da hat er doch Zeit, sich die Kleine genauer anzusehen. Und dann hätte es heißen müssen, oh Verzeihung, Frau Brendler, aber ich dachte, hier sind Plünderer am Werk.«

»Mensch, Sardsch!«, ruft Hünerbein genervt, »du machst mich fertig. Ich will endlich diesen Fall abschließen!«

»Ich auch.« Ich trinke von meinem Wein. »Aber was nicht ist, ist nicht, oder?«

»Oder was?« Hünerbein ist sauer. »Enzo!«, schreit er plötzlich wütend. »Ich sterbe vor Hunger, hast du uns vergessen?«

37 ES IST WEIT NACH elf Uhr am Abend, als wir aus dem L'Emigrante kommen. Hünerbein hat alles verschlungen, was ihm Essbares in die Nähe kam und wir haben noch diverse Möglichkeiten durchdiskutiert. Ohne Ergebnis. Wir sind immer an den Schlittschuhen hängen geblieben. An dem Umstand, dass das Mädchen durchs Wasser kam. Dass es erfror. Wir sind einfach nicht weiter gekommen. Wir haben keine Antwort auf unsere Fragen und fürchten, dass es womöglich keine Antwort gibt.

Das kommt vor in unserem Beruf. Unlösbare Rätsel gibt es häufiger als man denkt. Wir stecken halt nicht drin in der menschlichen Psyche. Außer in unserer eigenen, und da auch nicht immer.

Gott, bin ich müde. Einfach mal ausschlafen, dann fallen einem vielleicht auch wieder die richtigen Antworten ein.

Gemeinsam mit Melanie steige ich die Stufen zu meiner Wohnung hoch. Ich suche noch den Schlüssel, als das Mädchen einen kleinen, zweimal zusammengefalteten Zettel über dem Klingelschild an der Tür entdeckt.

»Mutti! Sie war hier.«

Vorsichtig falte ich den Zettel auseinander. *»Ich versuche schon den ganzen Tag, euch zu erwischen«*, ist da in fein geschwungener Schrift zu lesen, *»wo seid ihr? Ich gehe jetzt in die Imbissbude gegenüber und bestelle mir was zu essen. Ich hab zwar kein Geld, aber ich hoffe, ihr kommt noch und löst mich dann aus. Grüße von Moni.«*

Monika! Wieder und wieder lese ich den Zettel. Sie ist hier, direkt in der Dönerbude auf der anderen Straßenseite. Schlagartig bin ich hellwach, schließe hastig die Wohnungstür auf, wühle meinen Kleiderschrank durch. Irgendwo muss noch dieses sündhaft teure Sakko sein, das ich mir mal zum Ball des Polizeiorchesters gekauft hatte. Dazu das schwarze Seidenhemd, 'ne frische Jeans und Schlangenlederstiefel, und fertig ist der Mann von Welt.

»Spinnst du?« Melanie tippt sich gegen die Stirn: »Machst du dich jetzt schick, oder was? Ich meine, bei deiner polierten Visage nutzt auch der beste Anzug nichts.«

»Halt dich da raus und geh ins Bett«, fauche ich das Mädchen an und mache mich im Badezimmer mit Old Spice frisch. Mein Gesicht sieht tatsächlich noch recht verbeult aus, verleiht mir aber einen raubeinigen Touch und abenteuerliche Männlichkeit. So, wie ich Monika in Erinnerung habe, steht sie auf derart verwegene Typen.

»Nacht, Spatz! Ich klär das mit deiner Mutter.«

»Die will mich doch nur wieder nach Görlitz zurückholen«, jammert Melanie.

»Ab ins Bett«, wiederhole ich, setze die Sonnenbrille auf und mache mich auf den Weg zum Dönerstand gegenüber.

»Scharf, wie immer?« fragt der Mann am Fleischspieß statt einer Begrüßung, doch ich habe ja bereits gegessen und zudem schon von draußen jene Frau gesehen, die auf einem Hocker neben dem Daddelautomaten sitzt und fasziniert einem jungen Mann beim Flippern zusieht.

»Monika?«

»Immer noch, ja.« Die Frau reicht mir die Hand, ohne den Blick von dem Typen am Spielautomaten abzuwenden.

Hastig suche ich nach Kleingeld und halte Moni ein paar Markstücke hin. »Willst du auch mal?«

»Quatsch.« Monika lacht. »Mich interessiert der knackige Hintern von dem Typen, nicht der einarmige Bandit.«

Sie trägt einen leichten, halblangen Sommermantel, jedenfalls viel zu kühl für diese Jahreszeit, und darunter ausgeblichene Jeans und ein enges, dunkelbraunes Shirt. Das lange, lockige Haar wie damals, noch immer wild und ungeordnet. Ihr Gesicht ist schmaler geworden, ernster, und um die Augen haben sich ein paar kleine Fältchen gebildet, die ganz bestimmt nicht vom Lachen kommen.

Nein, das ist nicht mehr das verrückte, leichtsinnige Mädchen von früher. Vor mir steht eine sehr schlanke, fast fragil wirkende und dennoch faszinierende Frau, der man ansieht, dass sie einiges in ihrem Leben durchgemacht hat. Und so ist es eine glatte Lüge, wenn ich behaupte:

»Du hast dich kaum verändert.«

»Danke.« Sie lächelt und sieht prüfend an mir herunter. »Du dagegen bist ganz schön schwabbelig geworden.«

»Ich bin zweiundvierzig«, ich hole mir einen Hocker heran, »da sieht man so aus.«

»Man oder du?« Monika streicht sich eine Haarlocke aus dem Gesicht. »Wie geht's Melanie?«

»Sie schläft hoffentlich.«

»Ich schätze, sie will hier gar nicht mehr weg.«

»Schon möglich. Jedenfalls hat sie deine Ankunft befürchtet.«

Wie gerne würde ich Monika in den Arm nehmen, aber irgendetwas hindert mich. Wie ein eingeschüchterter Schuljunge hocke ich vor ihr und ringe mir ein »Aber ich freu mich, dich zu sehen« ab.

»Ja«, Monika lächelt versonnen, »ich freu mich auch. Hätte nie gedacht, dass ich dich noch mal wiedersehe.« Für einen Moment blitzt etwas in ihren Augen auf, das ich von früher her kenne. »Eigentlich ein Wunder, oder? Da haut der Kerl hinter die Mauer ab und irgendwann ist dieses Ding plötzlich auf. Da sitzen wir nun.«

»Ja«, wiederhole ich, »da sitzen wir nun.«

»Eigentlich wollte ich dir unbedingt eine runterhauen.« Monika sieht sich prüfend mein Gesicht an. »Aber das hat ja schon jemand für mich getan.« Sie kann nicht ahnen, wie recht sie hat.

»Ich musste meinen Arsch in Sicherheit bringen, das war alles.«

»Ja, der ist wichtig, dein Arsch.« Monika nickt bitter. »Leider hast du meinen vergessen. War nicht gerade angenehm im Bautzener Vollzug, schwanger mit Melanie. Da fühlt man sich ziemlich beschissen.«

»Tut mir leid.« Das meine ich ganz ehrlich. »Aber ich konnte nicht wissen, dass du meinetwegen ins Gefängnis kommst. Und ich konnte nicht wissen, dass du schwanger bist.«

»Dann hatte ich wohl Pech.« Monika ist von ihrem Hocker gerutscht und sieht sich um. »Was ist? Zeigst du mir jetzt die Stadt, oder soll ich mit den Eindrücken einer türkischen Imbissbude nach Hause fahren?«

»Ich hoffe doch sehr, dass du nicht gleich wieder nach Hause musst.«

»Kommt darauf an, wie lange du mich aushältst.« Sie schiebt mich zum Tresen. »Als Erstes musst du mich hier freikaufen. Und dann interessiert mich vor allem das Berliner Nachtleben. Das solltest du noch wissen.«

Ich genieße den neidischen Blick des Mannes am Dönerspieß und zahle. Vier Mark fünfzig für einen Döner und zwei Bier.

Dann bestelle ich uns telefonisch ein Taxi.

»Hast du ein besonderes Ziel?«

Monika schüttelt die langen Locken. »Ich kenn mich hier nicht aus.« Sie hakt sich bei mir ein, wir gehen hinaus auf die Straße. Mein Herz galoppiert als ginge es um einen Sieg beim Sechstagerennen. Junge, Junge! Sechzehn Jahre sind vergangen, und ich fühle mich wie damals. Als wäre es gestern gewesen. Als hätte ich sie mitgenommen in den Westen. Unglaublich!

»Kneif mich mal! Sonst kann ich es nicht glauben!«

Offenbar geht es ihr ähnlich, und so kneife ich sie in den Arm.

»Aua, nicht so doll«, kreischt sie und gibt mir lachend einen Schubs. Dann zieht sie sich die Schuhe aus und balanciert auf Strümpfen den Bordstein entlang. »Unser vierter Tag.«

Ich verstehe nicht gleich. Aber dann erinnere ich mich, dass sie damals erklärt hatte, nach sieben Tagen wisse sie, ob sie mit jemandem länger zusammenbleibe oder nicht.

Und jetzt haben wir unseren vierten Tag. Nach sechzehn langen Jahren.

Mit dem Taxi fahren wir zum »Dschungel« in die Nürnberger

Straße. Aus den Boxen dröhnt INXS, und unter der Glitzerkugel tanzen die Prominenten und Schönen der Stadt.

Ich will erst zur Bar, um uns einen dieser sündhaft teuren Drinks zu bestellen, doch Monika zieht mich gleich zur Tanzfläche, und so finde ich mich, obwohl kein sonderlich begeisterter Discogänger, zwischen den zuckenden Leibern der »Supersize Girls« und der »Supersize Boys« wieder und drehe mich, boum, boum, boum, wie ein frisch verliebter Hahn im Takt der Musik.

Monika strahlt. Sie schüttelt ihr langes Haar und fällt auf. Sie fiel schon immer auf. Damals wie heute und selbst unter den Schönen und Reichen Berlins ist diese Frau aus Görlitz, die ihren Lebensunterhalt damit verdient, Gurken einzulegen, etwas ganz Besonderes. All die gestylten Partypüppchen, die Stars und die Sternchen können Monika nicht das Wasser reichen. Sie leuchtet. Während es allen anderen im »Dschungel« nur darum geht, gesehen zu werden und sich entsprechend zu präsentieren, ist Monika ganz bei sich, wiegt sich mit erhobenen Armen und geschlossenen Augen im Takt der Musik und scheint nichts mehr um sich herum wahrzunehmen. Sie gibt sich völlig dem Gesang von Michael Hutchence hin, den Rhythmen, dem Licht. Und sie ist dabei wunderschön.

Nach drei Titeln bin ich völlig erschöpft und schweißgebadet, doch fest entschlossen, die Tanzfläche nicht zu räumen, bevor Monika genug hat. Zumal sich ihr mehrere dieser Charlottenburger Sunnyboys genähert haben, denen es nur immer darum geht, an einem Abend so viele Frauen wie möglich aufzureißen. Mit denen kann ich natürlich unmöglich mithalten, dafür fehlt mir schon der Ferrari vor der Tür. Dafür sehe ich mit meinen Verletzungen im Gesicht überaus gefährlich aus und kann so mit finsteren Blicken auch die aufdringlichsten Nebenbuhler und die flottesten Stutzer in die Flucht schlagen.

Tage später erzählt mir Hünerbein von einem Artikel in der BILD-Zeitung, der von einer unbekannten Schönen berichtet, die, von einem düsteren Bodyguard bewacht, im »Dschungel« aufgetaucht ist und irgendwann genauso geheimnisvoll wieder verschwand, ohne dass die Paparazzi herausfinden konnten, um wen es sich bei der Schönheit gehandelt habe. Ich bin sicher, dass es Monika war. Aber natürlich kann ich mich täuschen.

Gegen zwei Uhr in der Nacht braucht Monika endlich eine Pause, und wir gehen an die Bar, wo ich uns Wodka Martini bestelle.

»Warum warst du im Gefängnis?« Ich komme einfach nicht drüber hinweg. »Doch nicht etwa wirklich meinetwegen?«

»Jedenfalls habe ich keinen Kiosk ausgeraubt.« Moni kostet von ihrem Drink.

»Was hat man dir vorgeworfen?«

»Illegale Kontaktaufnahme.« Monika seufzt. »Ja, so nannte sich das. Geheimdienstliche Tätigkeit und so weiter.«

»Aber das ist unglaublich!« Ich bin empört. »Du konntest nicht wissen, dass ich vom Verfassungsschutz war.«

»Ich war eben nicht wachsam genug.« Monika lacht spöttisch. »Auch das ist ein Verbrechen. Wachsamkeit ist oberste Bürgerpflicht im Klassenkampf!« Sie legt mir die Hand aufs Knie. »Lass uns von was anderem reden, ja?«

»Verdammt, ich hab von alldem nichts geahnt!«

»Wie auch?« Monika winkt ab. »Du warst ja wieder im sicheren Westen.«

»Wie lange?«, will ich wissen.

»Wie lange was«

»Wie lange warst du im Gefängnis?«

»Zehneinhalb Monate insgesamt.« Man sieht ihr an, dass sie darüber eigentlich nicht sprechen will. Doch dann bricht es aus ihr heraus: »Mir hat es gereicht. Ich habe Melanie im Knast zur Welt gebracht. Sollte ich sie da aufwachsen lassen? Über drei Jahre hätte ich noch absitzen müssen, aber dann haben sie mitbekommen, dass ich harmlos war. Ein wildes Mädchen von achtzehn Jahren. Ein Stasimann hat sich in mich verliebt. Das war meine Rettung. Er versprach, wenn ich ein guter Staatsbürger werde und ihn heirate, lassen sie mich frei. Also heiratete ich ihn.«

Offenbar ist es im Osten üblich, Mädchen irgendwo rauszuheiraten.

»Wer war der Kerl?«

»Hey!« Monika streicht mir übers Gesicht. »Wozu willst du das wissen? Es ist so lange her und du kennst ihn nicht.«

»Hieß er zufällig Siggi?« Die Frage ist überflüssig, denn ich habe ja sein Foto in Melanies Babyalbum gesehen.

»Du kennst ihn?« Monika sieht mich verwundert an.

»Er war bei den Weltfestspielen.«

»Ja, das hat er mir auch immer gesagt, aber ich kann mich nicht an ihn erinnern. Vermutlich war er so unauffällig, dass …« Monika lacht. »Egal. Es war in Ordnung, so. Er hat mich aus dem Knast geholt, und dann hab ich ihm das Leben so lange zur Hölle gemacht, bis er sich wieder scheiden ließ.« Sie zuckt mit den Schultern und rührt in ihrem Wodka Martini. »Seitdem warte ich auf meinen Glückstag.«

Ist heute ihr Glückstag? Du lieber Gott, ich komme mir vor wie in der Pubertät und will auch wie ein Halbwüchsiger mit einer Heldentat protzen. Etwas, was Moni mächtig beeindruckt. Und deshalb:

»Diesem Siggi hab ich's ordentlich gegeben. Der taucht nie wieder auf.«

Monika sieht erstaunt auf. »Ihr seid euch noch mal begegnet?«

»Erst vor kurzem. Am Freitag.« Ich setze lässig die Sonnenbrille ab und zeige ihr mein veilchenblaues Auge. »Rate mal, warum mein Gesicht so aussieht.«

»Siggi hat dich verprügelt?« Betroffen starrt sie mich an. »Jetzt, vergangenen Freitag? Das ist ja unglaublich.« Sie schüttelt fassungslos die langen Locken. »Der Kerl ist wirklich immer im Dienst. Wo hat er dir aufgelauert.«

»Der hat nicht nach mir gesucht«, beruhige ich sie, »wir haben uns zufällig in meiner Stammkneipe getroffen.«

»Du glaubst doch nicht im Ernst«, Monika ist erschüttert ob meiner Naivität, »dass bei Leuten wie Siggi irgendetwas Zufall ist!«

»Ich bitte dich, Moni, woher sollte der wissen, wo ich abends essen gehe?« Das ist unmöglich. Westberlin ist nicht Görlitz. »Wir haben hier zweieinhalb Millionen Einwohner, wie sollte der mich finden?«

»Selbst Melanie hat dich gefunden, Dieter. Und Leute wie Siggi haben lange gelernt, Personen ausfindig zu machen.« Sie beugt sich vor und setzt eindringlich hinzu: »Der Mann ist beim MfS, verstehst du? Staatssicherheit. Ein Profi. Für den bist du ein Spitzel des Verfassungsschutzes.«

»Nee, das war eher privat. Wir haben über alles Mögliche geredet. Von damals, halt.«

»Auch über mich?«

»Klar, auch über dich. Ich hab ihm gesagt, wie es gelaufen ist, ich meine, warum nicht? Ist ja lange her, oder?« Ich bestelle zwei neue Drinks.

»Und dann?« Monika zwingt mich mit einer knappen Handbewegung, sie anzusehen. »Dieter, das ist wichtig! Was passierte dann?«

»Plötzlich schlägt er zu.« Ich grinse cool und balle die Faust. »Keine Sorge, ich kann mich wehren.«

»Lass uns gehen!« Monika wirkt plötzlich sehr besorgt. »Ich möchte nicht, dass Melanie etwas passiert.«

»Was soll der denn passieren? Die schläft.«

»Dieter!«, schreit sie mich nervös an. »Siggi weiß, wo du wohnst. Und Melanie ist in deiner Wohnung, richtig? – Jetzt komm endlich!«

Sie packt mich am Arm und zieht mich hektisch aus dem »Dschungel«.

Natürlich ist ihre Hysterie übertrieben und zu Hause alles in Ordnung. Melanie schläft, von Siggi keine Spur, und Monika beruhigt sich wieder.

Ich mache uns noch einen Kaffee und setze mich zu ihr in die Küche. Mir ist nicht ganz klar, warum sie solche Angst vor Siggi hat, aber sie wird ihre Gründe haben.

»Das ist ein Fanatiker.« Monika tippt sich gegen die Stirn. »Wenn Siggi sich was in den Kopf gesetzt hat, zieht er es durch, ohne Rücksicht auf Verluste. Und er erträgt keine Demütigungen.«

»Und du hast ihn gleich zweimal gedemütigt.«

»Doch nicht bewusst. Bei den Weltfestspielen hab ich nicht mal gemerkt, dass er hinter mir her war.«

»Alle waren hinter dir her.«

»Eben.« Monika zieht sich die Schuhe aus, weil ihr die Füße weh tun. »Massierst du mal?« Sie legt mir die Füße auf die Beine und bewegt die Zehen. »Und dann war er beleidigt, weil ich ihn im Gefängnis nicht wiedererkannte. Aber ich hab mich trotzdem auf ihn eingelassen. Ich brauchte einen Vater für Melanie, und Siggi hat eine schöne Wohnung für uns besorgt.« Sie lächelt. »Er baute uns ein richtiges Nest.«

Ich kraule ihr die Füße, und Monika lehnt sich genießerisch zurück.

»Er besorgte mir eine Stelle als Anzeigenbearbeiterin bei der ›Görlitzer Rundschau‹ und hat dafür gesorgt, dass meine Vorstrafe aus den Akten verschwand. Am Ende war ich wieder ein vollwertiges Mitglied der sozialistischen Gemeinschaft.«

Toll, denke ich, und Monika kichert, weil es an den Füßen kitzelt.

»Du sollst nicht killern, sondern massieren! – Ja so! Das ist gut.« Sie schließt seufzend die Augen. »Ich durfte sogar wieder studieren. Siggi hat alles getan für mich. Er hat mir die Welt zu Füßen gelegt.«

»Du hast studiert? Was denn?«

»Veterinärmedizin«, antwortet Monika und öffnet die Augen wieder, »weißt du, wie schwierig es ist, bei uns dafür einen Studienplatz zu bekommen? Aber ich wollte immer Tierärztin werden, und wenn ich bei Siggi geblieben wäre, hätte es auch geklappt.«

»Und warum bist du dann nicht bei ihm geblieben?«

Moni sieht mich an, als wäre es das Selbstverständlichste der Welt, so Typen wie Siggi zu verlassen.

»Ich hab ihn nicht geliebt. Ich hab ihn nicht einmal gemocht, und am Ende wollte ich nur noch weg.«

»Das war sicher hart für ihn.«

»Er hat sich gerächt, glaub mir.« Monika zieht die Füße weg und setzt sich auf. »Plötzlich war meine Vorstrafe wieder aktuell, ich flog von der Uni, und nur der Umstand, dass ich eine kleine Tochter hatte, verhinderte, dass ich meine Reststrafe absitzen musste.« Ihre Augen blitzen wütend. »Nichterfüllung der Bewährungsauflagen, hieß es. Als könnte ich mich nur bei Siggi bewähren! Na ja, und seitdem darf ich Spreewälder Gurken einlegen.« Sie steht auf und läuft aufgewühlt in der Küche herum. »Und jetzt taucht er hier auf, verstehst du? Der macht immer weiter, der gibt einfach keine Ruhe!« Sie atmet tief durch. »Das Schlimmste ist, dass er jetzt versucht, auch Melanies Zukunft zu zerstören.« Sie gießt sich Kaffee nach, und ich sehe, dass ihre Hand dabei zittert. »Er verhindert, dass sie ihr Abitur machen darf. Bei einem Zensurendurchschnitt von einskommazwei!«

»Wieso sollte er dahinterstecken?« Dieser Siggi mag zwar ein gelernter Stasimann sein, aber deshalb ist er noch lange nicht allmächtig.

»Allmächtig ist er nicht«, sagt Monika leise. »Aber mächtig genug, um uns das Leben schwer zu machen.«

Sie sieht mich an und streicht mir zärtlich über die Wangen. »Ich bin müde. Lass uns schlafen gehen.«

Nur zu gern. Ich springe zügig auf und klappe die Couch im Wohnzimmer aus.

Monika ist entsetzt. »Du glaubst doch nicht, dass ich auf diesem Ding schlafe?«

»Wir beide schlafen auf diesem Ding«, erwidere ich, »das wird schon gehen. Mein Schlafzimmer wird von deiner Tochter okkupiert.

»Na, so ein Pech«, lächelt Monika und zieht sich zu Melanie ins Schlafzimmer zurück.

Ich könnte mir in den Hintern beißen!

Enttäuscht werfe ich mich auf die Couch. Was bin ich nur für ein Idiot! Moni auf die Couch zu bitten, oh Gott! Ich raufe mir die Haare. Meine letzte Affäre liegt offenbar zu lange zurück, ich bin einfach nicht mehr in Form. Dabei wäre es das Normalste gewesen, Melanie umzuquartieren. Du lieber Himmel! Was für eine Pleite!

In derartige Gedanken über die eigene Peinlichkeit versunken, übermannt mich der Schlaf.

38 »UNSTERBLICHE OPFER, ihr sanket dahin«, intonierte die kleine Blaskapelle des Strausberger Oberkommandos den russischen Trauermarsch in kummervollem Adagio. »Wir stehen und weinen, voll Schmerz, Herz und Sinn.«

Auf dem Soldatenfriedhof hatten sich die Offiziere des Stabs, enge Freunde und Weggefährten sowie die Witwe unter nassglänzenden Regenschirmen versammelt, um von Oberst Horst Gotenbach Abschied zu nehmen. In aller Eile war die Beerdigung vorbereitet worden, und Generalmajor Wienand hielt eine dürre Rede, in der es vor allem um unermüdliche Pflichterfüllung bei der Verteidigung des ersten Arbeiter-und-Bauernstaates auf deutschem Boden ging und darum, dass man einen treuen und tapferen Kameraden verloren habe.

Als enger Freund der Familie stand Oberstleutnant Wolf-Ullrich Cardtsberg zwischen den trauernden Leningrader Schwestern. Links hatte er die schwarz verschleierte Tatjana Gotenbach eingehakt und rechts seine Frau Nathalia. Mit strammer, militärisch korrekter Haltung, die Mütze unter dem angewinkelten linken Arm, nahm er die Begräbniszeremonie ab.

Zu später Stunde war er Sonntagnacht mit dem Benzin von Achmed Bagajew endlich in Eberswalde angekommen und hatte sich zunächst schlafen gelegt. Vierzehn Stunden lang. Am Montagnachmittag dann wollte er ins Panzerregiment fahren, um dort für Ordnung zu sorgen, aber Nathalia hatte rebelliert. Sie wollte nicht allein gelassen werden, fühlte sich zu Hause nicht mehr sicher. Also hatte Cardtsberg sie kurzerhand mit in die Kaserne nach Hirschfelde genommen. Zunächst verhängte er eine Ausgangssperre und kommandierte mit eiserner Hand. Nachdem die Truppe in die Depots zurückgekehrt war, hieß es zunächst das Gerät säubern. Alles musste blitzblank sein, jeder Panzer glänzen wie neu. Zudem waren die Wege zu harken, die Flure zu bohnern, und die Unteroffiziere wurden angewiesen, alle zwei Stunden die Mannschaftsquartiere auf Sauberkeit zu kontrollieren. Wer nichts zu tun hatte, war auf dem Exerzierplatz marschieren, links, zwo, drei, vier. Hauptsache, die Soldaten waren beschäftigt, dann kamen sie nicht auf dumme Gedanken. Wenn alles auseinanderfiel, sein Regiment stand. Das wenigstens war sich Cardtsberg schuldig.

Und so sah er etwas wehmütig auf den mit der Staatsflagge abgedeckten Sarg des Obristen und hatte das Gefühl, mit Gotenbach würde die DDR zu Grabe getragen. Neben ihm schluchzten Tatjana und Nathalia, als betrauerten sie nicht nur den engen Freund und Ehemann, sondern das ganze untergehende Land.

Als das Grab zugeschüttet wurde und alle Kränze abgelegt waren, hieß es Wegtreten zum kollektiven Besäufnis. Doch Cardtsberg zögerte, den übrigen Offizieren in den »Seeblick« zu folgen, denn etwas abseits, zwischen den Ehrengräbern verdienter Soldaten und Generäle, stand im langen dunkelgrauen Kaschmirmantel ein Zivilist, der ihm irgendwie bekannt vorkam.

»Geht schon mal vor«, sagte Cardtsberg leise zu den Frauen, »ich komme gleich nach.«

Dann lief er langsam auf den Zivilisten zu. Wo hatte er den Mann mit der Goldrandbrille schon mal gesehen?

»Meyer«, entfuhr es ihm schließlich. »Sie sind doch der Meyer vom MfS? Was machen Sie denn hier?«

Meyer kam lächelnd heran und streckte die Hand zur Begrüßung aus.

»Schön, dass Sie mich nicht vergessen haben, Genosse Oberstleutnant. Ich bedaure zutiefst den tragischen Tod Ihres Freundes, glauben Sie mir.« Er schüttelte Cardtsberg ergriffen die Hand. »Mein aufrichtiges Beileid. Er war doch Ihr Freund, oder?«

»Ja«, sagte Cardtsberg. »Dreißig Jahre lang.« Er sah auf das frisch aufgeschüttete Grab. »Kannten Sie ihn?«

»Nein.« Meyer schüttelte den Kopf. »Leider nicht.« Er seufzte, dass der Atem vor seinem Mund in der kalten Luft dampfte. »Ehrlich gesagt, bin ich nur Ihretwegen hier.«

»Wegen mir?« Cardtsberg setzte sich seine Mütze auf. »Aus welchem Grund?«

»Nun, mir ist unser Gespräch vom Sonnabend nicht aus dem Kopf gegangen«, erwiderte Meyer und rieb sich die Hände. »Ich hatte den Eindruck, da steht ein Genosse vor mir, der in ehrlicher Sorge um unser Land ist, der nicht tatenlos bleiben, der etwas tun will.« Meyer wies in eine Richtung. »Da vorne steht mein Wagen. Verdammt kalt heute.«

»Wir können auch zu den anderen«, sagte Cardtsberg, »im Seeblick ist es warm und es gibt was zu trinken.«

»Danke, aber nach Leichenschmaus ist mir nicht.« Meyer schüttelte den Kopf. »Außerdem wollte ich mit Ihnen alleine sprechen.«

»Na gut.« Cardtsberg folgte dem MfS-Mann zur Pforte des Friedhofes. »Worum geht es denn?«

»Um die Zukunft«, antwortete Meyer lächelnd und schloss seinen Wagen auf, einen dunkelblauen Citroen BX. »Steigen Sie ein.«

Ordentlich, dachte Cardtsberg, dieser Meyer muss eine ziemlich hohe Position haben, wenn er so ein Auto fährt.

»Zufall«, sagte Meyer, der seine Gedanken zu lesen schien, »ich war zur rechten Zeit auf dem richtigen Platz und der Wagen war gerade verfügbar.« Er setzte sich neben Cardtsberg hinter das Steuer und ließ den Motor laufen. »Gleich wird's warm. – Vielleicht hatten wir keine Chance, weil wir nicht in der Lage waren, unsere Bürger mit solchen Autos zu versorgen. Was meinen Sie?«

»Ich denke, die Probleme liegen tiefer«, antwortete Cardtsberg, und Meyer schien zufrieden mit dieser Antwort. Er holte aus dem Handschuhfach eine Mandarine und begann sie zu schälen. Im Wagen breitete sich intensiver Zitrusgeruch aus.

»Bei den Streitkräften alles ruhig?«

Cardtsberg nickte. »Soweit ich das überblicken kann, ja. Natürlich herrscht Resignation und Unsicherheit.« Er sah auf den Friedhof. »Na ja.«

Meyer hielt ihm die Hälfte der geschälten Mandarine hin. »Wollen Sie?«

»Gern.« Cardtsberg nahm und zerdrückte das Fruchtstück genießerisch mit der Zunge. »Wird Weihnachten, was?«

»Sieben Wochen noch«, sagte Meyer kauend und fühlte an den Lüftungsschlitzen, ob es warm wurde. »Das wenigstens ist sicher. Weihnachten kommt bestimmt.«

»Sie wollten mit mir über die Zukunft reden.« Cardtsberg lehnte sich zurück und sah den MfS-Mann an. »Gibt's für uns denn noch eine?«

»Ich bitte Sie, Genosse Oberstleutnant!« Meyer steckte sich die letzten Mandarinenstücke in den Mund. »Es gibt immer eine Zukunft. Die Frage ist, was man daraus macht.«

»Die Zeitungen schreiben, dass es eine engere Kooperation mit der Bundesrepublik geben soll. Eventuell sogar eine Art Konföderation zwischen beiden Staaten. Allerdings fehlt mir die Phantasie, mir dazu etwas vorzustellen.«

»Das kann auch nicht funktionieren. Wie denn? Bei so ungleichen Partnern? Da zieht immer einer den Kürzeren, und wer das in unserem Falle sein wird, sehen wir schon jetzt. Bevor es zu einer Kooperation, Konföderation oder irgendeiner anderen Nebelkerze kommt.«

»Das heißt?« Cardtsberg beugte sich interessiert vor.

»Die andere Seite wird Bedingungen stellen«, erwiderte Meyer, »und uns wird nichts anderes übrigbleiben, als diese zu erfüllen. Schritt für Schritt. Bis sich unser Staat in Luft aufgelöst hat.«

Cardtsberg erinnerte sich an Meyers Worte von den Rettungsbooten, die klarzumachen sind, bevor das Schiff untergegangen ist. Aber was für eine Rolle hatte Meyer ihm dabei zugedacht?

»Zuvor gilt es, den Nachlass zu regeln«, sagte Meyer und sah Cardtsberg prüfend an. »Das müssen die richtigen Leute übernehmen. Verstehen Sie? Damit am Ende nicht alles in die falschen Hände gerät.«

»Natürlich«, pflichtete ihm Cardtsberg bei, obwohl er nur eine vage Ahnung davon hatte, worauf Meyer hinauswollte. Immerhin hatte der Mann etwas vor und wollte handeln. Und was immer es war, Cardtsberg wollte dabei sein. Alles war besser, als weiterhin wie gelähmt den Ereignissen zuzusehen mit dem Gefühl, nichts mehr ausrichten zu können. »Was soll ich tun?«

»Zunächst halten Sie sich nur bereit«, antwortete Meyer ruhig. »Wir sind im Augenblick noch dabei, den Bestand zu listen. Aber Sie können schon mal ein paar Konten eröffnen.«

»Konten?«

»In Westberlin«, bekräftigte Meyer. »Wie Sie sicher wissen, kann jeder DDR-Bürger in Westberlin ein Bankkonto eröffnen.«

»Aber ich darf schon aufgrund meiner Position nicht nach Westberlin. Das wissen Sie doch.«

»Glauben Sie, das interessiert heute noch jemanden?« Meyer lächelte abgeklärt. »Ich weiß, dass eine Ihrer Töchter drüben lebt. Und Ihre andere Tochter? Ist sie noch in der DDR? – Kaum.«

»Stimmt«, nickte Cardtsberg. »Ich konnte sie nicht halten.«

»Aber Sie können sie besuchen«, meinte Meyer.

»Und nebenher zur Bank gehen?« Cardtsberg schüttelte den Kopf und lachte bitter auf. »Womit denn?«

Meyer gab ihm ein Kuvert. »Hier sind fünfhundert D-Mark, das müsste für den Anfang reichen.«

»Sind Sie wahnsinnig?« Cardtsberg starrte auf den Umschlag. »Sie geben mir einfach so fünfhundert Westmark?«

»Besondere Situationen erfordern besondere Maßnahmen«, erwiderte Meyer und nahm seine Goldrandbrille ab. »Oder wollen Sie andeuten, dass ich Ihnen nicht vertrauen kann?«

»Woher ist das Geld?«

»Es stammt aus den Devisenreserven unseres Ministeriums«, antwortete Meyer. »Sie können mir den Erhalt quittieren, wenn Sie wollen. Allerdings würde ich den Beleg nach unserem Gespräch sofort vernichten.«

»Und weiter?« Cardtsberg zwang sich zur Ruhe.

»Sie eröffnen damit je ein Konto bei der Deutschen Bank, bei der Berliner Bank, bei der Commerzbank, der Sparkasse von Berlin-West und bei der Dresdner Bank. Fünf ganz einfache Privatkonten. Und Sie zahlen auf jedes dieser Konten einhundert Mark ein. Begrüßungsgeld, sozusagen.« Meyer grinste. »Die Belege dafür will ich sehen. Wie der Genosse Lenin schon sagte: Vertrauen ist gut, Kontrolle besser.«

Cardtsberg verstand zwar nicht, wie Meyer mit fünf Konten zu je hundert Westmark den Nachlass der DDR retten wollte, aber gut. Die Genossen vom MfS arbeiteten halt gern konspirativ.

»Was passiert mit dem Geld?«

»Nichts«, antwortete Meyer. »Sie werden in unregelmäßigen Abständen weitere Einzahlungen leisten. Das Geld dafür bekommen Sie immer von mir.«

»Wenn ich Sie recht verstehe«, sagte Cardtsberg gedehnt, »soll ich Ihnen dabei helfen, die konvertierbaren Finanzreserven des MfS über die Zeit zu retten?«

»Sie haben es erfasst.« Meyer nickte. »Das Ministerium wird aufgelöst werden. Wir wissen nicht, wie viel Zeit wir noch haben, sind aber fest entschlossen, diese zu nutzen. Helfen Sie uns?«

»Haben Sie nicht genug eigene Leute, um das durchzuziehen?« Cardtsberg rührte das Kuvert nicht an. »Wozu brauchen Sie mich?«

»Genosse Oberstleutnant«, Meyer sprach wie zu einem kleinen Kind, »natürlich haben wir eigene Leute. Aber wenn eine Behörde wie die unsere aufgelöst wird, schaut jeder erst mal, wie er selbst zurechtkommt. Können wir wissen, wer von uns schon bei der Gegenseite sondiert, ob seine Fähigkeiten gefragt sind?« Meyer schüttelte den Kopf. »Ich habe meine Aufgaben zu erfüllen. Und ich brauche Menschen dafür, die absolut integer sind.«

Cardtsberg konnte es nicht fassen. »Sie misstrauen Ihren eigenen Leuten, aber mir vertrauen Sie?«

»Sie sind Offizier der Nationalen Volksarmee«, sagte Meyer ernst, »ich glaube an Ihre soldatischen Tugenden, und ich weiß, dass Sie ein Mensch sind, der zu seinen Prinzipien steht, egal woher der Wind gerade weht.«

»Danke für die Blumen«, knurrte Cardtsberg. »Aber wie kommen Sie darauf, dass es zu meinen Prinzipien gehört, MfS-Gelder auf die Seite zu schaffen?«

»Weil Sie es für die Sache tun.« Meyer straffte sich. »Wir wissen beide, dass die Idee des Sozialismus nicht tot ist. Wir werden einen langen, harten Kampf vor uns haben. Wir stehen wieder ganz am Anfang. Aber wir haben aus unseren Erfahrungen gelernt. Und wir werden weitermachen. Mit friedlichen Mitteln und egal, was kommt.« Er schob ihm das Kuvert zu. »Ich vertraue Ihnen. Warum vertrauen Sie nicht mir?«

Es ist eine neue Aufgabe, überlegte Cardtsberg. Meyer hat recht. Wir machen weiter. Wenn es uns nicht gelungen ist, die DDR zu retten, die Sache geben wir nicht auf.

Er nahm das Geld an sich und steckte es sich in die Innentasche seiner Uniformjacke.

»Ich wusste, dass ich mich auf Sie verlassen kann.« Meyer reichte Cardtsberg die Hand.

»Damit wir uns nicht falsch verstehen«, sagte Cardtsberg langsam, »ich sehe das Geld als finanzielle Kampfreserve und will auch eine gewisse Kontrolle darüber haben.«

»Es liegt auf Ihren Konten«, lächelte Meyer.

»Schön.« Cardtsberg schlug ein. »Auf in den Kampf, Genosse!«

»Auf in den Kampf!«

Die Männer sahen sich fest in die Augen.

Wie pathetisch wir sein können, dachte Cardtsberg. Aber es geht ja auch um einiges. Er spürte wieder Zuversicht in sich aufsteigen. Hoffnung, dass es weiterging. Man würde ganz von vorn anfangen. Aber man gab nicht auf. Niemals!

Wie dankbar er diesem Meyer plötzlich war. Am liebsten wäre er ihm um den Hals gefallen. Wenn so einer schon früher gekommen wäre, verdammt, Gotenbach wäre noch am Leben gewesen. Der hätte mitgemacht, wie so viele anständige Genossen.

»Wann treffen wir uns wieder?«

»Ich treffe Sie«, antwortete Meyer und nickte ihm zu. »Unser Gespräch bleibt absolut vertraulich.«

»Selbstverständlich, Genosse.« Und mit seltsam weichen Knien verließ Cardtsberg den Wagen. Das Kuvert knisterte an seiner Brust.

Fünfhundert West für einen Neubeginn!

39   EIN GRAUER TAG. Obgleich es schon um die Mittagszeit war, wurde es nicht richtig hell. Der »Seeblick« war ein niedriger, funktionaler Flachbau am Ufer des Strausberger Sees, in den siebziger Jahren errichtet und Offizieren und Angehörigen der Nationalen Volksarmee vorbehalten. Meist wurden hier Dienstjubiläen gefeiert, Geburtstage und der alljährliche Umtrunk zum Nationalfeiertag. Eigentlich ein unpassender Ort für Trauerfeiern. Doch wegen der Nähe zum Friedhof versammelte man sich

hier gern nach Begräbnissen, und manchmal hingen noch die bunten Girlanden irgendwelcher Feste an der Decke, wenn man der Verstorbenen gedachte. Man vergaß schnell, weshalb man eigentlich hier war. Der »Seeblick« war gleichbedeutend mit Trinken und Feiern. Und deshalb dröhnte auch jetzt laute Musik durch die geschlossenen Fenster: der »Blaue Planet« von »Karat«. »Uns – hilft kein Gott – uns're Welt – zu erhalten.«

Das wenigstens passte.

Cardtsberg wollte gerade eintreten, als er auf der Terrasse Tatjana und Nathalia bemerkte. Obwohl es unangenehm kalt war und nieselte, saßen die Frauen auf einer Bank vor jener gemauerten Sichtblende, die vor einigen Jahren errichtet worden war, um sich vor den Blicken neugieriger Angler auf dem See zu schützen. Insofern war der Name des Restaurants falsch. Man blickte nicht auf den See, sondern auf eine mit Efeu bewachsene Mauer. So wie jetzt die beiden Schwestern mit tränenverschleierten Augen.

Cardtsberg hockte sich neben sie. »Soll ich euch nach Hause bringen?«

»Zu Hause«, flüsterte Tatjana leise mit ihrem russischen Akzent, den sie nie ablegen konnte, »wo ist das?«

Diese bittere Erkenntnis fand Cardtsberg übertrieben, und er suchte nach tröstenden Worten. Aber ihm fielen nur abgedroschene Floskeln ein, etwa »Das Leben geht weiter« und »Du darfst dich jetzt nicht aufgeben«.

Letzteres hatte Tatjana ohnehin nicht vor. Im Gegenteil. Sie würde um achtzehn Uhr den Zug nach Leningrad nehmen.

»Und ich fahre mit«, setzte Nathalia mit Bestimmtheit hinzu. »Du kannst uns zum Bahnhof bringen, wenn du willst.«

»Was wollt ihr denn in Leningrad?« Na, das hatten sich die Schwestern ja prima ausgedacht. »Ihr kennt dort doch niemanden mehr!«

»Man wird sich schnell an uns erinnern«, sagte Nathalia. »Hier gibt es für uns keine Zukunft mehr.«

»Ach! Und ich?« Cardtsberg stand erregt auf. »Was wird aus mir?«

Nathalia sah ihn liebevoll an. »Komm doch einfach mit!«

»Wo denkst du hin! Ich bin Offizier. Ich habe ein Regiment zu kommandieren. Das hat sich nicht geändert. Und das wird sich auch so schnell nicht ändern!«

»Schneller als du denkst«, erwiderte Nathalia abgeklärt.

»Mal ganz abgesehen davon, dass wir hier ein schönes Haus haben!« Cardtsberg lief nervös auf und ab. »Und Kinder! Wollt ihr das alles aufgeben?«

»Unsere Kinder sind weg«, stellte Nathalie fest. »Und Tatjanas Kinder auch.«

»Sie sind fort«, bestätigte Tatjana und schneuzte sich in ihr Taschentuch. »Seit vier Tagen. Sie haben nicht angerufen. Sie wissen nicht einmal, dass ihr Vater tot ist.« Sie stieß mit dem Fuß einen kleinen Tannenzapfen beiseite, als sei der an allem schuld. »Vermutlich interessiert es sie nicht. Niemanden interessiert noch etwas außer Westen, Westen, Westen!«

Bei den letzten Worten stampfte sie wütend mit dem Fuß auf und fing wieder an zu weinen.

Cardtsberg wollte Tatjana tröstend in den Arm nehmen, doch die entzog sich ihm durch eine halbe Drehung und stand fröstelnd auf.

»Das geht vorbei«, sagte er zögernd, »wenn sie sich satt gesehen haben, kommen sie zurück.«

»Silke ist auch nicht zurückgekommen, Ullrich«, sagte Nathalia leise.

»Aber wir können sie besuchen.« Cardtsberg lächelte. »Die Grenze ist auf. Auch für uns.«

Nathalia wollte etwas erwidern, doch die Tür zum »Seeblick« ging auf, und für einen Augenblick drangen lautes Gelächter und die Musik, mit denen die Rockgruppe »Karat« gegen die Vernichtung der Welt anspielte, ungedämpft auf die Terrasse.

»Genosse Oberstleutnant?« Stabsfeldwebel Karstensen bemühte sich trotz erheblichen Alkoholpegels um korrekte Haltung. »Sie werden am Telefon verlangt. Scheint …«, er hickste, »… dringend zu sein.«

»Ich komme.« Cardtsberg strich Nathalia behutsam den Arm. »Bin gleich zurück, ja?«

Kurz darauf betrat er den verrauchten Raum. Die Offiziere

saßen bei Bier und Wodka um einen großen Tisch herum und erzählten sich Witze.

»Bush, Gorbatschow und Honecker sitzen in einem Flugzeug. Unten herrscht Sintflut. Die Welt ein riesiger Ozean und keine Arche in Sicht. Plötzlich schreit Bush: ›Oh, look! That's my America!‹ Die anderen gucken raus und sehen nur noch das Empire State Building und die Türme des World Trade Center aus dem Wasser ragen. Sie fliegen weiter, und nach einer Weile ruft Gorbatschow: ›Und das dort, Towarischtschi, das ist die ruhmreiche Sowjetunion!‹ Und nur noch die roten Sterne auf den Turmspitzen des Kreml ragen aus den Fluten. Nach einer Weile springt Honecker auf, der schon ganz unruhig war. ›Da‹, ruft er stolz, ›da ist unsere DDR.‹ Alle gucken. Und was sieht man? – Das Meer ist bedeckt von Papierzetteln. – Formulare, Formulare, Formulare. Alles Ausreiseanträge!«

Wieherndes Lachen und Schenkelklopfen.

»Das ist Defätismus!« Lallend hob Generalmajor Wienand sein Glas. »Ich gebe zu, politisch haben wir die Schlacht verloren. Aber militärisch, Genossen, militärisch sind wir unbesiegt! Prost!«

Gläserklirren, während Cardtsberg vom wankenden Karstensen zum Tresen geführt wurde. Der Telefonhörer lag neben dem Apparat, und der Oberstleutnant hielt ihn sich ans Ohr. »Ja, Cardtsberg hier?«

»Ich bin's, Felix«, meldete sich der junge Muran aus dem Hörer. »Den ganzen Tag versuch ich schon, irgendwen von euch zu erreichen.«

»Felix?« Cardtsberg hielt sich ein Ohr zu, um besser hören zu können. »Was gibt's denn?«

Felix antwortete nicht, und einen Moment lang glaubte Cardtsberg, die Leitung wäre unterbrochen worden.

»Nein, ich bin noch dran«, beeilte sich Felix, und seine Stimme zitterte leicht, »es ist was Furchtbares passiert.«

»Was?« Cardtsberg nickte Tatjana und Nathalia zu, die eben das Restaurant betraten. »Kannst du nicht ein bisschen lauter sprechen? Hier ist ein Heidenlärm.«

Felix schien bedrückt.

»Felix? Alles in Ordnung?«

»Nichts ist in Ordnung«, kam es verzerrt durch den Hörer. »Anke ist tot!«

»Was?« Cardtsberg sah entnervt zu den übrigen Genossen, die sich noch immer lautstark zuprosteten. »Du musst lauter sprechen, ich verstehe dich sonst nicht.«

»Ich bin in einer Telefonzelle«, rief Felix, »soll ich die ganze Straße zusammenschreien, oder was? – Die Polizei war gerade bei mir«, setzte er ruhiger hinzu. »Ein Oberleutnant Friedrichs von der Kripo.« Felix schniefte. »Sie haben Anke tot an der Havel gefunden. In Westberlin.«

»Ist das sicher?« Cardtsberg spürte, wie ihm die Beine wegsackten. Dieser Lärm ringsum, diese laute Musik! Hektisch riss er den Stecker zur Musikanlage aus der Wand und schrie: »Felix! Noch mal: was ist los?!«

Augenblicklich herrschte Stille im Saal. Die Offiziere an den Tischen sahen erstaunt auf.

»Die Westberliner Polizei ermittelt«, sagte Felix stockend, dem das Gespräch offenbar nicht leicht fiel. »Du musst sofort kommen ...«

»Ja.« Cardtsberg ließ den Hörer sinken. »Ich komme ...«

Er traf die Telefongabel nicht, so zitterten ihm plötzlich die Hände.

Anke tot. Warum? Das konnte doch nicht ... Das kann doch nicht sein! Erst Gotenbach und nun Anke ... Seine Tochter!

Ihm war schwindlig, und er musste sich am Tresen festhalten. Er hatte das Gefühl, zu ersticken, und alles rauschte ringsum.

Dann Karstensens verschwommene Stimme. »Genosse Oberstleutnant, stimmt was nicht?«

Cardtsberg rieb sich die Augen. Er konnte kaum noch etwas sehen. Anke tot, pochte es in seinem Hirn. Anke, mein Gott! Seine Kleene ...

Und dann sah er Nathalia. Besorgt kam sie auf ihn zu.

Wie soll er Nathalia erklären, dass ...

Irgendwer hielt ihm ein Wodkaglas hin. Cardtsberg wischte es mit einer Handbewegung beiseite und es krachte zu Boden. Nathalia, dachte er, ich muss es Nathalia schonend beibringen. Das steht sie sonst nicht durch ...

Er stand unbeweglich, die Hände an die Griffleiste des Tresens geklammert, und starrte auf seine Frau, die langsam näher kam.

»Ullrich? Was ist mit dir?«

Cardtsberg erschrak über die seltsam heiseren Laute, die statt einer Antwort aus seiner Brust entwichen.

Dann erst war ihm klar, dass er weinte.

40   FLUGZEUGMOTOREN DRÖHNEN tief über der Stadt. Seit den frühen Morgenstunden fliegen schwere Herkules-Transporter der USAF im Zehn-Minuten-Takt die Tempelhofer Airbase Columbia an und bringen tonnenweise Lebensmittel, Zeltausrüstungen und mobile Sanitäreinrichtungen nach Berlin.

»Als hätte ein Erdbeben die Stadt vernichtet«, regt sich Hünerbein auf und schaltet das Radio in unserem Büro ein. Da Westberlin nur über die Transitstrecken von und zur Bundesrepublik versorgt werden kann und die Autobahnen seit dem Mauerfall rettungslos verstopft sind, kommt es in der Stadt allmählich zu Engpässen in der Lebensmittelversorgung, meldet AFN. Zudem treffen immer mehr DDR-Bürger ein, Übersiedler, die dauerhaft in Westberlin leben wollen, und die Kapazitäten sind längst erschöpft. Obgleich vom Zentralen Aufnahmelager in Marienfelde am Montag ein leer stehendes Fabrikgebäude der Schindler-Aufzugswerke zusätzlich angemietet worden war, kommen die Behörden mit dem Ansturm nicht mehr zurecht. Vor allem die Unterbringung der vielen Menschen macht Sorgen. Überall werden sogenannte Notaufnahmelager aufgebaut und die Bundeswehr stellt die nötigen Einrichtungen dafür bereit, doch die Luftwege nach Berlin sind seit dem Potsdamer Abkommen ausschließlich den Alliierten vorbehalten. Deshalb übernimmt die US-Air-Force die Transportlogistik fast wie zu Zeiten der Luftbrücke.

»Die lassen ihre Kinder da drüben zurück, wusstest du das? – Nicht?« Wütend raucht Hünerbein eine Roth-Händle nach der anderen. »Ich hab's gesehen. Im Ostberliner Polizeipräsidium. Mindestens vierzig Kinder in einem Raum und so 'ne verzweifelte VoPo-Schnalle bewacht das heulende Elend. Die lassen sich hier von den Amis den Arsch einseifen und vergessen darüber ihre Kinder!«

Was sicher ganz schrecklich ist, aber bestimmt nicht der Grund für Hünerbeins Ärger.

Der liegt vielmehr darin, dass uns zu Dienstbeginn Kriminaloberrat Palitzsch im Büro überrascht hat, um sich über den Stand der Ermittlungen in Kenntnis zu setzen. Der Inspektionsleiter hat einen ganz besonderen Ruf, jedermann fürchtet seinen präzisen Scharfsinn, mit dem er auch noch den fähigsten Beamten zur Sau machen kann, wenn ihm danach ist. Und heute hatte er uns auserkoren. Hünerbein hatte zwar gehofft, den Kriminaloberrat mit einer Fülle von nebensächlichen Details zu besänftigen, tatsächlich aber hat er keine Chance gehabt.

»Am Freitagnachmittag macht sich Anke Cardtsberg von Ostberlin aus auf den Weg nach Westen. Ziel ist das Haus ihrer Schwester Silke und deren Mann Julian Brendler am Sakrower Kirchweg im Spandauer Stadtteil Kladow. Wir können davon ausgehen, dass sie ihre Schwester besuchen will, wie es ja derzeit Hunderttausende tun, die durch Mauer und Teilung ihre Geschwister lange nicht gesehen haben. Ist das soweit verständlich?«

»Bestens«, lobte der Kriminaloberrat, »nur weiter!«

»Das Problem ist: Anke Cardtsberg kommt aus dem Gefängnis. Seit dem Sommer hat sie in der Ostberliner Untersuchungshaftanstalt Rummelsburg eingesessen. Wie sie da herausgekommen ist, wissen wir nicht. Vielleicht konnte sie fliehen…«

»Keine Mutmaßungen«, bat der Kriminaloberrat, »bleiben Sie bei den Fakten!«

»Ich will damit nur sagen, dass Anke Cardtsberg mit neunundneunzigprozentiger Wahrscheinlichkeit nicht vorhatte, nach Ostberlin zurückzukehren«, verteidigte Hünerbein seinen Vorstoß ins Ungewisse, »zumal sie ja schon vor über einem Jahr einen entsprechenden Ausreiseantrag gestellt hatte. Und deshalb hat die gelernte Eistänzerin ihre Schlittschuhe dabei. Weil sie ja auch im Westen von irgendwas leben muss. Offensichtlich hat sie vor, auch bei uns als Eistänzerin zu arbeiten.«

An dieser Stelle unterbrach sich Hünerbein, da der Kriminaloberrat mit seiner Sekretärin scherzte, als sie ihm Tee und ein paar selbstgebackene Plätzchen brachte.

»Aber bitte, fahren Sie doch fort, verehrter Herr Kollege!«

»Gern!« Hünerbein baute sich vor einer BVG-Netzkarte auf und deutete auf die U-Bahnlinie sieben. »Anke Cardtsberg will also nach Spandau und steigt irgendwo in der Stadt in die Linie sieben. Das Haus ihrer Schwester Silke kennt sie nur von einem Foto.« Hünerbein klatschte das Polaroid an die Magnetwand. »Und damit sie es besser findet, hat sie das Bild dabei. Zwischen den U-Bahnhöfen Jakob-Kaiser-Platz und Paulsternstraße trifft Anke Cardtsberg dann auf die Brüder Recip, Kalid und Feisal Gürümcogli, denen die Schlittschuhe der jungen Frau auffallen, weil sie selbst Eishockeyspieler sind. Man kommt ins Gespräch miteinander, und weil Anke neu in der Stadt ist, freut sie sich, jemanden kennenzulernen. Wie das eben so ist!« Hünerbein drehte das Polaroid an der Magnetwand um, sodass die Rückseite zu sehen war. »Man tauscht die Telefonnummern aus, verabredet sich für Sonntag im Kino, und an der Paulsternstraße steigen die Jungs wieder aus. Da ist es halb vier Uhr am Nachmittag.«

Hünerbein verschnaufte einen Augenblick und wandte sich wieder der BVG-Netzkarte zu. »Von Paulsternstraße bis Spandau sind es vier Stationen, Fahrzeit knapp acht Minuten, das wurde gecheckt. Vom Rathaus Spandau fährt der vierunddreißiger Bus runter nach Kladow, eine ziemlich lange Strecke, die Fahrzeit beträgt normalerweise gut fünfundzwanzig Minuten, vermutlich waren es am Freitagnachmittag wegen des erhöhten Verkehrsaufkommens durch den Mauerfall weit mehr. Klar ist, dass Anke Cardtsberg an diesem Abend irgendwann zwischen siebzehn und einundzwanzig Uhr am Haus ihrer Schwester eingetroffen ist.«

»Das haben Sie nicht genauer?« Der Kriminaloberrat verzog unzufrieden das Gesicht.

»Das lässt sich leider nicht genauer rekonstruieren«, bedauerte Hünerbein.

»Gibt es denn keine Zeugen, die das Mädchen dort gesehen haben?« Oberrat Palitzsch ließ sich neuen Tee bringen. »Etwa als es aus dem Bus ausstieg?«

»Dazu müssten wir wissen, wo genau sie aus dem Bus ausgestiegen ist.« Hünerbein wurde nervös.

»Gibt es da mehrere Möglichkeiten?«

»Leider ja. Anke Cardtsberg steht also am Sakrower Kirchweg vor dem Haus ihrer Schwester, aber es ist keiner da. Auf ihr Klingeln öffnet niemand, und die Rollläden sind runtergelassen. Nachdenklich läuft sie über die Imchenallee hinunter zur Havel und setzt sich da auf die Bank. Der Fluss macht dort einen kleinen Knick, es ist so eine Art Bucht und man kann von dort den Bungalow der Brendlers sehen. Richtig, Sardsch?«

»Die Wasserseite«, bestätigte ich und nahm mir auch ein Plätzchen zum Tee.

»Und plötzlich geht dort das Licht an«, fuhr Hünerbein fort. »Im Wohnzimmer. Also muss Anke Cardtsberg annehmen, dass doch jemand zu Hause ist.«

»Und weil sie nicht wieder den Fußweg nehmen will, springt sie ins Wasser und schwimmt rüber.« Palitzsch lächelte spöttisch. »Was nicht nur im November ein völlig unnormales Verhalten ist!«

»Verzeihen Sie?« Hünerbein flackerte nervös mit den Augen.

»Was ich sagen will, verehrter Herr Kollege«, so Palitzsch in seiner Teetasse rührend, »ist, dass Sie, seitdem das Opfer den Bus verließ, den Pfad des Faktenwissens verlassen haben und im unsicheren Gelände der Mutmaßung operieren.«

»Es ist durchaus möglich, dass sie verfolgt wurde.« Jetzt begann sich Hünerbein vollends um Kopf und Kragen zu reden, denn er stellte die These auf, dass Anke Cardtsberg womöglich von Büttteln des SED-Regimes bis nach Spandau verfolgt wurde, weil sie aus dem Knast geflohen war. »Die haben sie dann brutal in die Havel gezerrt und …«

»Mit Schlittschuhen?

»Jawoll, mit Schlittschuhen!« Hünerbein straffte sich. Wenn

er unterging, dann mit erhobenen Haupt. Das war er seiner Theorie schuldig. »Die dachten, sie wäre tot. Haben ihr die Schlittschuhe angezogen, damit es wie ein Eisunfall aussieht. Zwei, drei Wochen noch, dann ist die Havel eh zugefroren. Die haben nicht damit gerechnet, dass Silke noch lebt und sich ans Ufer retten würde.«

»Vermutungen«, Palitzsch war entsetzt, »reine Vermutungen. Und das Schlimmste ist: Sie sind noch nicht mal plausibel!« Der Kriminaloberrat holte zum finalen Vernichtungsschlag aus: »Wie lange sind Sie schon bei uns, Hünerbein? Acht Jahre? Zehn? Warum halten Sie sich nicht an die einfachsten Gesetze polizeilicher Ermittlungsarbeit und nehmen sich mal die nächsten Angehörigen des Opfers vor! Recherchieren Sie in der Vergangenheit!«

»Verzeihung, Herr Palitzsch«, sprang ich Hünerbein zur Seite, »aber das ist nicht so einfach. Das Opfer stammt aus der DDR. Wir haben kein Amtshilfeabkommen mit Ostberlin.«

»Dann nehmen Sie sich diese Schwester vor. Und ihren Mann, den Brendler.«

»Die waren zur Tatzeit nicht in der Stadt.«

»Papperlapapp! Jetzt sind sie in der Stadt. Also ran an den Speck!« Und damit war der Kriminaloberrat gegangen und hatte uns wie zwei begossene Pudel zurückgelassen.

Das war's. Hünerbeins Laune ist im Eimer und seit Stunden schimpft er wütend über degenerierte, vor ihren Kindern flüchtende Zonis.

»Man müsste die Listen der in Ostberlin zurückgelassenen Kinder mal dem Zentralen Aufnahmelager in Marienfelde zukommen lassen«, meint er mit vor Wut bebender Stimme, »damit die Sprösslinge ihren ordnungsgemäßen Eltern wieder zugeführt werden können. Was meinste, Sardsch?« Hünerbein lässt sich schnaufend in seinen Sessel fallen, »könnte man doch mal in Angriff nehmen. Eine deutsch-deutsche Kooperation zwischen den Polizeibehörden im Sinne humanitärer Familienzusammenführung.«

»Wenn sie doch aber ihre Kinder nicht mehr haben wollen?«

»Quatsch!« Hünerbein ist sich sicher, dass die meisten der Eltern ihren Entschluss inzwischen bereuen. »Die trauen sich nur nicht zurück in den Osten. Die wären froh, wenn man ihnen die Kinder hinterher trägt. – Könntest du so leben? Immer mit dem Gedanken, die Kinder im Stich gelassen zu haben? Nee!«

Er steht missmutig wieder auf und geht zur Kaffeemaschine, um sich etwas von der schwarzen Brühe nachzuschenken, die seit Stunden auf der Wärmeplatte vor sich hin brutzelt.

»Was sollte eigentlich der Blödsinn gestern mit der Tochter?«

Das ist typisch für meinen Kollegen: Wenn er mit einer Sache nicht weiterkommt, reagiert er seinen Frust an einer anderen ab.

»Ich meine, wann hab ich mich schon mal in dein Privatleben gemischt, häh?« Hünerbein kommt mit zwei Pötten Kaffee zurück. »Wenn du auf kleine Mädchen mit bunten Haaren stehst, bitte. Aber lass sie wenigstens volljährig sein, okay?«

Was soll das denn jetzt? Glaubt dieses fette Schwein wirklich, dass ich … – Wer ist hier eigentlich der Perverse?

»Melanie ist wirklich meine Tochter. Sie lebt im Osten. Bis vorgestern wusste ich selbst nichts davon.«

»Dann ist die Kleine sozusagen das Ergebnis einer spätpubertären Jugendsünde?« Hünerbein lacht bitter, dass sein Bauch schwabbelt. »Und wo ist die Mutter dazu?«

»Die ist inzwischen auch eingetroffen.«

»Großer Gott!« Hünerbein schlägt sich entsetzt die Hand vors Gesicht. »Und jetzt?«

Ich weiß es nicht.

Den ganzen Tag schon überlege ich, wie ich mit der Situation umgehen soll. Monika ist eine faszinierende Frau, aber ich kenne sie im Grunde genommen gar nicht. Das Einzige, was uns verbindet, ist Melanie. Und selbst die ist bislang bestens ohne mich ausgekommen. Andererseits bin ich seit Jahren ohne feste Bindung, und das, obwohl ich es mir selten eingestehe, bekommt mir immer weniger. Ich vernachlässige mich zunehmend, trinke entschieden zu viel und merke, wie ich immer träger werde. Wenn das so weitergeht, sehe ich irgendwann aus wie Hünerbein. Obwohl der das Gegenbeispiel ist, denn er hat Familie – gleich mehrere davon – und sieht trotzdem aus wie ein Mastschwein, das mit falschen Hormonen gedopt worden ist.

»Willst du mit ihr zusammenziehen?« Hünerbein nippt an seinem Kaffee und verzieht angewidert das Gesicht. »Igitt! Ich mach uns neuen, in Ordnung?«

Zusammenziehen, überlege ich, warum eigentlich nicht? Mir gefällt der Gedanke, morgens nicht allein aufzuwachen. Es ist schön, wenn Melanie zu Hause ist, sie lächelt schon beim Aufstehen, und heute kamen sie beide aus meinem Schlafzimmer und kitzelten mich lachend von der Couch. Es war ein Augenblick, in dem ich mich richtig glücklich gefühlt habe. Es war einfach total schön!

»Na, dich hat's ja ganz schön erwischt! Wann lerne ich die Flamme denn mal kennen?«

Flamme! Das ist nun wirklich kein Ausdruck für Monika.

»Ich bin jahrelang jeder festen Bindung aus dem Weg gegangen«, erkläre ich ihm, »und hab eigentlich nie gewusst, warum.«

»Bindungsangst«, doziert Hünerbein, »wird im Alter immer stärker.«

»Wenn ich einen Psychologen brauche, sag ich Bescheid.«

So ein blöder Kerl! Da bin ich kurz davor, ihm mein Herz auszuschütten, und der faselt was von Bindungsängsten. Das ist genau jener Männergruppenpsychosprech, den ich jetzt brauche.

Vielleicht hatte ich bislang einfach nur nicht die richtigen Frauen? Weil mir das Schicksal bereits jemanden zugeteilt hatte? Die Mutter meiner Tochter zum Beispiel?

Auweia, das klingt jetzt fast schon wie dieser Siggi. »*Ich bin bis heute nicht verheiratet, weil ich immer jede Frau mit uns'rer Moni verglichen habe.*« Dieser verlogene Hund!

Ob er mir wirklich im L'Emigrante aufgelauert hat? Bin ich vielleicht schon seit sechzehn Jahren in seinem Visier? Aber warum taucht er dann jetzt erst auf? Weil die Mauer auf ist? Und was will er? Mir nur eins auf die Fresse geben? Oder ist da noch mehr?

Ich werde aus meinen Gedanken gerissen, da das Telefon klingelt. Die Pforte: Ein Felix Muran will uns in Sachen Anke Cardtsberg sprechen.

»Nur zu! Dann schickt den jungen Mann mal rauf.«

Wenig später steht er im Büro. Etwa Mitte zwanzig, in zerschlissenen Jeans, Wollpullover und Lederjacke. Mit seinen dunklen Augen und den markanten Gesichtszügen erinnert er ein wenig an den frühen Rudi Dutschke.

»Klären Sie den Tod von Anke Cardtsberg auf?«

»Wollen Sie mich provozieren?« Hünerbein starrt den jungen Mann wütend an. »Wir klären hier schon lange nichts mehr auf.«

»Und versuchen es trotzdem immer wieder.« Ich schiebe dem Mann einen Stuhl hin. »Tässchen Kaffee, gefällig?«

»Nein, vielen Dank!« Er setzt sich unschlüssig und sieht uns irritiert an.

»Schön«, sage ich, »Sie sind also Felix Muran?«

»Genau«, bestätigt der junge Mann. »Und Sie?«

»Entschuldigung. Ich bin Hauptkommissar Knoop und ...«, ich deute auf meinen Kollegen, der sich, des unbefriedigenden Themas überdrüssig und mit entsprechend finsterer Miene, neben die blubbernde Kaffeemaschine gesetzt hat, »... das ist mein Kollege Hünerbein. – Und er kennt auch alle Witze zu dem Thema.«

Außer den mit der Adlerkralle, wäre jetzt Hünerbeins Einsatz gewesen, doch der brabbelt nur miesepetrig in sich hinein.

»Tja, wie gesagt«, wende ich mich wieder unserem Besucher zu, »wir ermitteln im Fall Anke Cardtsberg. – Standen Sie in irgendeiner Beziehung zu dem ...«, ich überlege kurz, »... Opfer?«

»Wir haben uns eine Wohnung geteilt«, antwortet Felix knapp.

»Ach!«, macht Hünerbein. »Und wo?«

»Ostberlin, Stargarder Straße.« Der junge Mann streicht sich eine wirre Haarsträhne aus dem Gesicht. »Das ist Prenzlauer Berg.«

Ich werfe Hünerbein den Notizblock zu, damit er sich nicht bewegen muss. Mir liegt daran, dass er wieder bessere Laune bekommt und sich Notizen machen kann.

Prompt zückt er auch einen Kugelschreiber und tackert unruhig damit herum.

»Wann haben Sie Anke Cardtsberg das letzte Mal gesehen?«

»Am Donnerstag«, antwortet der junge Mann. »Abends so gegen halb elf. Wir haben zusammen die Tagesthemen in der ARD gesehen. Den Rest können Sie sich ja denken.«

»Nee, kann ich nicht«, sage ich. »Was passierte dann?«

»Na, da wurde doch von dieser Pressekonferenz mit Schabowski berichtet.« Der junge Mann kratzt sich das Haupt. »Anke war völlig aus dem Häuschen. Sie wollte gleich am nächsten Tag zur Meldestelle und sich einen Pass holen. Ich hab 'ne Flasche Sekt aufgemacht. Leider musste ich dann weg.«

»Wohin?« Hünerbein schaut auf.

»In die Gethsemane-Kirche. Da fand ein Treffen von Bürgerrechtsgruppen statt. Wir haben das gar nicht so mitbekommen, dass die Mauer schon auf ist. Und als ich nach Hause zurückkam, war Anke weg.«

»Hat sie irgendwas hinterlassen? Eine Notiz, einen Abschiedsbrief, oder so was?«

»Nein, nichts.« Der junge Mann schüttelt traurig den Kopf. »Ich war ihr wohl komplett egal. Wie alles, was aus dem Osten kam.«

Oh! Das klingt bitter. Dennoch setzt Hünerbein noch eins drauf.

»Ihre Schlittschuhe jedenfalls hat sie mitgenommen.«

»Was?« Felix scheint nicht zu verstehen.

»Sie war doch Eistänzerin«, helfe ich ihm auf die Sprünge, »wie ihre Schwester Silke.«

»Ja. Scheiße, ich hab geahnt, dass sie nicht mehr zurückkommt.«

»Ach«, Hünerbein rollt auf seinem Stuhl heran, »haben Sie das?«

Der junge Mann nickt. »Das war klar. Anke hat die DDR so gehasst, die wollte schon lange weg. Und bevor sie sie wieder einsperren ...«

»... zum Beispiel wegen der versuchten Republikflucht.« Hünerbeins Laune steigt merklich an.

»Das wissen Sie?« Der junge Mann ist verblüfft.

»Wir wissen so einiges, Herr Muran«, lächelt Hünerbein lässig. »Wieso war sie denn überhaupt auf freiem Fuß?«

»Sie haben sie entlassen. Vor zwei Wochen. Es gab eine Gerichtsverhandlung. Der Richter hat gemeint, dass aufgrund nicht erfolgter Tatausübung die Freiheitsstrafe mit der Untersuchungshaft abgegolten sei. Und den Rest haben sie zur Bewährung ausgesetzt.

»Na, dann war doch alles bestens.« Hünerbein lehnt sich zurück.

»Nee!« Der junge Mann lacht bitter auf. »Anke war völlig fertig. Die hat gehofft, dass sie als politische Gefangene vom Westen freigekauft wird. Die wollte nicht entlassen werden. Jedenfalls nicht in den Osten. Und die Staatsanwaltschaft hat gegen das Urteil Revision eingelegt. Am Siebenundzwanzigsten wäre es in die Zweite Instanz gegangen.«

»Und Sie meinen, da wäre es dann nicht so glimpflich ausgegangen?«

»Normalerweise nicht.« Der junge Mann schüttelt den Kopf. »Aber jetzt ist es ohnehin egal. Anke ist tot.«

Hünerbein fixiert ihn genau. »Sie scheinen darüber nicht sonderlich überrascht zu sein.«

Der junge Mann sieht Hünerbein verächtlich an. »Haben Sie eine Ahnung.«

»Nee. Hab ich nicht.« Hünerbein pult eine Roth-Händle aus der Zigarettenpackung. »Nur hab ich schon Leute erlebt, die es vor Schmerz zerrissen hat, wenn ihre Liebste tot war.«

»Anke war nicht meine Liebste!« Felix springt erregt auf. »Soll ich den ganzen Tag heulen, oder was?«

»Beruhigen Sie sich.« Ich schiebe ihm den Stuhl hin. »Setzen Sie sich wieder!«

»Danke, aber ich gehe gleich. Ich bin ohnehin nicht gekommen, um auf Ihre blöden Fragen zu antworten, sondern als Mittler.«

»Als Mittler?«

»Ja.« Der junge Mann holt ein verschlossenes Kuvert aus seiner abgewetzten Lederjacke und legt es auf den Tisch. »Das ist für Sie.«

Hünerbein und ich sehen uns verwundert an.

»Eine Nachricht? Von wem?«

»Machen Sie's auf, dann wissen Sie's.«

Ich nehme das Kuvert, öffne es vorsichtig und ziehe ein gefaltetes, maschinebeschriebenes Papier hervor.

»*Sehr geehrte Damen und Herren der Kriminalpolizei von Berlin-West*«, lese ich vor, »*mich hat die Nachricht vom Tode meiner Tochter Anke erreicht. In der Hoffnung, Näheres zur Klärung dieses Sachverhaltes zu erfahren, bitte ich um ein Treffen an neutralem Ort. Hochachtungsvoll, Wolf-Ullrich Cardtsberg.*«

Hünerbein hebt erstaunt die Augenbrauen. »Was soll das denn?«

»Der Mann ist Oberstleutnant bei der Nationalen Volksarmee«, erklärt Felix, »eigentlich ist es ihm strengstens verboten, Kontakt ins westliche Ausland aufzunehmen. Geschweige denn zu irgendwelchen Westberliner Behörden. Aber er will halt wissen, was mit seiner Tochter passiert ist.«

»Und was meint er mit neutralem Ort«, fragt Hünerbein bissig, »den Todesstreifen oder was?«

»Finden Sie das witzig?« Felix sieht Hünerbein vorwurfsvoll an. »Hören Sie, ich bin auch kein Freund von NVA-Offizieren, aber der Mann hat seine Tochter verloren. Er bittet um ein Gespräch, ist das so schwer zu begreifen?«

»Nein, gar nicht«, versichere ich. »Wo wollen wir uns denn treffen?«

»Irgendwo an der Grenze«, schlägt Hünerbein vor. »Café Adler, direkt am Checkpoint Charlie.« Er sieht den jungen Mann fragend an. »Was halten Sie davon?«

»In Ordnung. Ich könnte am Nachmittag mit Cardtsberg dort sein. Um drei Uhr?«

»Okay.« Hünerbein nickt. »Drei Uhr.«

41   JULIAN BRENDLER HATTE ein mulmiges Gefühl, als er seinen siebener BMW am Übergang Prinzenstraße in Richtung Ostberlin lenkte. Ihm war klar, dass der Fall der Mauer Konsequenzen hatte. Beruflich und privat. Dennoch war er, trotz des ungewohnt energischen Anrufs, der ihn aus dem Urlaub gerissen

und nach Hause zurückzitiert hatte, zunächst der Meinung gewesen, dass sich alles zum Positiven wenden würde. Immerhin waren die Ostberliner politisch in der Defensive und nicht er.

Doch dann war da der merkwürdige Tod der Schwägerin vor seinem Haus und das seltsame Verhalten seiner Frau. Vielleicht hat alles miteinander zu tun, dachte Julian Brendler, und trotz kaltgestellter Klimaanlage stand ihm plötzlich der Schweiß in im Gesicht.

Warum hatte sich Anke nie gemeldet, seit damals? Sie hatten doch einander versprochen, in Kontakt zu bleiben. Er wollte sie nachholen, sich um baldige Familienzusammenführung bemühen. Doch nach Silkes Ausreise war von Anke nichts mehr gekommen. Kein Anruf, keine Postkarte, nichts.

Silke war eifersüchtig, wenn Brendler sie darauf ansprach. Ob er vielleicht doch lieber die Anke geheiratet hätte? Warum er sich solche Sorgen mache? Sicher bastelte sie an ihrer Karriere als erste Tänzerin beim Eisballett im Friedrichstadtpalast. Und da konnten Westkontakte nur schaden.

Aber Julian Brendler hatte sich längst in Ostberlin umgehört. Und so erfahren, dass Anke nicht mehr beim Eisballett war. Man hatte sie entlassen, nachdem bekannt geworden war, dass sie einen Ausreiseantrag gestellt hatte, um ihrer Schwester zu folgen. Sie war auch aus der hübschen, kleinen Wohnung im Nikolaiviertel ausgezogen, die sie früher zusammen mit Silke bewohnt hatte.

Sie war wie vom Erdboden verschluckt.

Obwohl ihm klar war, dass er ihre Eltern in Schwierigkeiten bringen konnte, war Julian Brendler schließlich nach Eberswalde gefahren. Er hatte den Wagen ein paar hundert Meter entfernt geparkt und war den Rest des Weges zu Fuß in jene, vor allem von Militärangehörigen bewohnte Siedlung am Stadtrand gelaufen.

Die Cardtsbergs wohnten in einem kleinen, wohl in den dreißiger Jahren erbauten Backsteinhaus mit liebevoll gepflegtem Garten. Es war ein Frühlingstag im März gewesen, fast genau ein Jahr nach Silkes Ausreise. Ein milder Sonntagvormittag, und der

Oberstleutnant stand im blauen Drillich auf einer Leiter und säuberte die Dachrinnen vom welken Laub des vergangenen Winters.

Julian Brendler kannte ihn nur von Fotos, selbst die bescheidene Hochzeitsfeier seiner Tochter hatte Cardtsberg wegen der verbotenen Westkontakte vermieden.

»Verschwinden Sie!«, sagte er nur, als Brendler sich vorstellte, und sah nicht einmal auf. »Meine Tochter will mit Ihnen nichts mehr zu tun haben. Guten Tag!«

Das war deutlich. Aber war es auch die Wahrheit?

Drei Monate später fand Julian Brendler bei sich in Kladow eine Postkarte im Briefkasten. Maschinegeschrieben, ohne Unterschrift und abgestempelt in Ostberlin. »*Anke ist inhaftiert worden! Tut was!*« Kein Absender. Aber es war anzunehmen, dass die Karte vom alten Cardtsberg kam, und Julian Brendler wollte Himmel und Hölle in Bewegung setzen, um Anke freizubekommen.

Doch Silke war strikt dagegen. Sie geriet regelrecht in Panik und glaubte, die Postkarte sei ein Stasi-Trick.

»Die wollen uns fertig machen«, rief sie immer wieder, und wenn die Postkarte wirklich von ihrem Vater gekommen wäre, hätte man sie doch noch vor der Grenze abgefangen. »Die lassen so was nicht raus«, schrie sie aufgeregt, »wie naiv bist du denn? Da wird alle Westpost kontrolliert!«

Trotzdem war Julian Brendler heimlich nach Ostberlin gefahren und hatte sich bei seinem Kontaktmann nach Anke erkundigt. Meyer wusste angeblich von nichts, wollte sich aber kümmern. Meyer kümmerte sich immer um alles. Und tatsächlich hatte er vor knapp zwei Wochen gutgelaunt Ankes vorläufige Freilassung aus dem Gefängnis verkündet. So, als hätte er das selbst in die Wege geleitet. Dummerweise war die Staatsanwaltschaft in Berufung gegangen, das Verfahren müsse noch abgewartet werden. Aber dennoch könne er ein Treffen mit Anke in Ostberlin organisieren. Diskret natürlich, gleich nach dem Urlaub, wenn Julian und Silke von Gran Canaria zurück wären.

Und nun waren sie zurück, die Mauer gefallen und Anke tot.

Schlittschuhe, hatte der Kommissar gesagt, warum hatte sie nur die Schlittschuhe an?

Julian Brendler schüttelte den Kopf. Da stimmte was nicht. Und allein die Vorstellung, in einer Geschichte drinzustecken, die er nicht mehr unter Kontrolle hatte, bereitete ihm Kopfschmerzen. Hinzu kam ein schrecklicher Verdacht: Wollen die mich unter Druck setzen? Jetzt, wo alles kollabiert? Musste Anke deshalb sterben? Was war hier los? Wo war er hineingeraten?

Julian Brendler spürte, wie seine Hände feucht wurden. Er steuerte den BMW über die Jannowitzbrücke und die Kreuzung Holzmarktstraße links in die Alexanderstraße hinein, bevor er an der Ostberliner Kongresshalle rechts in eine schmale Zufahrt abbog. Vor einem zehnstöckigen, mit gelben Fliesen gekachelten Plattenbau stoppte er den Wagen und stieg aus.

Aufgang Nummer sechs. Achte Etage, links. »Meyer« stand auf dem Klingelschild.

Julian Brendler klingelte, und ohne Nachfrage über die Sprechanlage surrte die Tür auf. Offenbar erwartete man ihn dort oben schon ungeduldig.

Die Genossen sind nervös, dachte Brendler, und er wusste nicht, ob das gut oder schlecht für ihn war.

Meyer begrüßte ihn schon an der Fahrstuhltür.

»Schön, Sie zu sehen!«, rief er betont munter, »ich hoffe, es geht Ihnen gut!«

Brendler ignorierte die hingehaltene Hand und folgte Meyer in eine sehr aufgeräumte Wohnung, die schon durch das völlige Fehlen persönlicher Gegenstände verriet, dass es sich um ein konspiratives Quartier der Staatssicherheit handelte. Er wurde in einen Raum am Ende des schmalen Flurs geführt, ins Wohnzimmer sozusagen, mit billiger Schrankwand, einer Couchgarnitur aus braunem Kunstleder und einem Esstisch, an dem wohl noch nie jemand gegessen hatte.

»Setzen Sie sich!«, lud Meyer ein und stellte eine Flasche Wodka und zwei Gläser auf den niedrigen Couchtisch.

»Danke!« Brendler winkte ab. »Ich bin mit dem Wagen da.«

»Gut«, rief der MfS-Mann, als sei es eine großartige Sache, mit dem Auto unterwegs zu sein, und räumte den Wodka wieder weg. »Dann mach ich uns einen Kaffee. Einverstanden?«

»Ich würde lieber wissen, warum ich hier bin?« Brendler sah unruhig auf die Uhr.

»Das fragen Sie noch?« Meyer lachte ein schallendes Lachen. »Aber Ihnen ist schon bewusst, dass sich die Verhältnisse in der Stadt sprunghaft ändern, oder?«

»Die Mauer ist auf.« Julian Brendler mühte sich um Gelassenheit. »Das eröffnet uns völlig neue Perspektiven, denke ich.«

»Sie sagen es, Herr Brendler, Sie sagen es.« Meyer strahlte und rückte seine Goldrandbrille zurecht. »Damit wäre Ihre Frage beantwortet. Sie sind hier, damit wir neue Perspektiven besprechen können. – Nicht doch einen Kaffee?«

Julian Brendler schüttelte den Kopf. »Danke, nein.«

Meyer steckte die Hände in die Hosentaschen und sah sich seinen Gast aufmerksam an.

»Sie wirken bedrückt«, stellte er schließlich fest, um sich mit väterlicher Miene zu Brendler auf die Sessellehne zu setzen. »Doch nicht etwa private Probleme? Ist der Urlaub misslungen? Tut mir übrigens leid, dass wir Sie da vorzeitig herausholen mussten.«

»Es geht um Anke«, sagte Brendler. »Meine Schwägerin.«

»Ja.« Meyer nickte. »Ich hatte sie kontaktiert wegen unseres geplanten Treffens, aber sie war mir gegenüber sehr ablehnend. Sie sagte, mit Stasischweinen spreche sie nicht, wozu auch? Wir würden ja sowieso alles abhören, und zu einer Zusammenarbeit sei sie nicht bereit.« Er grinste nicht sehr überzeugend, und klatschte sich auf die Schenkel. »Hat wirklich Witz, die kleine Eisprinzessin. Naja, jetzt wo die Grenze auf ist, dachte ich … – Oder hat sie sich bei Ihnen noch nicht gemeldet?«

»Sie ist tot«, sagte Brendler tonlos.

»Was?« Meyer wirkte überrascht. Er erhob sich von der Sessellehne und holte den Wodka wieder aus dem Barschrank. »Was ist passiert?«

Brendler zuckte die Schultern. »Sie starb auf der Terrasse meines Hauses. Die Mordkommission ermittelt.«

Meyer runzelte beunruhigt die Stirn und beobachtete seinen Gast aufmerksam. »Stehen Sie etwa unter Verdacht?«

»Nein, nein.« Brendler winkte ab. »Warum sollte ich Anke umbringen? Ich hab sie schließlich mal geliebt.«

»Eben.« Meyer schenkte sich Wodka ein.

»Außerdem war ich auf Gran Canaria, als es passierte.« Brendler hob die Hände. »Ich weiß doch auch nicht, die Kommissare sagen, sie ist erfroren.«

»Mehr nicht?« Meyer schien die Sache zu interessieren. »Nur erfroren? Das ist alles?«

Okay, Freundchen, dachte Brendler, reden wir mal Klartext.

»Sie kam aus dem Wasser«, sagte er, und seine Stimme bekam einen schärferen Klang, »sie trug Schlittschuhe. Und falls mir damit irgendjemand etwas mitteilen wollte, verstehe ich nicht, was.«

Meyer stellte sein Glas beiseite und verschränkte die Arme über der Brust. »Wie meinen Sie das?«

»Ich habe mich nur an unser erstes Gespräch erinnert. Damals im Palasthotel, wissen Sie noch?« Brendler erhob sich ebenfalls und fixierte Meyer mit prüfendem Blick. »Oder waren Sie zu besoffen? Wie war das noch: Manchmal muss man jemandem eine tote Katze an die Tür nageln, um ihn gefügig zu machen. War es so?«

Die Nasen der Männer berührten sich fast.

»Wir hatten beide viel getrunken.« Meyer blieb ruhig. »Da redet man mitunter zu viel.«

Julian Brendler nickte langsam. »In vino veritas, würde ich sagen.«

»Das ist nicht Ihr Ernst!« Meyer packte den Werbefachmann plötzlich am Kragen. »Glauben Sie wirklich, wir haben Ihre kleine Schwägerin auf dem Gewissen?« Er stieß ihn wütend in den Sessel zurück. »Das ist doch bescheuert! Wir bringen doch keine Leute um! Niemals!« Er regte sich auf. »Warum denn? Weil die Eisprinzessin ausreisen wollte? Herrgott, das wollen Tausende!« Er schüttelte anhaltend das Haupt. »Für wen halten Sie mich eigentlich?«

»Für jemanden, der ziemlich unter Druck steht«, antwortete Julian Brendler leise und rückte sich die Krawatte zurecht. »Politisch stehen Sie doch alle mit dem Rücken an der Wand.«

»Ja.« Meyer nickte verärgert. »Da haben Sie recht. Uns steht hier das Wasser bis zum Hals. Höchste Zeit also, die Schäfchen ins Trockene zu bringen, nicht wahr, Herr Brendler?«

»Ich verstehe nicht ganz?« Brendler richtete sich etwas auf.

»Na, dann will ich Ihnen mal auf die Sprünge helfen.« Meyer federte im Raum auf und ab. »Eigentlich war es doch ein schöner Abend damals im Palasthotel: so vertrauensvoll. Die ganze Nacht haben wir dort unten an der Bar verbracht, die Welt verändert und an Visionen gestrickt. Und zumindest für Sie hat sich das Gespräch gelohnt. – Oder etwa nicht?«

»Kommt drauf an«, erwiderte Julian Brendler unbehaglich und öffnete etwas den Krawattenkragen. Gleich kommt der Hammer, dachte er, gleich macht dieser Meyer die Kiste auf, um mich zu erledigen.

»Sie haben bei uns das Geschäft Ihres Lebens gemacht. Mit unserer Hilfe hatten Sie völlig freie Hand. Da war niemand mehr, keine gesetzliche Bestimmung, kein penibler Beamter, der Ihnen noch mal in die Quere kam. Richtig?« Meyer holte sich einen Stuhl heran und setzte sich so vor Brendler hin, dass der aus seiner niedrigen Sesselposition zu dem MfS-Mann aufschauen musste. »Mit unserer Hilfe sind Sie zum reichen Mann geworden. Und wir hätten Ihnen auch noch die niedliche Eisprinzessin über die Grenze getragen, wenn uns mehr Zeit geblieben wäre. Wir haben alles getan für Sie und nie etwas verlangt.«

Julian Brendler biss sich auf die Lippen.

»Leider«, setzte Meyer gedehnt hinzu, »hat sich die Lage geändert. Und jetzt erfordern es die politischen Umstände, dass wir Ihre Hilfe brauchen, Herr Brendler.«

»Meine Hilfe?«

»Ihre Hilfe«, bekräftigte Meyer. »Eine Hand wäscht die andere, wie man so schön sagt. Den Spruch sollten Sie kennen.«

Julian Brendler rutschte unruhig auf seinem Sitz herum.

»Wir haben ja damals viel übers Geld geredet, nicht wahr?« Meyer erhob sich wieder. »Über staatliche Defizite, Geld, was nicht vorhanden war. Sowohl bei uns als auch bei Ihnen in der Bundesrepublik. Der Unterschied zwischen unseren beiden Staaten war, dass die DDR ihre Kredite aus ökonomischen Gründen kaum noch bedienen konnte.«

Brendler versuchte, sich zu entspannen, obgleich er noch immer keine Ahnung hatte, wohin Meyer zielte.

»Sie sprachen davon, dass unser Land eigentlich nicht überlebensfähig sei«, fuhr der Mitarbeiter des MfS fort und lächelte. »Und ich habe Ihnen heftig widersprochen. Obgleich ich es hätte besser wissen müssen, wie sich heute zeigt.« Meyer setzte sich in einen der Sessel und schlug die Beine übereinander. »Es wird eine Wiedervereinigung der beiden deutschen Staaten geben.«

»Was?« Brendler war überrascht. Unglaublich, das von einem Mitarbeiter des DDR-Ministeriums für Staatssicherheit zu hören.

»Wie gesagt: rein ökonomische Gründe.« Meyer schnippte sich eine Staubfaser vom Hosenbein, »ein, zwei Jahre noch, je nachdem wie sich die Großmächte einigen, und dann sind wir wieder echte Landsleute.«

Wie der Kerl ein Gespräch drehen kann, dachte Julian Brendler, das ist wirklich ein Profi. Die Frage ist nur, was will er von mir?

»Wir sollten der politischen Entwicklung nicht weiter hinterher rennen«, Meyer nahm seine Goldrandbrille ab und besah sie sich eingehend, während er weiter sprach, »sondern vorausschauend planen und handeln. Die Deutsche Demokratische Republik ist zwar ein armes Land, aber dennoch gibt es Staatsvermögen.« Er sah Brendler fragend an. »Und was wird wohl damit passieren, wenn es zu einer Wiedervereinigung kommt?«

»Es wird vermutlich in das Vermögen des gemeinsamen deutschen Staates übergehen«, antwortete Brendler langsam.

Meyer nickte verbittert. »Ist das nicht wahnsinnig ungerecht?«

Brendler verstand nicht. »Ungerecht? Warum?«

»Herr Brendler!« Meyers Stimme klang vorwurfsvoll. Er erhob sich erneut und begann, die Brille in der Hand, zu dozieren: »Die Geschichte der beiden deutschen Staaten ist nicht nur die Folge eines verlorenen Krieges. Sie war und ist von Anfang an auch eine Geschichte des Klassenkampfes gewesen. Verstehen Sie? Kampf!« Meyer setzte sich die Brille wieder auf. »Kampf hat immer Gewinner und Verlierer. Und dem Besiegten bleibt am

Ende nur das, was der Sieger ihm zugesteht.« Er stand jetzt dicht vor Julian Brendler, der zusammengesunken in seinem Sessel hockte. »Wer, glauben Sie, wird in der Geschichte der beiden deutschen Staaten der Sieger sein?«

Brendler seufzte angespannt. »Die Bundesrepublik, vermutlich.«

»Bravo!« Meyer klatschte demonstrativ in die Hände. »Sie haben es erfasst. Gut gemacht, Eins, setzen.« Er ließ die Hände wieder sinken, drehte sich zum Fenster und sah, plötzlich nachdenklich geworden, hinaus.

»Vermutlich wird es die letzte Aufgabe sein, mit der ich unserem Land noch dienen kann«, sagte er nach einer Weile leise, »zu verhindern, dass das Wenige, was wir haben, auch noch der reichen Bundesrepublik in den Schoß fällt.«

Julian Brendler wischte sich den Schweiß von der Stirn. »Und dabei soll ich Ihnen helfen?«

»Dabei werden Sie mir helfen«, sagte Meyer mit Bestimmtheit. »Wie gesagt, uns steht das Wasser bis zum Hals. Und wenn ich sage ›uns‹, dann meine ich nicht nur mich …«, Meyer drehte sich langsam vom Fenster weg, »… und die Bürger der DDR, sondern vor allem auch Sie, Herr Brendler.« Meyer stand dicht vor ihm. »Wir sitzen beide im selben Boot. Und wenn ich untergehe, dann zieh ich Sie mit. – Alles klar?«

Treffer, dachte Julian Brendler. Jetzt wird mir die Quittung serviert.

»Was soll ich tun?«, fragte er mit trockener Stimme.

»Das werden wir ausloten. Hier und heute.« Meyer griff nach der Wodkaflasche. »Also was ist? Trinken Sie jetzt doch einen mit?«

»In Ordnung.« Brendler nickte ergeben. »Aber nur einen.«

Meyer goss zwei Gläser voll und schob eines über den Couchtisch. »Na denn: Wohl bekomm's. Prost!«

»Prost«, machte Julian Brendler und trank folgsam.

42 DER CHECKPOINT CHARLIE ist seit Jahrzehnten das Tor der Aliierten in Berlin. Nur passierbar für Diplomaten und Angehörige der Siegermächte. Franzosen, Amerikaner, Engländer und Russen. Auch an diesem verregneten vierzehnten November, einem Dienstag, ist das wieder so.

Nur ein paar Tage lang hatte am Checkpoint Charly derselbe Trubel wie an allen anderen Grenzübergängen geherrscht. Doch die vielen Menschenmassen gefährdeten den im Vier-Mächte-Abkommen garantierten freien Grenzverkehr für Alliierte, und so wurde der Kontrollpunkt nach Öffnung des neuen Grenzüberganges am Potsdamer Platz für »das glücklichste Volk der Welt« wieder geschlossen.

Während überall in der Stadt neue Löcher in die Mauer gerissen werden, ist es hier relativ ruhig. Nur ein paar Diplomatenfahrzeuge passieren den Kontrollpunkt. Amerikanische GIs langweilen sich in ihren Jeeps und beobachten von ihrem Wachhäuschen aus die gegenüberliegende östliche Seite, die mit gigantischen Passkontrollanlagen, riesigen Scheinwerferbatterien und Panzersperren wie eine Zufahrt zu Fort Knox wirkt.

Das Café Adler befindet sich direkt Friedrich-, Ecke Zimmerstraße im Parterre eines sehr schönen und gut erhaltenen Gründerzeithauses. Der Name Zimmerstraße suggeriert allerdings einen falschen Eindruck, denn von der ehemals großstädtischen Zeile ist nur noch der Bürgersteig auf der Westseite übriggeblieben, und auch der gehört zur Hälfte der DDR. Dort, wo normalerweise der Rinnstein verläuft und das Straßenpflaster beginnt, steht die Mauer. Dahinter Wachtürme, Stacheldraht, schwer bewaffnete Grenzsoldaten. Die früher sehr belebte Straße mit Geschäften, Lokalen und herrschaftlichen Wohnungen mitten in Berlin ist seit über achtundzwanzig Jahren ein unüberwindlicher Todesstreifen.

Immerhin sind inzwischen auch hier die Mauerspechte aktiv. Hunderte von Menschen, Männer und Frauen, Junge und Alte aus allen Bevölkerungsschichten brechen sich seit fünf Tagen mit Meißeln, Spitzhacken oder auch nur Taschenmessern Stückchen für Stückchen durch den stahlharten Beton. Viele haben alte Reisetaschen dabei, in denen sie die Bruchstücke sammeln. Kaum etwas bleibt am Boden liegen. Jeder Mauerrest wird eingesammelt, aufgehoben, gestapelt und am Ende weggebracht.

»Das Zeug ist gutes Geld wert«, weiß Hünerbein. »Das ist wie mit allen endlichen Rohstoffen so. In ein paar Jahren werden echte Berliner Mauerstücke mit Gold aufgewogen, wart's ab.«

Wir haben an einem kleinen Marmortisch direkt unter einem der hohen Fenster des Café Adler Platz genommen und trinken Bier.

Um uns herum viele amerikanische Journalisten, Soldaten und Typen, die auch ohne Schlapphut nach Geheimdienst riechen. Und alle haben nur ein Thema: Was ist eigentlich in Deutschland los?

Nur Hünerbein erzählt von seinen beiden jüngsten Söhnen, die auch seit Tagen die Mauer abtragen helfen, um sich mit den gesammelten Bruchstücken besten ostdeutschen Stahlbetons den lang gehegten Traum einer Amerikareise zu erfüllen.

»Sollnse machen«, grunzt Hünerbein in sein Bierglas, »ich jedenfalls bin froh, wenn das blöde Ding endlich weg ist.«

Mir dagegen fällt die ausschließlich weibliche Bedienung des Café Adler auf. Höchst attraktive Blondinen mit langen Beinen, – Frauleins, wie die Amerikaner sagen, – die zügig mit Tabletts zwischen den Gästen umherstöckeln und dennoch Zeit haben, um auf die mehr oder weniger charmanten Annäherungsversuche sexuell ausgehungerter GIs angemessen zu reagieren.

Überhaupt kommt man sich im Adler vor wie im »Dritten Mann«. Konspirative Typen an jedem zweiten Tisch, diskrete Nachrichtenübermittler, Agenten des DIA und heruntergekommene Kriegsberichterstatter, die für den Einsatz in echten Krisengebieten entweder zu alt oder zu nervös geworden sind.

»Da sind sie.« Hünerbein stößt mich an und deutet mit seiner fetten Hand hinaus durchs Fenster.

Von der Kochstraße her ist eine Ostberliner Wolgataxe auf den Checkpoint zugefahren und wird soeben von einem etwas nervös wirkenden Schwarzen der U.S.-Army gestoppt.

»No way«, brüllt er energisch, »it's only for foreigners. Get out!«

Dann sieht man aus dem Fond des Taxis den jungen Felix Muran steigen und einen hochgewachsenen Mann von etwa fünfzig Jahren. Er trägt einen grauen Wollmantel und fällt vor allem durch seine Tschapka auf, eine große, russische Pelzmütze. Misstrauisch fixiert er den amerikanischen Soldaten, der unruhig – »come on, come on« –, nach den Ausweisen verlangt.

»Das muss dieser Volksarmist sein«, mutmaßt Hünerbein, »na, der muss sich hier vorkommen wie in der Höhle des Löwen.«

»Aber er hält sich gut«, finde ich, obgleich dem Mann mit der Pelzmütze anzusehen ist, wie schwer es ihm fällt, sich von einem GI der US-Army kontrollieren zu lassen.

Die Situation entspannt sich, als der Ami die Ausweise zurückgibt und den Weg freimacht. Der junge Mann zahlt das Taxi und schiebt dann den etwas irritiert dreinblickenden Cardtsberg aufs Café Adler zu.

»Prima Treffpunkt«, wiehert Hünerbein schenkelklopfend, »der Kerl fällt hier überhaupt nicht auf.«

»Vielleicht wäre ein diskreterer Ort geschickter gewesen«, überlege ich laut, doch Hünerbein winkt ab.

»Unsinn, der Typ wollte sich doch unbedingt am Todesstreifen treffen. Da muss er jetzt durch.« Er erhebt sich schnaufend von seinem Sitz und grinst mit unverhohlenem Spott den Oberstleutnant in Zivil an, der eben von Felix an unseren Tisch geführt wird. »Welcome in another world, Genosse! – Oder sagt man bei Ihnen: Rot Front?«

»Vielleicht beschränken wir uns auf ein einfaches ›Guten Tag‹.« Cardtsberg nimmt endlich die bekloppte Mütze ab und reicht Hünerbein die Hand. »Wolf-Ullrich Cardtsberg. Ich nehme an, Sie sind …«

»Hünerbein, Hauptkommissar Harald Hünerbein.« Er deutet auf mich. »Das ist Hauptkommissar Hans Dieter Knoop.«

»Guten Tag, Herr Cardtsberg.« Freundlich lächelnd bemühe ich mich, die Unverschämtheiten meines Kompagnons zu entschärfen. »Der bedauerliche Tod Ihrer Tochter Anke tut uns aufrichtig leid.«

»Deshalb bin ich hier.« Cardtsberg deutet auf Felix. »Diesen jungen Mann kennen Sie ja schon.«

Wir nicken und stehen etwas unschlüssig herum, bis Cardtsberg, offenbar gewohnt, das Kommando zu haben, »Setzen wir uns« befiehlt. Genauso gut hätte er auch »Rühren« sagen können. Augenblicklich sinken wir auf unsere Stühle.

Alle Achtung, der Mann hat Autorität. Wie mag er erst in Uniform wirken, überlege ich, so ein Typ hätte locker den Obristen in der »Brücke von Remagen« spielen können.

»Der Kollege Knoop stammt übrigens auch aus einer Soldatenfamilie«, quatscht Hünerbein drauflos, »allerdings auf der anderen Frontseite des Kalten Krieges. Sein Vater war Sergeant bei den Marines. Nicht wahr, Sardsch?«

»Mhm«, nicke ich notgedrungen und setze verlegen hinzu, dass ich nie Kontakt zu ihm hatte. »Bin ein typisches Nachkriegskind.«

»Das sind wir wohl alle«, erwidert Cardtsberg knapp und beugt sich vor. »Was ist meiner Tochter passiert?«

»Da sind wir uns, ehrlich gesagt, nicht ganz klar drüber.« Allmählich kotzt es mich an, dauernd erzählen zu müssen, dass ich nicht weiß, warum dieses Mädchen zu Tode gekommen ist. »Unseren Erkenntnissen zufolge muss sie erfroren sein. In der Nacht vom zehnten zum elften November. Vor dem Haus ihrer Schwester in Kladow.«

»Vor Silkes Haus?« Cardtsberg sieht mich skeptisch an. »Sie meinen das Haus von diesem ... diesem ... Brendler?«

»Diesem Brendler, richtig.« Hünerbein zückt den Notizblock. »Das klingt ja so, als würden Sie den Gatten Ihrer Tochter nicht sonderlich mögen.«

»Das tut hier nichts zur Sache«, wiegelt Cardtsberg ab.

»Was dagegen, wenn ich mir trotzdem ein paar Stichworte mache?« Hünerbein klackert mit seinem Kugelschreiber.

»Machen Sie, was Sie für richtig halten«, knurrt Cardtsberg. Er hat offenbar wenig Lust, sich weiter mit dem frechen Kollegen abzugeben und konzentriert sich auf mich. »Beschränken Sie sich auf die Fakten, Hauptkommissar. Was wissen Sie?«

»Wie gesagt, sie ist erfroren«, wiederhole ich. »Und sie muss aus dem Wasser gekommen sein ...«

»Aus dem Wasser?«

»Das Haus von Julian Brendler liegt direkt an der Havel«, erkläre ich, »und sowohl in der Kleidung als auch in den Haaren des Opfers fanden sich Schlamm- und Algenrückstände.«

Cardtsberg schluckt, sagt aber kein Wort. Dennoch ist zu spüren, wie sehr er mit seinen Gefühlen kämpft.

»Reden Sie weiter«, sagt er schließlich.

»Julian Brendler und seine Frau …« Ich überlege, wie ich weitermachen soll, »… also Ihre zweite Tochter Silke, befanden sich zu jenem Zeitpunkt nicht im Haus.«

»Darf ich Ihnen was bringen?« Eine Bedienung, sehr blond und höchst ansehnlich, steht plötzlich an unserem Tisch und sieht Cardtsberg fragend an.

»Ich weiß nicht, ich …«, Cardtsberg schaut unsicher zu Felix, »… hast du … ich meine: West?«

»Wir übernehmen die Rechnung«, sage ich. »Spesen.«

»Ja, dann …« Cardtsberg deutet auf mein Bier. »Ich nehm auch so eins. – Felix?«

»Ich auch«, nickt der.

»Zwei Pilsener also«, registriert die Bedienung mit einem ganz bezaubernden Augenaufschlag, »bis glei-heich«, und tänzelt zum Tresen zurück.

»Und wo waren sie?«

Cardtsbergs Frage irritiert mich etwas, da ich »sie« zwar auf den Fall, doch zunächst auf mich beziehe, und ein Kriminalbeamter kann nicht überall sein. Das wäre toll, wenn wir im Voraus wüssten, wo etwas passiert – es würde unseren Job total in Richtung Vorbeugung umkrempeln. Leider sind wir noch nicht so weit, und insofern werden wir uns weiter mit der Aufklärung bereits verübter Verbrechen befassen müssen, bis die fortschreitende Technik uns irgendwann mal seherische Fähigkeiten verleiht.

Doch dann kommt mir der Gedanke, dass die Frage des NVA-Offiziers wahrscheinlich auf Silke und ihren Mann abzielt, und deshalb antworte ich: »Im Urlaub, Gran Canaria. Sie sind erst am Montag zurückgekommen.«

»Gran Canaria, soso …« Cardtsberg nickt nachdenklich.

»Können Sie sich erklären«, mischt sich Hünerbein ein, »warum Ihre Tochter in Schlittschuhen starb?«

Cardtsberg sieht Hünerbein fragend an.

»Das war ihr Beruf«, sagt er schließlich mit heiserer Stimme, »eislaufen. Sie hat immer von einer großen Karriere geträumt.«

»Die Havel war aber nicht zugefroren«, stellt Hünerbein fest. »Nicht mal ansatzweise.«

»Natürlich nicht.« Cardtsberg tastet seinen Mantel nach Zigaretten ab. »Es ist draußen noch nicht kalt genug.« Er zieht eine Schachtel Club hervor und reißt sie mit fahrigen Fingern auf.

Mehr hat er dazu nicht zu sagen? Verwundert gebe ich ihm Feuer und nehme mir eine von meinen Gauloises. Und auch Hünerbein packt sein Päckchen Roth-Händle auf den Tisch. Vielleicht hat er nicht begriffen, dass seine Tochter die Schlittschuhe an den Füßen hatte, überlege ich, doch noch bevor ich das klarstellen kann, meldet sich Felix zu Wort.

»Was hatte Anke noch an? Ich meine kleidungsmäßig? Was trug sie?«

»Moment, das haben wir gleich.« Hünerbein blättert seinen Notizblock durch, doch der junge Mann kommt ihm zuvor:

»Vielleicht einen bronzefarbenen Daunenanorak?«

»Zum Beispiel«, bestätigt Hünerbein und liest aus seinen Notizen vor: »Einen gesteppten Anorak aus Nylon, braun oder bronzefarben, mit Daunenfüllung und pelzverbrämter Kapuze …«

»Jeans aus dem Intershop?«, fragt der junge Mann, »Levis?«

»Levis.« Hünerbein nickt. »Größe dreißig. Ob sie aus dem Intershop waren, weiß ich nicht.« Er liest weiter. »Dazu Nylonsocken, schwarz, und cremefarbene Viskoseunterwäsche, made in GDR, sowie einen schwarzen …«

»… Rollkragenpulli?« Felix sieht uns mit großen, erschrockenen Augen an.

»Richtig.« Hünerbein klappt den Notizblock zu. »Hat sie sich so von Ihnen verabschiedet, oder woher wissen Sie das?«

»So hab ich sie kennengelernt«, der junge Mann ist plötzlich ganz blass im Gesicht, »genau so!«

»Wie meinen Sie das? In denselben Sachen?«

»Ja.« Der junge Mann nickt entsetzt.

»Also hatte sie auch Schlittschuhe an?«

»Ja! Ja!« Felix hält es nicht mehr aus. Er springt so ruckartig auf, dass sein Stuhl hintenüber fällt. »Und sie ist aus dem Wasser gekommen. Klitschnass!« Seine Hände zittern. »Sie wäre erfroren, wenn ich nicht zufällig dazugekommen wäre.«

Wovon redet der Kerl?

Ich werfe Hünerbein einen fragenden Blick zu, doch der scheint genauso ratlos zu sein wie ich.

»Zwei Pilsener, die Herren!« Die schöne Bedienung ist wieder da und stellt lächelnd das Bier auf den Tisch. »Gibt's Probleme?«

»Nicht mit Ihnen«, versichere ich und stelle den umgefallenen Stuhl wieder auf, bevor die Kellnerin es tut. »Setzen Sie sich«, fordere ich Felix auf. »Gehen wir das mal Punkt für Punkt durch. Wann haben Sie Anke Cardtsberg kennengelernt?«

»Letztes Jahr«, antwortet der junge Mann. »Anfang März.« Er wollte nach Buckow in die Märkische Schweiz. Zu einer Lesung im Brechthaus. Er war spät dran, hatte den Zug verpasst und sich deshalb von einem Bekannten einen Trabi geliehen. »Ich hätte sie beinahe überfahren. Sie lag mitten auf der Straße!« Ihm ist anzusehen, dass es ihn noch immer sehr berührt, wenn er daran denkt. »Sie war beim Schlittschuhlaufen im Eis eingebrochen!«

»Lag aber auf der Straße?«, wiederhole ich fragend.

Der junge Mann nickt. »Ja, bis dahin hat sie sich noch retten können. Aber sie war nicht mehr bei Bewusstsein, als ich sie fand. Ich dachte schon, sie wäre tot!«

»Okay ...«, Hünerbein schreibt eifrig mit, »... das war Anfang März, sagen Sie?«

»Der dritte«, bekräftigt der junge Mann, »vergess ich nie, den Tag.«

»Dritter März achtundachtzig«, notiert Hünerbein nachdenklich und wendet sich Cardtsberg zu. »Wussten Sie davon?«

»Wir haben eine Datsche am Schermützelsee«, sagt der statt einer Antwort, »die Mädchen waren da oft eislaufen im Winter.«

»Was passierte dann?«, wende ich mich an den jungen Mann, »sind Sie in ein Krankenhaus gefahren?«

»Ich wusste nicht, wo eins war.« Felix schüttelt den Kopf. »Ich hab ihr erst mal den Anorak ausgezogen und sie in eine Decke gewickelt. Glücklicherweise war eine im Auto. Und dann hab ich die Heizung voll aufgedreht und bin nach Buckow gefahren.«

»In dieses ... Brechthaus?«

»War ja nicht mehr weit«, nickt Felix. »Da haben wir dann einen Krankenwagen gerufen. Der hat sie mitgenommen.«

»Und die Schwester? Silke?« Hünerbein tackert nervtötend mit dem Kugelschreiber. »Wo war die?«

»Keine Ahnung.« Der junge Mann zuckt mit den Schultern. »Die war doch schon in Westen, nehme ich an.«

»Anke war also allein eislaufen«, stellt Hünerbein fest. »Diesmal war doch Eis auf dem See?«

»Klar! Der war völlig zugefroren.« Felix trinkt von seinem Bier. »Obwohl es seit ein paar Tagen taute.«

»Weshalb das Eis auch nicht mehr hielt«, folgert Hünerbein und packt sein Notizbuch beiseite, »leichtsinnig, so was.«

»Anke war verrückt.« Cardtsberg sieht nachdenklich hinaus auf die Friedrichstraße. »Die ist losgezogen, sobald auch nur ein Hauch von Eis auf den Seen war. Ein Wunder, dass nicht schon früher was passiert ist. Schlittschuhlaufen war ihr Leben.« Er beißt sich auf die Lippen und sieht Felix an. »Warum hast du mir nie erzählt, dass du ihr das Leben gerettet hast?«

»Warum sollte ich?« Der junge Mann wischt sich den Bierschaum von der Lippe. »Sie lag auf der Straße. Wärst du dran vorbeigefahren?«

»Du hättest es mir trotzdem erzählen können.«

»Sie hat sich bei mir bedankt. Das reicht doch.«

»Und wie«, betont Hünerbein. »Sie ist sogar zu Ihnen gezogen.«

»Wie das Leben so spielt«, erwidert Felix knapp.

»Wie war Anke denn so?«, erkundige ich mich bei Cardtsberg. »Sie sagten, sie sei verrückt. Inwiefern?«

»Sie war nicht verrückt. Nur was das Eislaufen betraf. Da war sie extrem ehrgeizig. Sehr diszipliniert. Ganz anders als Silke. Wollte unbedingt Karriere machen.« Er schüttelt verbittert den Kopf. »Aber das haben sie ihr versaut.«

»Wer?«

»Alle.« Cardtsberg ballt die Fäuste. »Sie sich selbst auch.«

»Weil sie in den Westen wollte?« Hünerbein schreibt wieder mit. »Sie war ja sogar in Haft deswegen.«

Der Offizier nickt bekümmert und sieht Hünerbein an. »Sie haben gesagt, ich mag den Brendler nicht. Und Sie haben recht. Ich verabscheue ihn.« Er greift nach dem Bierglas, trinkt es mit einem Zug aus, als könnte er Julian Brendler so vernichten.

»Warum?« Allmählich habe ich das Gefühl, ganz dicht vor der Lösung des Falles zu sein. Es muss eine Verbindung geben zwischen dem Unfall im März achtundachtzig, Brendler, Silke und dem tragischen Tod von Anke Cardtsberg. »Warum verabscheuen Sie ihn?«

Cardtsberg lächelt schwach. »Verabscheut nicht jeder Vater die potentiellen Ehemänner seiner Töchter?«

»Nein«, sagt Hünerbein, als mehrfacher Schwiegervater sicher Spezialist auf diesem Gebiet, »verabscheuen tut man diese Jungs in der Regel nicht. Nicht wirklich. Eigentlich ist es nur Eifersucht. Und die Angst, die Tochter zu verlieren.«

»Mag sein«, nickt Cardtsberg in sein Bierglas, »aber ich habe zwei Töchter verloren.«

Nun, mach schon, denke ich ungeduldig, raus mit der Sprache, was ist da bei euch gelaufen?

»Gab es irgendwelche Spannungen zwischen Ihren Töchtern?«

»Sicher. Wo gibt es die nicht?« Cardtsberg beobachtet nachdenklich die GIs draußen am Checkpoint. »Sie waren halt Schwestern. Da gibt es zuweilen Streit. Und sie waren sehr verschieden. Äußerlich konnte man sie nur an einem versteckten Muttermal im Nacken unterscheiden. Aber charakterlich waren sie völlig auseinander. Schon als kleine Kinder. Silke war frech, provozierend, extrovertiert, Anke dagegen eher in sich gekehrt, ruhig und schüchtern.« Endlich kommt er aus sich heraus. Erzählt, dass er kaum Zeit für die Kinder hatte, dass auch seine Frau viel unterwegs war und im internationalen Buchhandel arbeitete, und weil die Kinder talentiert waren, haben sie sie schon mit vier Jahren auf eine Eissportschule geschickt. »In Karl-Marx-Stadt. Da wo auch Katarina Witt trainiert. Sie waren beide gut, und die Trainerinnen versuchten immer, sie zu Konkurrentinnen zu machen, damit sie sich gegenseitig zu Höchstleistungen animieren. Doch das funktionierte nur bei Anke.«

Ich bestelle uns noch vier Bier, während Cardtsberg seinen Gedanken nachhängt. »Silke hat den starren, fast militärischen Tagesablauf in der Sportschule immer gehasst. Sie wollte ihr Leben genießen, nicht immer nur Schule und Training. Sie rebellierte gegen das starre Reglement und interessierte sich zunehmend für Jungs und Musik. Sie fing an zu schwänzen, und da die Trainer die Mädchen kaum unterscheiden konnten, übernahm Anke Silkes Trainingsstunden. Doch irgendwann fiel der Trick auf, und es gab mächtig Ärger.«

1982 mussten die Mädchen die Sportschule verlassen und kamen zurück nach Hause, ins heimatliche Eberswalde bei Berlin. Silke war froh, dem »Gefängnis« entronnen zu sein, aber Anke fühlte sich um ihr Abitur betrogen. Silke war das Abitur egal. Sie ging viel in Diskotheken, fuhr im Sommer mit Freunden an die Ostsee, genoss das Leben und hatte ihren Spaß. Anke dagegen mochte es nicht, wenn sich die Jungens an sie heranmachten, weil sie bei Silke nicht weiterkamen. Im Winter waren die Mädchen die Stars auf den Eisbahnen. Kaum jemand konnte so perfekt Schlittschuhlaufen wie sie, die jahrelang die Eissportschule besucht hatten. Das fiel auch dem Kulturhausleiter von Eberswalde auf. Er begann, die Mädchen zu fördern, denn er hatte ein ehrgeiziges Ziel. Raus aus der Provinz. Mit den Cardtsberg-Zwillingen wollte er die Hauptstadt erobern. Die wollte 1987 ihr siebenhundertfünfzigjähriges Bestehen feiern und hatte sich mit dem neuen Friedrichstadtpalast die modernste Revuebühne der Welt gebaut. Und genau hier, bei der großen Jubiläumsrevue, kam der kleine Eberswalder Kulturhauschef mit seinen Eistanzzwillingen unter.

»Die hätten da noch was werden können«, erinnert sich Hünerbein an die Worte des Volkspolizeioberleutnants Friedrichs.

»Ja«, bekräftigt Cardtsberg stolz, »Sie hätten die Revue sehen sollen. Ich war dabei. Und meine Töchter waren beide großartig. Minutenlanger Applaus ... – Entschuldigen Sie!« Er hat plötzlich feuchte Augen, kann nicht mehr weitersprechen, kämpft gegen seine Gefühle an.

Und dann taucht Julian Brendler auf, denke ich, der tolle Typ aus dem Westen!

»Während der normale DDR-Bürger auf ein Auto zwölf Jahre lang warten muss«, man sieht Cardtsberg an, wie wütend ihn das noch immer macht, »hat Brendler den Mädchen für teure Devisen bei GENEX einen Wartburg dreidreiundfünfzig de luxe gekauft. Er ist mit ihnen in die Intershops gegangen, hat sie neu eingekleidet und all die schönen Dinge besorgt, die es bei uns nur unter der Hand oder gar nicht gibt. Tja.« Cardtsberg wischt sich die Tränen von den Wangen. »Und so schafft ein Westberliner das, was den Trainern der Eissportschule nie gelang: Aus meinen Töchtern werden härteste Konkurrentinnen um die Gunst des Julian Brendler.« Er zieht ein Taschentuch hervor, schnaubt hinein. Dann sieht er Hünerbein an. »Verstehen Sie jetzt, warum ich diesen Kerl verabscheue?«

»Und wie ich das verstehe.« Hünerbein nickt betroffen.

Ich sitze wie erstarrt. Plötzlich ist alles klar. Die ganze Geschichte in ihrer furchtbaren Tragik. Und deshalb wende ich mich so ruhig wie möglich an den DDR-Offizier.

»Würde es Ihnen was ausmachen, mit uns zusammen ins Leichenschauhaus zu fahren?«

»In Ordnung.« Cardtsberg strafft sich. »Ich wollte Anke sowieso noch mal sehen.«

»Fein«, sage ich und winke nach der Bedienung. »Dann zahl ich mal.«

43   NATÜRLICH WAR ES NICHT bei einem Wodka geblieben. Am Ende war Julian Brendler so blau, dass er kaum noch gerade gucken konnte. Im Grunde genommen verachtete Meyer Typen wie ihn. Ein Wohlstandscowboy mit oberflächlicher Bildung und ohne jedes politische Gespür.

Aber genau so jemanden brauchte Meyer, das war ihm schon

vor vier Jahren klar. Wenn es mal hart auf hart käme, würde Meyer auf die Unterstützung solcher Krämerseelen aus dem Westen angewiesen sein, völlig ideologiefreie Typen, deren einziges Interesse darin bestand, Geld zu machen und ab und zu mal 'ne schöne Frau zu vögeln.

Insoweit war es eine gute Idee, dem Brendler in der DDR alle Wege zu ebnen. Ordentlich Futter ins Maul und zwischendurch eins mit der Peitsche drauf, damit der Kerl sich nicht zu sicher fühlte und gefügig blieb. Inzwischen hatte ihn Meyer völlig in der Hand, obgleich er absolut nichts gegen ihn in der Hand hatte. Weder hatte Brendler für die DDR gespitzelt (wie auch, dazu fehlten dem Mann die Verbindungen), noch war er sonst in irgendeiner Art und Weise tätig gewesen, die in Westberlin als Straftat gelten konnte. Es gab also nichts, womit Meyer den Charlottenburger Werbefachmann unter Druck setzen konnte, und dennoch kuschte Julian Brendler wie ein Hund. Womöglich glaubte er wirklich, dass das Ministerium für Staatsicherheit etwas mit dem Tod dieser Schwägerin zu tun hatte und traute sich deshalb nicht, aufzumucken. Oder aber es war die besonders fette Wurst, mit der Meyer heute zum Fressnapf bat. Dreihundertvierzigtausend Deutsche Mark in bar. Da bekam ein Typ wie Brendler feuchte Lefzen.

»Wo ist der Haken?«, hatte er noch gefragt, »was soll mit dem Geld passieren?«

Aber was geschieht mit Geld im besten Fall?

»Es vermehrt sich, oder? Der Haken ist, dass wir ab sofort Geschäftspartner sind.« Meyer hatte seine Unterlagen hervorgeholt. »Sie werden mich nicht mehr los, Herr Brendler.«

Wenn alles gut lief, würden bis zum Ende des Jahres gut anderthalb Millionen in bar eingezahlt auf die Konten der Charlottenburger Julian-Brendler-Marketing-GmbH. Verbucht über fingierte Rechnungen für diverse Dienstleistungen. Auftraggeber waren mehrere Firmen, für die Meyer zeichnete und die der Abteilung Kommerzielle Koordinierung des Ministeriums für Staatssicherheit unterstanden.

»Noch 'n Wodka? Auf den Schreck?«

»Gern«, hatte Brendler gestammelt und sich den Schweiß von der Stirn gewischt.

Meyer war zufrieden. Der Mann hatte angebissen. Mit Brendlers Firma hatte man endlich eine Pipeline aufgetan, über die man so viel Devisen wie möglich in Sicherheit pumpen konnte, bevor hier alles zusammenbrach. Und so waren es Männer wie Meyer und Brendler, die die spätere Braut DDR um ihre Mitgift brachten. Aber das ist eine andere Geschichte.

Vorerst galt es, Brendler wieder nüchtern zu kriegen. Und deshalb schickte ihn Meyer unter die Dusche. »Sie müssen schließlich noch fahren, nicht wahr, Partner?«

Während Julian Brendler im engen fensterlosen Badezimmer der Plattenbauwohnung den Alkohol mit eiskaltem Wasser aus den Adern vertrieb, zog sich Meyer in ein Nebenzimmer zurück und ließ sich per Code über eine abhörsichere Leitung mit seiner Dienststelle verbinden. Er musste sichergehen, dass es keine Panne gegeben hatte. Und deshalb:

»Gibt es noch irgendetwas, das ich wissen muss? Zum Beispiel über die Cardtsberg-Zwillinge?«

Der Mitarbeiter im Ministerium hatte keine Ahnung.

»Die Eishäschen aus dem Friedrichstadtpalast«, präzisierte Meyer ungehalten, »Klementine hat mir gerade mitgeteilt, dass eine von den beiden tot ist.«

»Moment mal, ich hole mir die aktuellen Daten«, murmelte der Mitarbeiter am anderen Ende der Leitung.

Na, hoffentlich sind die noch da, dachte Meyer und trommelte unruhig mit den Fingern auf der Tischplatte herum, während er vorsichtig durch die halbgeöffnete Tür in den Flur sah. Aber Brendler duschte noch, man hörte das Wasser rauschen.

Meyer persönlich hatte eingefädelt, dass sich die Zwillinge und Brendler näherkamen. Die Mädchen waren die Lieblinge der neuen Eislaufrevue. Jung und ganz reizend anzusehen. Aus gutem Hause, der Vater ein hochrangiger Offizier der Nationalen Volksarmee. Und sie wollten beide raus, in den Westen. Holiday on Ice. Der Traum aller Eistänzerinnen.

Meyer war damals längst klar, dass die Tage der DDR gezählt waren. Jedenfalls, wenn es so weiterging wie bisher. Irgendwann, dachte er, wird es knallen. Zeit, sich nach guten Ohrenschützern umzuschauen. Und plötzlich tauchte dieser Julian Brendler auf, ein völlig entnervter Charlottenburger Geschäftsmann, der versucht hatte, mit kombinierten Touristenreisen durch die Hauptstadt Geschäfte zu machen und dabei mit dem staatlichen DDR-Reisebüro aneinandergeraten war. Um weiterzukommen, war Brendler im Wirtschaftsministerium vorstellig geworden, und die Beamten dort hatten sofort das MfS verständigt, auf dass es den seltsamen Westberliner erst mal durchleuchte.

Brendler wurde observiert, und Meyer hatte nach Studium der Akten entschieden, sich den Mann einmal persönlich vorzunehmen. Seine erste Einschätzung: harmlos, ideologiefrei, will vor allem Geld mit Westtouristen machen. Die wiederum lassen Devisen in der DDR. Warum also einen Mann wie Brendler stoppen? Wenn es für beide Seiten von Nutzen war?

Dennoch verlangte man im Ministerium nach Absicherung. Wenn man den Brendler machen lässt, muss er auch überwacht werden, damit der Mann nicht irgendwann aus dem Ruder läuft. Unauffällige Kontrolle, hieß es.

Meyer musste sich also was einfallen lassen. Im Rahmen einer routinemäßigen Überprüfung des künstlerischen Personals des Friedrichstadtpalastes für den Fall eines Gastspiels im westlichen Ausland bestellte er die Cardtsberg-Zwillinge einzeln zu sich. Angeblich, um ihr Verhältnis zu Staat und Partei zu prüfen.

In Wahrheit ging es Meyer aber darum, zu schauen, inwieweit man die zwei auf den Brendler ansetzen konnte. Anke Cardtsberg war die Ehrgeizige, Ernste, bereit, ihr Leben für die DDR zu geben, wenn es der Karriere dienlich war. Silke dagegen lachte Meyer offen aus. Ob er wirklich glaube, dass sie für die Stasi spitzele, nur damit sie irgendwann mal in Amerika aufs Eis dürfe? Ob sie bei Holiday on Ice mitmache, sei nicht Sache der Stasi, sondern einzig und allein ihr eigenes Ding.

»Natürlich werden Sie mir jetzt drohen«, sagte sie und warf ihr schönes, langes Haar nach hinten, »Sie werden mir Steine in den Weg legen wollen oder so. Aber wissen Sie was?« Sie hatte sich vorgebeugt und Meyer spöttisch angestrahlt. »Es ist mir egal, was Sie mit mir machen. Solange ich noch reinen Gewissens in den Spiegel gucken kann, bin ich glücklich.«

Meyer hatte nach dem Gespräch lange überlegt, ob diese Silke wirklich so abgebrüht war oder einfach nur naiv. Wahrscheinlich beides.

Anke dagegen war kooperativ. Sie wusste genau, dass das Zusammentreffen mit dem Westberliner Geschäftsmann Julian Brendler auf der Premierenfeier der Jubiläumsrevue im Friedrichstadtpalast nicht zufällig war. Sie sammelte alle Informationen über ihn, die sie kriegen konnte, und machte die Zusammenarbeit mit dem MfS knallhart an einer Bedingung fest: Holiday on Ice. Sie hatte sich bei der amerikanischen Eisrevue beworben, und die DDR sollte ihren Karriereplänen nicht im Wege sein. Im Gegenzug verpflichtete sie sich, Brendler zu observieren und die DDR international nicht in Misskredit zu bringen. Oder, wie sie es mehrmals betonte:

»Ich werde der Deutschen Demokratischen Republik immer ein gutes Aushängeschild sein, sofern sie meine persönliche Entwicklung nicht behindert.«

»Das ist doch ein Wort«, hatte Meyer erwidert und Anke die Verpflichtungserklärung zugeschoben.

Doch die wollte sie nicht unterschreiben. »Mein Wort muss Ihnen schon genügen«, hatte sie nur kühl gelächelt und war dann gegangen.

Tja. Wohl oder übel musste sich Meyer auf den Deal einlassen. Immerhin lieferte Anke Cardtsberg brav Informationen über Julian Brendler. Sie notierte, welche politischen Anschauungen er hatte (sofern er welche hatte), wo man gemeinsam essen war, was er so für Besorgungen tätigte und dass er sich immer nach den kulturellen Highlights in der DDR erkundigte, um sie für seine Westreisegruppen zu vermarkten.

Im Wesentlichen bestätigte Anke das, was Meyer immer vermutet hatte: Brendler war harmlos. Und so unternahm Meyer auch nichts, als sich der Westberliner in die freche Silke verliebte. Sollte er sie ruhig heiraten, die Kleine war ohnehin ein Filou. Anke dagegen rastete völlig aus.

»Das dürfen Sie nicht zulassen«, beschwor sie Meyer immer wieder, »ich liefere die Informationen, nicht meine Schwester!«

Aber Meyer war an Informationen über Brendler nur noch am Rande interessiert. Längst hatte er eigene Verbindungen zu dem Westberliner Geschäftsmann aufgebaut. Und die konnte er noch intensivieren, wenn er einer Hochzeit mit Silke Cardtsberg nicht im Wege stand. Im Gegenteil.

Am Ende hatte sich Anke völlig zurückgezogen. Die Karriere schien ihr plötzlich egal. Sie versuchte eine Flucht über die Tschechoslowakei oder Ungarn und wurde dafür inhaftiert. Mehr wusste Meyer nicht.

Und jetzt war sie tot? – Warum?

»Cardtsberg, Anke...« Die Stimme am anderen Ende der Leitung schien etwas gefunden zu haben. »Verurteilt wegen versuchter Republikflucht, Haftstrafe zur Bewährung ausgesetzt, Berufungsverfahren läuft...«

»Ja, das weiß ich doch alles«, unterbrach Meyer genervt. »Mehr steht nicht in den Akten?«

»Nee«, erwiderte die Stimme aus dem Telefonhörer. »Das ist der letzte Stand. Wir haben keinen OV dazu.«

»Ja, danke.« Meyer legte auf, da Brendler geräuschvoll aus dem Badezimmer kam.

»Ach, das tat gut«, schnurrte er und rubbelte sich die Haare mit einem Handtuch ab. »Fühl mich wie neugeboren.«

»Brauchen Sie einen Fön?« Meyer kam aus dem Zimmer und schloss die Tür hinter sich.

Brendler schüttelte den Kopf. »Das geht so. Danke. Ein starker Kaffee wäre optimal.«

»Der ist schon fertig.« Meyer ging in die Küche. »Schwarzer Armenier, direkt aus dem Kaukasus«, sagte er lächelnd und kam mit zwei dampfenden Pötten wieder heraus. »Damit können Sie Tote aufwecken.«

Brendler dankte und verbrannte sich erst mal die Zunge. Dann schlürfte er vorsichtig mit spitzen Lippen, bevor er den bitteren Trunk übermäßig lobte. »Bei uns nennt man so was Sandino-Kaffee. Aus Nicaragua.«

»Sie haben mich ertappt, Brendler.« Meyer lachte aufgeräumt. »Es gibt gar keinen schwarzen Armenier. Jedenfalls nicht bei uns.« Einen Teil seines Begrüßungsgeldes hatte er in einem Kreuzberger Dritte-Welt-Laden investiert. »So tut man noch was für die antiimperialistische Solidarität.«

»Ohne die geht's nicht, wie?« Brendler grinste schwach.

»Man muss wissen, wo man steht«, antwortete Meyer und griff nach seiner abgewetzten Aktentasche. »Können wir?«

»Sie kommen mit?« Brendler schien tatsächlich geglaubt zu haben, dass Meyer ihn allein mit dem Geld ziehen ließ.

»Vertrauen ist gut. Kontrolle besser.« Meyer klopfte Brendler auf die Schulter und öffnete die Wohnungstür. »Nach Ihnen, bitte sehr.«

»Danke«, knurrte Brendler und trat hinaus ins Treppenhaus.

Im siebener BMW des Charlottenburger Geschäftsmannes ging es zum Übergang Heinrich-Heine-, Prinzenstraße. Meyer bewunderte die luxuriöse Ausstattung des Wagens, Klimaanlage, Sitze aus feinstem Conolly-Leder, Wurzelholzapplikationen an Armaturenbrett und Türverkleidungen. Alles sehr schick. Beeindruckend auch die Instrumente.

»Was bringt der denn so?« Meyer sah Brendler von der Seite her an.

»Keine Ahnung«, meinte der und ließ die zwölf Zylinder schnurren. »Ist bei zweihundertfünfzig abgeregelt.«

»Ehrlich?« Meyer pfiff anerkennend durch die Zähne. Ich hätte den Kerl nicht duschen lassen dürfen, dachte er, dann könnte ich jetzt diesen Schlitten durch die Stadt steuern. So musste er sich mit den Knöpfen der Dolby-Surround-Stereoanlage begnügen, die dem Wagen eine Akustik wie im Konzerthaus gab. Vivaldi, »Die Vier Jahreszeiten«, modisch aufgepeppt durch eine Truppe, die sich Rondo Veneziano nannte.

Meyer lehnte sich entspannt zurück. Alle Achtung, dieser Brendler verstand es, zu leben. Da stand man zwar schon wieder im Stau vor dem Grenzübergang, aber in diesem Wagen konnten die Wartezeiten gar nicht lang genug werden.

»Achtzehn Uhr machen bei uns die Banken zu«, gab Julian Brendler zu bedenken. »Bis dahin sollten wir mit allem durch sein.«

44 ALLEIN DER MERKWÜRDIGE Geruch im Leichenschauhaus macht mir zu schaffen. Ich kann mich einfach nicht daran gewöhnen. Dabei sind es weniger die hier gelagerten Leichen, die so riechen, sondern mehr die Reinigungs- und Desinfektionsmittel. Es krempelt mir jedes Mal den Magen um. Und so stehe ich auch heute mit mühsam beherrschtem Brechreiz vor den blank geputzten Metallschubern, in denen die menschlichen Überreste kühl gehalten werden und meine Gesichtsfarbe konkurriert mit dem strahlenden Weiß der Fliesen ringsum.

Ich versuche mir einen Wintertag vorzustellen, um mich abzulenken. Schnee so weiß wie die Fliesen des Leichenschauhauses. Dick liegt er auf Tannenbäumen, und er knirscht unter den Füßen. Die Sonne, ohja, die Sonne muss scheinen: Sie ist schon recht warm, Tauwasser tropft von dem Bäumen, und ich höre Musik. Beschwingte Geigen, sehr rhythmisch in Dreivierteltakt, irgendein Walzer von Johann Strauss. Er kommt aus einem Kassettenrecorder mit riesigen Boxen. Ein richtiger Ghettoblaster, der am Seeufer steht. Auf dem Eis läuft ein Mädchen Schlittschuh, es strahlt und dreht sich im Kreise, und das lange Haar fliegt herum. Sie sieht so glücklich aus. So frei!

Doch plötzlich kracht es, das Eis bricht, und ich finde mich unter Wasser wieder, die Kälte dringt durch alle Kleider. Verzweifelt versuche ich wieder an die Oberfläche zu kommen, doch mein Kopf stößt immer wieder gegen die Eisdecke. Ich spüre, wie mir die Angst die Kehle zuschnürt, Panik steigt auf. Ich will nicht sterben!

Verzerrt dringt durch Wasser und Eis der Walzer zu mir, leiernd und dumpf mit wimmernden Geigen. Wie kreischende Katzen, die man im Sack ertränkt. Dabei bin ich es, der schreien will, aber ich verschlucke mich, ich ersticke, taste mich mit hastigen Bewegungen an der Eisdecke entlang.

Die Kälte lähmt mich, ich werde schwächer. Und muss doch hier raus. Ich muss das Loch finden, bevor ich ertrinke! Ich muss hier raus! Ich will nicht sterben. Hilfe! – HILFE!!!

»Verdammt, ich muss hier raus!«

»Haben Sie sich nicht so, Knoop, Sie kommen hier gleich

raus!« Der Totengräber grient mich spöttisch an. »Hab ich Ihnen schon mal gesagt, dass Sie ein elendes Weichei sind?«

»Sie werden mich schon noch hartkochen, Professor Dr. Graber. – Können wir?«

»Aber sicher doch«, antwortet der Totengräber, entriegelt eines der metallenen Fächer und zieht den Schuber mit der Bahre heraus. Unter einem weißen Leinentuch sind die Konturen eines schmalen Körpers sichtbar.

»Bitte sehr, Herr Cardtsberg.« Hünerbein schiebt den Oberstleutnant etwas nach vorn, und Graber schlägt das Leinentuch soweit zurück, dass das Gesicht der Toten freigelegt wird.

»Und?«

Cardtsberg tritt näher an die Bahre heran und sagt kein Wort. Seine Augen schimmern feucht. Er sieht sich das tote Mädchen lange an und sagt plötzlich mit tonloser, doch seltsam klarer Stimme: »Warum?«

Mehr nicht. Nur »Warum«.

»Ist das Ihre Tochter?«

Hünerbein nervt mich mit seiner amtlichen Fragerei. Natürlich ist das Cardtsbergs Tochter, das sieht man dem Mann doch an. Außerdem ist das Mädchen längst von der Schwester identifiziert worden, die Frage also komplett überflüssig.

Cardtsberg nickt langsam.

»Mach's gut, Kleene«, sagt er leise, bevor er sich abrupt wegdreht und schwankend aus dem Raum geht. Ich folge ihm eilig und froh, hier endlich rauszukommen.

»War's das?« Der Totengräber macht Anstalten, die Tote wieder abzudecken, doch Hünerbein hält ihn zurück.

»Können Sie sie mal umdrehen?«

»Umdrehen?« Der Gerichtsmediziner sieht den Kommissar an, als hätte der verlangt, sich dazuzulegen.

»Auf den Bauch«, sagt Hünerbein, »ich will den Rücken der Toten sehen.«

»Den Rücken.« Der Totengräber verzieht abfällig das Gesicht und winkt zwei stämmige Assistenten heran. »Einmal Bauchlage bitte. Aber vorsichtig.« Er sieht Hünerbein strafend an. »Das kann üble Druckstellen geben.«

»Das wird die Kleine nicht mehr stören, fürchte ich.«

Die beiden Assistenten bringen den Leichnam zunächst in die Seitenlage und ziehen ihn vorsichtig zum rechten Rand der Bahre, bevor sie ihn behutsam auf den Bauch legen.

Hünerbein geht zu einem kleinen Metalltisch in der Nähe und zieht aus der dort bereitstehenden Plastikbox ein paar eingeschweißte Latexhandschuhe heraus. Er hat etwas Mühe, die Handschuhe über seine dicken Finger zu bekommen, was den Totengräber zu der Bemerkung veranlasst: »Menschenskind, bei Ihren Pranken brauchen Sie 'ne Übergröße.«

»Für den Moment geht's auch so«, erwidert Hünerbein gepresst und zwängt die linke Hand in den Handschuh. Dann tritt er wieder an die Bahre heran und schiebt das Haar der Toten beiseite, so dass er den Nacken sehen kann.

Doktor Graber kommt interessiert näher. »Gestatten Sie mir die Frage, Hauptkommissar: Was suchen Sie eigentlich?«

»Ein Muttermal«, antwortet Hünerbein gedehnt. »Sehen Sie eins?«

Der Gerichtsmediziner besieht sich den Nacken der Leiche ebenfalls und schüttelt dann den Kopf. »Nein. Da ist nichts.«

»Eben«, nickt Hünerbein und zieht sich den Handschuh wieder aus. »Vielen Dank, Herr Doktor Graber.«

»War mir eine Ehre, Kommissar«, ruft der Totengräber ihm nach.

Unterdessen hocke ich draußen vor dem Leichenschauhaus auf der Treppe und ringe heftig nach Luft, um meine Übelkeit in den Griff zu bekommen. Es nieselt ein wenig, und auf der Invalidenstraße kommen die endlosen Reihen knatternder Zweitakter nur im Schritt-Tempo voran.

»Mein Gott, wo kommen die alle her?« Cardtsberg steht neben mir und steckt sich eine Zigarette an.

»Der Grenzübergang ist gleich da vorn«, sage ich mit noch etwas brüchiger Stimme, »keine hundert Meter von hier.«

»Ich weiß«, nickt der Oberstleutnant. »Am Samstag stand ich drüben auf der anderen Seite. Die halbe Nacht lang.«

»Und? Haben Sie sich nicht rübergetraut?«

»Ich habe auf meinen Fahrer gewartet. Vergeblich. Er ist desertiert.« Cardtsberg hält mir seine Schachtel Club hin. »Wollen Sie?«

»Danke.« Ich ziehe mir eine Zigarette und stecke sie an. »Desertiert. Nennt man das bei Ihnen so?«

»Bei Ihnen nicht?«

Ich schüttele den Kopf. »Wir haben in Berlin keine Wehrpflicht.«

»Bringt auch nix«, murmelt Cardtsberg und sieht vier türkischen Jugendlichen zu, die sich in einem abenteuerlich tiefergelegten Opel Corsa mit wummernden Bässen auf den Grenzübergang zuschieben.

»Alter, wie weit isses bis Osten?«

»Nicht mehr weit«, rufe ich, »das schafft ihr schon noch.«

Cardtsberg schnippt seine Zigarette weg. »Wann kann ich meine Tochter beerdigen?«

»Wir geben den Leichnam so schnell wie möglich frei«, antworte ich unbestimmt, »dann können Sie ihn mitnehmen, wenn …« Ich spreche den Satz nicht aus, denn ist es überhaupt möglich, eine Tote von West nach Ost zu überführen? Normalerweise machen die DDR-Behörden bei solchen Dingen immer einen Riesenbohei, aber jetzt, wo die Mauer auf ist …

»Ich werde mich um die entsprechenden Formalitäten kümmern«, sagt Cardtsberg und setzt sich neben mich auf die Treppe. »Eine Bestattung im Westen kann ich mir nicht leisten.«

»Vielleicht kann Ihnen Ihre Tochter helfen. Oder ihr Mann.«

Cardtsberg macht eine abwinkende Bewegung, sagt aber nichts.

Ich sehe ihn an. »Werden Sie sie besuchen? Wo Sie schon mal hier sind?«

»Ich weiß doch nicht mal, wo sie wohnt«, erwidert der NVA-Offizier, »und kenne mich hier nicht aus.«

»Ich kann Ihnen einen Stadtplan geben.«

»Danke«, Cardtsberg winkt ab, »aber im Augenblick interessiert mich mehr, wo hier das Bankenviertel ist.«

Das Bankenviertel? Herrgott, das hier ist Berlin, nicht Frankfurt am Main. Hier gibt es kein Bankenviertel. Ich vermute, dass Cardtsberg sich erst mal mit Begrüßungsgeld versorgen will, und deute nach links:

»Laufen Sie da ein Stückchen hoch. Alt-Moabit. Da ist auf jeden Fall 'ne Sparkasse.«

»Kann man da auch ein Konto eröffnen?« Cardtsberg sieht mich fragend an.

»Klar. Warum nicht?«

»Und sonst gibt's keine Banken hier?«

Reicht ihm ein Konto nicht?

»In der Turmstraße gibt's noch 'ne Commerzbank. Und 'ne Berliner Bank finden Sie da auch.«

»Klingt gut.« Cardtsberg erhebt sich. »Links, sagten Sie?«

»Keine zehn Minuten von hier. Zu Fuß.«

»Das werde ich schaffen.« Cardtsberg reicht mir die Hand. »Vielen Dank.« Er nickt mir zu, läuft dann langsam an den sich stauenden Autos vorbei und davon.

»Arme Sau!« Hünerbein kommt schnaufend aus dem Leichenschauhaus und sieht Cardtsberg nach. »Hoffentlich tut der sich nichts an.«

»Kaum. Er will offenbar seine Ersparnisse im Westen anlegen.« Ich lasse mir von Hünerbein hochhelfen und merke, dass meine Hose ganz feucht geworden ist.

»Was setzt du dich auch auf die nasse Treppe«, meint Hünerbein kopfschüttelnd.

»Mir war schlecht. Ich musste mich hinsetzen.«

»Dass du uns immer so blamieren musst. Ausgerechnet vor dem arroganten Totengräber.« Hünerbein schneuzt sich lautstark in ein Taschentuch. »Also, ich hab mir den Nacken angeschaut.«

»Und?«

»Kein Muttermal.«

»Okay. Dann hat die andere eins.«

Hünerbein holt seine Packung Roth-Händle heraus. »Du hättest diesen Cardtsberg fragen sollen, welche von seinen Töchtern ein Muttermal hat.«

»Damit er sofort weiß, was los ist, oder was? Nee, nee, das sollen die mal schön unter sich ausmachen.«

Hünerbein raucht. »Und wie willst du deine durchaus interessante Theorie jetzt untermauern?«

»Ganz einfach«, erwidere ich, »mit diesem Türken, wie hieß er noch? Recip Gü-Irgendwas?«

»Gürümcogli«, sagt Hünerbein. »Was ist mit dem?«

»Na, die haben sich doch einander vorgestellt in der U-Bahn, oder nicht?« Hatte Hünerbein das nicht so berichtet?

»Stimmt«, nickt der, »zumindest erinnerte sich dieser Recip an ihren Namen.«

»Silke?«, frage ich.

»Silke«, bestätigt Hünerbein.

»Na also. Dann haben wir's doch.«

»Was?«

Herrgott, manchmal steht der Kollege aber ziemlich auf der Leitung.

»Harry! Wen haben wir gerade tot im Leichenschauhaus identifiziert?«

»Anke Cardtsberg.«

»Ach ja? Und warum hat sie sich dann diesem Recip in der U-Bahn mit dem Namen Silke vorgestellt?«

Klack! Endlich fällt auch bei Hünerbein der Groschen. Ergriffen sieht er mich an.

»Wahnsinn«, stammelt er, und wenn es nicht so nass wäre, würde er vermutlich niederknien. So aber küsst er mir nur die Hand und sagt mit aufrichtiger Bewunderung: »Sardsch – du bist ein Genie.«

Was natürlich viel zu hoch gegriffen ist.

Doch wie heißt es so schön? – In der Übertreibung liegt die Anschaulichkeit.

Ich kann also durchaus zufrieden mit mir sein.

45 BRENDLER UND MEYER saßen im Bistro der Filmbühne am Steinplatz und stießen mit Sekt auf ihre geschäftliche Verbindung an. Zuvor hatten sie in der Berlin-Zentrale der Deutschen Bank in der Otto-Suhr-Allee dreihundertvierzigtausend Deutsche Mark auf ein Konto der Julian-Brendler-Marketing-GmbH

eingezahlt, für das beide zeichnungsberechtigt waren. Auch abheben und umbuchen konnte man nur mit Vorlage beider Unterschriften. Darauf hatte Meyer bestanden.

Insofern konnte Julian Brendler mit dem Geld nicht nach Gutdünken verfahren. Dennoch hatte er ein gutes Gefühl. Ein solches Finanzpolster machte ihn kreditwürdiger und größer. Man konnte expandieren, investieren in einem Europa, das im Begriff war, sich rasant zu verändern. Momentan schwebten ihm Touristenreisen nach Pommern, Ostpreußen, Böhmen und Mähren vor. Die ganzen alten Ostgebiete. Er würde bei den Vertriebenenverbänden vorstellig werden, bei den Sudetendeutschen, den Siebenbürger Sachsen, den Schlesiern, den Egerländern ... Es gab Hunderttausende von Vertriebenen, die alle ganz sicher gern mal ihre alte Heimat wiedersehen wollten.

Und wie hatte Meyer gesagt? »Was hier in Deutschland passiert, wird beispielhaft sein. Die Völker in den anderen Staaten des Warschauer Vertrages sehen sich ganz genau an, was hier passiert. Am Ende wird alles auseinanderfliegen, glauben Sie mir.«

»Das wird der Russe nicht zulassen«, zweifelte Brendler, und allein diese Skepsis ließ Meyer grinsen ob so viel politischer Naivität.

»Der Russe«, sagte er gedehnt, »heißt Gorbatschow. Und der baut an einem gemeinsamen europäischen Haus. Leider kommt fast das gesamte Baumaterial dafür aus dem Westen.«

»Na denn!« Julian Brendler hob sein Glas. »Gehen wir ja großartigen Zeiten entgegen!«

»Das«, hatte Meyer erwidert, »ist eine Frage des politischen Standpunktes.«

Brendler lächelte. »Soll ich Sie zurück in den Osten bringen?«

»Da finde ich allein hin«, sagte Meyer trocken und verabschiedete sich.

Gegen achtzehn Uhr dreißig nahm er am Bahnhof Zoo ein Taxi. Doch er ließ sich nicht in den Ostteil der Stadt bringen, sondern zum Schöneberger Rathaus. Eine Fahrt, die normalerweise fünf Minuten dauert.

Leider gab es kein normalerweise mehr in Berlin, und schon in der Joachimsthaler Straße stand das Taxi unrettbar im Stau. Da ging gar nichts mehr. Man stand und stand und stand.

Schließlich zahlte Meyer dem Taxifahrer fünf Mark, stieg aus und machte sich zu Fuß auf den Weg. Anders kam man in diesen Tagen nicht wirklich voran.

Zwanzig Minuten später war er am Ziel. Von einer kleinen Kneipe am John-F.-Kennedy-Platz aus beobachtete er das Eckhaus an der Belziger-, Dominikusstraße. Im zweiten Stock brannte Licht. Es musste also jemand zu Hause sein.

Meyer zahlte sein Bier und postierte sich in der Nähe der Haustür, denn klingeln wollte er nicht.

Er wartete. Zehn, vielleicht fünfzehn Minuten. Dann kam jemand, schloss die Haustür auf, und Meyer flutschte, »haben Sie vielen Dank«, mit hinein.

Vorsichtig stieg er die Treppe im Vorderhaus hoch bis zum zweiten Stock. »Knoop« stand auf dem Klingelschild an der Wohnungstür.

Meyer lauschte.

Drinnen lief Musik, und man hörte Stimmen. Weibliche Stimmen. Sie waren also hier. Und Dieter Knoop? War der auch zu Hause? Wenn er da war, hatte er nicht viel zu sagen, denn man hörte nur die beiden Weibsen.

Meyer holte tief Luft. Versuchen wir's, dachte er, mehr als schiefgehen kann es nicht. Er holte ein Formular der Post aus der Innentasche seines Sakkos und hielt es vor den Türspion. Dann klingelte er.

Kurz darauf hörte man Schritte im Flur und Monikas Stimme.

»Hallo, wer ist da?«

Meyer klopfte gegen die Tür.

»Die Post«, sagte er mit verstellter Stimme, »Telegramm für Herrn Knoop.«

Die Tür wurde entriegelt und öffnete sich. Meyer stellte rasch einen Fuß in den Spalt und drückte die Tür auf.

Monika starrte ihn an: »Siggi?«

»Schön, dich mal wieder zu sehen.« Siegbert Meyer schob Monika zurück in die Wohnung und schloss die Tür hinter sich.

Monika war fassungslos.

»Was willst du?«, fragte sie empört, »warum lässt du uns nicht einfach in Ruhe?«

Wie ängstlich sie guckt, dachte Siggi, wie sie vor mir zurückweicht. Warum nur? Merkt sie nicht, dass ich sie liebe? Dass ich nicht leben kann, ohne sie? Dass ich mein ganzes Leben nur auf diese Frau ausgerichtet habe? Das muss sie doch spüren. Dass sie mich nicht einfach aus ihrem Leben drängen kann.

»Dieter nicht da?«, fragte er und versuchte ein Lächeln. »Immer im Dienst, was? Hört man ja immer wieder, dass Polizeibeamte kein Privatleben haben. – Hallo Melanie.«

Das Mädchen war aus der Küche gekommen und starrte Siggi an wie einen Geist.

»Wirst immer größer, was?« Siggi griff in seine Sakkotasche und zog eine Tafel Bambina-Schokolade heraus. »Hier! Hab ich dir mitgebracht. Die magst du doch so gern.«

Melanie rührte die Schokolade nicht an. Feindselig stand sie da, den Blick voller Verachtung. Sie sagte kein Wort.

»Tja«, machte Siggi und legte die Schokolade auf die Kommode im Flur. »Ich wollte nur mal nach euch sehen. Wollen wir uns nicht setzen?«

»Nein!« Monika stieß Siggi beiseite und öffnete entschieden die Wohnungstür. »Ich will, dass du gehst!«, sagte sie mit einem schrillen Ton in der Stimme. »RAUS!«

»Immer mit der Ruhe«, knurrte Siggi und zog Monika hart von der Tür weg. »Wenn mich hier jemand rauswerfen kann, dann wohl nur der Hausherr.«

Er drückte die Tür wieder zu und verriegelte sie mit dem Schlüssel, der von innen im Schloss steckte. Dann zog er den Schlüssel ab und steckte ihn in die Hosentasche.

»So«, sagte er, »jetzt können wir reden.«

»Ich wüsste nicht, worüber.« Monika lehnte an der Wand und sah ihn hasserfüllt an. »Warum lässt du uns nicht endlich in Frieden?«

»Siehst du? Schon haben wir ein Gesprächsthema.« Siggi stand dicht vor ihr. »Warum wohl lasse ich euch nicht in Frieden? Das ist das Thema des heutigen Abends. Irgendwelche Vermutungen dazu?« Er packte Monika und schob sie energisch in die Küche. »Na? Irgendeine Idee?«

»Hör auf!« Monikas Stimme zitterte leicht. »Du tust mir weh!«

»Verzeih, das wollte ich nicht. – Setz dich!« Siggi Meyer stieß Monika von sich. »Na, los! Hinsetzen!«

Monika setzte sich widerwillig und ließ ihn nicht aus den Augen. Glaubte er wirklich, mit diesem Auftritt hier konnte er was ändern? Dadurch wurde doch alles noch viel schlimmer.

»Die Frage ist: Schlimmer für wen?« Siggi lupfte die Deckel von den Töpfen auf dem Herd und schnalzte mit der Zunge. »Mhm, das sieht ja gut aus. Sauerbraten mit Rotkohl. – Mich hast du nie so bekocht!« Er seufzte. »Aber ich hatte ja auch nie so eine tolle Küche. Muss ein Vermögen gekostet haben. Da macht das Kochen Spaß, was?« Er zog sich einen Stuhl heran und setzte sich Moni gegenüber. »Ich liebe dich, begreif das endlich.«

Monika lachte auf. »Ja und? Du liebst mich, und ich soll dir dafür dankbar sein, oder wie?« Sie beugte sich vor und setzte eindringlich hinzu: »Siggi, ich hab's dir schon ein paar Mal gesagt: Ich liebe dich nicht. Ich mag dich nicht einmal. Im Gegenteil: Du widerst mich an. Und jetzt wäre es besser, wenn du gehst. – Tschüß!«

Aber Siggi ging nicht. Er saß unbeweglich auf seinem Stuhl und lächelte Monika an. »Komm, sei lieb, gib mir einen Kuss!«

Er ist verrückt, dachte Monika nervös, der nimmt mich nicht ernst. Der Kerl spinnt total und es wird mit jedem Jahr schlimmer.

Siggi packte sie am Arm und zog sie zu sich heran: »Nun komm schon, Moni, nur einen Kuss!«

»Nein!«, schrie Moni und versuchte, sich loszureißen.

Doch Siggi war stärker. Er griff ihr ins volle Haar, drehte ihr den Kopf herum und presste seine Lippen auf ihren Mund. Mit der Zunge wühlte er sich zwischen ihren Zähnen hindurch und endlich gab sie nach.

Na, also, dachte Siggi, während er sie leidenschaftlich küsste, geht doch. Irgendwann werden sie alle weich. Du kannst dich mir nicht ewig verweigern, Moni. Du weißt genau, dass es ohne mich nicht geht. Das wird sich nie ändern.

Endlich ließ er von ihr ab und kassierte eine schallende Ohrfeige, die so heftig war, dass es ihm die Brille von der Nase fegte. Sie landete unter dem verkleideten Heizkörper am Fenster.

Meyer rieb sich die Wange und lächelte. »So!«, sagte er, »diesmal hast du mir wehgetan.« Er deutete Richtung Heizkörper. »Heb sie auf!«

Monika rührte sich nicht. Gott, rette mich vor diesem Irren, dachte sie nur müde, hört das denn nie auf? Werd ich diesen Bekloppten nie los?

»Heb die Brille auf«, wiederholte Siggi langsam. »Du hast sie runtergeworfen, also musst du sie auch wieder aufheben.«

»Heb sie doch selber auf, du Idiot!« Melanie stand plötzlich mit Knoops Dienstwaffe in der Küchentür. »Na los!« Sie richtete die Pistole auf Siggi. »Runter mit dem Arsch!«

»Melanie, bist du verrückt?« Moni starrte entsetzt auf Siggi und ihre Tochter. »Was soll das mit der Waffe?«

»Notwehr«, erwiderte Melanie kühl. Sie sah unverwandt auf den erstaunt dreinblickenden Siggi. »Dieser miese Typ hat dein Leben zerstört«, sagte sie verächtlich. »Denkste, ich lass mir meins auch noch kaputtmachen? Nicht von dem!«

»Melanie«, schrie Monika verzweifelt, »nimm die Waffe weg!«

»Du solltest auf deine Mutter hören«, pflichtete Siggi ruhig bei. »Mit solchen Dingen ist nicht zu spaßen.«

»Ich hatte nicht vor, zu spaßen.« Entschlossen hielt sie weiter die Waffe auf Siggi. »Und jetzt hol deine Brille und verpiss dich!«

Siggi stand regungslos. »Wir hatten mal 'ne schöne Zeit miteinander, Melanie. Du hast mich Papa genannt, weißt du noch? Und jetzt willst du mich erschießen? Das kannst du doch gar nicht.«

»Ich würd's nicht drauf ankommen lassen.« Melanie trat entschieden einen Schritt vor. »Bei drei bist du hier weg. Eins! – Zwei! …«

Sie wollte gerade drei sagen, als Siggi vorschnellte und ihr blitzschnell die Waffe aus den Händen wand.

»Drei«, lächelte er und wog die Pistole ab. »Hat 'n ganz schönes Kaliber, die Wumme.« Er sah sich in der Küche um. »Das gibt 'ne mächtige Sauerei.«

»Siggi.« Monikas Stimme klang belegt. »Lass gut sein, okay? Wir beruhigen uns alle und …«

»Aber ich bin ruhig.« Siggi betrachtete sich eingehend Knoops Dienstwaffe. »Ihr seid vielleicht etwas nervös, aber ich …« Er schüttelte den Kopf. »Die Ruhe in Person, würde ich sagen.«

Er setzte sich breitbeinig auf einen Küchenstuhl und sah Melanie an. »Du meinst also, ich hätte Monikas Leben zerstört? Wie kommst du denn darauf? Ich habe euch beide aus dem Knast geholt. Wenn es nach mir gegangen wäre, würden wir längst eine glückliche Familie sein. Uns vielleicht heute schön den Ku-Damm angucken. Oder wir wären an die Nordsee gefahren, kommt man ja jetzt auch hin. An die Nordsee.« Er lächelte bitter und seufzte. »Aber deine Mutter wollte es anders. Und so sitzen wir hier.«

Er prüfte, ob die Waffe geladen war. Das Magazin war voll und er ließ es wieder einrasten.

»Mach keinen Scheiß, bitte!« Monikas Stimme zitterte.

»Nicht doch, Monika.« Siggi stand auf. »Deine Tochter wollte schießen, nicht ich. Aber um schießen zu können, muss man entsichern. Siehst du, Melanie, so!« Er entsicherte die Waffe. »Vorher kommt da keine Kugel raus. Hier!« Er gab Melanie die Waffe zurück und setzte sich wieder. Melanie stand verblüfft, die Waffe in der Hand.

Siggi lehnte sich zurück und lächelte sie aufmunternd an. »Jetzt geht's. Du kannst schießen.« Er tippte sich gegen die Stirn. »Am Besten du triffst hier hin. Ich hasse es, langsam verbluten zu müssen.«

»Wie du willst.« Melanie hob langsam die Waffe.

»Melanie!«, schrie Monika gellend. »Nicht!«

46 EIGENTLICH WOLLTEN WIR vom Wannsee aus mit der Fähre rüber nach Kladow schippern, doch der Betrieb ist eingestellt worden, und ausnahmsweise hängt das nicht mit dem Mau-

erfall zusammen. Vielmehr hat dichter Nebel über der Havel den Fährverkehr unmöglich gemacht, und so müssen wir wieder einmal die Dienste des Berliner Wasserschutzes in Anspruch nehmen.

Das Wasser liegt spiegelglatt. Man kann kaum vier Meter weit sehen. Der Scheinwerfer des Polizeibootes strahlt wie gegen eine grauweiße Wolkenwand, aus der nach knapp zehn Minuten urplötzlich und erschreckend nah die Steganlagen der kleinen Kladower Marina auftauchen.

Das Polizeiboot dreht mit aufstoppenden Motoren bei und legt am Außenanleger an.

Uschkureit ist sichtlich froh, uns zu sehen.

»Na, Hauptkommissar«, fragt er und bleckt die lückenhaften Zähne, »hamse den Fall jelöst?«

»So gut wie«, erwidere ich und balanciere hinter ihm über die vernebelte Steganlage. Ein Wetter wie in einem alten Edgar-Wallace-Film.

»Und? Wer ist der Mörder?«

»Kein Mörder«, muss ich Uschkureit enttäuschen. »Es war wohl eher ein tragisches Missverständnis.«

»Wat?« Uschkureit sieht ratlos aus. »Und wejen sowat ist die Kleene druffjejangen?«

»Sieht ganz danach aus«, sage ich. Manchmal können Missverständnisse tödlich sein. »Wir müssen, Herr Uschkureit«, entschuldige ich mich und folge Hünerbein auf die schmale Straße zum Nachbargrundstück.

Auch Julian Brendler scheint gerade eingetroffen zu sein, denn das Garagentor steht weit offen, und der Geschäftsmann schließt gerade seinen Wagen ab.

»Heute zu zweit?«, ruft er uns durch den Nebel zu. »Wollen Sie zu mir?«

»Zu Ihrer Frau«, antworte ich und stelle Hünerbein vor.

»Kommen Sie gleich hier durch«, Brendler winkt uns in die Garage, »dann muss ich oben nicht aufschließen.«

Das Garagentor geht mit leisem Surren und vollautomatisiert zu.

»Gibt es was Schlimmes?« Julian Brendler sieht abwechselnd mich und Hünerbein an.

»Ist der Tod Ihrer Schwägerin nicht schlimm genug?«

»Schon«, nickt Brendler, »aber ich dachte, weil Sie plötzlich im Doppelpack auftauchen. Sie wollen die Silke doch hoffentlich nicht festnehmen?«

»Hätten wir denn einen Grund?« Fragend schaue ich Brendler an. Weiß er vielleicht doch mehr, als er zugibt?

»Haben Sie?« Brendler guckt genauso fragend zurück.

Vielleicht ahnt er was, überlege ich. Und er hofft, dass ich ihn beruhige.

»Silke Brendler jedenfalls werden wir nicht verhaften«, kommt mir Hünerbein zuvor und stiefelt entschlossen die Treppe hoch.

Brendler und ich folgen schweigend.

»Ich hab viel zu tun«, sagt Brendler schließlich, »ich glaube, die Dinge wachsen mir allmählich über den Kopf.«

»Beruflich oder privat?«

»Beides zusammen.« Er lächelt schwach. »Aber das wird schon wieder. Ich schau mal, wo meine Frau steckt.«

»Moment noch«, stoppe ich ihn. »Die Frage ist vielleicht belanglos, aber … Hat Ihre Frau ein Muttermal im Nacken?«

Brendler lächelt. »Sie hatte. Wieso fragen Sie?«

»Reine Routine«, winke ich ab. »Was heißt, sie hatte?«

»Sie hat es sich wegmachen lassen. Vor einem Jahr vielleicht. Wie Frauen eben so sind.«

»Verstehe«, sage ich, »ist sie im Wohnzimmer?«

Die Frage erübrigt sich, denn Hünerbein, ganz Amtsperson, hat schon die Tür geöffnet.

Silke Brendler liegt im samtenen Hausanzug auf der Couch und hat Kopfhörer auf den Ohren. Sie nimmt sie ab, kommt erschrocken hoch.

Vermutlich hat sie irgendeiner indoasiatischen Entspannungsmusik gelauscht, zumindest hört sich das fernöstliche Gezirpe aus den Kopfhörern danach an.

»Keine Aufregung, Schatz!« Brendler lächelt schief. »Die Herren haben nur ein paar Fragen an dich. Hast du was zu gestehen?«

»Was soll ich denn zu gestehen haben?« Sie sieht uns anklagend an.

»Dann ist ja alles gut.« Julian Brendler macht keine Anstalten zu gehen.

»Lassen Sie uns mit Ihrer Frau allein?« Ich bringe ihn zur Tür und komme mir anmaßend vor, denn es ist ja nicht mein Haus. Aber es geht nicht anders. Wir müssen mit der Frau alleine sprechen. »Vielen Dank!«

»Wie Sie wünschen«, sagt Julian Brendler zögernd. Er schaut auf seine Frau, als wollte er sich verabschieden. »Seien Sie behutsam. Es geht ihr nicht so gut.«

»Wir werden ihr nichts tun.«

»Natürlich nicht.« Brendler lacht hilflos auf und geht.

Ich warte, bis er in seinem Arbeitszimmer verschwunden ist, und schließe dann die Tür.

Hünerbein steht schnaufend am Kamin und starrt Frau Brendler an. Wahrscheinlich ist auch er über die Ähnlichkeit mit der Toten verblüfft.

»Sie wollen mich sprechen?« Sie verharrt reglos wie eine Statue.

»Ja.« Ich trete ein paar Schritte auf sie zu. »Mein Kollege Hünerbein und ich haben noch zwei, höchstens drei abschließende Fragen an Sie.«

»Dann haben Sie den Fall gelöst?«

»Wenn Sie das Ableben Ihrer Schwester als Fall sehen, ja, dann haben wir den Fall gelöst. Dürfen wir uns einen Augenblick setzen?«

»Für drei Fragen?« Sie rührt sich nicht, und dennoch fällt Hünerbein, einem indischen Elefanten gleich, in einen der Sessel. Wehmütig sieht er zur Bar, aber die Anwesenheit der Hausherrin verbietet es ihm, sich zu bedienen.

»Ich fürchte, Ihre Antworten könnten etwas länger ausfallen.« Ich hole mir einen Stuhl heran. »Wir haben mit Ihrem Vater gesprochen. Er selbst hat um das Gespräch gebeten.«

»Ich weiß. Er hat mich vorhin angerufen.«

»Schön«, finde ich das und lächle breit. »Erste Frage: Warum haben Sie den Kontakt zu Ihrer Familie eigentlich abgebrochen, nachdem Sie in den Westen ausgereist sind?«

»Ich wollte meine Familie nicht in Schwierigkeiten bringen.« Silke Brendler setzt sich kerzengerade auf die vorderste Kante der Couch. »Offiziren der NVA ist der Kontakt mit Personen aus dem nichtsozialistischen Ausland untersagt.«

»Aber Ihrer Schwester war der Kontakt nicht untersagt. Und auch zu ihr hatten Sie keinen Kontakt mehr. Warum nicht?« Das war die zweite Frage.

»Ich weiß nicht, ich …« Sie besieht sich nervös die Hände. »Anke hatte sich ja auch nicht mehr gemeldet und …«

»Dachten Sie, sie sei tot?«, stelle ich die dritte Frage und hole zum finalen Schlag aus, »haben Sie sich deshalb das Muttermal im Nacken wegmachen lassen? Weil es das einzige verräterische Zeichen war, das daran erinnerte, dass Sie nicht Silke Brendler, sondern Anke Cardtsberg sind?«

Zugegeben, es sind noch zwei Fragen mehr, aber die haben es in sich. Kriminaloberrat Palitzsch wäre stolz auf mich.

»Wie kommen Sie darauf?« Die junge Frau sitzt unbewegt auf der Sofakante.

»Frau Cardtsberg …«, beginnt Hünerbein bräsig, wird aber schrill unterbrochen.

»Sie haben kein Recht mich so zu nennen! Ich bin mit Julian Brendler verheiratet!«

»Falsch! Ihre Schwester war mit Julian Brendler verheiratet!«

»Das ist nicht wahr!« Ihre Stimme ist schneidend, etwas zittrig. Unverwandt sieht sie mich an, ihre Lippen beben, die Augen sind weit geöffnet. Rehaugen, denke ich, verängstigt wie die eines Fluchttieres, das von Wölfen gehetzt wird. Da fürchtet jemand um sein Leben.

»Ich will Ihnen mal eine Geschichte erzählen«, sage ich leise, »die wird Ihnen bekannt vorkommen wird und doch fremd, denn es ist meine ganz private Sicht auf die Dinge. Die Geschichte handelt von Ihnen: einer Frau, die immer von einer Karriere auf dem Eis geträumt hat. Die sehr ehrgeizig ist, diszipliniert und zielstrebig und nie etwas anderes wollte, als Eiskunstläuferin zu werden. Das ist Ihr Ziel, und Sie sind bereit, dafür alles aufzugeben. Aber Sie sind nicht allein. Sie haben eine Schwester, die Ihnen so ähnlich ist, dass selbst Ihre Eltern sie beide nur mühsam auseinanderhalten können. Dabei ist Silke doch ganz anders als Sie, nicht wahr? Silke hat kein Ziel, keinen Ehrgeiz. Sie ist verantwortungslos, lebt nur für den Augenblick, und trotzdem fliegt ihr immer alles zu. Sie arbeiten hart, und Silke bekommt den Ruhm. Sie wollen geliebt werden, und Ihre Schwester wird geliebt. Ständig müssen Sie die Eskapaden Ihrer Schwester ausbaden, Silkes Leichtsinn vermasselt Ihnen das Abitur, ihretwegen fliegen Sie sogar von der Karl-Marx-Städter Eislaufschule ...«

»Hören Sie auf!« Die junge Frau ist aufgesprungen.

»... trotz allem machen Sie weiter. Sie hoffen auf eine Karriere am Friedrichstadtpalast, und Sie wollen mehr. Bis nach Amerika. Zur Eislaufrevue Holiday on Ice! Und den Weg dahin soll Ihnen Julian Brendler ebnen. Ein Geschäftsmann, eloquent, erfolgreich, mit guten Kontakten. Sie sind kurz vor dem großen Sprung. Ganz nah am Ziel Ihrer Träume! Und wieder kommt Ihnen die verhasste Schwester dazwischen. Sie droht Ihnen alles zu nehmen: Die Karriere, die Freiheit und den Mann ...«

»Ich habe Silke nicht gehasst.« Die Augen der jungen Frau schimmern feucht. »Das müssen Sie mir glauben!«

Hünerbein räuspert sich und richtet sich geräuschvoll in seinem Sessel auf.

»Dann war es also nicht Ihre Idee, Schlittschuhlaufen zu gehen?« Er kramt umständlich eine kaum noch rauchbare, mehrfach geknickte Zigarette aus den Tiefen seines Trenchcoats. »Am Tag von Silkes Ausreise? Obgleich es längst taute und das Eis nicht mehr sicher war?«

Anke Cardtsberg schüttelt stumm den Kopf.

Hünerbein schnauft und nimmt sich das große Tischfeuerzeug vom Couchtisch. Es ist einem Leuchtturm nachempfunden und nicht gleich klar, wie man das Ding in Gang setzt.

»Sie müssen den Knopf an der Seite drücken«, sagt Anke kaum hörbar.

Hünerbein tut's und steckt sich die Zigarette am Leuchtfeuer in der Turmspitze an. Bewundernd stellt er es zurück auf den Tisch.

»Nettes Teil«, sagt er, sich in Qualm hüllend, »vielen Dank.«

»Ich wollte nicht zum See«, flüstert die junge Frau, »wirklich nicht. Ich hab das alles nicht gewollt.«

»Aber?«

»Silke war so glücklich, dass sie endlich ausreisen durfte. Schau nicht so traurig, Schwesterlein, hat sie gesagt, wenn ich erst mal drüben bin, hol ich dich nach, und sie hat so viel gelacht, dann machen wir eine Dreier-WG auf in Julians Spandauer Haus. Das wird lustig! Und dann wollte sie noch mal zum See. Wir haben dort ein Wochenendhaus, aber das wird nur im Sommer benutzt. Komm, lass uns zusammen eislaufen, hat sie gedrängt, wer weiß, wann wir wieder dazu kommen. – Ich wollte da gar nicht raus.« Anke Cardtsberg schlägt die Hände vors Gesicht und schluchzt: »Verdammt, ich wollte wirklich nicht.«

»Aber mitgefahren sind Sie trotzdem«, stelle ich fest.

Anke nickt. Im Genex-Wartburg ging es raus in die Märkische Schweiz, eine knappe Autostunde von Berlin entfernt. Es war ein heller, sonniger Tag, es taute überall, und Anke wollte nicht auf den See. Aber Silke war so ausgelassen. »Ach was, uns Leichtgewichte wird das Eis schon aushalten.« Und dann hat sie den Kassettenrecorder ans Ufer gestellt, die Musik voll aufgedreht und ihre Kreise auf dem Eis gezogen.

»Die Musik«, frage ich, »war das ein Walzer? Johann Strauss oder so?

»Nein«, Anke schüttelt das lange Haar, »es war eine Nummer aus Dirty Dancing. Die haben wir oft zusammen geprobt.«

»Verstehe. Und weiter?«

»Sei nicht feige, rief sie immer wieder.« Anke beißt sich auf die Lippen, und die Hand, mit der sie sich die Tränen abwischt, zittert leicht. »Sei nicht feige. Du siehst doch, das Eis ist noch ganz fest. – Aber es hielt nicht. Plötzlich grummelte es und krachte, und dann brach Silke ein. Ganz langsam, wie in Zeitlupe. Sie ruderte mit den Armen und schrie. Ich werde ihre Schreie nie vergessen. Und plötzlich war sie weg. Da war noch dieses Loch im Eis.«

»Warum haben Sie nicht versucht, zu helfen?«

»Ich wollte ja.« Wie in Trance ist Anke hoch zum Auto gelaufen und hat nach einem Abschleppseil gesucht, irgendwas, woran Silke sich festhalten konnte ... Und dann sah sie die Tasche auf dem Rücksitz. Silkes Tasche. Mit allen Dokumenten, die man für die Ausreise braucht.

»Sie sind weggefahren«, stellt Hünerbein kopfschüttelnd fest, »einfach weg?«

»Sie war nicht da«, beteuert Anke wimmernd. »Ich hab sie nicht mehr gesehen, und es war so still über dem See. Ich dachte, sie wäre tot! Ich dachte wirklich, sie wäre tot!« Dann ist Anke zu einer Telefonzelle gefahren und hat Julian Brendler in Westberlin angerufen. Erst wollte sie ihm erzählen, was passiert ist. Aber Julian dachte sofort, dass es Silke sei, die ihn anrief. Hat es endlich geklappt, fragte er, hast du deine Papiere? Ja, hat Anke am Ende gesagt, ich hab alles. Du kannst mich abholen. In einer Stunde am Bahnhof Friedrichstraße. Das Auto hat sie im Parkhaus des Hotels Metropol abgestellt, um schließlich als Silke Cardtsberg, verheiratete Brendler, die DDR zu verlassen.

»Ich dachte wirklich, sie wär tot!« Anke sieht uns mit tränennasser Miene an. »Sie hätte sich doch melden können! Sie kannte doch die Telefonnummer hier und unsere Adresse. Sie hätte doch ...«

»Nein«, sage ich kopfschüttelnd. »hätte sie nicht. Versetzen Sie sich doch mal in die Lage Ihrer Schwester! Statt ihr zu helfen, haben Sie sie allein zurückgelassen. Sie musste davon ausgehen, dass Sie sie verraten haben. Dass Sie jeden Kontaktversuch von vornherein unterbinden, dass Sie alles abstreiten würden. Was konnte sie denn von Ihnen noch erwarten? Sie haben den Tod Ihrer Schwester billigend in Kauf genommen, um in ihrem Namen nach Westberlin ausreisen zu können. Sie haben ihr die Identität geraubt. Was hätte sie denn tun sollen? Sich den DDR-Behörden offenbaren? Hätte ihr jemand geglaubt? Kaum!«

Anke schweigt betroffen.

»Tja«, macht Hünerbein gedehnt und streckt sich ächzend, »was hätten Sie getan?«

»Ich weiß nicht«, flüstert Anke kaum hörbar.

»Eben. Silke hatte keine andere Möglichkeit. Sie musste vorläufig als Anke weitermachen und hoffen, dass man sie irgendwann ausreisen lässt. Denn die einzige Möglichkeit, die eigene

Identität zurückzubekommen, waren Sie.« Hünerbein erhebt sich und stapft gähnend zur Bar. »Natürlich würden Sie alles abstreiten und Ihre Schwester für verrückt erklären. Also muss sie Sie überraschen. Sie muss Sie mit dem, was geschehen war, so nachhaltig konfrontieren, dass Sie es nicht mehr abstreiten können. – Was dagegen, wenn ich mir ein Bier nehme?«

»Bitte«, haucht Anke tonlos, »bedienen Sie sich.«

»Danke.« Hünerbein nimmt sich eine Flasche aus dem Kühlschrank. »Als die Mauer fällt, ist das für Ihre Schwester die Chance. Sie will sich ihr Leben zurückholen und beschließt, genau so hier aufzutauchen, wie Sie sie vor gut anderthalb Jahren zurückgelassen hatten.« Plopp! Hünerbein öffnet die Flasche und nimmt einen tiefen Schluck, bevor er weiterspricht. »Nass und halberfroren. Wie gerade aus dem Eis aufgetaucht. Ein Geist aus dem Totenreich. Es soll eine Inszenierung werden nur für Sie und Ihren Mann. Denn Julian wird Fragen stellen. Fragen, die Sie beantworten müssen. Und deshalb zieht sich Silke die Schlittschuhe an, bevor sie ins Wasser steigt. Alles muss genauso sein, wie damals, als Sie sie verließen. Es ist kalt, entsetzlich kalt, aber sie muss ja nur ein kleines Stück durchs Wasser. Und hier im Haus ist Licht, also wird wohl jemand da sein.« Hünerbein setzt sich wieder in den Sessel. »Sie konnte nicht wissen, dass es nur eine Zeitschaltuhr ist. Das war ihr Verhängnis.«

Schweigen.

Hünerbein trinkt sein Bier, und ich habe mich auf die Terrasse gestellt und rauche eine Zigarette.

Anke sitzt noch immer auf der Couch, doch alle Spannung ist aus ihrem Körper gewichen. Ihr Gesicht ist verheult, aber sie weint nicht mehr. Sie starrt auf den Boden. Fast tut sie mir leid.

»So! Und nun?«, bricht Hünerbein die Stille und stellt die leere Bierflasche auf dem Bartresen ab. »Was machen wir nun mit Ihnen? – Mhm?«

Scheu sieht die junge Frau zu ihm auf, hilflos und ergeben.

»Nichts«, sage ich und schließe die Terrassentür. »Wir machen gar nichts.«

»Unterlassene Hilfeleistung«, sagt Hünerbein, »ist auch bei uns ein Straftatbestand.«

»Nur wenn er bei uns stattgefunden hat«, entgegne ich, »dafür sind die DDR-Behörden zuständig.«

»Ich könnte den Oberleutnant Friedrichs von der Ostberliner Kripo verständigen.« Hünerbein stemmt die dicken Arme in die Seite. »Der hat bei mir noch einen gut.«

»Der darf hier aber nicht ermitteln«, erwidere ich, »und es gibt kein Auslieferungsabkommen zwischen unseren beiden Staaten.«

»Dann erstatten wir eben Anzeige.« Hünerbein sieht strafend auf das Häufchen Unglück auf der Couch. »Immerhin hält sie sich unter falscher Identität und somit illegal bei uns auf. Wenn ich nur an die ganzen falschen Unterschriften denke, die sie hier geleistet haben muss. Ausweise, Schecks, Vollmachten … Da kommt sicher einiges an Urkundenfälschung zusammen. Und den Julian Brendler hat sie um seine Ehe betrogen; – Mensch, Mädchen, Mädchen!« Er schüttelt den Kopf. »Wie willste da wieder rauskommen?«

»Lass sie in Ruhe«, sage ich, »sie ist genug gestraft.«

»Dann haben wir hier nichts mehr zu tun?«

»Nein.«

»Also Feierabend?«

»Ja, Harry. Machen wir Feierabend.«

»Na, denn: Vielen Dank fürs Bier!« Hünerbein sieht noch einmal kopfschüttelnd auf die junge Frau: »Auf Nimmerwiedersehen, hoffe ich.« Er will zur Tür stiefeln, doch Anke Cardtsberg hält ihn zurück.

»Was wird denn jetzt mit mir?«

»Das haben Sie doch gehört: Nichts.« Hünerbein macht sich langsam los. »Sie bekommen ein Protokoll, das unterschreiben Sie und das war's dann.«

»Werden Sie Julian sagen, was geschehen ist?«

»Wohl eher nicht.« Ich sehe sie an. »Das werden Sie ganz allein mit sich und Ihrem Gewissen ausmachen müssen. Guten Abend, noch!«

Hünerbein will unbedingt noch einen trinken gehen, anstoßen auf unseren so elegant gelösten Fall. Das machen wir immer, selbst dann, wenn wir unsere Fälle weniger elegant bis gar nicht aufklären konnten.

Da wir dabei zuverlässig außer Kontrolle geraten und ich weiß, wie solche Nächte enden können, sage ich Hünerbein ab. »Heute nicht, tut mir leid. Aber ich muss nach Hause.«

»Seit wann musst du nach Hause?«

»Na, ich hab ja jetzt Familie, weißt du. Muss mich kümmern.«

Ich habe Hünerbein selten so breit grinsen sehen. Er legt mir die fette Pranke auf die Schulter und sieht mich mit seinen Schweinsäuglein eindringlich an. Aber es kommt nichts. Keine Warnung vor den tückischen Gefahren des familiären Zusammenseins, keine Grußworte zum neuen Glück. Stattdessen nur ein schwaches Schulterklopfen.

»Okay, Sardsch! Dann kümmer Dich mal!«

Wir verabschieden uns und ich versuche, die Gedanken an Anke Cardtsberg und ihre Schwester irgendwie aus dem Kopf zu bekommen. Dennoch beschäftigt mich die Sache den ganzen Rückweg lang. Dieser Brendler muss aber auch ein Idiot sein, wenn er nicht bemerkt hat, dass er die eine geheiratet hat und mit der anderen lebt. Wahrscheinlich hatten ihn die Geschwister schon in der DDR mit diversen Rollenwechseln irritiert. Das schien sich ja durchs ganze Leben der beiden zu ziehen. Immer wenn Silke nicht konnte oder wollte, hat Anke ihre Rolle übernommen. Zuletzt mit tödlicher Konsequenz.

Mir ist nicht klar, inwieweit ich mir darüber ein Urteil erlauben kann, was an dieser tragischen Geschichte am Ende dem Zufall geschuldet ist, den politischen Umständen, der Ohnmacht oder reiner Berechnung. Ich habe nie drüben gelebt, und dass Träume tödlich enden können – das gibt es auch im Westen.

Jetzt aber freue ich mich auf Monika und Melanie, auf ein schönes, gemütliches Abendessen mit den beiden und eine Nacht, in der ich den Fehler mit der Couch auf keinen Fall wiederholen will. Doch als ich von der Martin-Luther-Straße kommend in die Belziger einbiege, ahne ich, dass aus dem gemütlichen Abend wohl nichts wird.

Im Gegenteil: Vor meinem Haus stehen unzählige blaulichternde Feuerwehren, Ambulanzen und Streifenwagen der Polizei. Ein Aufgebot wie bei einem Katastropheneinsatz. Seltsam, dass das Haus überhaupt noch steht! Mit mulmigem Gefühl parke ich meinen Wagen etwas abseits und bahne mir einen Weg durch die Menge der Schaulustigen und aufgeregten Nachbarn bis kurz vor die Haustür, wo ich von einem nervösen und blutjungen Polizeimeister gestoppt werde.

»Moment, jetzt können Sie hier nicht rein.«

»Und ob ich kann.« Schließlich bin ich hier zu Hause. »Knoop, mein Name, ich wohne hier!«

»Herr Knoop?« Der Polizist sieht mich erschrocken an und greift hektisch zu seinem unablässig vor sich hin quatschenden Funkgerät. »Hannover? Hier steht ein Knoop, sagt, er wohnt hier? – Was?« Das Funkgerät quakt unverständliches Zeug vor sich hin. Der Polizist zieht mich etwas beiseite und macht ein paar stämmigen Feuerwehrleuten Platz, die mit schwerer Ausrüstung ins Haus marschieren.

Du lieber Gott, was ist hier passiert?

Meine Nachbarn, die alle auf der Straße stehen, sehen mich mitleidig an und tuscheln etwas von einer Schießerei.

Lange Feuerwehrschläuche schlängeln sich die Treppe herab und irgendwo oben hämmert ein Schlagbohrer, so dass ich nur teilweise verstehen kann, was der Polizist dem Sprechfunk mitgibt. Das allerdings reicht. »Ja, Knoop heißt er – vermutlich der Wohnungshalter – steht hier unten, soll ich ...«

Mehr brauche ich nicht zu wissen. Es geht um einen Vorfall in meiner Wohnung. Was, verdammt, ist da oben los?

Eilig drücke ich mich an dem Polizisten vorbei und stürme die Treppe hoch. Auf dem letzen Absatz fließt mir schon schmutziges Wasser über die Stufen entgegen, eine Säge kreischt, Kompressoren dröhnen und irgendwer schreit: »Junge, wat für 'n Massaker!««

Massaker?!

Ich merke, wie mir die Knie weich werden. Was ist mit Melanie und Moni? Bleich schiebe ich mich an der Wand entlang. Meine Wohnung sieht aus, als hätte eine Bombe eingeschlagen. Küche und Teile des Flures stehen unter Wasser. Feuerwehrleute rackern sich mit schweren Pumpen und Schläuchen ab, andere tragen Trennschleifer und anderes Werkzeug hin und her

»Sind Sie Herr Knoop?« Ein Zivilbeamter der Polizei hält mir seinen Dienstausweis entgegen. »Tut mir leid, Sie können da jetzt nicht rein!«

»Das hat mir der verdammte Bulle schon an der Haustür gesagt«, schreie ich entnervt, »kann mir mal irgendjemand sagen, was hier los ist!«

»Also, zunächst sind wir keine verdammten Bullen«, erklärt der Zivilpolizist.

»Oh doch, das sind wir.« Ich zücke ebenfalls meinen Dienstausweis. »Und Sie verraten mir jetzt umgehend, was hier vor sich geht!«

»Dann sind wir Kollegen!« Der Zivilbeamte strahlt mich an und gibt mir den Dienstausweis zurück. »Alles klar, dann ist die Waffe von Ihnen.«

»Welche Waffe?«, frage ich verblüfft.

»Na, aus der geschossen wurde.« Der Zivilbeamte macht etwas Platz und lässt mich endlich in die Wohnung. »Hat eine Riesensauerei gegeben.«

»Aber was«, stammle ich, als ich meine verwüstete Küche sehe, »was ist passiert? Wo sind die Frauen?«

»Ja, also die Kugel hat da drüben die Wand glatt durchschlagen«, erklärt der Beamte, »und ausgerechnet den Hauptstrang der Wasserversorgung getroffen. Da herrscht natürlich ein ziemlicher Druck. Das Rohr ist geplatzt, und in Nullkommanix war hier alles nass.«

Eine Kugel hat die Wand durchschlagen? Aus meiner Waffe? Ich verstehe kein Wort. »Wer hat denn geschossen?«

»Keine Ahnung, das verraten sie uns ja nicht«, erklärt der Zivilbeamte, »behaupten alle, der Schuss habe sich einfach so gelöst.« Er hebt verwarnend den Zeigefinger und wird plötzlich vertraulich. »Mal ganz unter uns, Kollege, du musst zugeben, dass es schon ziemlich leichtsinnig ist, die Dienstwaffe unverschlossen in der Wohnung aufzubewahren. Vor allem, wenn Besucher da sind.«

»Wo sind die Leute jetzt?« Ich sehe mich suchend um. »Ist ihnen was passiert?«

»Im Wohnzimmer.« Der Beamte schiebt mich zwischen zwei Feuerwehrleuten durch. »Können wir mal kurz? – Danke.«

Kurz darauf stehe ich im Wohnzimmer. Auf der Couch sitzen in Decken gehüllt eine völlig durchnässte Monika, eine ebenso durchnässte Melanie, und – was mich sehr erstaunt – ein triefender Siggi.

»Was macht der denn hier?«, frage ich verblüfft.

»Wollte einfach nur mal guten Tag sagen, Dieter.« Siggi grinst unschuldig.

»Einfach nur mal guten Tag sagen?« Ich fasse es nicht. Dass der Kerl sich überhaupt hierher traut. »Und wie sieht meine Küche aus?«

»Lass gut sein, Dieter«, sagt Monika bedrückt, »das war meine Schuld.«

»Deine Schuld?«

»Nee, meine Schuld«, widerspricht Melanie, »schließlich hab ich geschossen.«

»Du hast geschossen?« Ich kann es nicht glauben. »Mit meiner Waffe?«

»Nein, sie hat nicht geschossen«, erklärt Monika eilig, »der Schuss hat sich gelöst, als ich ihr die Pistole abnehmen wollte.«

»Na prima! Wieso hatte sie überhaupt meine Waffe?« Ich beginne mich allmählich aufzuregen. »Was wollte sie damit? Was war hier überhaupt los?«

»Es war«, Melanie und Moni sehen beide Siggi an, »seinetwegen.«

Der hebt bedauernd die Hände. »Okay, ich hätte nicht herkommen dürfen.«

»Was ist vorgefallen?«, frage ich streng. »Hat er euch bedroht, oder was?«

»Quatsch!«, winkt Siggi ab, »ich wollte nur reden.«

»Wir aber nicht mit dir«, meint Melanie feindselig.

»Na und?« Siggi ist empört. »Kein Grund, gleich mit 'nem Schießprügel auf mich loszugehen.«

»Stimmt«, muss ich zugeben, »das ist 'ne Dienstwaffe. Die dürft ihr nicht mal anfassen.«

»Na klar!« Melanie verschränkt beleidigt die Arme über der Brust. »Die Männer halten zusammen, was?«

Dabei ist mir längst klar, dass Siggi hier wahrscheinlich einen ziemlichen Druck ausgeübt haben muss. Mit seiner psychosozialistischen Art. Was will er überhaupt hier?

»Habt ihr ihn reingelassen?«

»Nein.« Monika schüttelt entschieden den Kopf. »Er hat sich Zutritt verschafft. Als falscher Telegrammbote.«

Okay. Damit ist es ein klarer Fall von Hausfriedensbruch. Ich will Siggi gerade über seine Rechte aufklären, als der Zivilbeamte hereinkommt.

»Hauptkommissar, kommste mal kurz? Wir sind fertig da draußen.«

Ich folge ihm hinaus. Ohje! Meine schöne Küche. Jahrelang muss ich dafür noch Monatsraten abzahlen, und jetzt ist alles hin. Zudem ist die Wand an einer Stelle aufgestemmt worden. Dahinter sieht man rostige Rohre und überall liegt Schutt.

»Wir mussten ja irgendwie an den Hauptstrang ran«, erklärt einer der Feuerwehrleute. »Der Haupthahn im Keller ist so verrostet, der Mist ließ sich nicht abstellen. Das donnerte hier raus, als wären es die Niagarafälle.« Er seufzt. »Ihre Küche werden Sie wohl wegschmeißen können. Naja, wenigstens haben wir das Rohr provisorisch mit ein paar Druckmanschetten abgedichtet, das müsste halten, bis der Klempner kommt.«

»Und wann kommt der Klempner?«

Der Feuerwehrmann zuckt mit den Schultern. »Das kann dauern.« Er grinst. »Ohne Blaulicht kommt man ja in diesen Zeiten kaum noch durch die Stadt, was?« Er hebt die Hand zum Abschied und dirigiert seine schwer bestiefelten Männer hinaus.

»Also wegen des illegalen Schusswaffengebrauchs«, der Zivilbeamte gibt mir verstohlen die Dienstpistole zurück, »verzichte ich mal auf ein Anzeigenprotokoll. Weil wir Kollegen sind, in Ordnung?«

»In Ordnung«, sage ich kleinlaut.

»Wir können das ja intern noch mal besprechen«, schlägt der Zivilbeamte vor, »vielleicht machst du 'ne Schulung zum Waf-

fenverschluss, oder ... Übrigens, ich bin der Burkhardt.« Er gibt mir die Hand. »Revier sechsundvierzig.«
»Hans Dieter«, schlage ich ein. »Inspektion M eins.«
»Schön, dass wir uns mal kennenlernen«, freut sich Burkhardt, »man trifft ja sonst kaum Kollegen aus einem anderen Bereich, was?«
»Stimmt.« Ich lächle schwach und klopfe dem Mann auf die Schulter. »Also vielen Dank, Burkhardt!«
»Klar doch, keine Ursache.« Burkhardt hat einen neuen Kumpel gefunden. Und um das zu untermauern, schlägt er mir gleich vor, am Wochenende beim Renovieren zu helfen. »So als Kollegen, Bierchen dazu – kann nett werden.«
»Ich komm drauf zurück«, verspreche ich ihm.

Im Wohnzimmer knöpfe ich mir Siggi vor.
»So, Freundchen, da kommt einiges auf dich zu! Mal angefangen bei meinem Gesicht, schwere Körperverletzung; dann Hausfriedensbruch, Nötigung, naja und für die verwüstete Wohnung kann ich dich auch haftbar machen.«
»Mensch Dieter!« Siggi erhebt sich. »Das können wir doch alles unter uns regeln, oder?«
»Ich wüsste nicht, wie«, antworte ich kühl.
Aber so leicht lässt sich Siggi nicht abwimmeln. Er nimmt mich am Arm und zieht mich in den Flur. »Wollte sowieso mit dir mal unter vier Augen – verstehste?«
»Nee«, wehre ich ab, »worüber sollten wir noch reden?«
»Mir tut's doch auch leid, Dieter!« Siggi sieht mich an, als hätte er das alles nicht gewollt. Wie ein trauriger Dackel, der versehentlich den kostbaren Orientteppich seines Herrchens vollgeschissen hat. »Vielleicht kann ich was gutmachen?«
»Nur zu«, sage ich ruhig.
»Siehste«, Siggi lächelt, »geht doch. Hör zu, ich bin ziemlich viel unterwegs derzeit, Geschäfte, verstehste, sehr lukrativ. Interessiert?«
»Woran?« Will der Kerl mir 'n Staubsauger verkaufen?
»Cash«, raunt Siggi, »and more cash. Im Osten räumen sie ihre Kassen leer. Da werden die Devisen für die Zukunft umge-

schichtet.« Er klopft sich das feuchte Sakko ab und sieht mich prüfend an. »Wir suchen immer vertrauenswürdige Leute, die mit Geld umgehen können. Wie gesagt, es lohnt sich, allerdings hab ich eine Bedingung.«

»Als da wäre?« Jetzt bin ich gespannt.

»Gib Monika frei!«

Ich muss lachen, denn Siggi meint das völlig ernst.

»Lass sie gehen, und wir sind im Geschäft. Wirst es nicht bereuen.«

Ich kann nicht mehr.

»Siggi«, wiehere ich los, »wenn Moni gehen will, kann sie gehen. Das liegt nicht an mir. Ich hab sie nicht inhaftiert!«

»Also was jetzt?« Siggi scheint nicht zu begreifen.

»Monika ist alt genug, zu wissen was sie tut«, werde ich wieder ernst, »ich will und kann in ihre Entscheidungen gar nicht reinreden. Das solltest du auch lassen.«

Siggi macht eine bittere Miene.

»Also kein Frieden«, meint er verärgert, »zeigst du mich jetzt an, von wegen Körperverletzung und dem Scheiß hier?«

»Weiß ich noch nicht. Kommt drauf an, wie du dich in Zukunft benimmst.«

»Verstehe.« Siggi macht ein Gesicht, wie jemand, dem dauernd Unrecht geschieht. »Hast mich in der Hand, was?«

Naja, geht so, denke ich. »Leb wohl, Siggi. Lass dich hier nicht mehr blicken, ja?«

»Wie du willst.« Siggi wendet sich zum Gehen.

»Ach, Siggi«, hole ich ihn noch mal zurück, »eins hab ich noch für dich!«

Und als Siggi sich fragend umdreht, knalle ich ihm mit aller Kraft die Faust ins Gesicht.

Aua! Das tut weh und gut.

Siggi stürzt rücklings zu Boden und hält sich das Kinn.

»Der war nicht schlecht«, sagt er mit blutigem Mund.

»Der war fällig«, präzisiere ich, »jetzt sind wir quitt.« Ich helfe ihm hoch und schiebe ihn aus der Tür.

Da die Küche nicht mehr zu gebrauchen ist, gehen wir, nachdem sich Moni und Melanie umgezogen haben, ins L'Emigrante essen. Enzo ist ganz besonders liebenswürdig zur schönen Monika und gibt zur Feier des Tages einen aus. Auch will er uns zu Sonderkonditionen eine richtige italienische Hochzeit organisieren.

Aber so weit sind wir noch nicht, leider. Monika braucht ihre sieben Tage, um zu wissen, was sie tut, das hat sich nicht geändert. Für mich heißt das, entweder noch drei Tage warten, oder fünf, je nachdem ob sie unsere Zeit bei den Weltfestspielen mitzählt oder nicht.

Aber eigentlich ist es egal, denn auch ich habe noch keine Ahnung, wie das alles weitergehen soll. Ich schwanke zwischen der Angst, mein bisheriges ruhiges Leben zu verlieren, und ungeduldigem Veränderungswillen. Die ganze Welt ist im Umbruch, warum also nicht auch ich?

Immerhin hat Melanie schon ihre Entscheidung getroffen. Sie will auf keinen Fall nach Görlitz zurück. Und deshalb zieht sie auch bereitwillig um: vom Schlafzimmer auf die Wohnzimmercouch.

Naja: wenn es Moni und mich zusammenbringen hilft ...

47   DIE NÄCHSTEN TAGE verlassen wir das Schlafzimmer höchstens, um mal aufs Klo zu gehen. Ansonsten brauchen wir nichts, außer uns. Wir sind nach einander süchtig und vergessen darüber die Zeit.

Hünerbein ruft ein paar Mal an und fragt, warum ich nicht zum Dienst erscheine, aber das ist mir egal. Ich ignoriere den Anrufbeantworter auch noch, als Hünerbein mir den Bericht vorliest, den er zum Ableben der Silke Brendler verfasst hat.

Dann will der Klempner einen Termin vereinbaren, wegen des Wasserrohrs in der Küche. Doch wozu brauche ich einen Klempner? Draußen kann die Welt untergehen, es ist mir wurscht. Unser Kosmos ist gigantisch, obgleich er sich räumlich auf mein Schlafzimmer beschränkt. Melanie versorgt uns mit allem, was wir brauchen, und das ist nicht viel. Wein, Zigaretten, etwas zu essen.

Ansonsten vergnügt sich das Mädchen in der Stadt, besichtigt die Gymnasien in der Nähe und sucht die Wohnungsanzeigen der Morgenpost nach einer größeren Bleibe durch.

»Hier: Das ist doch geil! Vier-Zimmer-Wohnung in Friedenau, sanierter Stuckaltbau am Perelsplatz, einhundertdreißig Quadratmeter – boah, das müssen ja Säle sein.« Melanie ist begeistert. »Zwei Bäder, Südbalkon, Mädchenkammer – klingt super, oder?«

»Klingt gut«, pflichte ich bei. »Und was kostet's?«

»Naja, zweitausendvierhundert warm.« Melanie sieht zögernd auf. »Urst teuer, was?«

»Ach was!« Euphorisch winke ich ab. Was kostet die Welt für einen unkündbaren Beamten, dessen Besoldung bis zur Pension stetig ansteigt? Zweitausend Mark Miete werde ich mir zwar frühestens als Oberinspektor leisten können, aber wenn Monika bis dahin auch arbeitet …

»Gern.« Moni setzt sich mit verwühlter Mähne auf. »Und was? Was soll ich arbeiten?«

Keine Ahnung. »Was hast du denn mal gelernt?«

»Nichts! Ein paar Semester Veterinärmedizin, aber sonst … nichts.« Sie fällt zurück in die Kissen. Das ist überhaupt das Problem. »Ich habe keinen Beruf, kein abgeschlossenes Studium, nichts. – Verstehst du? Ich kann nichts werden im Westen.«

»Im Osten aber auch nicht«, meint Melanie.

»Da verdiene ich wenigstens mein eigenes Geld«, erwidert Monika und steht auf. »Im Westen liege ich dir ein Leben lang auf der Tasche. Willst du das?« Sie sieht mich nachdenklich an. »Ich will es jedenfalls nicht.«

»Wir finden schon was«, beruhige ich sie. »Es muss ja nicht die Riesenwohnung in Friedenau sein. Wir suchen uns was, wo mein Gehalt erst mal reicht.«

»Eben!« Monika zieht sich an. »Genau darum geht's. Ich will aber nicht bei dir wohnen. Sondern mit dir. Und dazu gehört, dass ich zur Miete etwas beisteuere.«

»In Ordnung«, da bin ich völlig einverstanden, »steuere bei, was du kannst. Wie du willst.«

»Verdammt Dieter, merkst du's noch?« Monika dreht sich zu

mir um. »Ich werde hier nie allein existieren können. Ohne dich! Ich bin fünfunddreißig, soll ich noch mal anfangen zu studieren? Und mit vierzig fertig sein?« Sie tippt sich gegen die Stirn. »Wer nimmt eine Berufsanfängerin mit vierzig, das gibt's ja nicht mal bei uns!«

Erst allmählich begreife ich, wie ernst es ihr ist: Sie will selbständig existieren können, ihr eigenes Geld verdienen. Oder anders: Sie will jederzeit wieder ausziehen können, wenn es ihr zu eng wird. Sie will nicht aus finanziellen Gründen von einem Mann abhängig sein.

Ich könnte sie darüber aufklären, dass es für alleinerziehende Mütter, dass es für jeden Menschen bei uns Anspruch auf staatliche Hilfe gibt, auf Wohn- und Kindergeld. Auf Sozialhilfe. Aber natürlich will Monika keine Sozialhilfeempfängerin sein, sondern auf eigenen Füßen stehen, gleichberechtigt in eine Ehe gehen.

Und das sind wir nicht. Ich bin Kriminalbeamter in Westberlin, sie legt in der Lausitz Gurken ein. Aus Monikas Sicht eine Diskrepanz, die keine Partnerschaft zulässt.

Melanie wird ganz hellhörig. »Was willst du damit sagen, Mutti?«

»Dass wir mit Dieter nicht zusammenziehen können«, erwidert Monika, »ganz einfach. Die Unterschiede sind zu groß.«

Ich finde das Unsinn. Wenn man sich liebt, sollten solche Kleinigkeiten unwichtig sein.

Aber selbst da ist Monika plötzlich nicht mehr sicher:

»Lieben wir uns wirklich?«, fragt sie ratlos. »Jedesmal wenn wir uns trafen, dann unter besonderen Umständen. Die Weltfestspiele damals, jetzt der Mauerfall. Jedesmal war das Alltägliche ganz weit weg.« Sie schüttelt die langen Locken. »Ehrlich gesagt, ich weiß nicht, Dieter, ob ich dich lieben könnte, wären wir uns unter normalen Umständen in Görlitz begegnet.«

»Oh Mutti, nun sei doch nicht so kompliziert«, mault Melanie.

Aber Monika ist nicht kompliziert. Sie weiß eben, wo sie hingehört. Und das ist Görlitz. Da hat sie einen Job und eine kleine bezahlbare Wohnung. Da kann sie leben ohne staatliche Hilfe und ohne Mann, der sie aushalten muss.

»Du sagst, du liebst mich?« Monika sieht mich herausfordernd an. »Prima, dann komm doch mit! Wir können uns auch in Görlitz lieben, und Polizeibeamte werden überall gebraucht.«

»Mutti, du redest Mist!« Melanie ballt die kleinen Fäuste.

»Nein, ich rede keinen Mist!« Monika lässt mich nicht aus den Augen. »Also? Pack deine Koffer, du wirst dich schon einleben bei uns. Wir haben auch ganz schöne Ecken.«

»Ich fürchte, das wird nicht so einfach gehen.« Schließlich bin ich kein Volkspolizist.

»Glaubst du, es wird für mich einfach in Westberlin? Ohne Job, ohne Ausbildung …«

»Das hatten wir schon, Mutti!«

»Halt dich da raus«, schreit Moni entnervt. »Es geht um mein Leben!«

»Und es geht um meins«, brüllt Melanie zurück, und ich bekomme einen ersten Eindruck, wie es bei den beiden daheim zugeht. »Da halte ich mich nicht raus!«

Um die erhitzten Gemüter zu beruhigen, versuche ich es mit einem Kompromiss: »Okay, was haltet ihr davon: Melanie bleibt erst mal bei mir und Moni geht zurück nach Görlitz …«

»Sag das noch mal!« Monikas Augen blitzen mich funkelnd an. »Das kann nicht dein Ernst sein.«

»Wieso nicht?«, frage ich, »so kommt ihr euch mit euren unterschiedlichen Lebensvorstellungen nicht in die Quere.«

»Genau«, bekräftigt Melanie.

Monika starrt uns entsetzt an.

»Das ist nicht fair«, sagt sie nach einer Weile und sinkt auf die Bettkante. »Das ist nicht fair. Du kannst mir nicht einfach meine Tochter wegnehmen.«

»Ich will dir Melanie doch gar nicht wegnehmen«, beteuere ich und werde rot, »nie im Leben.« Wie konnte ich nur einen so dummen Vorschlag machen. Einerseits. Andererseits ist es ganz normal, wenn sich die Kinder von den Eltern abkoppeln, um eigene Vorstellungen vom Leben auszuprobieren.

»Nur dass sich Melanie nicht von den Eltern abkoppelt«, entgegnet Monika kaum hörbar, »sondern die Mutter zugunsten des Vaters verlässt.« Sie sieht mich traurig an. »Findest du das in

Ordnung? Ich hab mich fünfzehn Jahre lang für das Kind abgerackert, während du nicht einmal wusstest, dass es eins gibt. Und jetzt krieg ich die Quittung.«

»Hey!« Ich versuche zu kitten, was nicht zu kitten ist. »Es tut mir leid, okay?«

»Na, dann ist ja alles in Ordnung.« Monika sagt es ironisch und bitter. Und sie kämpft mit ihren verletzten Gefühlen, will es sich aber nicht anmerken lassen. Plötzlich steht sie auf. »Gut, ich werde gehen.«

»Aber wohin denn?« Ich stehe ebenfalls auf.

»Nach Hause. Melanie kann es sich überlegen. Ich werde sie zu nichts zwingen.« Monika verlässt das Schlafzimmer, schnappt sich ihren Mantel im Flur und rennt fast fluchtartig auf die Straße, weil sie ihre Tränen nicht länger zurückhalten kann.

Bedeppert bleiben Melanie und ich zurück. Wir sehen uns an, und mein erster Impuls ist, Monika nachzulaufen, aber da ich splitternackt bin, springe ich zum Fenster und reiße es auf.

»Monika! Monika, warte doch!«

Mit roten Augen sieht sie hoch. »Wie komm ich zum Bahnhof?«

»Warte Monika«, beschwöre ich sie. »Warte auf mich, okay? Ich bring dich hin. Lass mich dich wenigstens zum Bahnhof bringen, okay?«

Sie nickt schwach.

»Ich bin in zwei Minuten unten.« Hastig ziehe ich mich an, suche die Autoschlüssel.

Melanie steht schon im Flur und hat ihre Tasche in der Hand. Auch sie wirkt bekümmert. »Scheiße, was machen wir denn bloß?«

»Komm jetzt!« Ich schnappe mir das Mädchen, und wir rennen runter zum Wagen.

Schweigend fahren wir durch die Stadt. Melanie weiß, dass die Züge nach Görlitz vom Ostberliner Bahnhof Lichtenberg fahren, also so ziemlich am anderen Ende der Stadt.

Und so stehen wir Stunde um Stunde im Stau und keiner von uns sagt ein Wort.

Irgendwann, es ist bereits dunkel geworden, erreichen wir den Lichtenberger Bahnhof, und aus Moni ist jede Bitterkeit gewichen.

»Du hast ganz recht«, sagt sie leise zu Melanie, »es ist dein Leben. Ich will dir da nicht im Wege stehen, also bleib ruhig hier, wenn du magst.«

»Nein, ich komme mit«, erwidert Melanie, obwohl es sie fast zerreißt. »Ich will dich so nicht allein lassen.«

»Aber es ist in Ordnung.« Monika lächelt. »Ich komm schon klar. Geh deinen Weg. Irgendwann musst du's ja sowieso tun.«

»Das tue ich die ganze Zeit.« Melanie wendet sich an den Schalterbeamten. »Einmal Görlitz, einfach, zweite Klasse!« Trotzig sieht sie ihre Mutter an. »Muss ich die Karte auch noch selber zahlen?«

»Nein, natürlich nicht.« Monika zückt ihre Geldbörse, zögert. »Nur, wenn du wirklich willst.«

»Nun mach schon!« Melanie lächelt ihre Mutter an. »Ich muss schon allein deshalb mitkommen, weil ich dich dann besser überreden kann, mit mir zu Dieter zu ziehen, klar?«

Und dann umarmen sich beide, Monika kauft die Karte, und wir gehen hoch auf den Bahnsteig.

Gott, bin ich plötzlich traurig. Ich will sie nicht wegfahren sehen, und für einen Augenblick überlege ich, einfach mitzufahren. Monika hat ja recht, wenn sie sagt, wir können uns auch in Görlitz lieben.

Und ich liebe sie, jetzt ist mir das klar. Selbst wenn sie in Sibirien lebte, würde ich mit ihr gehen. Mit ordentlich Holz aus dem Baumarkt kann man noch die erbärmlichste Bruchbude wohnlich machen.

»Es gibt bei uns keine Baumärkte, Dieter.« Monika streicht mir liebevoll übers Gesicht.

Stimmt, sonst wären die Ostverwandten bei mir nicht so scharf drauf gewesen.

Der Zug fährt dröhnend ein und hält mit ohrenbetäubendem Kreischen.

»War schön mit dir«, sagt Monika versonnen, »wirklich schön.«

»Wir können so weitermachen«, erwidere ich.

»Nein, können wir nicht.« Monika schüttelt den Kopf. »Es ist schon ein Wunder, dass wir uns überhaupt noch mal begegnet sind.«

»Es ist ein Wunder, dass die Mauer auf ist, und es ist ein Wunder, dass ich eine so hübsche Tochter habe.« Immerhin drei Wunder in nur drei Tagen. »Das ist doch schon mal was.«

»Einsteigen bitte!«, scheppert es aus den Lautsprechern.

»Tut mir leid.« Monika umarmt mich. »Aber ich bin einfach noch nicht soweit.« Wir küssen uns. »Gib mir noch etwas Zeit, in Ordnung?«

»Verstehe«, sage ich. »Klappt nicht mehr mit den sieben Tagen, was?«

»Zurückbleiben und die Türen schließen«, drängt der scheppernde Lautsprecher. »Vorsicht an der Bahnsteigkante!«

Wir umarmen uns noch mal alle drei. Und am liebsten würde ich sie nicht mehr loslassen. Aber dann steigen Monika und Melanie in den anrollenden Zug.

»Besucht mich mal«, rufe ich ihnen nach, »ist ja jetzt kein Problem mehr.«

»Das gilt auch für dich.« Monika winkt mir zu. »Vielleicht können wir ja Weihnachten zusammen feiern.«

Als Letztes sehe ich Melanies verheultes Gesicht. Und auch ich kämpfe mit den Tränen.

»Hey! Kopf hoch, Spatz!« Ich laufe neben dem abfahrenden Zug her. »Wir haben noch alle Zeit der Welt!«

Ich renne dem Zug nach, bis ich das Ende des Bahnsteiges erreicht habe.

Dann bin ich wieder allein. Traurig, aber auch erleichtert. Denn vielleicht ist es ja gut, dass wir nichts überstürzen. Längerfristige Bindungen brauchen Vorbereitungszeit. Aber ich sehne mich schon jetzt nach Melanie und Monika zurück.

EPILOG

Als ich aus dem Bahnhof komme, schneit es. Dicke, große Flocken rieseln aus dem Nachthimmel und bedecken Bushaltehäuschen und Autodächer. Der erste Schnee in diesem Herbst.
 Ich steige in den Wagen und denke daran, dass ich die Winterreifen aufziehen lassen muss. Vor allem weil ich jetzt öfter nach Görlitz fahren werde. Schon jetzt werden die leeren Straßen in Ostberlin ziemlich rutschig. Der Schnee wird immer dichter, überzuckert die grauen Häuser der Stadt, und der Alexanderplatz wirkt im weißen Neonlicht wie eine dieser Miniaturlandschaften unter Glas. Man schüttelt sie und die Flocken wirbeln herum.
 Im Westteil der Stadt bricht das übliche Verkehrschaos aus, denn wie in jedem Jahr ist die Berliner Stadtreinigung mit dem Wintereinbruch völlig überfordert. Aber das kann das glücklichste Volk der Welt nicht stören. Die Geschäfte werden vorweihnachtlich dekoriert und die Leute shoppen, als wäre es das letzte Mal.
 Vor dem Europacenter feiern die Nikolause aus Ost und West Wiedervereinigung.
 Ich freue mich auf das Fest. Ich werde den schönsten Christbaum der Stadt organisieren. Ich werde Geschenke für Monika kaufen. Schulbücher für Melanie. Und eine Gans in den Ofen schieben, sofern bis dahin meine Küche wieder funktioniert. Vielleicht laden wir die Witwe Firneisen ein. Die ist ja sicher ziemlich einsam jetzt.
 Und ich könnte mir bis Heiligabend das Rauchen abgewöhnen. Weniger trinken. Stattdessen täglich joggen im Schöneberger Volkspark. Und anstelle des Wagens öfter mal das Rad nehmen ...
 Naja. Vielleicht nicht gleich alles auf einmal. Das Herz ist groß, der Wille schwach. Aber vielleicht habe ich noch eine Chance.
 Es ist schließlich die Zeit der Wunder in Berlin im November 1989.

BERLIN KRIMI

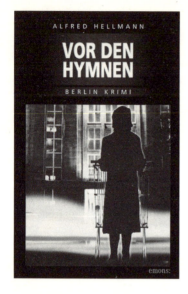

Alfred Hellmann
VOR DEN HYMNEN
Broschur, 240 Seiten
ISBN 978-3-89705-557-5

»Eine spannende Berliner Variante verzweifelter Volkskriminalität mit dem nötigen Schuss, um mit Alfred Kerr zu sprechen, ›Berliner Wurschtigkeit‹.«   www.berlinkriminell

»Gute Kriminalromane haben ihren Sitz im Leben – in ihrer Zeit und ihren Realitäten. ›Vor den Hymnen‹ ist auch insofern ein guter Kriminalroman, weil er eine sehr plausible Geschichte erzählt – das heißt mehrere Geschichten aus Berlin, als die Welt zu Gast bei Freunden war. Vergnüglich zudem. Fein, dass Alfred Hellmann wieder da ist.«
Thomas Wörtche

»Weit über Durchschnitt.«   ekz

www.emons-verlag.de